Tanja Voosen

HERBST flüstern

im.press

Herbstflüstern

Im.press
Ein Imprint der CARLSEN Verlag GmbH
Februar 2017

Lektorat: Pia Cailleau
Redaktion: Pia Praska
Umschlagbild: shutterstock.com / © Ditty_about_summer / © faithie / istock.com / © Chepko
Umschlaggestaltung: formlabor
Schrift: Alegreya, gestaltet von Juan Pablo del Peral
Satz und Umsetzung: readbox publishing, Dortmund
Druck und Bindung: BoD, Hamburg
ISBN 978-3-551-30074-4
Printed in Germany
www.carlsen.de/impress

Alle Bücher im Internet: www.carlsen.de

Für alle, denen schon einmal das Herz gebrochen wurde. Wenn man nicht mehr genau weiß, wo man im Leben steht, dann wird es Zeit, einen Schritt vor den anderen zu setzen und langsam wieder nach vorne zu gehen.

PROLOG

Es regnete seit Tagen. Die Sonne schien so fern wie eine Erinnerung an etwas, das es in diesem Leben nicht mehr geben würde. Eigentlich waren stürmische Herbsttage gar nicht so schlecht. Ein grauer Himmel und jede Menge Wasser bedeuteten, dass sie mehr Zeit mit ihm allein verbringen konnte. Abgeschottet von der Welt, dank des schlechten Wetters. Die vielen Pläne der beiden hatten inzwischen die Form eines kleinen Chaos angenommen. Beide hatten damit gerechnet den Heimweg früher anzutreten. Zurückzukehren zu ihren Familien. Es hatte sie beide überrascht, wie schnell der Sommer zu Ende gegangen war, ihre Reise war es jedoch nicht.

Manchmal machte ihr die ungewisse Zukunft Angst.

Irgendwann konnten sie nicht mehr weiterfahren, weil die Realität sie einholen würde, das wusste sie.

Taylor hatte aufgehört zu zählen, wie viele Stunden ihr noch blieben. Sie rechnete sich ihre Zeit mit Hunter lieber in Sonnenuntergängen, Frühstücken oder Kissenschlachten aus. An manchen Abenden blickte sie aus einem Fenster. Vielen unterschiedlichen Fenstern, an unterschiedlichen Tagen. An fremden Orten und in fremden Zimmern, dort, wo sie sich eben gerade aufhielten.

Sie und Hunter. Das große *Wir* in ihrem Leben.

In besonders wehmütigen Momenten betrachtete sie das Foto ihrer Familie, das sie eingepackt hatte. Und in besonders tristen und kalten Nächten flackerten Sorgen in ihrem Herzen auf. Sorgen und Ängste.

Das Einzige, was sie dann warmhielt, war Hunter selbst. Sein leises regelmäßiges Atmen, wie eine vertraute Melodie im Hintergrund. Die Worte, die er im Schlaf von sich gab, aber am meisten seine Arme, die sie festhielten und wie eine Botschaft sagten: *Ich lasse dich nie wieder los.*

Natürlich musste er sie loslassen.

Irgendwann tat er es immer.

So war das einfach mit Menschen, die man liebte. Nur wenn man sie gehen lassen konnte, würden sie irgendwann bereit sein für immer zu bleiben. Das hatte ihre Mom ihr mit auf den Weg gegeben. Ihr Dad wusste inzwischen ebenfalls, dass es stimmte. Dass Taylor einer dieser Menschen war, der zurückkommen würde, wenn man ihm genug Zeit und Freiraum gab.

Und ihre Schwester? *Lucy,* dachte Taylor und lächelte dabei, *wird in meiner Abwesenheit wahrscheinlich ihr ganz persönliches Abenteuer erleben.*

Da war sie sich wirklich sicher.

1

Es war Samstagabend, ich war allein und lernte. Diese Umstände erinnerten mich stark an meine Schwester. Früher war sie diejenige von uns beiden gewesen, die jeden x-beliebigen Mist der Gesellschaft anderer Leute vorgezogen hatte. Das änderte sich – wenn auch sehr langsam – als sie Hunter Reeves kennen und lieben lernte. Eigentlich änderte sich danach alles in ihrem Leben. Einschließlich ihrer Einsiedlerkrebs-Persönlichkeit. Liebe konnte so schön sein. *Konnte.* Das wusste ich selber. Ich hatte eine sehr lange Zeit auf Wolke sieben geschwebt, bis die Wolke verpufft und ich hart auf meinem Arsch gelandet war. In der Realität. Deshalb saß ich das dritte Wochenende in Folge auf einer fremden Couch, vertiefte mich in lateinische Verben und ignorierte den Rest der Welt, solange er mich auch in Ruhe ließ.

Allmählich wurde es zur Gewohnheit den Babysitter für Riley, den Sohn von Hunters Bruder, zu spielen, damit er und seine Verlobte Fia ein wenig Zweisamkeit genießen konnten. *Da!* Ich war wirklich alles andere als verbittert und egoistisch. Ich gönnte anderen ihr Glück. Na gut. Solange ich diese anderen Leute kannte und sie Teil der Familie waren. Okay: Ich war verbittert. Und egoistisch. Aber wer konnte es mir verübeln?

In jedem Selbsthilferatgeber, den meine Mom versucht hatte mir unterzujubeln, stand: *Nehmen Sie sich Zeit für sich.* Nicht jedoch, was man mit dieser Zeit anfangen sollte.

Als mein Handy klingelte und Kates Nummer auf dem Display erschien, ließ ich es vor sich hin trällern. Meine beste Freundin hatte sich angewöhnt regelmäßig anzurufen, um zu checken, ob ich meine Meinung vielleicht geändert hatte. Die Wahrscheinlichkeit, dass ich sie ändern würde, war momentan sehr gering. Kate war mit Cole – dem Bruder meines Ex-Freundes – zusammen. Von allen Leuten hätte ihr doch am meisten klar sein müssen, dass ich nicht zu irgendeiner Party, einem Kinobesuch oder sonst was kommen konnte, um ihr Gesellschaft zu leisten, wenn Cole dabei war.

Cole erinnerte mich an Ben (besagter Ex-Freund) und Ben erinnerte mich an die furchtbare Szene, in der wir Schluss gemacht hatten. Und der Gedanke an diese Szene brachte mich an den Rand eines erneuten Nervenzusammenbruchs. Eine Katastrophe war also vorprogrammiert, wenn man irgendetwas in Zusammenhang mit Ben auch nur erwähnte.

Natürlich war ich total über ihn hinweg. Zumindest redete ich mir das immer wieder ein. Man sagt ja, dass Illusionen irgendwann zur Wahrheit werden, wenn man sie immer weiter und weiter in den eigenen Kopf hämmert.

Mein Handy klingelte ein zweites Mal. Ich griff es mir vom Tisch und schaltete es auf stumm. Dann wanderten meine Augen zum Babyfon, das ebenfalls auf dem Tisch lag und im Gegensatz zu meinem Handy verdächtig still war. Riley schlief seit Stunden tief und fest und war bisher kein einziges Mal aufgewacht.

Wenn er irgendwann nur halbwegs so gut aussah wie Ryan oder Hunter, dann würde er sicher auch einer ganzen Menge Mädchen die Herzen brechen. Gebrochene Herzen ... Schmerzen ... vielleicht sollte ich das aufschreiben und ein hasserfülltes Gedicht daraus machen?

Besser nicht. Bloß keine Energie auf irgendetwas, das mit B wie Blödmann zu tun hatte, verschwenden.

Ablenkung musste her, sofort! Einen Moment lang dachte ich darüber nach den Fernseher einzuschalten, aber dann wanderten meine Augen zur Uhr und ein Lächeln machte sich auf meinen Lippen breit. Ich hatte gar nicht gemerkt, dass es schon so spät war und ich etwas Besseres als TV-Serien zur Ablenkung haben konnte.

Rileys Eltern würden erst in circa einer Stunde wieder hier sein, das war so abgesprochen, also hatte ich noch genug Zeit, um ein wenig zu spionieren.

Entschlossen klappte ich mein Buch und meinen Schreibblock zu und stopfte das Zeug in meine Tasche. Dann dimmte ich die Lichter und schlich mich zur Hintertür hinaus, das Babyfon in der rechten Hand – nur für alle

Fälle. Die Familie Cassel besaß ein wunderschönes Haus samt Grundstück, auf einem Privatgelände etwas abseits der Stadt, in der ich zusammen mit meinen Eltern und meiner Schwester lebte. Die Gegend hatte einen noblen Ruf, mit all ihren Villen und Anwesen, weshalb ich mich manchmal etwas unwohl fühlte. *Nobel* war nicht gerade das Wort, mit dem ich meinen eigenen Lebensstil beschreiben würde. Meine Familie war alles andere als arm, wir besaßen sogar ein eigenes Haus, aber hier sah einfach alles nach richtig viel Geld aus. Allein die Ausmaße der Häuser und Villen, all die akribisch gepflegten Gärten und teuren Sportwagen in den Einfahrten oder auf der Straße. Eine ganz andere Welt, wenn man sie sich im Schein der Nacht ansah.

Dennoch verbrachte ich momentan mehr Zeit im Haus der Cassels als in meinen eigenen vier Wänden. Dabei spielten mehrere Faktoren eine Rolle. Zum einen passte ich gerne auf Riley auf – er war einfach das beste Babysitterkind überhaupt: ruhig, friedlich und umgänglich. Zum anderen hatte ich während des Jobs das Haus meistens für mich allein und bei mir waren am Wochenende meine Eltern daheim, die wegen der Abwesenheit meiner älteren Schwester all ihre Liebe auf mich projizierten. Dabei waren Taylor und ich nur ein Jahr auseinander und ich mit meinen sechzehn Jahren selbstständig genug. Taylor war gerade mit ihrem Freund Hunter Road-Trip-mäßig unterwegs und meine Eltern vermissten sie schrecklich. Der springende Punkt meines Aufenthalts bei den Cassels war jedoch, dass niemand wirklich wusste, dass ich hier war. Weder Kate noch meine andere Freundin Roxy und ganz zu schweigen von *ihm*. Erst letzten Freitag hatte ich fast einen Herzinfarkt erlitten, als *er* vor meiner Haustür gestanden hatte und reden wollte. Reden. Als würde das alles wiedergutmachen. Worte waren in meinen Ohren nur noch magisch, wenn sie Beleidigungen meinem Ex gegenüber enthielten. Da war sie wieder, diese verbitterte Seite in mir, die ihn richtig hasste.

Bei den Cassels würde er jedenfalls niemals vor der Tür stehen. Ihr Haus war mein Sicherheitshafen.

Ich war inzwischen am Ende des Gartens angekommen und blieb vor dem hohen Zaun, der das Grundstück eingrenzte, stehen. Das, was ich sehen wollte, war auf der anderen Seite, also suchte ich mit den Augen nach etwas, auf das ich klettern konnte, um über den Zaun zu spähen. Letzte Woche hatte hier noch eine Gartenbank gestanden. *Mist.* Kurz quälte mich mein schlechtes Gewissen, weil ich mir wirklich angewöhnt hatte die Nachbarn auszuspionieren und dazu noch meine beste Freundin belog.

Meine Eltern kannten die Wahrheit, aber Kate hatte ich erzählt, ich würde mich mit einem mysteriösen Unbekannten treffen, weil ich wusste, dass sie ihre Klappe nicht halten konnte. So gern ich sie hatte, aber Kate würde Cole alles weiterleiten und er wiederum – BAM! – dem Geräusch nach zu urteilen, war gerade eine Autotür lautstark zugeflogen. Adios schlechtes Gewissen!

Wenn ich mich nicht beeilte, verpasste ich das ganze Drama. Es gab zwar keinen festen Zeitplan dafür, wie bei der Ausstrahlung einer Sendung, die jede Woche um die gleiche Zeit, auf dem gleichen Sender lief, aber inzwischen hatte ich festgestellt, dass es eine Art Muster in den Abendstunden gab. Die Nachtluft war kühl und weil es geregnet hatte, war das Gras unter mir feucht und rutschig. Ich musste vorsichtig sein, wenn ich mich nicht auf die Nase legen wollte. Im hinteren Teil des Gartens gab es keine Beleuchtung, weshalb mir der schwache Lichtschein von der Terrasse reichen musste. Im Halbdunkeln setzte ich langsam einen Schritt vor den anderen und fixierte die schattenhaften Umrisse einiger Mülltonnen.

Ich zögerte kurz, dann klemmte ich mir das Babyfon unter den Arm und zog mich an einer Mülltonne hoch, was schwieriger war als gedacht. Die Tonne war größer als ich und dank des glatten Plastiks konnte ich nicht wirklich etwas greifen. Es dauerte ein paar Sekunden, bis ich es schaffte mich genug vom Boden abzustemmen, um Halt zu finden und meinen Hintern hochzubekommen. Das Ding wackelte auch noch beunruhigend. Ich versuchte stillzuhalten und packte mit einer Hand den Zaun, um mich ein Stück weiter hochzuziehen. Endlich konnte ich über die Barriere hinwegblicken. Zuerst lugte ich mehrmals kurz auf die andere Seite und dann wagte ich es, in einer Position innezuhalten, in der ich genug sah.

Ich hatte freien Blick auf die Einfahrt der Nachbarn. Es war erstaunlich, wie klein die Welt doch war, denn der Junge, der neben Fia wohnte, ging auf meine Schule. Zuerst hatte ich ihn gar nicht zuordnen können. Dann war mir vorletzte Woche aufgefallen, dass er mit Kate zusammen Spanisch hatte, ergo ein Mitschüler war. Nachdem ich mir sein Gesicht halbwegs eingeprägt hatte, fiel er mir immer wieder ins Auge. Mal beim Lunch, ein anderes Mal in den Fluren.

Er war einer dieser ganz steinreichen Schnösel. Beliebt, gutaussehend und er hatte einen Verschleiß an Freundinnen, der nicht mal mehr dem Niveau einer männlichen Hure entsprach. Meinen Beobachtungen an den drei Spionage-Wochenenden zufolge, schleppte er jede Woche ein anderes Mädchen ab. Lud es am Wochenende zu sich nach Hause ein und wenn sie mit ihm in die Kiste gehüpft war (der Teil war natürlich nur eine Theorie von mir), servierte er sie mitten auf der Einfahrt ab. Als wollte er irgendeinen öffentlichen Auftritt hinlegen. Obwohl, wenn ich es mir ganz genau überlegte, würde er die Mädels nicht wohl eher tagsüber abschieben, wenn es ihm darum ging, jemanden bloßzustellen? Das hier waren eher heimliche Techtelmechtel. Richtige Bootycalls.

In der Schule hatte ich jedenfalls nicht viel über ihn herausgefunden. Nur, dass er anscheinend einen Haufen Mädchen gedatet hatte, wenn man das bei der Kurzlebigkeit der angeblichen Treffen noch so nennen konnte. Obwohl ich richtig neugierig war, hatte ich mich einfach nicht getraut offensichtlicher in der Gerüchteküche herumzufragen. Kate hätte den Braten sofort gerochen.

Nachdem die Autotür vor einer Weile zugeknallt war, hatte ich keine weiteren Geräusche gehört. Ich wartete darauf, dass etwas passierte. Bis auf den fetten Kater, der unter der Laterne auf der anderen Seite saß und zu mir herüberschaute, war noch niemand aufgetaucht. Normalerweise kam der Nachbarskerl irgendwann die Einfahrt herunter, brachte das Mädchen zu ihrem Wagen und wollte sie loswerden. Und dann ging das Drama so richtig los. Ich musste das Theater genießen, so lange ich konnte, denn bald würden Fia und Ryan hier wegziehen. Die beiden hatten bereits mehrere Häuser besichtigt, die für sie in Frage kamen. Fias Eltern, denen das Haus gehörte, würde ich ohne Grund jedenfalls nicht besuchen.

Der Umzug würde dann für mich bedeuten: keine Real-Life-Soap mehr. Ich erinnerte mich an die Kandidatin von letzter Woche und musste fast grinsen. Sie war vollkommen durchgedreht, hatte ihm eine saftige Ohrfeige verpasst und geschrien. Drama pur. Vermutlich machte es mich zu einem schlechten Menschen, mich an dem Elend anderer zu erfreuen, aber ich konnte nicht anders. Es minderte etwas von meinem eigenen Schmerz und wenn ich ehrlich war, tat mir keines der Mädchen leid. Sie ließen sich dank irgendeiner billigen Masche abschleppen und fuhren dann noch am Wochenende zu ihm nach Hause.

Allmählich wurde es schwer weiter auf der Mülltonne zu hocken. Meine Beine schwächelten schon. Außerdem dachte ich an Riley. Ich wollte ihn nicht länger als nötig alleinlassen. Erwartungsvoll spähte ich zu dem Tor hinüber, das von mehreren Laternen ausgeleuchtet wurde, als wären es Scheinwerfer für das Event, das folgte. Nach weniger als einer Minute betraten die Figuren die Bühne. In der Hauptrolle: Jasper Ransom. An meiner Schule nannten ihn fast alle Mr Handsome und das nicht nur, weil es sich so schön auf seinen Nachnamen reimte. Jasper war *heiß*. Ein Junge, über den Kate und ich stundenlang hätten reden können. Er war genau mein Typ, aber welches Mädchen hätte das bei seinem Anblick nicht von sich behauptet? Seine blonden Haare hatten genau die richtige Länge, um sich in seinem Nacken zu rollen und der restliche Mopp auf seinem Kopf bestand aus Locken, in die man am liebsten seine Finger graben würde. Seine Gesichtszüge waren scharf geschnitten, wodurch sein Gesicht aus dem richtigen Blickwinkel wie gemeißelt aussah. Fast zu perfekt, mit der hohen Stirn, der schmalen Nase und diesen mandelförmigen Augen. Am vergangenen Dienstag hatte mein Sportkurs draußen Unterricht gehabt und nach dem Ende der Stunde hatte das Leichtathletikteam den Platz übernommen. Dort hatte ich Jasper das letzte Mal gesehen und direkt mitbekommen, wie ein paar der Mädchen aus meinem Kurs darüber gesprochen hatten, dass er der Schnellste und Beste sei. Natürlich. Immerhin erklärte das, wieso er so gut gebaut war und so ansehnliche Arme hatte. Beides fiel mir jetzt nämlich besonders auf, als ich so ungeniert zu ihm hinüberstarrte. Vielleicht lag es ihm auch einfach in den Genen. Das gute Aussehen und die Sportlichkeit. Meine Schwester Taylor hatte mir oft das Gleiche unterstellt, dass mir alles Gute in den Genen lag und ihr nicht – ob sie das wirklich ernst meinte oder nicht, hatte ich bis heute nicht herausgefunden. Taylor hatte immer etwas mit ihren Haaren gemacht, farbige Strähnchen rein, sie geschnitten oder irgendwie aufgepeppt und ich war jahrelang davon besessen gewesen, meine einfach nur wachsen zu lassen. Wahrscheinlich war ich einfach das typische Mädchen-Mädchen, das auf lange Haare, Make-up und schicke Klamotten stand. In dieser Hinsicht waren Taylor und ich sowieso sehr gegensätzlich. Sie war mehr der Typ Grunge-Look und ich hatte immer an meiner blonden Mähne und den Vintage-Klamotten gehangen. Ben hatte mir oft gesagt, er würde mich hübsch finden. Er hatte mir viele Dinge gesagt. Ich hatte sie geglaubt, sie gerne gehört, gelacht und mich unendlich glücklich dabei gefühlt. Wenn mir mein Aussehen und Charisma also tatsächlich in den Genen lag, bedeutete das nicht auch gleich, dass ich verflucht war? Dazu bestimmt, immer wieder an dieselbe Sorte Kerl zu geraten, die mich deshalb irgendwie toll fand?

Die nagenden Gedanken machten mich plötzlich wütend. Und überhaupt – konnte ich mein Gehirn nicht mal für eine Minute abstellen und mich auf das Wesentliche konzentrieren? Vielleicht sollte ich heute einfach über den Zaun springen und Jasper erwürgen. An irgendjemandem musste ich meine Gefühle abreagieren und er kannte das schließlich zur Genüge von anderen Mädchen. Vermutlich gefiel es ihm sogar Herzen am Fließband zu brechen. Meiner Meinung nach hatte er eine Abreibung verdient. Okay. Jetzt befand ich mich im Zwiespalt. Entweder ich hielt die Mädchen für naiv oder Jasper für – Ich schluckte schwer, als sich etwas tat und ich das Mädchen an Jaspers Seite erkannte. Nebenrolle des Abends: Marina Jones. Blond, niedlich und in meiner Stufe.

Sofort schlug mein Beschützerinstinkt an. Was hatte ich mir nur dabei gedacht wieder zu spionieren? Ich konnte unmöglich weiter auf der Tonne hocken und zusehen, wie sie in ihr Verderben lief. Andererseits, wenn ich mich jetzt bewegte, würde man mich sicher hören.

Mein Herz begann panisch schneller zu schlagen.

»Es war wirklich ein schöner Abend«, sagte Marina und strahlte dabei über das ganze Gesicht. Sie fasste Jasper am Arm und ihre Augen funkelten dabei. Er erwiderte das Lächeln auf ziemlich falsche Weise, aber das merkte Marina nicht, so verknallt musste sie in ihn sein. »Vielleicht wiederholen wir das *alles* bald mal wieder?«

»Marina, ich muss dich um etwas bitten«, antwortete Jasper sanft. Seine Hand umschloss ihre und er öffnete erneut den Mund, um den Todesstoß auszusprechen, den er bisher allen anderen verpasst hatte. Marina stoppte ihn mit einem flüchtigen Kuss. Sie beugte sich vor und drückte ihre Lippen rasch auf seine. Dann zog sie den Kopf zurück und holte tief Luft.

»Lass mich zuerst etwas sagen. Ich habe die ganze Woche genossen und ich bin auch nicht dumm, Jasper. Ich weiß, was die Leute so über dich sagen und es ist mir egal. Egal was andere denken, solange wir von heute an zusammen sein können.«

Uff. Die fuhr aber schwere Geschütze auf. Armes Ding. Und Jasper? Der verdrehte doch tatsächlich die Augen. *So ein arrogantes Arschloch aber auch!*

»Ich dachte, ich könnte das«, murmelte er und seufzte. Ganze drei Mal, als leide er an irgendeiner Erkrankung der Atemwege. Marina zog die Augenbrauen zusammen. Skepsis vereinnahmte nun ihre Miene und auf ihrer Stirn bildeten sich Sorgenfalten.

»Was willst du damit sagen?«, fragte sie zittrig.

Er ließ sie abrupt los.

»Dass du mir tierisch auf die Nerven gehst«, sagte er grob. Jasper leckte sich über die Lippen und setzte zu seiner Standardrede an, aber dieses Mal kam er nicht dazu. Im selben Moment rutschte mein linker Fuß von der Mülltonne ab, weil mein Bein angefangen hatte sich zu verkrampfen. Ich schaffte es nicht mehr zu reagieren und mich irgendwo festzuhalten. Die Mülltonne kippte samt mir darauf nach hinten weg. Unsanft fiel ich ins nasse Gras und wurde unter einem Haufen Müllbeutel begraben, die sich beim Umfallen der Tonne verselbstständigt hatten. Obwohl mein Rücken und mein Hintern gewaltig schmerzten, rührte ich mich nicht, presste die Augen zusammen und hielt den Atem an. *Bitte lass das niemanden gehört haben,* betete ich im Stillen vor mich hin.

»Was war das?«, kreischte Marina hysterisch. »Hat uns jemand beobachtet? *Belauscht?* Ist das irgendein krankes Spiel, das du so treibst? Und ich dachte ...«

»Warte! Ich war noch nicht fertig«, hörte ich Jasper, jetzt verzweifelt, rufen. »Ich wollte dir sagen –«

»Spare es dir!«, fauchte Marina zornig. »Ich hoffe, du und deine Freunde hatten ihren Spaß!«

Schuhe klackerten über den Asphalt, ein Motor heulte auf und quietschende Reifen verrieten Marinas Abfahrt, eine, die sie so schnell hinlegte, dass ich Abgase in der Luft riechen konnte. Langsam richtete ich mich auf und schob den Müll von mir herunter. Ich hatte mir den rechten Ellbogen aufgeschürft und das Babyfon verloren. Das war jedoch mein geringstes Problem, denn im nächsten Augenblick war es, als flog ein Schatten über den Zaun. Kurz hoffte ich noch, dass der fette Kater von nebenan plötzlich Superkräfte entdeckt hatte, aber natürlich war es Jasper Ransom, der wie ein Gott höchstpersönlich über den Zaun gesprungen war. Wie zur Hölle auch immer der Kerl das geschafft hatte!

Seine Augen funkelten durch die Dämmerung und fixierten mich bedrohlich. Da bekam man ja richtig Angst.

»Wer zur Hölle bist du?«, fuhr er mich an.

»Jemand, der dir gehörig die Tour versaut hat, was?«, sagte ich feindselig, sofort im Verteidigungs-Modus.

»Bist du ... hast du mich gestalkt?« Bei der Vorstellung schien er nicht so entsetzt, wie es ein Normalsterblicher hätte sein sollen. Sein Ärger wich einem kleinen Lächeln, ehe er den Mund wieder zu einer harten Linie verzog. Seine Augenbrauen schossen hoch. »Verfolgst du mich etwa oder spionierst du mir nach?«

In diesem Moment? Versuchte ich noch immer herauszufinden, wie er es über den Zaun geschafft hatte.

»Ich befinde mich jedenfalls nicht auf einem fremden Grundstück«, stellte ich sachlich fest.

»Du wohnst hier nicht«, sagte er energisch. »Ich kenne die Leute, die hier wohnen.«

»Ich bin die Babysitterin«, erklärte ich und deutete wie zum Beweis auf das Babyfon, das mir in diesem Augenblick ins Auge gesprungen war. Es hatte direkt neben mir gelegen und reflexartig griff ich danach.

»Ich rufe die Polizei«, meinte Jasper todernst.

»Tu das und dann kannst du den Polizisten erklären, warum ich nass und blutend auf dem Boden liege, während du dich auf dem Grundstück der Cassels wie ein Irrer aufführst. Und nur zu deiner Information, ich bin kein Stalker, wenn schon eine Stalker*in*.«

Jasper glotzte mich verwundert an. »Dann gibst du zu mich beobachtet zu haben?«, fragte er barsch.

»Ich war zufällig am falschen Ort zur falschen Zeit«, antwortete ich. »Außerdem, stell dich nicht so an. Morgen steht schon die Nächste vor deiner Tür und will die Erde küssen, auf der du dich bewegst. Müsstest du doch zur Genüge kennen. Du bist echt ein Dreckskerl.«

»Das beweist nur, dass du wirklich eine Stalkerin bist«, erwiderte Jasper und deutete anklagend mit dem Finger auf mich. »Sonst wüsstest du das alles nicht.«

Super, jetzt hatte ich mich auch noch verraten!

»Wenn du das sagst, muss es natürlich stimmen«, sagte ich verächtlich, um zumindest meinen Trotz zu erhalten.

»Bist du eine Freundin von Marina? Oder einer der anderen ... was zur Hölle machst du bitte hier?«

Jetzt, wo Jasper angefangen hatte über die Situation nachzudenken, schien er mehr Fragen zu haben als ich.

»Ich hab den Müll rausgebracht«, log ich prompt. »Und ich kenne keine deiner Freundinnen. Alles Zufälle.«

Meine Lügen brachten Jasper ein paar Sekunden zum Schweigen. Ich nutzte die Zeit, um mich endlich aus dem nassen Gras hochzustemmen und die Müllbeutel einzusammeln. Als ich ihm den Rücken zugedreht hatte, seufzte ich und sammelte meine Gedanken, ehe ich die Mülltonne wieder aufstellte und das Chaos beseitigte. Ich würde einfach zurück ins Haus marschieren – fertig! So weit, so gut, doch als ich mich langsam in Bewegung setzte, versperrte Jasper mir den Weg.

»So schnell kommst du mir nicht davon.«

»Willst du den Rest deiner Beleidigungen an mir auslassen, weil du keine Chance hattest, sie Marina noch an den Kopf zu werfen?«, fragte ich belustigt. »Dann nur zu. Ich hab nicht die ganze Nacht dafür Zeit.«

Jasper reagierte aber alles andere als mürrisch auf meine Kommentare. Stattdessen wirkte er plötzlich seltsam nachdenklich und kein Stück mehr bedrohlich.

»Das sollte dieses Mal anders laufen«, sagte er zögernd und sah mich eindringlich an, als wären wir beide so etwas wie Freunde und würden jetzt sein Problem systematisch durchgehen. Ich konnte nicht widerstehen. Da war sie wieder, diese schreckliche Neugier, die mich in den letzten Tagen dazu gebracht hatte, mehr über Jasper und seine Motive in Erfahrung bringen zu wollen.

»Wirklich?«, fragte ich zynisch.

»Wirklich! Sie sollte meine Freundin werden.«

Jasper verzog das Gesicht, als hätten ihm die Worte körperliche Schmerzen zugefügt. Als er bemerkte, wie sich meine Mundwinkel zu einem Grinsen verzogen, schien er es auch direkt zu bereuen sie überhaupt ausgesprochen zu haben. *Jasper* und *Freundin* klang in einem Satz für uns beide wahrscheinlich gleich lächerlich.

Clever wie ich war, ging ich an ihm vorbei und versuchte unauffällig weiter in Richtung Haus zu kommen. Als ich mich in Bewegung setzte, folgte Jasper mir jedoch. Vermutlich war das eine ganz normale Sache, wenn die Person, mit der man sprach, weiterlief.

»Du hast ihr gesagt, dass sie dir auf die Nerven geht«, erinnerte ich ihn. »Ziemlich unfreundlich.«

»Das war doch erst der Anfang unseres Gesprächs!«

»Ein ziemlich schlechter Anfang.«

»Wer zur Hölle bist du?«, fragte er erneut.

»Keines deiner Groupies«, sagte ich spöttisch. Jasper begann mich eingehend von der Seite zu mustern. Er runzelte die Stirn und dann wurden seine Augen ein klein wenig größer, als habe ihn eine Erkenntnis getroffen.

»Du gehst auf meine Schule«, sagte er und ich konnte nicht deuten, ob es eine Feststellung oder Frage war.

»Und wer ist jetzt der Stalker?«, scherzte ich. Nur noch ein paar Schritte, dann war ich an der Terrasse und konnte über die Tür in der Küche verschwinden. Ich richtete den Blick nach vorne auf mein Ziel.

»Du gehst auf meine Schule. Ich hab dich neulich gesehen. Beim Sportunterricht.« Jetzt waren seine Worte wirklich eine Feststellung. »Wir haben darauf gewartet, dass der Platz frei wird, und du hast ein Tor geschossen. So war das doch, oder?«

Die Vorstellung, dass Jasper mich beobachtet hatte, war irgendwie surreal. Jetzt waren wir irgendwie quitt.

»Leila oder so ähnlich.«

»Lucy«, sagte ich genervt. »Ich heiße Lucy.«

»Lucy Reagan.«

Das Ganze wurde immer verstörender. Jetzt kannte er schon meinen Nachnamen. »Ist es dein heimliches Hobby Vor- und Nachnamen deiner Mitschüler herauszufinden?«, meinte ich etwas kratzbürstig.

»Es war eher Zufall, dass ich deinen mitbekommen habe. Außerdem hast du ganz schön einen Ruf weg.«

Ich blieb abrupt stehen. »Ich habe einen Ruf weg?« Ich winkelte den Arm an, um Jasper einen Boxhieb gegen die Seite zu verpassen, aber ein scharfer Schmerz begann auf meinem Ellbogen zu brennen und mir fiel wieder ein, dass ich mich beim Sturz eben verletzt hatte. Schnell ließ ich den Arm wieder sinken, um mir nichts anmerken zu lassen. Fehlte ja noch, dass Jasper Mitleid mit mir hatte. Stattdessen bohrte ich weiter nach.

»Also, was soll das bitte heißen?«

»Du hast mir die Tour vermasselt, dir sage ich rein gar nichts mehr«, antwortete Jasper. »Das werde ich dir übrigens noch heimzahlen, verlass dich drauf.«

»Oh, jetzt hab ich aber Angst.«

Ich zog eine Grimasse, aber meine Finger schlossen sich fester um das Babyfon. In Zeiten der Not konnte alles als Waffe dienen, wie ich einmal im Selbstverteidigungskurs gelernt hatte. Für den Fall der Fälle.

Jasper fuhr sich über das Gesicht.

»Du hast echt Nerven«, murmelte er und klang plötzlich müde.

»Hopse wieder über den Zaun und verschwinde«, schlug ich vor. »Dann gehen wir beide getrennte Wege.«

»Nein«, sagte er hartnäckig.

»Schön«, meinte ich und verschränkte jetzt die Arme vor der Brust. »Was dann?«

»Du musst meine Freundin werden. *Noch heute.*«

Ich wusste nicht so wirklich, ob ich nun lachen oder weinen sollte. »Sicher«, sagte ich, »weil wir uns so gut kennen. Du hast wirklich starke Probleme damit, einen vernünftigen Gesprächsanfang zu finden, oder? Ich glaube, das kann man trainieren. Jedenfalls die kommunikative Seite. Idiotismus wurde noch nicht geheilt.«

»Mein Leben hängt sozusagen davon ab«, sagte Jasper, wieder ganz der todernste nachdenkliche Kerl.

»Wenn du möchtest, bringe ich dich jetzt auf der Stelle um, dann musst du dir darüber keine Sorgen mehr machen. Ein Babyfon als Mordwaffe wäre ziemlich innovativ«, sagte ich leichthin. Jasper besaß die Frechheit, über meine Worte zu lachen. Dann schüttelte er erheitert den Kopf und räusperte sich anschließend.

»Ich glaube, wir haben uns auf dem falschen Fuß erwischt.« Höflich hielt er mir eine Hand hin. »Mein Name ist Jasper Ransom. Freut mich deine Bekanntschaft zu machen.« Als ich keine Anstalten machte, mich zu bewegen oder etwas zu sagen, fuhr er fort: »Ich könnte dich bezahlen, wenn du willst. Das wäre ein ziemlich leichter Deal. Ich verspreche es dir. Jeder Mensch wünscht sich doch irgendetwas, oder?«

»Sehe ich aus wie eine Prostituierte?«, blaffte ich ihn an. »Was fällt dir überhaupt ein, mir so etwas vorzuschlagen? Besitzt du keinen Funken Respekt gegenüber anderen? Ach, wen frage ich das überhaupt. Du schläfst dich durch die Weltgeschichte und nimmst dir nicht mal ein paar Minuten Zeit, um eine deiner Bekanntschaften näher kennenzulernen. Könnte ja sein, dass hinter ihrer hübschen Fassade etwas steckt, das dich interessiert.«

»Lass mich raten, Lu. Du hast bereits alles über mich herausgefunden, was es zu wissen gibt, indem du mich abgecheckt hast, nicht wahr?«

»Nenn mich nicht so. Die einzige Person, die mich so nennt, ist meine Schwester.«

»Okay, *Lucy*«, sagte er. »Dann verrate mir eines: Wieso hast du mich beobachtet, wenn ich deiner Meinung nach ein solch egoistischer Widerling bin? Könnte ich nicht das Gleiche über dich sagen, nur weil du hübsch bist? Dass du einen oberflächlichen Charakter hast und alle Klischees erfüllst, die mir spontan so einfallen?«

Ich wollte *Du kennst mich überhaupt nicht* sagen, hielt mich aber zurück. Irgendwie hatte er Recht.

»Siehst du!«, sagte er triumphierend.

»Kannst du jetzt etwa Gedanken lesen?«

»Einer meiner vielen Vorzüge«, meinte Jasper. »Gerade in dieser Sekunde denkst du, wie atemberaubend ich im Mondlicht aussehe und dass du am liebsten ganz andere Dinge mit mir tun würdest als zu streiten, obwohl ich das ziemlich heiß finde. Genau wie die Tatsache, dass es dir egal zu sein scheint, dass ich dich *hübsch* genannt habe.«

Ich verdrehte die Augen und wandte mich endlich zum Flüchten ab. Der Kerl war echt nicht zu fassen.

»Jedes Mädchen will das doch gerne hören, oder?«, setzte er nach und folgte mir. Die eine Minute, in der er mich von der Seite anstarrte, kam mir so ewig lang vor, dass ich schließlich doch antwortete.

»Würdest du gerne auf dein Aussehen reduziert werden?«, fragte ich ihn. »Sicher, es kann ein paar nette Komplimente geben, aber die kommen auch nur an, wenn man es ehrlich meint und nicht damit um sich schmeißt. Im Augenblick verströmst du den Charme der Mülltonne, mit der ich eben Bekanntschaft gemacht habe.« Unwillkürlich rieb ich mir über den blutigen Ellbogen. *Au, au, au!*

»Hast du dich verletzt? Du meintest eben –«

Er war aufmerksamer, als ich ihm zugetraut hatte. Jasper streckte eine Hand nach mir aus, aber ich wich zurück und sprang auf die Terrasse, als sei sie eine rettende Insel in einem Ozean voller Haie.

»Stopp!«, sagte ich. »Bis hierher und nicht weiter.«

Ein paar Schritte noch und – endlich war ich durch den Seiteneingang wieder in der Küche. Bevor Jasper mir – dreist wie er war – weiter folgen konnte, schob ich ihm die Glastür vor der Nase zu und lächelte.

»Willst du mich nicht reinbitten?«, fragte er, garantiert, um mich zu reizen. »Ich bin echt verletzt.«

»Es tut mir leid, dass ich dir deinen Abend ruiniert habe. Das war nicht meine Absicht«, leierte ich herunter. »Jetzt hast du deine Entschuldigung und einen Teil meiner Würde. Schönes Leben noch.«

Ohne mit der Wimper zu zucken, schloss ich die Tür ab und hob die Hand zu einer theatralischen Auf-Wiedersehen-Geste, um es ihm heimzuzahlen. Gerade, als ich mich umdrehte, klopfte er gegen die Glastür und ich machte den Fehler und blickte zurück.

»Wir sehen uns wieder, Lu.«

Seine Stimme klang hohl und abgestumpft durch die Barriere zwischen uns. Ich stieß einen frustrierten Seufzer aus und zeigte ihm den Mittelfinger.

»Ich heiße *Lucy*«, rief ich energisch.

Als ich das Licht ausschaltete und die Küche verließ, meinte ich noch, Jasper leise lachen zu hören.

2

Der erste Gedanke, der mir am Montagmorgen nach dem Aufstehen kam, war: *Taylor, wo bist du nur?* Ich vermisste meine Schwester. Dieses Gefühl überkam mich hin und wieder, seitdem sie mit ihrem Freund Hunter losgezogen war, aber heute fehlte sie mir besonders. Als sie noch da gewesen war, hatte ich mich immer furchtbar darüber aufgeregt, dass wir uns ein Badezimmer teilen mussten oder dass sie beim Frühstück ihr Essen immer, ohne zu kauen, herunterschlang. Eigentlich hatten mich tausend Dinge an ihr genervt und manchmal hätte ich sie am liebsten zum Mond geschossen. Aber nach dem Zusammentreffen mit Jasper am Samstag hätte ich gerne jemanden zum Reden gehabt und Taylor war eine gute Zuhörerin. Es war schwer mir das einzugestehen, aber ich war ein wenig eifersüchtig auf Hunter und auch ein wenig wütend, weil er sie noch immer nicht zurückgebracht hatte. Nicht, dass das nur seine Schuld war.

Taylor und Hunter waren zu Beginn der Sommerferien aufgebrochen, um etwas von der Welt zu sehen – ein richtig chaotischer Road-Trip, und der Plan hatte beinhaltet, zu Beginn des neuen Schuljahres ihres Senior-Years wieder nach Hause zu kommen. Pustekuchen! Die Schule lief seit knapp zwei Wochen, aber das Einzige, was ich regelmäßig von Taylor gesehen hatte, war ihr Gesicht über Videochats bei Skype. Als sie mir mitgeteilt hatte, dass sie und Hunter nicht zum abgemachten Zeitpunkt zurück sein würden, war mir das zuerst völlig schnuppe gewesen. Ich hatte schließlich mein eigenes (wenn auch momentan einsames) Leben, aber jetzt, wo der Alltag nach den Ferien wieder einschlug wie eine Bombe, kam es mir unnatürlich vor, dass sie fehlte.

Meine Eltern waren in den ersten Tagen verdammt wütend auf Taylor gewesen. Sie war zwar bereits achtzehn, aber sie hatte die Absprache, gebrochen pünktlich zum neuen Schuljahr wieder zurückzukommen. Mom war dann als Erste eingeknickt und hatte respektiert, dass Taylor alt genug war, um eigene Entscheidungen treffen zu können. Wenn sie die Highschool auf Eis legen wollte, würde sie später mit den Konsequenzen rechnen müssen. Völlig akzeptiert hatte sie die Tatsache aber nicht. Dad hingegen sah bei der Erwähnung von Taylors Namen noch immer so aus, als habe er in eine saure Zitrone gebissen. Er versuchte nicht einmal zu verstehen, was sie irgendwo im Nirgendwo festhielt – außer Hunter versteht sich, was nur dazu führte, dass er Hunter auf alle erdenklichen Weisen verflucht hatte. Dabei wussten Mom und Dad beide, dass Hunter ein guter und verantwortungsbewusster Mensch war. Ein Teil von mir beneidete sowohl meine Schwester als auch Hunter um ihre derzeitige Freiheit.

Die Schule hatte kaum wieder angefangen und ich hatte den Unterricht schon satt. Meine Noten waren zwar recht gut, aber seit der Trennung von Ihm-dessen-Namen-ich-nicht-mehr-nannte war ich schnell von allen möglichen Dingen abgelenkt und konnte mich kaum konzentrieren.

Ich ging aus meinem Zimmer hinüber ins Bad, um einen letzten Blick in den Spiegel zu werfen, ehe ich gleich das Haus verlassen würde. Das war ein kleines Ritual von mir, das ich einfach nicht mehr loswurde, fast wie ein Zwang. Ein letzter Blick, um zu überprüfen, ob meine Frisur oder das Make-up saß, damit ich mich gut und selbstbewusst fühlte. In den letzten Wochen starrte mir der immer gleiche Look entgegen, weil mir diese Dinge nicht mehr wirklich wichtig erschienen.

Ich ließ meine Haare meistens offen oder band sie – so wie heute – zu einem lockeren Pferdeschwanz zusammen. Meine Augen betonte ich nur noch mit Mascara und benutzte ein wenig Puder – eben nichts, das mehr als fünf Minuten Aufwand mit sich brachte.

Vielleicht war das auch nur meine Art, mich nach der Trennung von meiner ehemals großen Liebe hängenzulassen, wer weiß? Ich hatte reichlich wenig Lust dazu gehabt, mich mit Eiscreme vollzustopfen oder heulend in meinem Bett zu liegen und in Selbstmitleid zu versinken. Das taten die Heldinnen in diesen unrealistischen und kitschigen Filmen schon zur Genüge. Lucy-im-Energiesparmodus war wohl meine Art mit den Dingen klarzukommen. Vermutlich sollte ich mir dafür auf die Schulter klopfen, dass ich mich äußerlich so gut zusammenreißen konnte. Zum Glück konnte niemand Gedanken lesen.

Mich packte nämlich wirklich täglich das Bedürfnis, die Box, in die ich alle Sachen verräumt hatte, die mich und meinen Ex verbanden oder ihm sogar gehört hatten, zu verbrennen und ihm das kohlende Teil vor die Haustür zu stellen.

Bisher stand sie noch in den Tiefen meines Kleiderschranks, weil ich nicht den Mut aufgebracht hatte, die Aktion wirklich durchzuziehen. Kopfkino war wirklich etwas Wunderbares, aber solche Ideen in die Tat umzusetzen verlangte mir doch mehr Überwindung ab, als ich jemals gedacht hätte. Aber was, wenn es half den Schmerz auszublenden oder ihn endlich loszuwerden?

Er war immer präsent. Manchmal mehr, manchmal weniger, wie eine Stimme meines Unterbewusstseins. Ich konnte ihn nicht abschütteln, egal was ich tat, egal, womit ich mich ablenkte. An guten Tagen saß er leicht wie ein Schmetterling an meiner Brust. An schlechten Tagen drohte ich darin zu ertrinken.

Seine erste große Liebe vergisst man nie.

Das sagte man doch, nicht wahr? Und wenn das bedeutete, dass ich den Rest meines Lebens mit einem drückenden Gefühl im Magen aufwachen würde, dann wünschte ich mir wirklich, ich könnte die Zeit zurückspulen und wäre Ben niemals begegnet. Liebe war einfach beschissen.

***

Vor dem Hauptgebäude der Roadrige High wartete bereits Kate auf mich. Im Gegensatz zu mir war sie in einen Parker gehüllt und hatte sich einen Schal um den Hals geschlungen. Es war wirklich schrecklich windig und dadurch extrem kalt, aber ich hatte mich entschieden mein Lieblingskleid den letzten Funken Sommer noch einmal spüren zu lassen, bevor es für den Rest des Jahres im Kleiderschrank verschwinden musste. Das dunkle Blau passte perfekt zur Farbe meiner Augen, weshalb ich es damals gekauft hatte. Zusammen mit meiner roten Lederjacke und den schwarzen Stiefeln hatte ich alle Teile miteinander kombiniert, die ich nicht für alles Geld der Welt hergeben würde, weil ich so sehr daran hing. Mit jedem dieser Kleidungsstücke verband ich etwas Besonderes. Einen coolen Shoppingtrip, einen besonders lustigen Tag – für die Lederjacke hatte ich damals mein ganzes Erspartes plündern müssen, aber sie war jeden Dollar wert. Irgendwie verlieh mir dieses Outfit genug Mut, um meinen Mitschülern an diesem Scheißmorgen voller Wehmut und Zweifel unter die Augen treten zu können. Ich konnte selbst im Energiesparmodus einige meiner Angewohnheiten und Einstellungen nicht ablegen.

Nachdem ich den Wagen auf dem Parkplatz abgestellt hatte, war ich schon relativ spät dran gewesen und hatte nicht mehr damit gerechnet, dass meine beste Freundin vor dem Haupteingang auf mich warten würde. Man musste Kate ihre große Geduld hoch anrechnen.

Während ich auf sie zuging, holte ich tief Luft, um mich für das kommende Gespräch zu wappnen. Sie war bestimmt sauer, weil ich sie am Wochenende ignoriert hatte. Vielleicht half ein Lächeln, damit sie nicht gleich auf mich losging und mich mit Fragen löcherte? Also lächelte ich breit und gut gelaunt und winkte Kate, als ich näherkam. Ihr Gesichtsausdruck war echt schwer zu deuten. Sie stand einfach da und starrte mich an.

»Guten Morgen!«, trällerte ich fröhlich und wollte sie zur Begrüßung umarmen, aber Kate hielt eine Hand hoch und wehrte die vertraute Geste ab. *Mist!*

»Lucinda Everly Reagan!«, spuckte Kate meinen Namen mit einem ziemlich schlechtgelaunten Gesichtsausdruck aus. Reflexartig hielt ich ihr den Mund zu, weil ich lieber auf der Stelle im Erdboden versank, als jemanden meinen ganzen Namen hören zu lassen – auch, wenn das Unheil schon geschehen war. Rasch blickte ich nach allen Seiten, um mich zu vergewissern, dass niemand den Namen mitbekommen hatte. Meine Eltern besaßen echt einen schrecklichen Sinn für Humor. Meine Schwester hatte mit ihrem Namen mehr Glück gehabt: *Taylor Anne* klang noch einigermaßen normal, aber wer kam auf die Idee sein Kind Lucinda Everly zu nennen? Das war ein Name für ein Einhorn oder irgendeine dämliche Fee. Vielleicht hatte Mom zu viele VIP-Magazine gelesen.

Ich seufzte. Niemand hatte etwas mitbekommen. Kate und ich waren unter den letzten Schülern, die noch vor dem Gebäude herumlungerten. Im nächsten Moment biss Kate mir in den Finger und ich zog die Hand von ihrem Mund. »Autsch, das hat weh getan!«, meckerte ich.

»Deine Hand schmeckt auch nicht besonders gut!«

Kate funkelte mich düster an und wischte sich dabei mit dem Handrücken über den Mund. Dann ließ sie die Hand sinken, formte eine Faust und boxte mir gegen die Schulter. Der Treffer war nicht besonders fest.

»Kate, weißt du –«, setzte ich an, aber ich verstummte sofort, als Kate mir wieder gegen die Schulter boxte. Das tat sie noch ein paar Mal, als wäre ich ihr persönlicher Box-Sack. »Du!« Schlag. »Hast!« Schlag. »Dich!« Schlag. »Nicht!«

»Bei dir gemeldet!«, rief ich dazwischen und fing ihre Faust mitten im Hieb ab. »Ich weiß, Kate.«

Meine beste Freundin blies sich eine braune Haarsträhne aus der Stirn und trat einen Schritt zurück.

Für einen Augenblick schwiegen wir beide. Wind kam auf und ließ Laub durch die Luft wirbeln. Sofort begann ich zu frösteln und das nicht nur wegen der kühlen Brise. Es fühlte sich an, als sei etwas zwischen Kate und mir eingefroren, und ich fühlte mich unsagbar schlecht.

Also zog ich eine Schnute und machte große Augen. Ich wusste, dass Kate mir bei dem Gesichtsausdruck nicht lange böse sein konnte. Tatsächlich lockerten sich ihre Miene und ihre Haltung bereits wieder und sie verdrehte frustriert die Augen. Ich fasste sie an der Hand.

»Kateeee«, murmelte ich entschuldigend. »Bitte, bitteeeee sei nicht böse! Du bist meine allerbeste Freundin und das wird sich nie ändern, aber du kannst eine solche Nervensäge sein. Du weißt doch, dass ich mich nicht dazu durchringen kann am Wochenende etwas zu unternehmen, das etwas mit *ihm* zu tun hat. Irgendwann hab ich einfach mein Handy ausgestellt.«

»Ich habe mir Sorgen gemacht«, murmelte Kate und klang enttäuscht von mir. Das wusste ich, weil sich bei Enttäuschung jeder Art immer eine Sorgenfalte zwischen ihren Augenbrauen bildete. Vielleicht war es doch Wut. Auf jeden Fall ein paar üble Gefühle, die sich gegen mich richteten. *Die doofe, ignorante Lügnerin.* Dass ich log, konnte Kate allerdings nicht riechen.

»Es geht mir gut«, beteuerte ich. »Ich brauche einfach nur noch eine Weile Abstand von der Welt.«

Ich lächelte wieder, als ich das sagte.

»Ich glaub dir kein Wort«, meinte Kate skeptisch.

»*I could't care less, that's what I care about*«, sang ich die Textzeile der Künstlerin Leslie Cleo, um ein bisschen Schwung in die Unterhaltung zu bringen, aber Kate starrte mich noch immer finster an. »*Such a good drama*«, machte ich munter weiter. Kate durchschaute die Ablenknummer sofort. Sie legte den Kopf schräg.

»Hast du inzwischen noch mal mit ihm gesprochen?«, fragte Kate. Ich summte leise weiter. »Lucy!«

»Nein«, antwortete ich. »Muss ich das denn? Es ist ja nicht so, als warte die ganze Schule auf ein Duell zwischen uns, oder? Ich muss *nie wieder* mit ihm reden.«

Es fiel mir immer schwerer den Fake-Gute-Laune-Modus beizubehalten. Damit ich Kate nicht länger ins Gesicht blicken musste, griff ich nach der Eingangstür und hielt sie meiner besten Freundin auf. Kopfschüttelnd ging Kate voraus. Ich folgte ihr und wir gingen den Flur hinunter, um unsere Spinde aufzusuchen.

»Ich bin immer noch mit Cole zusammen«, sagte Kate schnippisch, als wüsste ich das nicht. »Ich sehe Ben eben ab und zu. Cole ist immerhin sein Bruder und manchmal klinkt Ben sich in unsere Unternehmungen ein. Ich verstehe, dass dich das stört, aber ich kann den beiden schlecht verbieten miteinander abzuhängen, weil ich deine Freundin bin.«

Ich schloss meinen Spind auf und versteckte mein Gesicht hinter der angelehnten Tür, damit Kate mich nicht weiter mustern konnte. Wir hatten in der ersten Stunde Chemie, also zog ich das dicke Formelbuch heraus.

»Weiß ich doch«, erwiderte ich schwach.

Kate und Cole hatten keine besonders lange Geschichte. Bei einem Ausflug zum Meer vor den Sommerferien, bei dem auch Taylor, Hunter und Ben dabei gewesen waren, hatten sich beide kennengelernt. Bei ihrer ersten Begegnung hatten sie sich ziemlich unsympathisch gefunden, aber an diesem einen Abend in der Strandbar hatte es irgendwie zwischen den beiden gefunkt. Sie waren erst etwas mehr als einen Monat richtig zusammen, aber ziemlich glücklich. Kate selber nannte ihre Beziehung immer die beste Sommerromanze ihres Lebens, aber inzwischen wurde es immer ernster mit den beiden. Ich wollte meiner besten Freundin wirklich nicht ihr Glück ruinieren.

»Nur weil ich Cole habe, heißt das nicht, dass ich auf dich verzichten will, Lucy«, sagte Kate sanft. »Ich würde ihn jederzeit für dich links liegenlassen.«

»Das will ich doch gar nicht«, antwortete ich. Langsam schloss ich den Spind wieder und sah zu Kate hinüber. Sie stand etwas verloren im inzwischen leeren Gang und sah mich bedrückt an. »Wirklich nicht.«

»Was willst du dann?«, fragte sie energisch.

Die Klingel ertönte und erlöste mich vom Rest des Gesprächs. Ich hatte sowieso keine Ahnung, was ich hätte antworten sollen. Ich wusste nicht, was ich wollte.

»Wir kommen zu spät«, sagte Kate.

»Ja«, stimmte ich ihr tonlos zu. Ich hatte den Eindruck, ich war nicht nur spät dran, was den Unterricht betraf. Hoffentlich war das Zeitfenster für eine ordentliche und ehrliche Entschuldigung noch nicht abgelaufen. Mit schwerem Herzen ging ich zu Chemie.

***

Die ersten beiden Stunden überstand ich ohne Zwischenfall. Ich hatte zwar hinterher keinen Schimmer, was genau in Chemie durchgenommen worden war, und auch in der darauffolgenden Stunde Englisch schaltete mein Hirn auf Durchzug, aber immerhin hatte ich meine Gedanken davon abhalten können, Kate immer wieder Recht zu geben. Von dem Moment an, da wir das Klassenzimmer betreten hatten, war ich nämlich nur noch am Grübeln gewesen.

Meine beste Freundin war verletzt.

Ich wurde zur notorischen Lügnerin.

Wenn das so weiterging, konnte ich doch direkt *Vertrauen* aus meinem Wortschatz streichen. Was war denn nur los mit mir? Hing ich in irgendeiner Phase fest, die mir verbot einfach mit der Wahrheit herauszurücken?

Früher oder später musste ich mit jemandem reden, sonst würde ich irgendwann sicher platzen und dann würde es überall kleines Lucy-Gefühls-Konfetti geben.

Und gerade, als ich passend zur ersten Pause beschloss Kate alles aufzutischen, was genau in mir vorging, sah ich Cole in Begleitung von Ben den Flur herunterkommen. In unsere Richtung. Sofort erlitt ich eine Panikattacke und stürmte ins erstbeste Klo hinein.

Kate hatte nicht einmal Zeit gehabt zu registrieren, was los war, da war ich schon abgerauscht und hatte sie stehengelassen. Ich war so was von erbärmlich. Am liebsten hätte ich vor Wut auf mich selbst geweint, aber nicht einmal die Tränen wollten kommen, obwohl ich mich danach sicher besser gefühlt hätte. Mit klopfendem Herzen verbrachte ich die Pause in der Toilette. Ich lehnte mich gegen die Kabinenwand und schloss die Augen. Schon wieder stiegen schmerzliche Erinnerungen in mir hoch.

Es war gleich zu Beginn der Ferien passiert.

Ich hatte mir ausgemalt, wie wundervoll der Sommer mit Ben sein würde und wie uns die vielen Wochen Zweisamkeit näher zusammenbringen würden. In meiner Fantasie hatte ich mir die romantischsten Dinge ausgemalt. Spaziergänge bei Sonnenuntergang, Picknicks im Park, Rumgeknutsche im Kino und Dates bei Kerzenschein. Ich stand auf diesen romantischen Kitsch und weil Ben mein erster Freund gewesen war, hatte ich mir natürlich erhofft, dass wir beide eine Menge Erinnerungen zusammen erschaffen würden. Stattdessen hatte er mir zu Beginn der Ferien gesagt, dass seine Familie in ein paar Monaten umziehen würde, weil sein Dad versetzt worden war.

Wir hätten nicht den ganzen Sommer zusammen. Vielleicht sei es besser einen Gang herunterzuschalten. Und in einem üblen Wortgefecht hatten wir uns getrennt.

Ich wollte mir die Einzelheiten gar nicht mehr ins Gedächtnis rufen, sonst würde ich mich nur noch elender fühlen. Was gab es Besseres, als von dem

Jungen abserviert zu werden, dem man seine Jungfräulichkeit und ewige Liebe geschenkt hatte? Wegen eines dämlichen Umzugs.

Cole hatte sich auch nicht von Kate getrennt.

Wo wir wieder bei meiner besten Freundin waren. Halbherzig schrieb ich ihr eine Whatsapp-Nachricht und entschuldigte mich für mein Verschwinden. Bald würden keine Worte der Welt mir noch weiterhelfen. Ich musste mir echt eine Wiedergutmachung für Kate einfallen lassen.

Es klingelte und ich verließ die Toilette wieder. Von Kate war weit und breit keine Spur zu sehen, nachdem ich sie eben abgeschüttelt hatte. Obwohl ich heute noch nichts gegessen hatte, war mir der Appetit mal wieder gründlich vergangen und das lag nicht nur an der Schultoilette, in der ich gehockt hatte, als sei ich wieder ein Freshman und hätte keine Freunde. Wenn mein Junior-Year schon so scheiße war, wie sollte ich mich dann auf mein Senior-Year freuen können? Sollte das nicht die beste Zeit im Leben eines jungen Mädchens sein? Erschöpft von der vielen Denkerei schleppte ich mich durch die Gänge, um meinen Hintern zur Umkleide der Sporthallen zu bewegen. Kate und ich hatten für den Rest des Nachmittags getrennte Kurse.

Dass der Tag ab diesem Zeitpunkt einen Tiefpunkt nach dem anderen erreichen würde, konnte ich natürlich nicht ahnen. Zuerst bekam ich beim Zirkeltraining null Punkte, weil ich ständig die Ziele verfehlte oder Hindernisse im Parcours umrannte, statt die Hürden zu meistern. Dann vergaß ich die Zeit unter der Dusche und trödelte herum, als ich mich anzog, was zur Folge hatte, dass mich die Lehrerin in den Umkleiden einsperrte. Ich sollte die Schule wegen diesem Mist verklagen! Mir blieb nichts anderes übrig, als aus einem der Fenster zu klettern, die zum Sportplatz hinausgingen. Empfang hatte ich in der Umkleide nämlich auch nicht. Und als wäre so ein Unterfangen nicht schon schwierig genug, blieb ich bei der Kletter-Aktion mit dem Saum meines Kleids hängen, riss eine Naht dabei auf und stieß mir übelst das linke Knie an der Fensterbank an.

Ich hinkte über den Rasen zurück zum Südeingang der Roadrige und musste feststellen, dass die kaputte Naht sich immer weiter auffädelte. Innerhalb von Sekunden hatte mein Kleid einen kleinen Schlitz. Wenn das so weiterging, würde ich noch ganz nackt dastehen. Vor lauter Frust (und weil ich in diesem Zustand wirklich nicht zum Unterricht gehen konnte, wie ich mir einredete), schwänzte ich die übrigen Unterrichtstunden und quartierte mich bei der Theater-AG ein.

Der Kurs nahm seit Monaten die Aula für sich in Beschlag, weil er an einem neuen Stück arbeitete und die Proben dort abgehalten wurden. Die Leute in der AG waren wohl ein paar der wenigen Schüler und Schülerinnen, die sogar in den Ferien Zeit auf dem Grundstück der Highschool verbracht hatten. Die Truppe bestand aus Schülern verschiedener Stufen, weil Helfer dort jederzeit Mangelware zu sein schienen. Darunter Schüler aus dem zweiten Highschool Jahr, Juniors genannt, einige aus dem dritten Highschool Jahr, Sophomores genannt, und ein paar aus der Abschlussklasse und dem letzten Highschool Jahr, Seniors genannt. Meine Schwester und ihr Freund waren ebenfalls Teil des Kurses gewesen und ein paar Wochen vor den Ferien hatte sich auch meine zweite beste Freundin Roxy dazu entschieden ins Team einzusteigen. Das lag vor allem daran, dass Roxy wahnsinnig gerne schneiderte und Aufführungen jeder Art schon immer gemocht hatte. Als ein Platz bei den zuständigen Leuten für die Kostüme freigeworden war, hatte sie sich sofort beworben – und war prompt genommen worden. Seitdem bekam ich sie wirklich selten zu Gesicht, weil sie jede Minute, die sie erübrigen konnte, in der Aula verbrachte.

Als ich sie fand, saß sie hinter der Bühne in einem kleinen Räumchen vor einer Nähmaschine und schob hochkonzentriert einen weißen Rock unter die Nadel. Ich wollte sie ungern unterbrechen, also wartete ich, bis sie eine Pause einlegte, um laut »Hallo« zu sagen.

»Lucy!«, begrüßte mich Roxy strahlend. »Mit dir habe ich gar nicht gerechnet. Hast du nicht Unterricht?«

»Eigentlich schon«, gab ich zu. »Aber ich hab einen Notfall. Mein Kleid löst sich auf. Kannst du dir das vielleicht einmal ansehen? Bitte mit Zuckerguss drauf?«

Roxy stieß sich vom Tisch ab und der Stuhl, auf dem sie saß, rollte ein paar Meter nach hinten. Hastig stand sie auf, schob den Stuhl zurück und begann zu grinsen.

»Eine kaputte Naht? Nichts leichter als das.« Sie winkte mich heran. Als ich neben ihr stand, nahm sie den Saum meines Kleides zwischen die Finger und sah sich das Problem genauer an. »Eine Sekunde, Lucy.«

Roxy ging zu einem riesigen Schubladenschrank an der Wand, zog mehrere Fächer auf und holte ein paar Nähutensilien heraus. Dann nahm sie sich eine Minute Zeit, um ein Garn zu finden, das zu meinem Kleid passte.

»Wenn du kurz still hältst, behebe ich das.«

»Danke«, sagte ich, dann folgte eine lange Pause.

»Hast du mit Kate gesprochen?«, fragte Roxy. Mit flinken Fingern fädelte sie einen Faden durch die Öse einer Nadel und begann die kaputte Naht zu flicken. Ich stand stocksteif da, als sie an meinem Kleid herumhantierte, und starrte nachdenklich auf Roxys Hinterkopf.

»Ich spreche jeden Tag mit Kate«, antwortete ich gedehnt. »Wir haben doch montags immer zusammen Chemie und dann Englisch. Weißt du doch, Roxy.«

»Das meine ich nicht und das weißt du«, tadelte sie mich. Sie richtete sich wieder auf und steckte die Nadel auf das Nadelkissen, das sie wie ein Armband am rechten Handgelenk trug. Roxy war schon immer praktisch veranlagt gewesen. Sie hatte das dunkle Haar zu einem zerzausten Dutt auf dem Kopf zusammengesteckt. Unzählige Strähnen umrahmten wahllos ihr schmales Gesicht. Im Gegensatz zu mir und Kate überlegte sie nie lange, was sie anzog, sondern nahm sich das, was ihr aus dem Kleiderschrank entgegensprang. Heute war es eine Jeans und eine blaue Bluse. Ihre grauen Augen musterten mich.

»Ich stecke hier selber ziemlich fest«, murmelte sie entschuldigend. »Aber trotzdem rede ich mit Kate und dir. Sie ist wirklich sauer, weil du sie ignorierst.«

»Du bist auch nicht sauer auf mich«, sagte ich lahm.

»Lucy«, erwiderte Roxy seufzend. Mehr nicht. Ich wusste, was sie mir sagen wollte. Dass Kate und ich uns länger kannten, bessere Freundinnen waren und für Roxy diese Tatsache immer völlig okay gewesen war. Roxy und ich hatten unsere ganz eigene Dynamik und Kate brauchte einfach eine Menge Gefühlsduselei, um sich nicht ausgeschlossen zu fühlen, weil sie selber so emotional veranlagt war. Mit ihr nicht über Gefühle zu reden, war, wie Geheimnisse tief in seinem Herzen zu verschließen.

Was ich tat. Und was mir durchaus bewusst war.

»Ich weiß«, antwortete ich, weil mein Repertoire an Worten gänzlich erschöpft war. Unruhig rieb ich mir über das linke Handgelenk. Die Macht der Gewohnheit meldete sich wieder. An der kahlen Stelle an meinem Handgelenk hatte ich früher immer ein ganz besonderes Armband getragen. Jedes Mal, wenn ich aufgewühlt oder nervös wurde, hatte ich mit den Fingern über die winzigen Perlen gestrichen. Nachdem ich es für immer abgelegt hatte, konnte ich diesen Mechanismus einfach nicht abschütteln. Hastig zog ich den Ärmel meiner Jacke über die freie Haut und schob die Hände in die Taschen.

»Ich hab gerade leider nicht so viel Zeit. Ich muss eine Deadline einhalten«, nahm Roxy den Gesprächsfaden wieder auf, weil von mir nichts mehr kam. »Sonst werden wir hier nie fertig, aber die Sache am Freitag steht, oder? Kate, du und ich, wie in guten alten Zeiten?«

»Auf jeden Fall«, bestätigte ich nickend.

Roxy umarmte mich flüchtig und schob mich dann sanft zur Tür hinaus. Ich sah nach, ob die Luft rein war, und rannte den Bühnenabgang hinunter, Richtung Aula-Ausgang, ehe mich Ms Fletcher – die AG-Leiterin – erwischte. Wenn sie sah, wie ich tatenlos herumlungerte, würde sie mich sicher fürs Schwänzen bestrafen.

Weil der Unterricht in vollem Gang war, blieben die Flure leer. Wie das Summen von Bienen in ihrem Bienenstock waren die vielen Geräusche hinter Türen eingeschlossen. Eigentlich bräuchte ich einen Hallenpass, weil sonst jeder Schritt mein letzter sein konnte.

Ich war wirklich eine waschechte Rebellin!

In meiner ganzen Schullaufbahn hatte ich mir nie Nachsitzen oder dergleichen aufbrummen lassen. Ich war immer schlau genug gewesen, mich nicht erwischen zu lassen, aber heute hatte ich den Drang, irgendeiner Art von Gefahr entgegenzutreten. *Lächerlich,* dachte ich insgeheim, weil sich im

Endeffekt nur meine Eltern aufregen würden, wenn ich einen Vermerk in meiner Akte bekam, nicht ich selbst. Als ich daher Schritte hörte, verschwand ich in einer nahegelegenen Abstellkammer und hielt den Atem an. Glück im Unglück, wenn man so wollte. Durch die dünnen Ritzen eines Lüftungsgitters in der Tür sah ich, wie die Direktorin höchstpersönlich an mir vorbeilief. Erschrocken trat ich einen Schritt zurück und fasste mit meiner Hand in etwas Weiches, das sich irgendwie feucht und kalt anfühlte.

Sofort überkam mich eine absolute Horrorvorstellung von Dingen, die in diesem dunklen und muffigen Raum auf unfreiwillige Gäste wie mich lauerten. Nachdem ich festgestellt hatte, dass es sich bei dem weichen Etwas nur um alte Lappen handelte, beruhigte ich mich wieder und wollte die Abstellkammer verlassen. *Glück im Unglück,* wiederholte ich spöttisch in Gedanken. Dann verging mir der Sinn für Humor, als ich feststellte, dass die Tür ins Schloss gefallen und somit verriegelt war.

Das durfte doch echt nicht wahr sein!

Ich hatte jetzt zwei Optionen.

A – Warten, bis es wieder klingelte und dann um Hilfe rufen, bis jemand auf mich aufmerksam wurde, was ziemlich peinlich wäre, wenn ich hier rauskam.

B – Warten, bis der Hausmeister kam und etwas aus dem Schrank benötigte. Allerdings wusste ich nicht, ob ich mich auf einen solchen Zufall verlassen konnte. Es gab sicher dutzende Abstellkammern in der Schule.

Mir blieb natürlich immer noch die Möglichkeit, jemanden anzurufen, damit eine meiner Freundinnen dem Hausmeister Bescheid geben könnte. Keine der Optionen gefiel mir wirklich gut. Ich drehte einen der Putzeimer um, den ich zu fassen bekam und setzte mich darauf.

Wahrscheinlich war das einfach Karma.

Nachdem ich eine halbe Stunde den Geräuschen auf dem Flur zugehört hatte, als Leute die Räume für die neuen Unterrichtsstunden wechselten, und nach einer weiteren halben Stunde Angry Birds auf meinem Smartphone schrieb ich Kate doch eine Whatsapp-Nachricht.

Es kam keine Antwort. *Karma, so sah es aus!*

Gerade, als ich beschloss Roxy anzurufen, wurde die Tür zur Abstellkammer aufgeschlossen. Eine völlig verdatterte Putzfrau sah mich mit großen Augen an.

»Überraschung!«, rief ich und lächelte sie an.

»Wie kommst du denn hier rein?«, fragte sie mich.

»Das war ein ganz dummer Scherz«, erklärte ich. »So etwas wie eine Mutprobe. Bitte verpetzen Sie mich nicht. Ich schwöre, das kommt nie wieder vor.«

Die ältere Frau schüttelte belustigt den Kopf.

»Dann mach mal, dass du nach Hause kommst.«

»Haben Sie vielen Dank!«, sagte ich überschwänglich. Ich schulterte meine Tasche und stürmte an ihr vorbei.

Dieser Tag war echt für die Tonne!

Ich hatte nichts gelernt.

Ich hatte nichts getan.

Ich hatte nichts erreicht.

Kurz gesagt: Ich hätte einfach im Bett bleiben sollen. Vielleicht sollte ich das Vor-mich-hin-vegetieren-und-Eis-essen doch mal ausprobieren? Weil ich keinen Bock hatte, noch mal zu meinem Spind zu laufen, tat ich, was die nette Putzdame gesagt hatte: nach Hause gehen.

Obwohl ich nichts weniger wollte als zurück nach Hause, wo ich entweder allein war und Taylor vermisste oder meine Eltern mich umschwärmten wie Hennen ihre Eier. Ob ich mich in meinem Bett einfach zu den Cassels teleportieren konnte? Ich wäre sicher ein total pflegeleichter Gast. Würde auf Riley aufpassen ...

Auf dem Weg ins Erdgeschoss kam ich am Tonstudio vorbei. Die Schülerzeitung nutzte es, um Aufnahmen für kleine Nachrichten zu machen, die jeden Montag und Freitag über Monitore in alle Klassenräume übertragen wurden. Meistens ging es um Schulevents, die Sport betrafen, besondere Aktionen und spezielle Verdienste einiger auserwählter Schüler. Als ich ein verdächtiges Geräusch hörte, blieb ich neugierig davor stehen.

Zuerst dachte ich, etwas sei zu Bruch gegangen, aber dann wurde das Scheppern und Klappern lauter. Die Tür war nur angelehnt und als ich zuerst langsam durch den Spalt lugte, erkannte ich nur Dunkelheit. Langsam öffnete ich die Tür ganz und schaltete das Licht ein. Was ich sah, ließ mir den Atem stocken. Irgendjemand hatte sämtliche Filmrollen auseinander genommen und sie vom Band gerollt. Der Boden war ein Meer aus unbrauchbarem Material, das sicher für keine Nachrichten mehr gut war. Im wahrsten Sinne des Wortes *Bandsalat*.

»Hallo?«, rief ich in den Raum hinein. Ich kämpfte mich durch die zahllosen Bänder, die sich beim Gehen immer wieder um meine Schuhe und Knöchel wickelten, um zum Nebenraum zu gelangen. Ich war noch nie hier drinnen gewesen, aber den zweiten Raum mit dem breiten Tisch, auf den die aufgeschalteten Kameras und Standlichter fokussiert waren, kannte ich von den morgendlichen Schüler-Nachrichten. Ein Vorsitzender der Schülerzeitung und jemand aus dem Schülerrat saßen zu Sendezeiten auf den Stühlen hinter dem Pult, während Bilder und Schlagzeilen über die Leinwand flackerten.

In diesem Moment war hier natürlich nichts los – mal abgesehen von dem Filmrollen-Chaos im Vorraum und der blauen Schmiererei auf der sonst weißen Leinwand, die mir jetzt ins Auge fiel. In schauriger Schrift hatte jemand geschrieben:

ICH WEISS, WAS DU GETAN HAST.

Wie in einem billigen Horrorfilm. Die Botschaft war nicht mal an jemand Bestimmten adressiert. Was für ein bescheuerter Scherz. Super aussagekräftig!

Dann hörte ich die Schritte. Ich konnte nicht genau definieren, von wo sie kamen, aber das Donnern von Absätzen auf hartem Marmor löste ein mulmiges Gefühl in mir aus. Was, wenn die Direktorin wieder durch die Gänge stolzierte? Wenn mich jemand hier sah und ich keine Ausrede parat hatte, warum ich mutterseelenallein in diesem Chaos stand? Das wirkte doch megaverdächtig.

»Psst!«, machte es von irgendwoher.

Völlig irritiert drehte ich den Kopf in Richtung Tür, aber im nächsten Augenblick schloss sich eine Hand von hinten um meinen Arm, zerrte mich ein Stück zurück und ich stolperte überrumpelt rückwärts, während mich die fremde Hand mit sich zog und hinter eine Reihe Regale in der Ecke des Raumes schubste. Ich wusste gar nicht, wie mir geschah, da stand ich schon verborgen hinter Kisten voller Kabel und anderem Equipment in einem Versteck, von dessen Existenz ich nichts geahnt hatte.

»Du musst mir versprechen leise zu sein«, flüsterte ausgerechnet Jasper Ransom. Er war derjenige, der mich so unsanft durchs Zimmer gezogen hatte. Ohne meine Antwort abzuwarten, trat er näher und drängte mich weiter in die winzige Ecke – allein durch seinen intensiven und einschüchternden Blick.

Er legte sich einen Finger auf den Mund, um mir zu bedeuten, ich sollte bloß die Klappe halten. Mit der anderen Hand packte er wieder grob meinen Arm, als müsste er mich am Weglaufen hindern. Hinter dem Regal war so schon zu wenig Platz, aber diese Geste ließ sofort das Gefühl in mir aufkommen, gefangen zu sein. Ich stieß mit dem Rücken gegen die kalte Wand, als Jasper noch näherkam. Weiter zurück konnte ich wirklich nicht mehr.

Ihn schien es nicht einmal zu stören, dass er mich jeden Moment zerquetschen würde. Ich konnte sein Aftershave oder Shampoo riechen, als er den Kopf drehte, und trotz der bizarren Situation konnte ich mir den Gedanken nicht verkneifen, dass Jasper echt gut roch. Nach einer Kombination aus Moos und Apfel. War das etwa Hugo Boss? Und Sekunde mal – schnüffelte ich gerade an Jasper Ransom herum? Ich spürte, wie mir leichte Hitze in die Wangen schoss, und war froh, dass er mich in diesem Moment nicht ansah. Das hatte man also davon, wenn man stundenlang mit seiner besten Freundin Parfümerien abklapperte, um ein gutes Geschenk zu finden. Vermutlich würde ich jetzt jedes Mal, wenn ich die Marke sah, an Jasper denken und daran, wie gut er roch. Wenn man es genau nahm, war das nicht mal sein Verdienst. Ich konnte mich auch einnebeln, damit andere mich anziehend fanden. *Stopp, stopp, stopp, verdammte Gedanken!*

Jasper drehte den Kopf wieder zu mir herum.

»Noch ein bisschen. Gleich ist die Luft rein.«

Er glotzte mich an, als wäre ihm erst jetzt wieder klar geworden, dass wir uns irgendwie kannten. Mit einem richtig zynischen Lächeln um die Mundwinkel und einer gekonnt hochgezogenen Augenbraue, als würde er jeden Moment fragen wollen: *Du hier? Was verschafft mir die Ehre? Oder vielleicht: Hast du an mir gerochen?*

»Bist du für dieses Chaos verantwortlich?«, fragte ich vorwurfsvoll. »Ich will da nicht mit hinein –«

Frech wie er war, drückte er mir eine Hand auf den Mund. Jetzt wusste ich, was Kate heute Morgen gemeint hatte. Wenn dir jemand seine schwitzige Hand auf die Lippen presste, war das wirklich nicht angenehm.

»Ich erkläre dir gleich alles. Sei einfach still.«

Vor allem, wenn es eine warme Hand war und die andere Hand dieser Person sich noch immer in deine Schulter drückte und dich somit gegen die Wand. Und diese Person dich weiter mit ihrem Parfum einlullte und mit großen dunklen Augen fixierte. Jasper hatte mich praktisch zwischen sich und dem Mauerwerk eingekeilt.

Und dazu kam auch noch, dass wir beide fast gleich groß waren und unsere Gesichter auf Augenhöhe lagen. Sein Atem tanzte über meine Wange, als er sprach.

»Bitte, Lucy«, sagte er eindringlich.

Im Hintergrund waren die Schritte längst verklungen. Wir waren wohl beide noch einmal davongekommen.

Endlich ließ er mich los und trat zurück. Meine Fresse, wenn ich es nicht besser wüsste, würde ich sagen, mein Herz wäre gleich in meiner Brust explodiert, weil ein Teil von mir Jasper immer noch heiß fand.

»Was zur Hölle ist hier los?«, fragte ich. Ich zog die Augenbrauen zusammen und starrte ihn finster an. Endlich kamen ein paar der vernünftigen Emotionen zurück zu mir. Bei der Scheiße, die hier gerade abgegangen war, sollte ich wütend sein. Weil er mich herumgeschubst hatte und mir eine Antwort schuldete.

»Wenn das mal kein Zufall ist«, sagte er schnippisch. »Ausgerechnet dich hier anzutreffen, Reagan.«

Ich verdrehte die Augen. »Die Welt ist klein.«

Jasper verzog das Gesicht. »Riechst du nach Essig?« Meine Güte, fiel ihm spontan nichts Besseres ein?

»Eau de Abstellkammer«, antwortete ich sarkastisch.

»Für so ein Mädchen hätte ich dich nicht gehalten«, sagte er erheitert. »Abstellkammern. Es gibt Besseres.«

»Ich bin mir sicher, du kennst jeden geheimen Ort dieser Schule«, erwiderte ich schnaufend.

Der Seitenhieb prallte einfach an ihm ab.

»Wenn du nett fragst, nehme ich dich mal mit.«

»Eine Einladung von jemandem, der wahllos Schuleigentum zerstört und B-Movie-Sprüche an irgendwelche Wände schmiert, meine Eltern wären so stolz auf mich.«

Jasper bewegte sich nicht. Ich bewegte mich nicht und genau deshalb hatte ich das Gefühl, noch immer festzusitzen. *Zu Hause* klang jetzt doch nicht mehr schlecht.

»Kannst du mich mal vorbeilassen?«

Obwohl es eine Frage war, schob ich ihn im nächsten Moment grob bei Seite. Wenn er Leute durch die Gegend schubsen konnte, konnte ich das schon lange.

»Ich bin das nicht gewesen«, sagte Jasper aufgebracht. »Ich habe doch gesagt, ich erkläre es dir.«

Er folgte meinem Beispiel und in der nächsten Sekunde waren wir beide auf dem Gang. Ich beschleunigte meine Schritte, um schnell Abstand zwischen mich und den Ort des Verbrechens zu bringen. Jasper wurde ich allerdings nicht los. Er hatte keine Probleme, sich meiner Geschwindigkeit anzupassen.

»Wieso hast du dich dann versteckt?«, fragte ich, sah aber stur geradeaus, als trüge ich Scheuklappen.

»Aus demselben Grund, aus dem du still gewesen bist, als ich es dir gesagt habe. Um Ärger zu vermeiden.«

Jetzt warf ich Jasper doch einen Seitenblick zu. Ich traute ihm echt nicht über den Weg. Nervös rieb ich mir wieder das linke Handgelenk. *Zufall. Ja, sicher!*

»Danke also fürs Leisesein«, fügte er hinzu.

»Ich wollte nur Ärger vermeiden«, erwiderte ich und mein Tonfall klang jetzt schon so, als habe ich ihm verziehen. Jasper lächelte mich erheitert an.

»Wenn du es genau wissen willst, ich habe meine Schwester gedeckt und glaub mir, ich bin der Verantwortungsbewusstere von uns beiden. Das schwöre ich hoch und heilig.«

»Ach, es gibt noch jemanden von deiner Sorte?«, fragte ich und war zugegebenermaßen richtig neugierig.

»Vielleicht habe ich ja einen bösen Zwillingsbruder?«, scherzte Jasper und schlug sich schockiert in einer übertriebenen Geste eine Hand vor den Mund. »Eigentlich müsstest du, wenn es so wäre, darüber Bescheid wissen. Du bist bestimmt eines der Mädchen, das ordentlich in der Gerüchteküche mitmischt.«

Puff – war meine Sympathie für ihn verschwunden.

»Beleidigungen solltest du noch mal üben«, sagte ich leichthin, auch wenn seine Worte mich getroffen hatten. Dachte er wirklich, ich sei eine oberflächliche Ziege, die sich liebend gern Gerüchte anhörte?

»Willst du dich als Testobjekt zur Verfügung stellen? Wenn wir mit Beleidigungen durch sind, könnten wir zu geistreichen und unterhaltsamen Themen übergehen.«

Jasper hatte anscheinend nicht bemerkt, dass mir sein Kommentar zu denken gab. Er war noch immer total entspannt und plauderte locker vor sich hin. Vielleicht war das auch seine seltsame Art, mit mir zu flirten?

Flirten. Ich wollte nicht flirten! Ich wollte, dass Jasper die Fliege machte und mich in Ruhe ließ.

Abrupt blieb ich stehen.

»Beleidigungen oder unterhaltsame Gespräche – du hast doch sicher dutzende Freundinnen, also wie wäre es, wenn wir uns jetzt trennen und du jemand anderen suchst, mit dem du auf geistreiche Weise plaudern kannst?«, schlug ich bemüht freundlich vor.

Jasper hielt ebenfalls an und sah mich mit einem so unverhohlenen Blick an, als würde er meine Strategie ohne große Anstrengung sofort durchschauen.

»Aber vielleicht ziehe ich deine Gesellschaft vor, Lucy«, erwiderte er lässig und lächelte verschwörerisch. »Wer braucht schon Freundinnen, wenn er dich hat? Wo du doch so ein mega Sonnenschein bist?«

Jasper ging mir immer mehr auf den Wecker.

»Hast du mir gerade gestanden, dass du nicht mit einer Bande Mädchen fertig werden würdest?«, fragte ich amüsiert. »Ich dachte, du müsstest nur dein Shirt ausziehen und jedes Verbrechen wäre vergessen?«

»Ich liefere dir später gerne eine Privatvorstellung, dann kannst du überprüfen, wie effektiv dieses Argument ist«, antwortete er anzüglich. »Aber wir sollten jetzt wirklich, *wirklich* aus der Schule verschwinden.«

Jasper deutete den Gang hinunter. Widerwillig setzte ich mich in Bewegung und wir trotteten weiter nebeneinander her. Vielleicht war meine Schlagfertigkeit zusammen mit meinem Herz damals einfach kaputtgegangen.

»Die Filmrollen im Tonstudio beinhalten die neuesten Aufnahmen«, erklärte Jasper, obwohl ich ihn nicht darum gebeten hatte. Keine Ahnung, warum er plötzlich ein solches Mitteilungsbedürfnis verspürte. »Eigentlich werden alte Sachen kategorisch in einem Teil des Archivs aufbewahrt, aber die letzten Aufnahmen nicht. Es bedeutet also mehr als nur ein bisschen Ärger, die Rollen zu zerstören. Vermutlich gibt es nicht einmal ein Backup irgendwo. Ist doch ohnehin bescheuert, die Schulnews auf Filmrolle zu spielen, anstatt eine Videokamera zu benutzen. Wo sind wir? In den 80ern oder was?«

»Mhhh«, machte ich und starrte auf die Marmorfliesen unter meinen Füßen. Ich würde Jasper ganz sicher nicht noch mehr Anlass geben, mit mir zu reden.

»Ohh, Jasper und wieso sollte jemand so etwas im Tonstudio anrichten?«, fragte er und benutzte dabei eine so hohe Stimmlage, dass sie unverkennbar ein Mädchen darstellen sollte. »Bitte erzähl mir die Geschichte.«

»So klinge ich nie im Leben!«, protestierte ich. Genervt fuhr ich mir mit einer Hand übers Gesicht. »Heute ziehe ich das Unglück magisch an«, nuschelte ich.

Jasper zuckte bloß mit den Achseln, aber kaum ausgesprochen bewahrheiteten sich die Worte sofort. Wir waren gerade einmal den Flur bis zur großen Kreuzung der Gänge vor dem Haupteingang gekommen, als sich uns jemand in den Weg stellte oder besser gesagt, unsere Aufmerksamkeit auf sich zog: die Direktorin persönlich.

Ich fühlte mich augenblicklich ertappt.

»Ich saß gerade eben gemütlich in meinem Büro und habe ein paar Klausuren korrigiert, als ich Sie beide auf den Überwachungsmonitoren aus dem Tonstudio habe kommen sehen. Das wäre absolut nichts Auffälliges, hätte ich nicht wenige Minuten danach einen Anruf von unserem Hausmeister bekommen, der mir berichtet hat, dass das Tonstudio ein Ort der Verwüstung ist.«

Die Direktorin betrachtete uns streng.

»Nennen Sie es Schicksal, Zufall, wie es Ihnen lieb ist, aber das ist mehr als verdächtig. Wie wäre es also, wenn Sie beide mit in mein Büro kommen und mir eine besonders glaubwürdige Ausrede auftischen?«

Ich wusste für einen Herzschlag lang gar nicht, was ich dazu sagen sollte. Es war allen bekannt, dass die Schule die Gänge und manche der Klassenräume per Video überwachte. Die letzte Abschlussklasse war in die Schule eingebrochen und hatte es lustig gefunden, einige der Klassenräume auf den Kopf zu stellen. Seitdem gab es ein neues Sicherheitssystem. Das war mir bis zu diesem Moment glatt entfallen. Hatte ich wirklich so viel Pech und war nun auf einem Videoband verewigt, das jetzt als Beweis diente? Die Direktorin hatte bei den wenigen öffentlichen Veranstaltungen, bei denen ich sie gesehen hatte, immer recht nett gewirkt, aber jetzt sah die untersetzte Frau mit dem strengen Haarknoten und den kleinen Augen in ihrem Hosenanzug eher aus, als wäre sie eine Richterin, die Jasper und mich jeden Moment einbuchten wollte.

»Mr Ransom, bei Ihnen wundert mich nun wirklich nichts mehr«, adressierte sie Jasper und seufzte. »Mit Ihnen hatte ich noch nicht das Vergnügen, Ms … ?«

»Reagan«, sagte ich eingeschüchtert.

»Ms Reagan«, wiederholte die Direktorin. »Ich kann Ihnen natürlich nicht vorschreiben, mit wem Sie sich anfreunden, aber glauben Sie mir, dieser junge Mann hier sitzt öfter in meinem Büro, als ich es zu den Unterrichtszeiten der Schule tue. Er liebt Ärger.«

»Vielleicht habe ich es nur vermisst in Ihrem schicken Büro die Aussicht genießen zu können«, meinte Jasper. »Ich kann einfach nicht anders, Mrs Armstrong.«

Die Direktorin musterte Jasper durch ihre Brille hinweg abschätzig. »Ihren Humor habe ich jedenfalls nicht vermisst«, antwortete sie ihm kühl. »Muss ich Ihnen noch einmal dieselbe Standpauke wie neulich halten?«

»Wenn Sie nichts Besseres zu tun haben«, kam es von Jasper und dieses Mal stieß ich ihm mit dem Ellbogen extra fest in die Rippen. »Au, was soll das?«

Mrs Armstrong hob einen Finger und machte eine Bewegung damit, als würde sie einen Haken auswerfen und ich sei der Fisch, der angebissen hatte und nun aus einem See herausgeangelt werden musste.

»Ms Reagan, bitte seien Sie so gut und folgen Sie mir zusammen mit Mr Ransom in mein Büro. Ich bin wirklich gespannt, ob Sie ihrem Freund zustimmen und die Aussicht Ihnen dort genauso gut gefällt wie ihm.«

Als die Direktorin uns den Rücken zugewandt hatte, warf Jasper mir einen Blick zu, der nicht im Mindesten entschuldigend wirkte. Ich zeigte ihm den Mittelfinger.

»Du hast ja doch Krallen, Kätzchen.«

Am liebsten hätte ich ihm hier und jetzt so richtig gezeigt, wie viele Schmerzen ich ihm mit diesen Krallen zufügen konnte. Aber auf Mord stand wohl ein weitaus höheres Strafmaß als das zu erwartende Nachsitzen.

3

Lucy Reagan schrieb gute Noten, schwänzte nicht den Unterricht und handelte sich keinen Ärger ein. Sie war im Veranstaltungskomitee der Schule und engagierte sich gerne bei jeglichen sozialen Veranstaltungen. Dann hatte jemand ihr das Herz gebrochen und ihr Leben ging den Bach hinunter –

Den letzten Satz strich ich wieder aus meinen Gedanken. Zu melodramatisch für meine Biografie.

Nachsitzen – dass ich nicht lache! Und zwar nicht irgendwann, sondern sofort. Man müsste doch meinen, dass so etwas nach Schulschluss verboten war. Den Schülern spontane Sklavenarbeit aufhalsen und alles.

Ich hatte nicht besonders lange im Büro der Direktorin gesessen. Sie hatte mich und Jasper getrennt und mich zuerst ausgequetscht. Während der Fragen, die man mir stellte, kam ich nicht umhin zu denken, dass die Aussicht vom ersten Stock aus beschissen war. So viel dazu. Alles, was ich von meinem Platz vor dem Schreibtisch aus sehen konnte, waren graue Wolken.

Was genau haben Sie vor dem Tonstudio getan?

Was hat Sie dort aufgehalten?

Was haben Sie dort drinnen gemacht?

Wie erklären Sie sich das Chaos?

Ich kam mir vor, als würde jemand mich mit Wort-Bomben bewerfen. Zufall, Zufall, nichts und keine Ahnung. Meine Antworten waren nichtssagend geblieben. Es wäre gelogen gewesen, wenn ich nicht für eine bedeutungsvolle Sekunde lang darüber nachgedacht hatte zu sagen, was ich wusste. Aber was hätte das schon gebracht?

Vielleicht wäre ich davongekommen – und der Preis des Ganzen? Eine miese Verräterin sein, wo Jasper mich auf so eindringliche Weise gebeten hatte zu schweigen?

Sicher, wir waren keine Freunde, aber mein Bauchgefühl sagte mir einfach, dass es falsch war, jemandem in den Rücken zu fallen, der mir eigentlich nichts getan hatte. Ein kleiner Schmutzfleck in meiner Akte würde mich schon nicht dazu verurteilen, den Rest meines Lebens in irgendeinem Diner zu kellnern. Wenn man es genau nahm, wollte doch niemand perfekt sein. So ein kleiner rebellischer Akt machte mich menschlich.

Und dann war da der Teil, der flüsterte, dass Nachsitzen bedeutete, dass ich nicht zu Hause sein würde. Dass ich eine Beschäftigung hatte. Krank. Ich weiß.

Weil die Direktorin nichts in meiner Akte fand, das mich als notorische Draufgängerin hinstellte, und ich ihr partout keine nützliche Information gab, war die Sache ihrer Ansicht nach schnell gegessen.

»Sind Sie sicher, dass Sie nichts hinzuzufügen haben, Ms Reagan?«, fragte sie genervt ein letztes Mal.

»Nichts«, antwortete ich und stand dabei schon von meinem Stuhl auf. »Ich nehme an, ich soll warten?«

»Richtig angenommen. Schicken Sie Mr Ransom herein.«

Sie sah mich mit undeutbarer Miene an. Ich nickte, wandte ihr dann den Rücken zu und verließ den Raum.

Sobald Jasper bemerkte, dass sich die Tür öffnete, musste er aufgesprungen sein, denn er war in wenigen Schritten bei mir. Sein Blick war so unruhig wie das Meer bei einem schlimmen Sturm. Seine Augen schienen fast zu flackern, als habe er keine Kontrolle über die Gefühle, die sich darin widerspiegelten.

»Ich habe geschwiegen wie ein Grab«, flüsterte ich möglichst leise, als ich kurz neben Jasper hielt. Über seine Miene huschte ein Ausdruck, den ich nicht deuten konnte. Dass seine Aufmerksamkeit für diesen Moment voll und ganz auf mir lag, löste sofort Nervosität in mir aus. Es war nicht mehr normal, wie Jasper mich mit nichts als Blicken verunsicherte. Ich hatte immer ein gesundes Selbstbewusstsein besessen und mich in Gegenwart von anderen Leuten – besonders Jungs – niemals unwohl gefühlt. Vielleicht war *unwohl* auch nicht das richtige Wort, um diesen Knoten in meinem Magen zu beschreiben.

Eine abgedrehte Form von Neugier vielleicht?

Ich konnte Jasper einfach nicht durchschauen.

Unbewusst rieb ich wieder über die nackte Stelle an meinem Handgelenk – so lange, bis Jasper antwortete.

»Danke«, nuschelte er erleichtert. Ich trat beiseite, damit er besser an mir vorbeikam. Ehe er die Tür ganz hinter sich schloss, warf er mir einen Blick zu und lächelte. Mein Herz machte einen Salto. Was war das denn gewesen? Ich tat einen riesengroßen Seufzer.

Weil ich mich nicht schon wieder hinsetzen wollte, blieb ich stehen, dann ging ich im Vorraum des Büros hin und her, weil ich die Zeit durch Bewegung totschlagen wollte. Jasper kam nach fünf Minuten nicht wieder heraus. Nach einer Viertelstunde begann ich mich zu fragen, was die beiden so lange besprachen. Hatte Mrs Armstrong ihn dazu verdonnert das Fenster zu putzen, damit einem die Wolken nicht mehr so grau erschienen? Oder hatte sie ihn gleich wie in einem Mafia-Film aus dem Fenster geworfen und vor lauter Schock hatte er nicht mal mehr schreien – und ich ihn somit nicht hören können? Oder gab es neben dem Tonstudio noch andere verdächtige Zwischenfälle, in die er verwickelt war?

Fünfundzwanzig Minuten verstrichen und endlich tat sich wieder etwas. Jasper kam aus dem Büro, dicht gefolgt von Mrs Armstrong. Sie wirkte unzufrieden.

»Ich habe Mr Pentris Bescheid gegeben, damit er Sie beide gleich hier abholt. Er beaufsichtigt nach den Unterrichtszeiten immer das Nachsitzen. Sie beide werden die ganze Woche über jeden Tag nachsitzen«, verkündete Mrs Armstrong trocken. »Für heute sind wir etwas spät dran, daher haben Sie Glück und dürfen nach einer Stunde bereits wieder gehen. Ich lasse Schüler und Schülerinnen grundsätzlich nie über den späten Nachmittagsunterricht hinaus nachsitzen. Sollten Sie an irgendeinem Tag der Woche verhindert sein, teilen Sie mir Ihre Gründe bitte persönlich mit. Bekomme ich Wind davon, dass Sie ihren Pflichten nicht nachkommen, wird das weitere Folgen für Sie beide haben. Mr Ransom kennt das Prozedere schon auswendig. Haben Sie verstanden?«

Die letzte Frage richtete sich wohl mehr an mich.

»Das bedeutet keine Club-Aktivitäten?«, fragte ich und konnte nicht verhindern, dass ich missmutig klang.

»Sofern sich diese mit dem Nachsitzen überschneiden, befürchte ich, Sie müssen aussetzen, Ms Reagan.«

Mrs Armstrong betrachtete mich erwartungsvoll. Die Leiterin des Veranstaltungskomitees – Carrie – würde mich killen, wenn ich wegen so etwas Bescheuertem wie Nachsitzen nicht zu den Treffen des Komitees erscheinen konnte. Ich musste einfach beten, dass sich beides zeitlich nicht überschnitt, sonst hatte ich echt ein Problem. Ein zickiges, fieses Problem mit C. Carrie nahm die Treffen des Komitees nämlich super ernst und sah Nichterscheinen als persönliche Beleidigung an, die ihre Autorität untergrub.

Ich würde nicht einknicken. Das wäre absolut rückgratlos gewesen. Mein Herz war vielleicht demoliert, ebenso wie mein Ego, aber der Rest funktionierte noch.

»Ich habe verstanden«, antwortete ich mit fester Stimme und hielt dem Blick der Direktorin stand. Sie bedachte mich mit einer hochgezogenen Augenbraue, dann sah sie kurz auf ihre Armbanduhr.

»Mr Pentris wird gleich da sein. Verhalten Sie sich bis dahin ruhig. Ich wünsche einen schönen Tag.«

Die Ironie ihrer Worte war fast lächerlich. Mrs Armstrong machte auf dem Absatz kehrt und dann trennte eine verschlossene Tür sie von mir und Jasper. Für ein paar Herzschläge lang war es unheimlich ruhig.

»Du warst echt lange da drinnen«, bemerkte ich in der Hoffnung, Jasper würde sagen, was so lange gedauert hatte. Er wirkte jedoch plötzlich total in sich gekehrt, als hätten ihn seine Gedanken an einen anderen Ort getragen. Bis er registriert hatte, dass ich ihn angespannt anstarrte, war Mr Pentris eingetroffen. Er war ein Lehrer, mit dem ich selber keinen Unterricht hatte und den ich daher nicht kannte, aber ich meinte mich schwach daran zu erinnern, dass Roxy in seinem Spanischkurs saß. Sicher war ich mir aber nicht.

Mr Pentris hielt sich auch kaum mit einer Begrüßung auf, sondern bedeutete uns ihm zu folgen. Wenn er das Nachsitzen immer beaufsichtigte, war er vermutlich immun gegen Beschwerden oder mitleidige Gesten von verurteilten Leuten – nicht, dass von uns etwas kam.

Als es nicht in ein leeres Klassenzimmer ging, sondern hinunter in den Keller der Schule, konnte ich aber nicht mehr länger an mich halten. Beinhaltete Nachsitzen nicht langweiliges, nun ja – Sitzen? In einem Raum. Mit anderen Jugendlichen. Viel stickige Luft. Zögernd blieb ich am Eingang, der zum Kellergeschoss führte, stehen. Die metallene Treppe sah nicht besonders einladend aus. Weil irgendwo Licht eingeschaltet war, konnte ich sehen, wohin die Stufen führten, und der Anblick gefiel mir nicht: ein sehr schmaler karger Gang.

»Wir sollen im Keller nachsitzen?«, platzte es aus mir heraus. »Ich meine, im Ernst jetzt, im Keller?«

Mr Pentris, der schon auf der Mitte der Treppe angekommen war, blieb stehen und blickte zu mir hinauf. Jasper war vor ihm gewesen und außer Sichtweite.

»Im Archiv, um genau zu sein«, antwortete der Lehrer. »Hier unten werden alte Akten und Dokumente gelagert, die einer ordentlichen Sortierung bedürfen. Seit einer Weile schicken wir immer wieder Schüler hinunter, damit sie sich der Aufgabe annehmen. Schülervertreter oder Schüleraushilfen, aber das Kategorisieren verbraucht ungemein viel Zeit, deshalb haben wir diese Aufgabe nun unseren Nachsitzen-Kandidaten übertragen.«

Ich bewegte mich noch immer keinen Zentimeter.

»Keine Sorge, das hier unten ist ein gewöhnlicher Kellertrakt. Es gibt keine Ratten oder dergleichen«, fuhr Mr Pentris recht freundlich fort.

Ratten waren echt das Letzte, woran ich dachte. Allein der Anblick des engen Flurs und der fensterlosen Wände ließen mir die Luft wegbleiben. Ich war echt nicht klaustrophobisch, aber man konnte doch nicht ernsthaft von mir erwarten, dass ich hier unten allein mit Jasper hockte und Ordnung ins Archiv brachte?

Reiß dich mal zusammen, Lucy, ermahnte ich mich.

Ich nahm mehrere Stufen auf einmal, ehe mich der Instinkt packen konnte, davonzulaufen. Als Mr Pentris bemerkte, dass ich mich in Bewegung gesetzt hatte, ging er ebenfalls weiter. Wir standen vor einem Raum, der nicht sonderlich groß war. Er ließ sich in wenigen Schritten durchqueren. Die Wände waren voller Aktenschränke, wie sie es auch im Sekretariat gab, und überall standen diese braunen Pappkisten herum, aus denen weitere Akten quollen, als habe man sie sorglos hineingestopft, ob sich nun Platz darin fand oder nicht.

Es roch irgendwie muffig – da hatte ich meine stickige Nachsitzen-Luft für die perfekte Atmosphäre. Jasper hockte über einem offenen Karton und fischte ein paar Akten heraus, als könne er es gar nicht abwarten loszulegen. Mr Pentris räusperte sich und Jasper sah auf.

»Mr Ransom ist mit dem Ablauf vertraut, aber ich erkläre es für Sie beide. Ihre Aufgabe wird es sein, Akten aus den alten Pappkisten alphabetisch in die Aktenschränke einzusortieren, bis der Nachmittagsunterricht beendet ist. Dann sind Sie entlassen. Es ist wichtig, dass sie schnell und sorgsam arbeiten. Die Schule hat ein eigenes System und ich möchte Sie bitten, trotz eventuellen Unmuts keinen Unfug anzustellen. In dieser Hinsicht handeln Sie sich nur –«

»Noch mehr Ärger ein«, unterbrach Jasper den Lehrer. »Auf neuen Ärger folgt mehr Nachsitzen und so weiter im Teufelskreis. Wir haben es verstanden, okay?«

»Offenbar nicht, sonst wären Sie nicht erneut hier unten, Mr Ransom«, erwiderte Mr Pentris kopfschüttelnd.

»Vielleicht mag ich den alten Muffgeruch.«

»Fangen Sie an«, sagte Mr Pentris streng. »Ich werde zwischenzeitlich nach Ihnen sehen. Als Juniors sind Sie beide keine Kinder mehr, demnach werde ich Sie auch nicht so behandeln – geben Sie mir also keinen Anlass dazu, mich alle fünf Minuten vergewissern zu müssen, dass hier unten auch wirklich gearbeitet wird.«

»Verstanden«, sagte ich knapp, ehe Jasper wieder irgendetwas Dummes sagen konnte. Mr Pentris ging.

Ich betrachtete das heillose Durcheinander.

»Und willst du immer noch den Mund halten?«

Jasper hatte sich einen neuen Karton herangezogen und benutzte das Ding als Hocker. Feixend sah er mich an, als fände er das alles super amüsant. Er lehnte sich zurück, als wolle er es sich richtig gemütlich machen.

»Das sieht nach einem Haufen Arbeit aus.«

»Du hast meine Frage nicht beantwortet.« Jasper sah mich prüfend an. »Was denn? Ich versuche nur herauszufinden, was für ein Typ Mensch du bist. Du warst eben schon ziemlich angepisst, hast mir aber trotzdem geholfen. Das rechne ich dir hoch an, Lucy.«

»Weißt du, was ich dir hoch anrechnen würde?«, fragte ich rhetorisch. »Wenn du anfangen würdest deiner Aufgabe nachzukommen. Ich will nicht den ganzen Tag hier sitzen und mich zu Tode langweilen.«

»Wirst du nicht. So lange dürfen sie uns nicht festhalten«, antwortete Jasper vollkommen relaxt.

»Ah, ich vergaß, der Ärger-und-Nachsitzen-Experte leistet mir ja gerade Gesellschaft«, meinte ich ironisch. »Dann gib mal etwas von deiner Weisheit preis.«

»Wir müssen nichts machen.«

»Wir müssen alles machen, Jasper!« Wenn er wirklich dachte, er konnte die nächste Stunde faul rumsitzen, während ich alles allein kategorisierte, dann würde mir jeden Moment der Geduldsfaden platzen. »Du hast doch gehört, was Mrs Armstrong und Mr Pentris gesagt haben. So schön du es hier unten auch findest, ich habe wirklich nicht vor, eine weitere Woche –«

»Keine Sorge«, unterbrach er mich grinsend. »Als ich das letzte Mal hier unten war, habe ich etwas Vorarbeit geleistet. Ich wusste, dass ich früher oder später hier wieder sitzen würde und dann vielleicht etwas Interessantes meine Aufmerksamkeit einfordern wird.«

»Du findest das alles echt super witzig, oder?«, fragte ich grummelnd. »Und – Sekunde – was?«

Jasper verschränkte die Arme hinter dem Kopf, als würde er gerade auf einer Liege am Strand entspannen und nicht mitten im Keller der Schule sitzen. Wie konnte er immer so mega locker drauf sein? Machte es ihm denn wirklich gar nichts aus, wenn ihm seine Zeit gestohlen wurde und er Akten sortieren musste?

»Wie mir heute mehrmals unter die Nase gerieben wurde, handle ich mir oft Ärger ein und muss nachsitzen. Ich kenne das Prozedere und an einem Nachmittag hatte ich wohl zu viel Kaffee intus, also ... ein paar der Kartons sind leer. Mr Pentris weiß nichts davon. Wenn er kommt, sieht es so aus, als hätten wir etwas getan. Zumindest für heute. Das ist meine Strategie.«

»Immerhin etwas«, sagte ich etwas irritiert.

»Du kannst natürlich gerne weitermachen«, machte er sich über mich lustig. »Falls du das Bedürfnis verspürst den Ordnungs-Freak in dir herauszulassen.«

»Wer sagt, dass ich ein Ordnungs-Freak bin?«

»Du bist im Veranstaltungskomitee.«

Er sagte das Wort *Veranstaltungskomitee,* als würde es irgendwie meine ganze Persönlichkeit definieren, ließ es wie etwas Schlechtes klingen. Als wären alle dort besessen von Organisation und Ordnung. Natürlich machten diese beiden Dinge viel unserer Arbeit aus, aber nur, weil sie diese erleichterten. Der eigentliche Spaß war das Dekorieren und Gestalten der Partys.

»Du hast das Wort *Stalker* dann also doch im Wörterbuch nachgeschlagen«, bemerkte ich genervt. Jasper löste sich wieder aus seiner Position und stand auf. Mir schwante nichts Gutes. »Jetzt sag bitte nicht, du wüsstest, wie wir die Zeit am besten totschlagen können.«

»Du Spaßverderberin«, sagte er beleidigt. »Dabei wüsste ich wirklich, wie wir die Zeit totschlagen könnten. Jetzt bist du zum Gedankenlesen übergegangen.«

Der Seitenhieb auf unser Gespräch von neulich Abend traf einen Nerv bei mir. Da war er wieder, dieser komische Flirt-Vibe, den ich von ihm immer abbekam. Ich kannte solche Kerle wie ihn genug. Spielchen hier und Spielchen da, weil sie sich für so unwiderstehlich hielten. Ich mochte keine Spiele. Ich mochte es einfach und unkompliziert. Jasper war viel zu sehr von dem überzeugt, was er so von sich gab.

»Wahrscheinlich gehören deine blöden Sprüche irgendeinem Bad-Boy-Kodex an. In Wahrheit bist du Teil einer Geheimgesellschaft und bekommst Minuspunkte, wenn du mal versuchst normal und sympathisch zu sein.«

Ich fand meine Antwort recht schlagfertig, aber Jasper lachte nur darüber – ob er die Unterhaltung nun amüsant oder mich lächerlich fand, wusste ich nicht. Mich juckte es auch nicht die Bohne, was er eigentlich von mir dachte. Ich hätte nur gerne etwas von der Gleichgültigkeit meiner Schwester gehabt. Taylor war wahnsinnig gut darin andere bei Unterhaltungen in den Boden zu reden. Sie war spontan und dabei noch witzig. Und ich? Ich dachte einfach viel zu viel nach. Coole Antworten wuchsen ja leider nicht auf Bäumen.

Jasper hatte aufgehört zu lachen.

»Eigentlich stehen alle meine Sprüche in meiner heiligen Bad-Boy-Bibel«, erwiderte er ernst. »Das ist die Wahrheit und nichts als die Wahrheit.«

Ich verdrehte rasch die Augen.

»Sollen wir lieber über flauschige Kätzchen reden? Mädchen wollen immer über flauschige Kätzchen reden.«

»Kein Wunder, dass man dich *Mr Handsome* nennt. Du legst es ja geradezu darauf an, dass man denkt, dass in deinem Oberstübchen nichts los ist«, meinte ich.

Jetzt hatte ich Jaspers Interesse wirklich entfacht. Er verschränkte die Arme vor der Brust und starrte mich mit großen Augen an – misstrauisch durch und durch.

»Mr Handsome, mhh? Soll ich dich jetzt auch Ms Pretty nennen? Sind wir eine neue Spezies von Superhelden?«

»Das habe *ich* mir doch nicht ausgedacht!« Abwehrend hob ich die Hände. »Allein der Gedanke ist ...«

»Berechtigt? Ich meine, sieh mich an.«

Er hatte die Arme sinken lassen und ließ seine Augenbrauen tanzen. Es sah aus, als würde immer wieder eine Welle durch seine dichten Brauen gehen. Und dann begann er richtig zu tanzen. Nur ein paar Sekunden, aber es sah wild und verrückt und furchtbar lustig aus.

»Tanzen ist eines meiner besonderen Talente«, sagte Jasper.

Weil ich es leid war zu stehen, machte ich Jasper den Trick von eben nach, zog mir eine Kiste heran und ließ mich darauf sinken. Jasper spiegelte die Bewegung und setzte sich wieder, damit wir auf Augenhöhe waren.

»Kreativität wächst auch nicht auf Bäumen«, murmelte ich vor mich hin, weil die Worte nicht für Jasper bestimmt waren, aber er hörte sie trotzdem.

»Auf eine Mülltonne zu steigen, ist schon sehr kreativ«, sagte er direkt heraus und ließ die Augen nicht von mir. »Den Grund dafür kenne ich immer noch nicht.«

Ich hielt Jaspers klarem Blick stand.

»Zufall. Langeweile. Wer weiß?«

»Ich könnte raten«, schlug er vor.

»Raten?«, fragte ich skeptisch.

»Warum du ständig ein Gesicht wie sieben Tage Regenwetter ziehst und nicht öfter lächelst. Ich hab das Gefühl, wenn du über dein Problem hinwegkommst, könntest du genauso charmant sein wie ich, Lucy.« Jasper beugte sich vor und stützte sich auf seinen Ellbogen ab. »Ich bin zwar kein Sherlock Holmes, aber ich merke, dass irgendetwas nicht stimmt. Du bist echt komisch drauf.«

»Das merkst du also«, murmelte ich verärgert. »Obwohl wir uns heute erst das zweite Mal unterhalten.«

»Habe ich denn Unrecht?«, fragte er neutral.

»Vielleicht hast du wirklich eine gute Beobachtungsgabe«, gab ich nicht unfreundlich zu. »Aber wir kennen uns doch gar nicht, da erzähle ich dir garantiert nichts von meinen Problemen. Außerdem sind es nicht mal echte Probleme. Wieso erzähle ich dir das überhaupt?«

»Es gibt unechte Probleme?« Jasper runzelte die Stirn und betrachtete wieder eingehend mein Gesicht.

»Kannst du jetzt mal aufhören mich zu löchern?«, ging ich in den Verteidigungsmodus über. »Wir sind nicht zum Reden hier, sondern zum Nachsitzen.«

Er verdrehte die Augen. »Echt unglaublich, wie Mädchen immer das eine sagen und etwas anderes meinen.«

»Da spricht wohl wieder der Experte aus dir«, erwiderte ich spöttisch. »Finden Leute es echt charmant, wenn du so von dir selbst überzeugt bist? Ich bin eher der Meinung, dass dir dein Charme irgendwo zwischen den Seiten deiner Bad-Boy-Bibel abhandengekommen ist.«

»Du meinst wie deine gute Manieren?«

»Die hebe ich mir für besonders sonnige Tage auf.«

Jasper und ich trugen für ein paar Sekunden ein stummes Blickduell aus. Keine Ahnung, was er meinte von meinem Gesicht ablesen zu können. In seinem lag noch immer diese Mischung aus Interesse und Skepsis.

»Ganz offensichtlich hat dich irgendein Kerl abserviert und nun projizierst du deine Wut auf unschuldige Opfer wie mich«, analysierte Jasper ernst. »Es ist völlig egal, was ich sage, du siehst es als Angriff an.«

Und weil ich genau in diesem Augenblick wirklich wieder dachte, dass seine Worte wie ein Angriff auf meine Person waren, hielt ich den Mund. Erstens war der Sinn des Gesprächs total abhandengekommen und zweitens wollte ich mir nicht eingestehen müssen, dass er Recht hatte. Ich sollte einfach wieder meine Mauern hochfahren und mich um meinen eigenen Kram scheren.

»Ich sortiere jetzt Akten«, verkündete ich alles andere als motiviert. Eine monotone Arbeit würde mich immerhin von Jaspers Anwesenheit ablenken können. Ich stand auf und hob den Deckel von der Pappkiste, auf der ich gesessen hatte, an. Die erste Akte, die ich zu greifen bekam, trug einen Nachnamen mit S, also begann ich mit den Augen den Raum nach dem passenden Aktenschrank abzusuchen. Ehe ich überhaupt anfangen konnte zu arbeiten, war Jasper aufgestanden und hatte mir die Akte aus der Hand geschnappt. Unachtsam warf er sie weg.

»Ich kann echt nicht auf mir sitzenlassen, dass ein Mädchen, welches sich mit mir in einem Raum befindet, lieber Akten sortiert, als sich mit mir zu unterhalten«, sagte Jasper voller Überzeugung. »Keine Beschäftigung der Welt ist mehr wert als meine Gesellschaft. Gib mir eine zweite Chance, dann beweise ich es dir.«

»Ist das wieder einer deiner originellen Anmachsprüche?«, forschte ich wenig überzeugt nach.

»Eine Lebenseinstellung«, sagte er schwungvoll.

»Ich bin wirklich abserviert worden«, sagte ich theatralisch und griff mir an die Stelle meines Herzens. »Nun bin ich ein seelisch zerstörter und unsicherer Mensch, den man besser in Ruhe lassen sollte. Eine geplagte Seele, die Liebe nicht kennt. Unrettbar.«

»Hat der Idiot einen Namen?«

»Idiot passt besser zu ihm, finde ich.«

»Es gibt viele Leute, die man so nennen sollte«, stimmte Jasper mir belustigt zu. »Manche verdienen einfach keine richtigen Namen – und ehe du etwas dazu sagen willst, ich habe mir meinen Namen sehr wohl verdient. Immerhin bin ich doch Mr Ransom – der einzig wahre Bachelor der Roadrige High. Vielleicht möchtest du doch eine Rose haben und meine Freundin werden? Du könntest es deinem Ex richtig schön unter die Nase reiben.«

Ich begann drauf loszuprusten. »Wir sind hier doch nicht bei ABC und produzieren irgendeine schmierige Dating-Serie«, sagte ich amüsiert.

Jasper ließ plötzlich die Schultern sinken und wirkte für einen Moment überhaupt nicht mehr gut gelaunt, eher erschöpft.

»Beziehungen zerstören sowieso mehr, als sie aufbauen. Je höher das Kartenhaus, umso mehr Karten fallen am Ende zu Boden, wenn es einstürzt. Wieso sich bemühen, wenn alles sowieso früher oder später kaputtgeht?«, sagte Jasper todernst.

»In dir steckt also ein Pessimist«, erwiderte ich.

Jasper fixierte einen Punkt an der Wand.

»Jasper, wieso brauchst du dann eine Freundin?«

»Aus einem bestimmten Grund.«

»Wieso fällt es dir so schwer, eine zu finden?«, fragte ich weiter. »Bei all deinen ... öhm, Vorzügen?«

»Aus einem bestimmten Grund.«

Okay, entweder hatte ich ihn beleidigt oder Jasper war unser eindimensionales Gespräch selber leid geworden. Ich griff mir eine neue Akte aus der Pappkiste, aber als ich sie einsortierte, hielt er mich nicht auf. Stattdessen starrte Jasper weiter die Wand an. Er tat mir fast ein bisschen leid, wie er da so geknickt saß und sich über wer weiß was den Kopf zermarterte. Oder aber er war einfach nur ein guter Schauspieler.

Fünf einsortierte Akten später klingelte mein Handy. Ich hatte total vergessen, es wegen dem Nachsitzen auf stumm zu stellen, und deshalb sang Leslie Clio wieder, dass sie alles einen Scheiß interessierte. Es war Kate. Ich hätte damit rechnen müssen, dass sie mich anrief. Nachdem ich sie heute Morgen hatte stehenlassen und dann später mit einer WhatsApp-Nachricht verströstet hatte, war sie sicher total sauer und wollte mich jetzt zur Schnecke machen.

Wie festgefroren sah ich auf das Display.

»Willst du nicht rangehen?«

Ich blickte auf und sah Jasper unentschlossen an. *I couldn't care less* donnerte weiter durch den Raum. Erst gestern Abend hatte ich mir das Lied heruntergeladen und als Klingelton eingestellt. Jetzt nervte es mich bereits, weil der Refrain eine weitere Lüge war.

»Ach, gib her«, sagte Jasper plötzlich und riss mir das Handy unverschämterweise aus der Hand. Ich versuchte es ihm wieder wegzuschnappen, aber er hielt mich mit Leichtigkeit auf Abstand, indem er mich mit der freien Hand wegdrückte. Ich war echt zu schwach.

»Nein, Lucy hat gerade keine Zeit – wer ich bin? Ein mysteriöser Fremder, der gerade ihre Aufmerksamkeit beansprucht oh ja, darauf kannst du wetten – okay – vielleicht – verstehe sie ruft zurück.«

Klick. Jasper hatte einfach aufgelegt.

»Was sollte das?«, zickte ich ihn an.

»Du wolltest nicht abnehmen und man weiß nie, ob es etwas Wichtiges ist. Wozu hat man schon ein Handy? Deine Freundin Kate klang ziemlich durch den Wind.«

Jasper gab mir das Handy zurück und ich hörte auf herumzuzappeln.

»Was ist passiert?«, fragte ich besorgt.

»Sie war wegen dir besorgt, du Dummkopf. Sie dachte, du wärst auf dem Weg nach Hause vielleicht gestorben, weil du dich nicht mehr gemeldet hast. Sie fand es auch überhaupt nicht seltsam, dass ich rangegangen bin. Es schien sie sogar irgendwie beruhigt zu haben«, plapperte Jasper munter drauf los. »Also triffst du dich öfter mit mysteriösen Fremden und verschwindest deshalb?«

»Nein!«, sagte ich stur. »Natürlich nicht!«

»Nein? Komm schon, ich hab dir gerade geholfen, Lucy. Ich bin sozusagen zu deinem Alibi geworden.«

Ich seufzte und drückte das Handy an die Brust.

»Könnte sein, dass ich ihr gesagt habe, dass ich mich wirklich mit jemandem treffe. An den Wochenenden, wenn ich anstatt etwas zu unternehmen, babysitten war.«

Betreten rieb ich mir übers Handgelenk. Jasper griff vorsichtig nach meiner Hand, damit ich aufhörte, wie bei einem neurotischen Zwang die Haut wund zu rubbeln.

»Du solltest echt damit aufhören«, sagte er, mit einer Stimme warm wie Honig. »Schlechte Angewohnheit?«

Ein Kloß bildete sich in meiner Kehle.

»Schlechte Angewohnheit«, antwortete ich leise. So langsam, wie er mein Handgelenk umschlossen hatte, zog er auch die Finger wieder zurück. Dann griff er in seine Jeanstasche und zog etwas daraus hervor. Ehe ich geblinzelt hatte, legte Jasper mir seine Armbanduhr um. Silbern. Schwer. Erstaunlich kühl auf der Haut.

»Jetzt hast du wenigstens einen Grund, immer an dieselbe Stelle zu fassen. Zeit ist schließlich wichtig.«

Ich bekam Herzklopfen, als sich unsere Blicke trafen.

»Dir ist das echt aufgefallen«, fragte ich überrascht. Dann glitt mein Blick wieder zurück zur Uhr.

»Jetzt hast du eine Ausrede und ich auch. Ich werde jeden Tag in der Schule zu dir kommen und dich nach der Uhrzeit fragen«, sagte Jasper leise. Mein Arm fühlte sich plötzlich unglaublich schwer an, als sei mit dem vorläufigen Geschenk eine Last verbunden, die ich nicht sehen und daher nicht einschätzen konnte.

»Das kann ich echt nicht annehmen«, sagte ich.

»Ich hab dutzende von den Dingern.« Er trat an mir vorbei. »Ich glaube auch, es ist Zeit zu gehen.«

Meine Augen betrachteten die Uhr. Sie hatte eindeutige Gebrauchsspuren. Kratzer im Display, Kerben im Silber und der Sekundenzeiger bewegte sich nicht mehr. Wenn ihm wirklich nichts an der Uhr lag und er eine Schublade voll davon hatte, wieso trug er dann ausgerechnet diese? Das musste etwas bedeuten.

»Jasper, ich kann wirklich nicht –«

Er winkte meinen Einwurf ab. »Ich hab für heute genug vom Keller. Wir sehen uns. Du weißt ja, wo du mich findest, Nachsitzen-Freundin«, sagte er, warf einen letzten Blick über die Schulter und schlenderte selbstbewusst davon. Meine Finger berührten vorsichtig die Uhr. Ausreden. Lügen. Die Welt war wirklich voll davon.

4

Am nächsten Morgen rollte ich mich nicht mürrisch aus dem Bett, sondern verbannte meine Gedanken in eine dunkle Ecke meines Kopfes. Irgendetwas fühlte sich anders an. Als der Wecker zur gewohnten Uhrzeit klingelte, wachte ich sofort auf, erhob mich aus dem Bett und öffnete das Fenster. Ich warf einen Blick nach draußen, als ich frische Luft schnappte und gleichzeitig durchlüftete. Ich war fest davon überzeugt, dass der Tag heute besser werden würde, weil ich ihn besser machen würde. Zumindest ein Stückchen. Man sagt doch, dass Glaube allein reicht.

Meine Mom musste heute nicht arbeiten und hatte ihre Freizeit dazu genutzt, ein üppiges Frühstück für uns beide auf den Tisch zu zaubern. Mir war überhaupt nicht nach Essen zumute, aber ihr zuliebe schob ich mir trotzdem ein paar Pancakes rein. Ich war wirklich nicht gerne Frühaufsteher und Frühstück konnte ich auch getrost seinlassen. Ich hatte morgens selten Hunger.

»Du siehst gut aus, Schatz«, sagte sie. »Ich mag deine Frisur. Irgendwie wirkst du heute ... fröhlicher.«

»Danke, Mom«, antwortete ich und lächelte. Ich hatte mir Zeit genommen, meine Haare zu einer richtigen Frisur zusammenzuflechten und sie hochzustecken. Es hatte sich gut angefühlt. Als würde ein Stück meiner üblichen Routine zurückkehren. Außerdem sah es wirklich gut aus. Ich griff nach meinem Kaffee und atmete den köstlichen Geruch ein. Ja, der Tag musste einfach besser werden.

»Ich weiß gar nicht, wie man das alleine hinbekommt.« Mom inspizierte meine Frisur mit interessierten Blicken. »Du hast dafür wirklich ein Händchen, Lucy.«

»Juhu, ich hab ein Talent«, murmelte ich ironisch.

»Das meine ich ernst. Außerdem hast du viele Talente. Haben dein Dad und ich jemals das Gegenteil behauptet?«

»Muss ich jetzt echt den Spruch mit dem *Ihr seid meine Eltern, ihr müsst so etwas sagen* bringen?«, fragte ich deprimiert. »Seien wir ehrlich: Mein einziges Talent war meine Beziehung zu Ben.«

»Das stimmt nicht. Rede dir so etwas gar nicht erst ein, Lucy.«, erwiderte Mom sanft. »Er war nicht dein ganzes Leben, nur ein Teil davon.«

»Na super, meine Beine sind auch ein Teil meines Lebens und wenn die plötzlich verschwinden würden, wäre das alles andere als etwas, über das man hinwegkommen könnte. Ich meine, rein theoretisch kann man das schon, aber – ich komme zu spät!«

Mein Blick war zur Wanduhr geschweift. Erschrocken stand ich auf. Ich hatte total die Zeit vergessen. Mom schüttelte schmunzelnd den Kopf. Schnell gab ich ihr einen Kuss auf die Wange und verschwand im Flur, um meine Lederjacke vom Haken zu nehmen. Ich schlüpfte in die Ärmel und griff mir Tasche und Autoschlüssel.

»Viel Erfolg in der Schule!«, rief Mom noch.

»Werde ich haben«, antwortete ich zuversichtlich, ehe ich aus dem Haus ging. Kaum dass ich den Wagen aus der Einfahrt bugsiert hatte, suchte ich mir einen Radiosender, der ein Feel-Good-Lied abspielte. Während *Walking on sunshine* lief, bekam ich richtig gute Laune.

Heute wird ein besserer Tag, sagte ich mir immer wieder – bis mitten auf der Strecke zur Schule abrupt der Wagen ausging, als habe man bei einem Elektrogerät die Stromversorgung gekappt. Zu allem Überfluss strömte Qualm unter der Motorhaube hervor. Ich konnte von Glück reden, dass gerade niemand hinter mir gefahren und ich über die Kreuzung gerollt war, als das Auto den Geist aufgegeben hatte. Und außerdem war ich nicht von der Welt abgeschieden, sondern stand in der Park Avenue, die zu beiden Seiten von schicken Häusern und hohen Bäumen gesäumt war. Wenn niemand anhielt, konnte ich immer noch an irgendeiner Haustür klingeln.

Resigniert stieg ich aus und starrte hilflos auf die Motorhaube. Bei dem Versuch, sie zu öffnen, klemmte ich mir einen Finger ein und der Qualm ließ mich husten.

Für so einen Fall lagen ein paar Rufnummern von Werkstätten im Handschuhfach und da Mom frei hatte, würde sie sich mit mir zusammen um das

Problem kümmern können. Ich atmete tief durch und wollte wieder einsteigen, um nach der Nummer zu suchen, als ein Wagen neben mir hielt und das Fenster heruntersurrte.

»Brauchst du Hilfe, Lucy?«

Mir lief ein eiskalter Schauer den Rücken hinunter. Da war er. Ben. Direkt vor mir. Sah mich besorgt an und hing halb auf dem Beifahrersitz, bei dem Versuch sich dem Fenster näher entgegenzulehnen, damit er mich besser fixieren konnte. Die Situation war so normal.

»Eigentlich warte ich darauf, dass der Wagen explodiert, aber danke der Nachfrage, Moore.«

Ich benutzte extra seinen Nachnamen, um Distanz zwischen ihn und mich zu bringen. Mein Verstand konnte ihn so viel besser greifen als den Ben, den ich kannte und liebte. *Gekannt hatte. Geliebt hatte.* Ich verbesserte mich rasch in Gedanken. Das hier war meine Chance zu beweisen, dass ich taff sein konnte. Ich wollte auf keinen Fall, dass er merkte, wie sehr sein plötzliches Auftauchen mich verunsicherte. Mein Herz wollte sich trotzdem nicht beruhigen. Es schlug mir bis zum Hals und mein Mund wurde von Sekunde zu Sekunde trockener.

»Ich könnte dich mitnehmen, wenn du möchtest.«

Seine Stimme war zu vertraut. Sie weckte zu viele Erinnerungen an morgendliche Fahrten zur Schule. Mit Händen, die sich berührten und liebevollen Blicken.

»Ich brauche deine Hilfe nicht«, sagte ich zuckersüß. »Ich bin alt genug, um so ein kleines Problem zu lösen. Anders als manche Leute versuche ich Lösungen für Probleme zu finden, anstatt sie zu ignorieren. Ein qualmendes Auto ist kein Weltuntergang.«

»Ich hab versucht dich anzurufen.«

Es tat richtig weh, wie er versuchte das Gespräch umzulenken. So viel zum Thema Hilfe. Er war einfach egoistisch und nutzte meine Panne, damit er sich besser fühlen konnte. Angerufen. Natürlich wusste ich, dass er versucht hatte mich anzurufen. Irgendwann hatte ich eine Rufumleitung aktiviert, damit er bei jedem Versuch, mich übers Handy zu erreichen, bei der lästigen

Ansage eines Kinderspielparadieses landete. Vielleicht sollte ich umschalten auf Auftragskiller-Hotline.

»Ich hab versucht mit dem Auto zur Schule zu kommen«, antwortete ich spöttisch. »Hat auch nicht geklappt. Man kann nicht alles haben.«

»Ich weiß, du bist sauer –«

Jemand räusperte sich laut und gekünstelt. Mein Blick wanderte zum Rücksitz, wo Cole hockte und mich durch die Scheibe finster ansah. Auf dem Schoß hielt er etwas fest, das nach einem kleinen Raumschiff aussah. Ein glattes langes Gehäuse mit metallischem Glanz.

»Ich will wirklich nicht unhöflich sein«, meldete er sich zu Wort. »Aber wenn ich mein Wissenschaftsprojekt nicht pünktlich abgebe, dann falle ich in Physik sicher durch. Ich brauche diese Note dringend.«

Ben warf Cole einen frustrierten Blick zu, dann glotzte er wieder aus dem offenen Fenster zu mir herüber.

»Was ich sagen wollte, war –«, setzte Ben an, aber ich ließ ihn erst gar nicht zu Wort kommen.

»Ich hab jemanden, der mich abholt«, sagte ich kühl. »Wenn du nicht weiter einen Stau fabrizieren willst, dann solltest du jetzt losfahren.«

Bens Wagen wurde links schon wieder von jemandem überholt, der genervt von der Straßenblockade war.

»Du lügst«, warf Ben mir mürrisch vor.

»Woher willst du das wissen?«, blaffte ich ihn an.

»Leute, bitte«, flehte Cole fast.

»Weil sich dann immer diese Falte zwischen deinen Augenbrauen bildet«, antwortete Ben, unbeeindruckt von meinem kleinen Wutausbruch. Röte schoss mir in die Wangen und fachte meinen Ärger nur noch mehr an.

»Könnt ihr das nicht später klären?«

Wieder Cole. Inzwischen klang er richtig panisch.

»Können wir nicht, weil Lucy nicht mit mir redet«, sagte Ben zu seinem Bruder. »Also halt die Klappe.« Seine Augen fanden wieder mich. Ich verschränkte die Arme vor der Brust und trat zurück auf den Gehweg. Ben machte keine Anstalten davonzufahren. Stattdessen stieg er aus. *Oh nein.* Ich krümmte mich innerlich vor Zerrissenheit. Er sah so verdammt süß aus. Hatte er sich die Haare geschnitten, seitdem wir uns das letzte Mal gesehen hatten? *Und – oh Gott!* Er lächelte dieses verfluchte Lächeln, das meine Knie weich werden ließ.

Weglaufen. Ich sollte auf der Stelle weglaufen!

»Komm schon, Lu. Ich nehme dich mit«, forderte Ben mich auf. »In der Pause unterhalten wir uns dann. Es bringt nichts, wenn du mich ignorierst. Wir wissen doch beide, dass wir noch eine Menge klären müssen.«

Ich strauchelte, als ich rücklings einen Schritt machte und über irgendein Hindernis stieß. Jemand drückte mir sanft eine Hand in den Rücken, damit ich erst gar nicht Gefahr lief, peinlicherweise hinzufallen. Mir stieg der Geruch von Apfel und Erde in die Nase und ich wusste sofort, wer dort neben mir stand.

»Ihr Name ist *Lucy*«, mischte sich Jasper ein. Sein Anblick war wie ein Eimer Wasser, der mir ins Gesicht geschüttet worden war. Ein echter Weckruf.

»Kennst du den Kerl?«, fragte Ben skeptisch.

Jasper lachte boshaft und übernahm das Antworten.

»Besser als du dir vorstellen willst«, sagte er gezielt zweideutig. Bens Miene veränderte sich schlagartig. Schmerz huschte über seine Züge, der Anflug eines beschwichtigenden Lächelns auf seinem Gesicht erstarb so abrupt, wie es mein Motor eben getan hatte. Er sah richtig getroffen aus. Verletzt und verwirrt zugleich.

Das Schlimmste daran war: Ich fühlte mich deshalb gleich besser. Zu wissen, dass ihm Jaspers Seitenhieb etwas ausmachte, er meine miesen Gefühle vielleicht teilte, das war eine Art von Hoffnung, die ich bisher nicht gekannt hatte. Rache. So schmeckte Rache.

»Wie gesagt«, meinte ich leichthin. »Ich habe jemanden angerufen, der mich abholt. Verschwinde endlich.«

Jasper, der solch melodramatisches Theater wahrscheinlich richtig genoss, legte einen Arm um meine Schultern und ließ seine Wange auf mein Haar sinken.

»Oder brauchst du etwa auch Hilfe?«, fragte er Ben.

Ben öffnete den Mund, sagte nichts und lief zurück zu seinem Wagen. Plötzlich schien er es furchtbar eilig zu haben, hier wegzukommen. Als er davonbrauste, stand ich noch immer wie angewurzelt da und rührte keinen Finger. Ich fühlte mich nicht wie die Gewinnerin.

»Erde an Lucy, du kannst durchatmen. Er ist weg. Ich nehme an, dass war dein Ex?«, fragte Jasper dicht an meinem Ohr. »Was für ein Loser. Hast du gesehen, wie eingeschüchtert er war? Ich bin ein toller Retter!«

Mechanisch drehte ich den Kopf zu Jasper. »Ich weiß nicht, ob ich dir danken soll oder nicht.«

»Mit einem Danke wäre es eh nicht getan«, sagte Jasper ziemlich vielsagend. Ich verdrehte die Augen, weil er immer auf irgendwelche zweideutigen Sachen anspielte, die Sex involvierten. Zumindest klang es so. Langsam begann er, an ein paar meiner Haarsträhnen herumzuspielen, und seine Finger kitzelten meinen Hals.

»Morgens werde ich lieber nicht befummelt, danke«, meinte ich trocken und rückte von ihm ab.

»Wann denn dann?«, fragte er neugierig. »Zu allen anderen Tageszeiten vielleicht?«

»Jasper«, fing ich ernst an. »Ich weiß nicht, was du so außer deiner Bad-Boy-Bibel noch liest, aber ich bin sicher nicht das Mädchen, das dir in die Arme fällt und all deine Konflikte löst, okay? Ich bin die Protagonistin meines eigenen Lebens. Ende der Geschichte.«

Jasper schnaufte abwertend. »Dann benimm dich auch so«, sagte er bestimmt und es klang wie ein Rat.

»Wie meinst du das?«, fragte ich zögerlich.

»Du hast diese Taffes-Mädchen-Attitüde, aber so wirklich etwas unternehmen, damit du aus deiner Misere rauskommst, tust du nicht. Ist ja auch sehr viel leichter sich auszumalen, was-wäre-wenn, anstatt mal in die Gänge zu kommen und dem Kerl Paroli zu bieten.«

Er tat es schon wieder! Mich auf diese jasperhafte Weise beleidigen, in der etwas Wahrheit steckte.

»Werde doch der neue Houdini, wenn du meinst mich immer durchschauen zu können«, erwiderte ich zickig.

»Der war für Entfesselungen berühmt, nicht fürs Gedankenlesen«, sagte Jasper. »Außerdem war er mit Conan Arthur Doyle befreundet und alles andere als nur ein blöder Magier. Er hatte ein aufregendes Leben.«

Mir klappte förmlich der Unterkiefer herunter.

»Da oben stecken ja doch ein paar Informationen drin«, sagte ich gespielt schockiert. Jasper zog eine Grimasse und deutete anschließend auf meinen Wagen.

»Stehst du schon lange hier? Ich könnte jemanden anrufen, der dein Auto abholt und wieder hinbekommt.«

»Ich glaube nicht, dass ich mir dieselbe Werkstatt wie deine Familie leisten könnte«, sagte ich sachlich. »Nichts gegen deine Familie, aber wir ...«

»Ihr schwimmt nicht im Geld?«, vollendete er für mich den Satz. Seine Stimme hatte einen Unterton, den ich nicht deuten konnte. »Soll ich dir ein Geheimnis verraten? Wir schwimmen auch nicht darin. Wir benutzen die grünen Scheine ausschließlich für Lagerfeuer.«

Er stupste mich leicht an der Schulter an.

»Es würde dich nichts kosten, okay? Wir können das Auto heute Mittag zusammen abholen fahren. Du willst es doch nicht hier stehenlassen, oder doch?«

Für einen Moment war keine Spur von Sarkasmus in seinen Worten zu deuten. Jasper blickte mich einfach nur freundlich an und wartete auf eine Antwort.

»Okay«, sagte ich knapp. »Danke.«

Er nickte und tätigte einen Anruf, der kaum eine Minute dauerte, dann schenkte er mir wieder seine Aufmerksamkeit. »Sie schleppen den Wagen in einer Viertelstunde ab. Soll ich dich jetzt mitnehmen, oder was?«

»Ehm ... das wäre nett«, meinte ich kleinlaut.

»Und wenn du jetzt fragst, was ich in dieser Gegend getan habe: Das geht dich absolut nichts an. Es sei denn, du findest es sexy, wenn ich meiner Großmutter Einkäufe vorbeigebracht habe, dann erzähl ich dir eine detaillierte Geschichte über Broccoli.«

»Wer mag schon Broccoli?«, sagte ich lächelnd.

»Exakt«, meinte Jasper.

Ich ging zu meinem Auto, holte meine Tasche heraus und schloss den Wagen ab. Dann schlenderten Jasper und ich ein Stück die Straße hinunter und bogen ab. Vermutlich hatte er den Wagen woanders geparkt, weil in der Park Avenue absolutes Halteverbot war.

»Wieso wohnt deine Großmutter in diesem Viertel?«, fragte ich. »Wieso nicht bei euch in der Nähe?«

Die Entfernung zwischen Bonzen-Wohngebiet und diesem Ortsteil war schon riesig, zumal hier selten Busse fuhren. Wenn ich mir vorstellte, wie eine alte Dame sich abmühte ihre Enkelkinder zu besuchen, war das eine richtige Tortur. Es sei denn, das war der springende Punkt.

»Sie will gar nicht in eurer Nähe sein?«

Jasper schüttelte den Kopf. »Sie ist gegen zu viel Geld und Überheblichkeit allergisch. Meine Familie hat von beidem zu viel, also nehme ich es ihr nicht übel. Manchmal komme ich selber nicht damit klar.«

Mir lag eine Erwiderung auf der Zunge, aber ich ersparte sie mir. Ich war schon immer der Meinung gewesen, dass Geld allein nicht glücklich machte, und ein Teil von Jasper schien das ebenfalls zu realisieren.

»Dein Auto sieht aus wie ein schwarzer Kasten«, rutschte es mir heraus, als Jasper vor einem Wagen gehalten hatte und die alte Karre aufschloss. Es gab keine Automatikverriegelung, die alle Türen gleichzeitig öffnete. Jasper musste die Beifahrertür nach dem Einsteigen von Hand aufschließen, indem er einen Knopf unter der Fensterscheibe drückte. Im Innenraum war recht wenig Platz. Der Wagen war ein Zweisitzer, weshalb es sich gleich anfühlte, als würde irgendetwas fehlen. Ich presste meine Tasche gegen meine Brust.

»Das ist ein Maserati. Oldtimer«, sagte Jasper, als wir uns angeschnallt hatten. »Klassisches Modell.«

»Du bist also ein Fan von Autos.«

»Und du nicht«, stellte er fest.

»Nicht wirklich.«

»Wovon dann?«

»Eindeutig von mir selbst, auch wenn ich zurzeit nicht meine Lieblingsperson bin«, sagte ich grüblerisch. »Schau mich nicht so an, das war ein Scherz, Jasper.«

»Du hast also doch Sinn für Humor.«

»Du bist einfach so … ehrlich«, sagte ich zögernd.

»Bei dir klingt das nach etwas Gutem.« Jasper hob überrascht die Augenbrauen. Er hob das Kinn und tippte mit dem Zeigefinger an eine Stelle unterhalb seines Kiefers. »Diese Narbe habe ich bekommen, weil mir ein Mädchen eine gescheuert hat. Wegen meiner Ehrlichkeit.«

Ich seufzte. »Du bist unmöglich, Jasper.«

»Dann willst du die Geschichte nicht hören?«

»Vielleicht sollten wir losfahren?«

»Erst musst du dir meine Kriegsverletzung ansehen.«

Irgendwie wusste ich, dass er nicht lockerlassen würde, also drehte ich mich in meinem Sitz zu ihm herum und kniff die Augen zusammen. Kurz dachte ich, Jasper würde sich vorbeugen, damit ich die kaum sichtbare Narbe besser betrachten konnte. Die Art, wie er den Kopf neigte, bedeutete mir jedoch, dass er mich jeden Moment einfach küssen würde. Und auch noch glaubte, das Ganze käme überraschend, weil ich zu dumm war, um die Signale zu deuten. Um den Kuss zu verhindern, drückte ich ihm meine flache Hand gegen die Lippen. Verwundert hielt er in der Bewegung inne – Zentimeter vor meinem Gesicht. Ich stieß genervt die Luft aus.

»Ich will nicht von dir geküsst werden.«

Jasper zog den Kopf zurück und spitzte die Lippen. »Aber du hast so ausgesehen, als müsstest du aufgeheitert werden«, sagte er nörgelnd. *Im Ernst jetzt?*

»Fällt dir nichts Besseres ein?«, fragte ich. Nicht, dass die Vorstellung, ihn zu küssen, irgendwie abstoßend war, aber man küsste doch nicht einfach so Leute!

»Du hast noch nie jemanden zum Spaß geküsst, oder?«

»Nein«, sagte ich empört.

»Dann weißt du doch gar nicht, ob es funktioniert.«

»Hältst du dich für so einen guten Küsser?«

»Es hat sich noch nie jemand beschwert.«

»Ich glaube, ich würde den Unterschied zwischen einem guten und einem schlechten Kuss gar nicht merken«, sagte ich nachdenklich, das Thema von einer anderen Seite beleuchtend. »Nicht, dass ich denke, dass es einen soooo großen Unterschied überhaupt geben kann.«

»Wie jetzt? Du und er und sonst ... niemand?«

»Im Lucy-Land sind die Pforten halt nicht jeden Tag für x-beliebige Leuten geöffnet!«, verteidigte ich mich, während Jasper mich mit einem Blick durchbohrte, der klar verriet, dass er mir nicht ganz glaubte.

»Der Ransom-Handsome-Entertainment Park ist vierundzwanzig Stunden jeden Tag des Jahres in Betrieb.«

»Das«, sagte ich, »klingt nach einer ganzen Menge Arbeit. Und an dem Spitznamen hast du echt Gefallen gefunden, oder? Ich hätte dir das nicht verraten sollen.«

Jasper grinste schelmisch. »Knutschen wir jetzt eine Runde rum?«

»Ich steige jetzt aus«, sagte ich abweisend, »gehe zu Fuß weiter und du gabelst einfach ein anderes Mädchen auf, das sich liebend gerne in deinem Auto von dir küssen lässt.«

»Langweilig«, brummte Jasper.

»Du musst auch immer das letzte –«

Jasper packte mich an der Schulter, zog mich spontan zu sich heran und presste seine Lippen auf meine. Der Kuss war so kurz, dass ich vor Verwunderung nicht einmal dazu kam die Augen zu schließen. Jasper zog den Kopf zurück und sah mich erwartungsvoll an.

»Also *das*«, meinte ich, »war wirklich langweilig.«

Meine Stimme blieb ruhig und cool, aber in mir drinnen sah es ganz anders aus. Ich hatte wirklich nie jemand anderen außer Ben geküsst und auch, wenn das gerade eben kein richtiger Kuss gewesen war, es war *irgendetwas* gewesen. Und der Gedanke machte mich nervös. Zum Glück konnte man nicht den Herzschlag anderer Menschen hören, sonst wäre Jasper von dem donnernden Puls unter meiner Haut vermutlich halb ohnmächtig geworden.

Er grinste. »Siehst du, man muss gar nicht viele Leute geküsst haben, um den Unterschied zu erkennen. Wenn jemand richtig gut küssen kann, merkt man das sofort.«

»Danke für diese aufschlussreiche Lektion.«

»Die Lektion geht eigentlich noch weiter.«

Ich hob geschlagen die Hände, als wollte ich mich ergeben. »Bringen wir es einfach hinter uns. Sag mir, was du von mir willst, und ich helfe dir. Und danach gehen wir wieder getrennte Wege und du suchst dir jemand anderen zum Spielen. Ich hab echt keine Lust mehr.«

Der Wagen stand seit einer gefühlten Ewigkeit herum. Die Schule hatte längst begonnen und die erste Stunde musste schon zu Ende sein. Und hier saß ich noch immer, in Gesellschaft von Jasper, und ließ mich von seinen hellen Augen an den Sitz seines Wagens fesseln.

Was hatte dieser Junge nur an sich?

»Was ich von dir will? Habe ich bereits gesagt. Und ich dachte, du lässt dich nicht von mir bezahlen? Anscheinend hast du nur eine genauso große Ablehnung gegen Geld und Überheblichkeit wie meine Großmutter. Hätte ich gewusst, dass ich dich nur um den Verstand küssen muss, damit du meine Freundin wirst, hätte ich das schon längst getan.«

»Jasper«, sagte ich knallhart. »Sag's mir einfach.«

Die Unterhaltung versiegte in der folgenden Stille. Jasper fuhr endlich, *endlich* aus der Parkbucht und die Park Avenue Richtung Highschool hinunter. Für ein paar Minuten betrachtete ich die vorbeiziehenden Häuser, dann wandte ich das Gesicht Jasper zu.

»Willst du wissen, was ich denke?«, fragte ich, aber ich wollte gar nicht, dass er etwas erwiderte, deshalb fuhr ich ohne Unterbrechung fort. »Du bist ein Kerl, der alle Mädchen dazu bringt, die Flucht zu ergreifen. So ist es doch, oder? Egal was du tust oder sagst oder wie wunderbar du auch küssen kannst, irgendwann laufen sie alle davon, weil du ab einem bestimmten Punkt nicht weitermachst. Fast wie ein Rennen kurz vor dem Ziel abzubrechen. Es geht dir nicht ums Gewinnen, sondern nur um den Kick, den du beim Laufen hast. Die Frage ist nur: Wieso strengst du dich eigentlich so an, damit alle denken, du wärst jemand anderes?«

Die Einfahrt zum Schulparkplatz kam in Sicht. Jasper setzte den Blinker, gewährte einem anderen Auto Vorfahrt und bog dann auf das Highschool-Gelände ab.

»Du kennst mich nicht gut genug, um mir das zu unterstellen«, sagte er ruhig. Zu ruhig für Jasper. Aus den Augenwinkeln sah ich, wie Jaspers Finger sich fester um das Lenkrad schlossen. »Wir sind da. Steig aus.«

Er hielt den Wagen mitten auf dem Parkplatz an.

Bevor ich ausstieg, hielt ich inne und tippte nachdenklich mit dem Finger auf die Armbanduhr, die Jasper mir gegeben hatte. »Zeit ist nicht das einzige Problem hier«, sagte ich mürrisch. Kaum hatte ich die Beifahrertür geschlossen, trat Jasper das Gaspedal durch und fuhr mit quietschenden Reifen wie ein Irrer weiter. Ich war mir nicht sicher, ob er einen Parkplatz oder das Weite suchte.

5

Kate musste wirklich, *wirklich* wütend auf mich sein, wenn sie mir nicht einmal eine Nachricht geschickt hatte, um zu fragen, wieso ich nicht zur ersten Stunde in der Schule erschienen war. Normalerweise machte sie sich bei so etwas immer gleich Sorgen. Etwas bang betrachtete ich mein Handy. In der ersten Pause versuchte ich sofort sie anzurufen. Kate drückte meinen Anruf jedoch weg. Vielleicht wollte sie, dass ich merkte, wie einsam und elend es sich anfühlte versetzt zu werden. Es funktionierte jedenfalls.

Weil wir die nächsten Stunden nicht zusammen hatten und mir nicht mehr einfiel, ob Kate Physik oder Spanisch hatte, lief ich direkt nach dem ersten Klingeln, welches die Pause beendete, die Flure entlang, um vor beiden Klassenräumen Ausschau nach ihr zu halten. Zuerst steuerte ich den Raum für Spanisch an, aber schon von weitem sah ich, dass Kate nicht unter den wenigen Schülern war, die dort warteten.

Am Kiosk im Erdgeschoss legte ich einen Zwischenstopp ein, um mir einen Kaffee zu kaufen (Koffein betäubte zwar nicht die Sinne, aber das war die einzige Art von Droge, die man in der Schule kaufen konnte), und drängelte mich dann an den Leuten vorbei, welche die Flure blockierten. Man musste kein Hellseher sein, um vorauszusagen, dass es keine gute Idee war, mit einem offenen Pappbecher durch eine Menschenmasse zu stürmen. Ich tat es trotzdem und ein Teil meines Unterbewusstseins hatte sicher geahnt, dass damit eine Katastrophe vorprogrammiert war. Der Kaffee landete schließlich nicht in meinem Mund, sondern auf dem Hemd eines Jungen, der mir wie ein bereitwilliges Opfer in die Arme lief.

»Scheiße«, fluchte er und zog sich das Hemd in einer schnellen Reaktion sofort über den Kopf. Seine Haare standen plötzlich in alle Richtungen ab. Die dunkle Flüssigkeit hatte es noch nicht durch die erste Lage Stoff geschafft, weshalb sein Shirt unversehrt geblieben war. Er hob den Rucksack, den er hatte fallenlassen, wieder auf und atmete laut und gereizt aus.

»Kannst du nicht aufpassen, wo du hinläufst?« Er sah mich direkt an und seine Augen wurden groß. »Ich kenne dich doch, oder?«, fragte er und es klang ehrlich überrascht, nicht wie irgendeine dumme Anmache. Für eine Sekunde schoss mir derselbe Gedanke durch den Kopf. Ich hatte ihn schon mal irgendwo gesehen. Dieses lange Gesicht, die markante Nase und die blonden Haare, die wild ineinander fielen. Er war jemand, dem man ins Gesicht blickte und den man sofort sympathisch fand. Einer dieser Menschen, die bloß lächeln mussten und man konnte sie ganz leicht durchschauen. Etwas zurückhaltender als zuvor senkte er den Blick und murmelte sehr leise: »Du bist Taylor Reagans Schwester, oder?«

»Das stimmt«, antwortete ich neugierig. »Aber sei mir nicht böse, ich komme gerade nicht auf deinen Namen.«

Er räusperte sich. »Ich heiße Ethan.«

»Ethan!«, entfuhr es mir, als es mir wie Schuppen von den Augen fiel. »Du warst bei der Casino-Nacht, Taylor hat dich geküsst und es gab dieses Drama mit deinem Cousin. Wie war das noch mal? Meine Schwester und du, ihr wolltet ihm eins auswischen, weil er dir Haylie gestohlen hat. Ich erinnere mich wieder. Und nochmal sorry wegen des Kaffees. Normalerweise trinke ich den und schütte ihn nicht wahllos auf Leute.«

»Wow«, machte Ethan, der sich nicht sicher zu sein schien, was er davon halten sollte, dass ich noch all die Details des Abends parat hatte. »Das war nicht unbedingt einer meiner besten Momente. Nichts gegen Taylor – wir sind schließlich Freunde, aber ... vergessen wir das einfach, okay? Und ich werde die Kaffeeattacke wohl ganz knapp überleben, denke ich.«

Ethan blickte kurz auf das versaute Hemd in seiner Hand, dann hinunter auf seine Brust, als wolle er sich vergewissern, dass mein Kaffee nicht doch mehr Schaden angerichtet hatte. Mir war das Zeug über die Hand gespritzt, in der ich den Becher gehalten hatte, aber vorher war mir das Brennen auf der Haut gar nicht aufgefallen. Inzwischen kribbelten meine Hand und meine Finger von der heißen Flüssigkeit, die darüber gelaufen war. Ich trat einen

Schritt zur Seite, um den Pappbecher in den nächsten Mülleimer zu werfen und rieb mir den Rest des klebrigen Zeugs einfach an der Hose ab.

»Hast du dir wehgetan, als wir zusammengestoßen sind? Dich verbrannt?«, fragte Ethan, der meinen Bewegungen anscheinend mit den Augen gefolgt war. Er musterte mich jetzt besorgt, was mir sofort unangenehm war. Super, jetzt war mein schlechtes Gewissen schon ansteckend und verteilte sich wie ein Virus.

»Nein, alles bestens«, antwortete ich rasch. Obwohl um uns herum ein ganzer Schwall an Geräuschen die Atmosphäre auflockerte, kam mir die Situation plötzlich seltsam vor. Ethan starrte durch mich hindurch.

»So ein Mist. Ich hab eigentlich gleich ein Vorstellungsgespräch«, grummelte er. »Bei Ms Fletcher, du weißt schon, die Leiterin der Theater-AG.«

»Ein Vorstellungsgespräch?«, fragte ich irritiert.

»Ich hatte vor den Ferien Graduation«, erklärte er. »Und weil ich ein Jahr Pause mache, bevor ich ans College gehe, wollte ich den Aushilfsjob als Tontechniker bei der Theater-AG haben. Ich war kurz vor meinem Abschluss ein paar Monate dabei – das ist zwar nicht besonders lange, aber es hat ziemlich viel Spaß gemacht. Außerdem kann ich, wenn ich diesen Job bekomme, noch eine Weile hier rumhängen. Meine Freundin Haylie ist im Senior-Year.«

»Dann hat das mit dir und Haylie geklappt?«

»Vielleicht erzähle ich dir die Geschichte ein anderes Mal«, antwortete Ethan und seufzte schwermütig. »Ich sollte erst mal versuchen den Fleck rauszubekommen und mich beeilen, damit ich nicht zu spät komme.«

Ethan ließ die Schultern sacken und sein Gesicht nahm diesen einen mir sehr vertrauten Ausdruck an. Träge Augen, ein glasiger Blick, ein verbissener Mund und jede Menge kleine Denkfalten zwischen Stirn und Nase. Ich kannte diesen Ausdruck nur zu gut. Ich hatte ihn eine Weile jeden Morgen im Spiegel gesehen, wenn ich in mein eigenes Gesicht geschaut hatte – Ich sah ihn noch immer.

»Du siehst traurig aus«, bemerkte ich tonlos.

Ethan schien sich ertappt zu fühlen. Er runzelte die Stirn und nahm sich ein paar Sekunden zum Antworten.

»Wieso weißt du das?«, fragte er missmutig.

»Ich weiß, wie sich das anfühlt«, antwortete ich beklommen. »Wenn einen etwas ziemlich heftig bedrückt. Eigentlich könntest du dir gleich ein Schild um den Hals hängen, auf dem *Bitte erschießt mich, mein Leben ist scheiße* steht.«

Ethan verzog das Gesicht – dieses Mal vor Belustigung. »Du bist wirklich Taylors Schwester. So etwas hätte aus ihrem Mund stammen können. Ich glaube, ich hab einfach Bammel. Zukunftsängste und so etwas.«

»Lucy«, sagte ich und streckte ihm formell eine Hand hin. »Freut mich dich offiziell kennenzulernen.«

Ethan nahm die Hand und schüttelte sie.

»Ganz meinerseits, Lucy.«

Dann klingelte es. Mist! So viel zum Thema Kate finden. Es war fast so, als wollte das Universum verhindern, dass ich mit ihr sprach. Ich biss mir auf die Unterlippe und überlegte, was ich jetzt tun sollte.

»Ich muss jetzt zum Unterricht«, sagte ich schließlich, um mich von Ethan wieder loszumachen.

»Sicher«, antwortete er freundlich. »Eine Frage noch: Hast du etwas von Taylor gehört? Sie wollte mich gestern anrufen, hat es aber dann doch nicht getan.«

»Ach, ihr beide telefoniert?«, fragte ich ungläubig. Ethan begann zu lachen. Jetzt runzelte ich die Stirn.

»Ist es so schwer vorstellbar, dass Taylor und ich richtig gute Freunde geworden sind? Nicht nur sie und ich, sondern Hunter auch. Du siehst mich an, als hätte ich dir erzählt, dass der Hausmeister im Keller Einhörner züchtet, Lucy.«

»So meinte ich das nicht«, ruderte ich zurück. Außerdem, wenn im Keller Einhörner leben würden, dann hätte ich das gestern sicher herausgefunden. »Das sollte keine Beleidigung sein. Mich wundert es nur, dass Taylor wirklich einen so guten Freund gefunden hat.«

»Na danke auch, Lucy. Vielleicht magst du lieber noch einen Kaffee über mir ausschütten, anstatt weiter meine Person zu beleidigen?«

Ethan wirkte nicht ernsthaft verärgert, aber lustig schien er die Situation auch nicht mehr zu finden.

»Ich wollte dich nicht beleidigen!«, versuchte ich es erneut. »Wirklich nicht. Das kam anders heraus als beabsichtigt. Ich bin mir sicher, dass du ein netter Kerl und super Freund bist. Also platonisch, weil Taylor hat schließlich Hunter und du weißt ja –« Ich unterbrach mich, weil Ethan sich geräuspert hatte. »Oh, nein!«

»Wir fangen am besten noch mal von vorne an«, schlug Ethan vor. »Dann vergesse ich die Unterhaltung.«

»Sorry«, wiederholte ich die Entschuldigung.

Ethan winkte ab. »Vergiss es einfach. Wir kommen sonst beide zu spät. Auf Wiedersehen, Lucy.« Mit einem matten Lächeln wandte Ethan sich ab.

»Viel Glück!«, rief ich ihm noch nach, aber er hatte mich wahrscheinlich nicht mehr gehört und war sowieso schon im Meer der Schüler verschwunden. Hastig ging ich zum Unterricht. Ich war so ein Schussel! Es reichte wirklich mit dem dummen Gerede. Ich wollte meine alte Persönlichkeit zurück und ich hatte schon eine vage Idee, wer mir dabei helfen würde.

***

Das Wetter nutzte die erste Stunde für einen Umschwung. Regen klatschte vom Himmel und gegen die Scheiben. In der ersten Pause wagte sich niemand nach draußen, weshalb die Cafeteria ungewöhnlich voll war. Dass ich Roxy noch vor Kate fand, war das zweite schlechte Omen an diesem Tag, denn diese war normalerweise schwerer zu finden als Gold am Ende eines Regenbogens. Roxy stand neben ein paar ihrer Freunde aus der Theater-AG in der langen Schlange der Essensausgabe und bemerkte mich zuerst gar nicht.

»Hast du Kate gesehen?«, fragte ich. Sie drehte den Kopf in meine Richtung und lächelte mich zur Begrüßung an. Ich erwiderte das Lächeln, weil man bei Roxy gar nicht anders konnte. Sie verströmte immer diese positive Aura und stach dadurch aus Gruppen hervor.

»Die ist in der Bibliothek«, antwortete Roxy. »Die Cafeteria war ihr zu voll. Dir auch hallo, Lucy.«

»Ich hab sie heute noch gar nicht gesehen«, erklärte ich. »Allmählich bin ich etwas verzweifelt, weil ich glaube, ich hab sie endgültig vergrault. Ich kann so eine Drama-Queen sein. Ich hasse mich selber.«

Die Schlange der Schüler, die wegen Lunch anstanden, setzte sich in Bewegung, also machte auch ich einen Schritt nach vorne. In letzter Zeit hatten Roxy, Kate und ich kaum zusammen an einem Tisch gesessen und gemeinsam gegessen. Ich hatte schon immer das Gefühl gehabt, dass ich unser Dreiergespann zusammenhielt, und so wie es aussah, hatte ich Recht. Wenn Kate lieber in der Bibliothek saß als bei Roxy, dann zog mein Verhalten weitere Kreise, als ich gedacht hatte. Ich sollte auf meine Plakette der Schande unter *Drama-Queen* auch noch mega fett *Egoistin* schreiben. Weil ich zu lange still vor mich hin gegrübelt hatte, tippte Roxy mich an.

»Hey, mach dir keine Sorgen. Du kennst Kate von allen am besten. Geh und rede endlich mit ihr. Ich bin hier in bester Gesellschaft, Lucy«, sagte Roxy sanft.

Ich fühlte mich gleich ein Stückchen besser. Roxy konnte so etwas mit wenigen Worten vollbringen und war sich dessen nicht einmal bewusst. Vielleicht wurde einem Fürsorge in die Wiege gelegt, wenn man eine große Familie hatte. Ich nahm meine Freundin kurz in den Arm.

»Ich danke dir. Wir sehen uns dann später!«

Ich warf einen letzten Blick über meine Schulter, ehe ich die Cafeteria wieder verließ, aber Roxy hatte schon die Köpfe mit ein paar anderen zusammengesteckt und eine neue Unterhaltung begonnen. Erleichtert setzte ich meinen Weg fort. Irgendwie lag mir das Frühstück schwer im Magen, weshalb ich nicht mal ansatzweise Lust auf Mittagessen hatte. Vielleicht würde mich irgendwann einfach ein Wirbelsturm packen und nach Oz fegen, wenn das so weiterging. Ich wusste, dass es ungesund war, so unregelmäßig zu essen, aber ich war so in meiner eigenen Gedankenwelt gefangen, dass es mich nicht scherte. Vielleicht sollte ich mir einen neuen Freund suchen, der ein 5-Sterne-Koch war und mir jeden Tag Kekse in meinen Spind legte, weil er so vernarrt in mich war.

Tief in meinem Inneren wusste ich aber, dass ich einfach nicht bereit für etwas Neues war. Ich hing viel zu sehr an der Vergangenheit und all ihren schönen Tagen.

***

Die Bibliothek lag im zweiten Stock, am Ende des Gangs der Naturwissenschaftsräume. Sie nahm den gesamten Westflügel ein. Die Stadt hatte keine eigene Bibliothek und daher lagerten hier in der Schule Bücher jeder Art, jedes Genres und für jede Altersgruppe. Der Raum war daher nicht nur Schülern und Schülerinnen zugänglich, sondern der breiten Öffentlichkeit. Man müsste meinen, dass aus diesem Grund immer eine Menge los war, aber meistens herrschte das Gegenteil vor.

Bibliotheken schienen auf dieser Welt Orte zu sein, die etwas Stilles und Mysteriöses an sich hatten und von den meisten gemieden wurden – als wäre Wissen gefährlich. Wenn ich ab und zu ein Buch für eine Hausarbeit suchte, begegnete ich manchmal Eltern und ihren Kindern, die Comics ausliehen oder älteren Leuten, die auf der Suche nach einer neuen Lektüre waren. Solche Begegnungen fühlten sich immer etwas merkwürdig an, weil ich sonst den lieben langen Tag nur Teenager traf – mit Ausnahme der Lehrer versteht sich. Die Bibliothek war eben eine eigene kleine Welt.

Ich fand Kate an einem der großen Tische nahe den Geschichtsbüchern. Vermutlich hockte sie über dem Aufsatz, den wir bis nächste Woche bei Mrs Mayer abgeben mussten – eine Frau, die ich am liebsten samt ihrer langweiligen Aufgaben zum Mond geschossen hätte. Geschichte hatte mich noch nie interessiert und die Aufsätze, die man bei Mrs Mayer abliefern musste, fraßen Zeit wie Mäuse Käse. Man musste nur blinzeln – schon war der Abgabetermin da und man hatte kaum ein Wort geschrieben.

Wegen der Ruhe, die über dem Ort lag, hörte Kate meine Schritte schon eine Weile, bevor sie mich sah. Ihr Blick schnellte von ihrem Buch hoch, der Stift kullerte ihr aus der Hand und sie erhob sich so abrupt, dass sie mit einem Knie gegen die Tischkante stieß und fluchte.

Kate war eigentlich überhaupt nicht schreckhaft, aber ich hatte sie mehr als überrascht. Vielleicht weil ich endlich von mir aus auf sie zukam oder sie damit gerechnet hatte, die Funkstille zwischen uns würde noch den Rest des Tages andauern. Ich räusperte mich.

»Lucy«, begrüßte Kate mich hohl.

»Wir müssen reden«, antwortete ich. Der unheilvolle Satz breitete sich zwischen uns aus, bis ich mir ein Herz nahm und mit meiner Entschuldigung anfing. »Man sollte mich wegen Vergehen an sämtlichen Regeln des Freundschafts-Codex verklagen. Ich hab mich einfach total egoistisch benommen und dir nicht mal erklärt, warum, und vermutlich hab ich dich dadurch mehr verletzt, als mir bewusst ist, deshalb wollte ich sagen, dass es mir wahnsinnig leid tut.«

Kate setzte sich wieder und deutete auf den Stuhl ihr gegenüber. Ihr Blick war einfach typisch Kate – sie versuchte ihre Gefühle zu verstecken, aber ich sah ihr an, dass sie froh war, mich zu sehen, nachdem sie ihre Überraschung überwunden hatte. Ich hätte mich ihr am liebsten schluchzend in die Arme geworfen und alles aus mir heraus sprudeln lassen, aber in diesem Moment ging es nicht ausschließlich um mich. Ich zog den Stuhl zurück und ließ meine Tasche auf den Boden sinken, als ich Platz nahm und mich nach vorne beugte.

»Es tut mir leid«, wiederholte ich mit einem dicken Kloß im Hals. »Ich war eine miese Freundin und schwöre hoch und heilig, dass das nie wieder vorkommt.«

»Was hast du gesagt?«, ärgerte Kate mich mit einem verschmitzten Schmunzeln. »Ich hab dich nicht richtig gehört, Lucy. Kannst du das wiederholen?«

Sofort fiel mir ein Stein vom Herzen.

»E-N-T-S-C-H-U-L-D-I-G-U-N-G!« Ich schlug die Hände über dem Kopf zusammen und verbeugte mich. »Ich werde jede Strafe akzeptieren, Kate.«

Kate verkniff sich ein Lachen und versuchte ernst auszusehen, was ihr missglückte. Die Spannung zwischen uns hatte sich bereits aufgelöst. Kate beugte sich ebenfalls über den Tisch nach vorne und blickte mir ins Gesicht. »Du musst mir jeden Dienstag deinen Nachtisch geben«, sagte sie in einem amüsierten Befehlston.

Ich nickte. Dienstags gab es immer diesen super leckeren Obstsalat, den wir beide wirklich liebten, aber dieses Opfer würde ich natürlich jederzeit bringen.

»Ich will, dass du mir endlich meinen Erdbeerlipgloss wiedergibst«, forderte sie weiter. »Du hast ihn dir irgendwann mal ausgeliehen und inzwischen ist er ausverkauft. Ich hab deinen bösen Plan durchschaut.«

Ich nickte. »Nachtisch und der Lipgloss.«

Kate lehnte sich wieder zurück und strich sich übers Kinn, als müsste sie angestrengt nachdenken, was ich ihr sonst noch alles zur Wiedergutmachung geben könnte. Als sie mich wieder ansah, lag ein Funkeln in ihren Augen.

»Du musst mir alles – wirklich alles – über Jasper Ransom erzählen. Jedes kleine schmutzige Detail!«

Ich nickte automatisch, weil ich mich noch immer in dem Alles-was-du-willst-Modus befand und eine Sekunde brauchte, um Kates Worte zu verarbeiten. Irritiert glotzte ich sie an und bekam den Mund nicht mehr auf.

»Ganz genau«, sagte sie wissend. »Alles, Lucy.«

»Alles?«, echote ich dümmlich. »Wie – alles? Da gibt es kein alles und eigentlich auch keine Details an sich. Und schmutzig sind die schon gar nicht.«

Kate hob skeptisch eine Augenbraue. Mir wurde plötzlich heiß, als mich ihr energischer Blick durchbohrte.

»Na gut«, gestand ich. »Es gibt ein paar Dinge.«

Kate klatschte in die Hände und setzte eine triumphierende Miene auf. »Oh mein Gott, wie aufregend!«

»Die Sache mit Jasper ist die ...« Mein Gehirn schaltete auf Durchzug. *Er ist vollkommen irre,* schrie eine Stimme in meinem Kopf, obwohl ich wusste, dass er bisher eigentlich eher nett gewesen war. Und witzig. Etwas eingebildet vielleicht und ein Idiot, aber ein süßer Idiot, mit ein paar interessanten Geheimnissen.

»Als er gestern meinen Anruf beantwortet hat, da musste ich erst mal überlegen, wer er ist. Dann habe ich dich heute Morgen aus einem fremden Auto steigen sehen. Sehr verdächtig das Ganze. Außerdem ist Ben heute Morgen zu mir gekommen und hat mich gefragt, seit wann du was mit Jasper hast – er war richtig außer sich. Du kannst dir gar nicht vorstellen, wie dumm ich aus der Wäsche geschaut habe. Natürlich hat er mir nicht geglaubt, dass ich nichts wusste. Er ist mich richtig dumm angegangen, Lucy. Wenn das deine Strategie ist, um Ben zu verletzen, dann ist sie aufgegangen.«

Kate schüttelte noch immer belustigt den Kopf.

»Ich habe einfach geschwiegen und kein Wort dazu gesagt. Ehrlich gesagt, hat es mich ziemlich getroffen, dass ich das alles durch Ben erfahren musste. Jasper ist also der mysteriöse Kerl, mit dem du was angefangen hast. Wieso hast du denn kein Wort gesagt? Ist es wegen seinem Ruf? Es ist wegen seinem Ruf«, verbesserte sich Kate. »Ich meine, okay, du bist meine Freundin und alles, aber meinst du nicht, dass du etwas zu gut für ihn bist und er dazu noch gar nicht in deiner Liga spielt?«

Kate hörte gar nicht mehr auf zu quasseln. Die Vorstellung, dass ich was mit Jasper hatte, fand sie anscheinend spannender als jeden VIP-Skandal der Promis – und Kate liebte Klatsch und Tratsch aus dem *People Magazine* mehr als ihren verschollenen Erdbeer-Lipgloss.

»Jasper, das ist einfach so ... wow! Ich meine, wie zur Hölle ist der überhaupt auf dich aufmerksam geworden? Ist er nicht mit Roxy in Spanisch? Wir haben doch gar nichts mit ihm zu tun. Oder bist du zu einem dieser Mädchen mutiert, die sich auf die Tribünen setzen, wenn das Leichtathletik-Team trainiert? Okay, ich saß auch schon mal auf der Bank und hab eine Runde mitgeschmachtet – was natürlich vor Cole war – und ich hab auch gar nichts gegen diese Magic-Mike-Nummer, die sie da im Sommer abziehen, wenn es zu warm ist und –«

Kate bremste ihren Wortschwall ab, als sie sah, wie ich vor Lachen auf dem Tisch lag und gar nicht mehr aufhören konnte. Ich wischte mir eine Lachträne weg.

»Magic-Mike-Nummer? Kate!«, brachte ich hervor.

»Ist doch wahr«, sagte sie ungeniert. »Schwitzende Kerle mit nackten Oberkörpern und all diesen Muskeln! Aber wem sage ich das? Du musst es ja wissen.«

»Kate!«, sagte ich energisch, lachte aber halb. »Jetzt lass mich das erst mal alles erklären, okay?«

»Ich bin gespannt wie ein Flitzebogen«, antwortete Kate neugierig. »Gegen ausführliche Beschreibungen von Jaspers Oberkörper habe ich übrigens nichts einzuwenden. Fantasien sind ja schließlich erlaubt, oder?«

Ich holte tief Luft, um die Situation endlich ordentlich aufzuklären. »Jasper und ich kennen uns kaum.«

Kate hatte angefangen mit ihrem Stift kleine Kreise auf ihren Block zu malen, sah mich aber immer noch an.

»Dann ist das mehr so ein körperliches Ding?«, fragte sie fasziniert. »Das hätte ich dir echt nicht zugetraut. Vielleicht ist das nach Ben aber auch besser so. Er ist doch der Hauptgrund, warum du dich wie ein Einsiedlerkrebs benommen hast, nicht wahr? Ich sehe schon, wo das hinführt. Jasper ist einfach das Gegenteil von Ben – und das meine ich jetzt völlig positiv. Er ist eine nette Ablenkung, die man nicht von der Bettkante schubst.«

Dieses ganze Gerede über nackte Haut und Sex machte mich inzwischen etwas unruhig. Kate war aufgeschlossen und nahm kein Blatt vor den Mund, was solche Dinge anging, aber mir ging es da anders. Ich war bei diesem Thema nicht so wild und offen wie sie. Für mich mussten bei solchen Dingen Gefühle im Spiel sein. Mich beleidigte es zwar nicht direkt, dass sie mich für ein Mädchen hielt, das ohne nachzudenken mit jemand Fremdem Spaß hatte – ich verurteilte niemanden dafür –, aber wirklich wohl fühlte ich mich dabei auch nicht. Es war etwas völlig anderes jemanden anziehend zu finden, als dann wirklich mit ihm in die Kiste zu hüpfen.

»Kate, ich habe nichts mit Jasper«, flüsterte ich. Fehlte nur noch, dass uns jemand hörte. Verunsichert blickte ich mich um, aber wir waren immer noch allein. »Verzweifelte Zeiten erfordern nicht immer verzweifelte Maßnahmen. Also Klappe zu – hier kommt die Wahrheit.«

Kate schloss neben ihrem Mund auch ihr Schulbuch und begann nebenbei ihre Sachen zusammenzukramen. Ich ließ mich zurück in den Stuhl sacken. Um mich ein weiteres Mal zu vergewissern, dass wir wirklich allein waren, spähte ich die Regalreihen in unserer Nähe entlang, aber weit und breit war niemand zu sehen oder zu hören. Also gut – Augen zu und durch!

»Die Trennung von Ben hat mich ziemlich fertiggemacht«, begann ich langsam und das Ziehen in meiner Brust wurde von Sekunde zu Sekunde schlimmer. »Sicher, wir haben schon darüber gesprochen, aber ich dachte eine Weile, es wäre besser, die Gedanken und Erinnerungen an ihn zu verschließen. Ich weiß nicht mehr genau, was ich eigentlich fühle, nur, dass er mir noch etwas bedeutet. Ich hatte solche Angst davor, noch einmal mit ihm zu reden, und davor, dass er weiter auf meinem Herzen herumtrampelt, dass ich ihn gemieden habe. Das fing alles in den Ferien an. Hunters Bruder Ryan und seine Verlobte Fia haben jemanden gesucht, der öfter mal auf ihren Sohn Riley aufpasst, und mich gefragt. Aus einem Wochenende wurden immer mehr und ich hab Riley irgendwann so lieb gewonnen, dass ich seine Babysitterin geworden bin. Dort habe ich gesteckt. Bei den Cassels.«

»Jedes Mal, wenn du dich verkrochen hast?«

Kate sah mich erwartungsvoll an.

»Nicht jedes Mal«, antwortete ich. »Aber seitdem Ben eines Abends vor meiner Tür gestanden hat, habe ich mich einfach nicht mehr sicher gefühlt. Ich weiß, das klingt bescheuert, aber ich wollte einfach ...«

»Alles verdrängen?«, fragte Kate sanft.

»Alles verdrängen«, stimmte ich leise zu. »Ich wollte nicht mehr daran denken, nicht mehr darüber reden – nicht mir dir oder sonst wem. Irgendwie fand ich es schön in meiner kleinen Blase, aber natürlich konnte das nicht für immer so gehen, jetzt, wo die Ferien vorbei sind. Ich hatte gehofft, dass Taylor bis dahin wieder zurück ist und mir den Rücken stärken kann. In den ersten Tagen hab ich mich schrecklich gefühlt. Alle schienen von der Trennung zu wissen und ich hatte das Gefühl, richtig paranoid zu werden.«

Kate griff über den Tisch und umschloss meine Hände mit ihren. »Du hättest nur etwas sagen müssen, Lucy.«

»Ich hätte niemals gedacht, dass das so schwer ist. Ich weiß, dass ich mich auf dich verlassen kann. Dich und Roxy, aber ... ich weiß auch nicht, was ich gedacht habe. Manchmal ist es leichter zu lügen. Verstehst du?«

Kate nickte bedächtig. Der Kloß in meiner Kehle war wieder da und schnürte mir leicht die Luft ab. Ich schluckte schwer, aber der Impuls, zu weinen, verschwand dadurch nicht. Mein Herz schlug immer schneller.

»Ich hab mich da in etwas verrannt«, gestand ich, auch wenn es mir furchtbar schwerfiel, weil mein Stolz es kaum zuließ so etwas zu sagen. Da änderte das Vertrauen, das ich zu Kate hatte, auch nichts dran. »Es tut mir mega leid, Kate. Ich hab mich endlich dazu durchgerungen mich nicht mehr runterziehen zu lassen oder es zumindest zu versuchen. Ich will einfach ...«

»Lucy«, sagte Kate ruhig meinen Namen. »Ich verstehe das. Ich weiß, wie viel Ben dir bedeutet hat und eure Beziehung, all eure Pläne. Ich verstehe auch nicht, wie er nur wegen des Umzugs alles kaputtmachen konnte.«

Sie drückte meine Hände und lächelte mich an.

»Ich bin froh, dass du es mir gesagt hast. Danke.«

»Dann ist alles wieder gut?«, fragte ich betrübt.

»Aber so was von!«, stieß Kate hervor. »Wahrscheinlich hätte ich mehr Rücksicht nehmen sollen. Wenn die Situation andersherum gewesen wäre, hätte ich Ben auch nicht mehr sehen wollen, weil er mich an Cole erinnert. Ich begreife sowieso nicht, wieso sein jüngerer Bruder mehr Eier in der Hose hat als Ben. Cole hat mir auch nicht gesagt, dass wir uns trennen sollten. Nicht besonders hilfreich, sorry.«

»Solange wir uns einig sind, dass –«

»Ben kein Rückgrat hat«, unterbrach mich Kate.

»Genau, kein Rückgrat hat, ist alles bestens.«

»Er ist so rückgratlos, dass er im nächsten Leben sicher eine Schnecke sein wird – ganz ohne Wirbel.«

Das Lächeln kehrte zurück auf meine Lippen.

»Gut, wo das geklärt wäre – was ist mit Jasper?« Kate hatte wieder dieses unheilvolle Glitzern in den Augen, als sie das Gespräch umlenkte. Sie grinste breit.

»Du wirst wirklich enttäuscht sein.«

»Dann enttäusche mich mal.«

Weil es in diesem Moment klingelte und die nächste Stunde in fünf Minuten beginnen würde, hielt ich die Geschichte knapp. Kate packte ihre Sachen in ihre Tasche und ich erzählte ihr von Jaspers abendlichen Eskapaden, meinen Spionage-Skills und dem Zusammentreffen zwischen uns. Während ich sprach, verließen wir die Bibliothek und huschten über den Gang auf das Treppenhaus zu, um zurück ins Erdgeschoss zu kommen. Ich senkte die Stimme, als ich fortfuhr und zu der Sache mit dem Nachsitzen und dem liegengebliebenen Auto kam.

»Das ist gar nicht soooo enttäuschend«, murmelte Kate, als wir uns vor unseren Spinden befanden, um wie üblich Unterrichtsmaterial auszutauschen, damit wir nicht alles mit uns herumschleppen mussten. Als Nächstes stand Geographie auf unserem Stundenplan. »Es wäre irgendwie cool gewesen, wenn ihr zwei – du weißt schon, wie in einem zuckrigen Roman – die Heldin Lucy erobert das Herz des wilden Piraten oder so ähnlich.«

»Hat deine Mom wieder ihre komischen Heftchen herumliegen lassen, Kate?«, fragte ich kopfschüttelnd. »Außerdem hast du eben gesagt, ich sei zu gut für Jasper Ransom«, erinnerte ich sie. »Also wirklich.«

»Ja, als *Freundin*«, meinte Kate und hievte ihren schweren Weltatlas aus dem Spind, ehe sie ihn zuschloss. »Als Lückenfüller ist er doch super.«

»Halten wir das mal in meinem imaginären Tagebuch fest«, begann ich. »Meine beste Freundin traut mir zu mit einem wildfremden Typen zu schlafen und ihn auch noch sexuell auszunutzen, um über meine erste große Liebe hinwegzukommen, die ich – um das mal ganz am Rande zu erwähnen – vorher nicht einmal vor seinen Eltern geküsst habe, weil mir die Aufmerksamkeit, die so etwas mit sich zieht, unangenehm ist.« Ich sah Kate mürrisch an. »Setzt Lucy, die ominöse Heldin, da jetzt ein lachendes oder ein weinendes Smiley hinter?«

»Jeder hat eine wilde Seite«, sagte Kate zu ihrer Verteidigung. »Vielleicht wäre es wirklich gut für dich, deine zu finden. Ich sag ja nicht, dass du zu einer Schlampe mutieren sollst, nur, dass es Jasper sicher nichts ausmacht, wenn du ihn ein wenig benutzt – ja, ja, nicht im skandalösen Sinne, sondern einfach, um etwas Spaß zu haben.«

»Das klingt immer noch falsch.«

Kate balancierte den Atlas in den Armen, als sie sich bücken und nach ihrer Tasche greifen wollte, also nahm ich ihr den Wälzer ab. Dann gingen wir weiter.

»Jasper ist einfach seltsam«, meinte ich. Wo wir schon mal bei dem Thema waren, konnte ich auch gleich mit Kate darüber philosophieren. »Er versteckt sich hinter irgendwelchen sarkastischen Sprüchen und scheint eine Menge Geheimnisse zu haben.«

»Das klingt fast nach Taylor«, bemerkte Kate nachdenklich. »Ist also keine unheilbare Krankheit.«

Ich wusste, was sie damit meinte. Taylor war erst durch ihre Beziehung zu Hunter aus sich herausgekommen und ein besserer Mensch geworden. Die beiden hatten die Art von Beziehung, die das Leben des anderen bereicherte, ohne, dass sie sich darin als Ganzes verloren. Nicht, dass ich vorhatte Jasper auf irgendeine Weise so nahezukommen, aber er hatte echt etwas an sich, das es schwer machte ihn wieder zu vergessen – natürlich aus rein platonischen Gründen der Neugier.

»Jasper hat inzwischen sicher jemand anderen gefunden, den er belästigen kann«, sagte ich leichthin.

Wir waren vor dem Raum, in dem Geographie stattfand, angekommen und suchten uns in der hintersten Reihe zwei Plätze nebeneinander. Nachdem Kate und ich unsere Sachen ausgepackt hatten und der Lehrer bereits den Raum betreten und den Unterricht eingeleitet hatte, flüsterte mir meine beste Freundin noch etwas zu.

»Und wieso trägst du dann diese Uhr?«

Betreten blickte ich auf mein Handgelenk. Dann sah ich Kate stumm an. Sie nickte wissend, ich musste gar nichts mehr dazu sagen. Meine Finger strichen über das kalte und abgenutzte Silber. Ich konnte mich nicht daran erinnern, die Uhr heute Morgen angelegt zu haben.

Als ich endlich etwas erwidern wollte, hatte Kate die Nase in den Atlas gesteckt und notierte sich etwas auf dem Block neben ihr. Meine Augen huschten zur Tafel.

Das heutige Thema war: *Der Abstand zwischen zwei Himmelskörpern – wieso der Winkel die Sichtweise auf diese verändert.* Vermutlich lernte man in der Highschool doch etwas Wichtiges. Wären Jasper und ich geometrische Elemente, dann würde ich, je näher ich ihm kam, umso besser erkennen, was hinter seiner Fassade steckte. Aus der Ferne machte man sich eben einfach ein falsches Bild der Dinge und nur bei näherem Betrachten fielen einem wichtige Details auf.

6

Mein Leben ging an diesem Nachmittag wieder ein Stück der Normalität – und dem Glück entgegen. Eigentlich hätte ich erneut zum Nachsitzen antreten müssen, aber anscheinend hatte es im Keller irgendwo einen kleinen Rohrbruch gegeben, weshalb die Direktorin großzügigerweise beschloss, dass ich heute verschont blieb. Für Jasper galt das natürlich auch, aber er war wohl vor mir im Sekretariat angetanzt und hatte die Info erhalten, denn ich begegnete ihm nicht mehr. Vielleicht war er an diesem Morgen auch wirklich verschwunden und hatte einfach den ganzen Tag geschwänzt.

Roxy hing nach der Schule wieder bei der Theater-AG herum und Kate hatte ihrer Mom versprochen etwas für diese bei der Reinigung abzuholen, daher beschlossen wir drei uns am späten Nachmittag in *Haines Diner* zu treffen. Weil der Weg von der Schule zum Diner um einiges kürzer war als von der Schule nach Hause, entschied ich mich einfach dort auf meine Freundinnen zu warten. Ohne Auto war die Bewegung etwas eingeschränkt.

Vor wenigen Minuten hatte meine Mom mich angerufen und mir gesagt, dass sie von der Werkstatt, die von Jasper beauftragt worden war, meinen Wagen abzuschleppen, kontaktiert worden war. Anscheinend brauchten sie noch ein paar Stunden, bis das Auto wieder fit war. Weil ich ganz vergessen hatte Mom überhaupt zu sagen, was passiert war, rastete sie erst mal gehörig aus. Es dauerte ewig, bis sie sich wieder beruhigte, und ich musste ihr schwören sie das nächste Mal augenblicklich anzurufen, wenn ich irgendwo liegenblieb. Danach hatte sie mich sofort abholen wollen, aber ich schaffte es sie zu überreden, mich noch zum Diner gehen zu lassen.

Ich hatte vor hier einfach zu warten, bis Kate und Roxy eintrafen. Eine der beiden würde mich schon später nach Hause bringen. Solange es Kaffee am Fließband gab, konnte ich mich selber beschäftigen.

Seitdem wir hier wohnten und ich zum ersten Mal im *Haines* gewesen war, hatte ich mich in dieses Diner verliebt. Mir gefiel sein Charme, weil er mich jedes Mal dazu brachte in die Vergangenheit abzudriften. Die Poster und Plakate von Schauspielern, Musikern und alten Filmen an den Wänden und die Jukebox in der Ecke waren kaum als modern zu bezeichnen. Es gab eine Menge Cafés und Restaurants in der Stadt, aber keines unterschied sich sonderlich von den anderen. Das hier war anders. Von der tollen Atmosphäre her und mit all seinen ruhigen Ecken. Ich verband eine Menge guter Dinge mit dem Diner.

Hier hatte ich das erste Mal mit Kate gesprochen, als wir beide das letzte Stück Schokokuchen hatten kaufen wollen – später hatten wir uns den Kuchen geteilt und während des Gesprächs hatte ich einfach gewusst, dass wir auf einer Wellenlänge lagen und Freundinnen sein würden. Vor der Toilette hatte ich einen Ein-Dollar-Schein gefunden, von dem ich ein Los gekauft hatte, durch das ich einen Monat lang Kaffee umsonst gewonnen hatte. Außerdem saßen hier ständig irgendwelche süßen Seniors herum, die mich ansprachen, was ganz schön das Ego stärkte. Aber das Beste von allem war, dass man hier, wenn man wollte, einfach seine Ruhe haben konnte. Man musste seine Nase nur in ein Buch stecken und schon war die Außenwelt vergessen. Die leise Hintergrundmusik lullte einen langsam ein und zog einen in eine andere Welt.

Ich suchte mir einen Platz am Fenster, damit Kate und Roxy mich später sofort fanden, und bestellte einen Espresso – was Kaffee anging, trank ich einfach alles.

Heute Abend fand das erste Treffen des Veranstaltungskomitees nach den Ferien statt, zu dem ich als Mitglied selbstverständlich gehen musste. Irgendwie freute ich mich richtig darauf wieder etwas zu machen, in dem ich gut war – organisieren, planen und kreative Ideen umsetzen. Es war eine große Ehre, als Junior dabei zu sein, weil die meisten an Bord in der Abschlussklasse waren. Die Vorsitzende des Vereins – Carrie – konnte einen ganz schön einschüchtern, aber die meiste Zeit fand ich sie ganz okay und schließlich ging es um das Wesentliche: Schulfeste & Co zusammen zu planen.

Nachdem zwei Schülerinnen der Seniors aus verschiedenen Gründen ausgestiegen waren, hatte ich mich dort beworben und Carrie überzeugen können, dass ich das Zeug dazu hatte, beim Veranstaltungskomitee dabei zu sein.

Insgesamt waren wir zehn Leute, aber das würde nicht ewig so bleiben, wenn einige der Seniors ihren Abschluss machten. Ich hatte einmal versucht Kate zu überreden mitzumachen, aber sie war mehr der Typ der spontanen Helferin und wollte das auch gerne in Zukunft bleiben, statt irgendwelche Verpflichtungen gegenüber Carrie eingehen zu müssen.

Kate fürchtete sich ein wenig vor ihr. Außerdem hatte meine beste Freundin genug mit ihrem Freund Cole zu tun. So war das eben. Kerle beanspruchten eine Menge Zeit und Aufwand und ohnehin waren Beziehungen doch wirklich totale Freizeit-Killer. Ich für meinen Teil hatte mich so enorm auf Ben und seine Anwesenheit verlassen, dass es kein Wunder war, dass ich momentan kaum etwas mit mir anzufangen wusste. Grauenhaft!

Tanzen hatte ich immer sehr gemocht, aber ich war nie wirklich mit dem Wettbewerbsdruck klargekommen und hatte nach meinem Austritt aus dem Ballettverein vor vier Jahren auch nie wieder damit angefangen. Taylor war zudem immer besser als ich gewesen und das hatte nicht gerade mein Selbstbewusstsein gestärkt. Eigentlich war sie früher in allem besser als ich gewesen, aber sie hatte nie lange durchgehalten, was eines ihrer Talente betraf. Vielleicht war das Reisen genau das Richtige für sie, wegen der Abwechslung und all der Spontanität, die man dafür aufbringen musste. Ja, ich konnte das verstehen.

Nachdenklich trank ich meinen Espresso leer.

»Hi, Lucy.«

Ich hob den Kopf, aber da war Jasper, der mich gegrüßt hatte, schon an mir vorbeigerauscht. Verwirrt blickte ich über meine Schulter. Er stand mit dem Rücken zu mir am Tresen und gab eine Bestellung auf. Ein paar Minuten später balancierte er zwei Kaffeebecher in beiden Händen und steuerte einen Tisch in der hinteren Ecke an. Wenn er bemerkte, wie ich ihn beobachtete, ließ er sich das jedenfalls nicht anmerken.

War das seine neue Taktik, oder wie? Oder hatte ich Recht behalten und er hatte sich wirklich das nächste Opfer gesucht? Automatisch nahm ich an, dass er den zweiten Becher für jemanden organisiert hatte, auf den er wartete oder den er hier treffen wollte. Jasper verschränkte die Arme vor der Brust und starrte die Wand an.

Langsam glitt mein Blick von Jasper zurück auf den leeren Notizblock vor mir. Eigentlich hatte ich anfangen wollen, mir ein paar Schlagworte zu notieren, um Ideen für das nächste Schulevent zu sammeln. Für eine Weile versuchte ich mich auf die Aufgabe zu konzentrieren, aber wem machte ich etwas vor? Solange Jasper hinten in der Ecke saß und mich ignorierte, würde ich mir den Kopf darüber zerbrechen, warum er das tat. Außerdem musste ich mich noch bei ihm wegen der Werkstatt-Sache bedanken.

Unauffällig lugte ich wieder zu Jasper hinüber.

Was war schon dabei? Ein schnelles »Danke« und dann konnte ich meinen Seelenfrieden finden und Jasper abhaken. Vielleicht fiel das Nachsitzen den Rest der Woche weiter aus, dann musste ich ihn gar nicht mehr sehen. Aber vor was genau hatte ich eigentlich Angst? Da war wieder dieses mulmige Gefühl in meinem Magen, das ich einfach nicht einordnen konnte. Ich wollte den letzten Schluck Espresso trinken, bis mir auffiel, dass ich das bereits getan hatte. Langsam klappte ich den Block zu, klemmte mir diesen unter den Arm und nahm meine Tasche.

Mit klopfendem Herzen trat ich an Jaspers Tisch. Für einen Moment hatte ich das Gefühl, eine dunkle Aura würde nach mir greifen, weil Jasper so niedergeschlagen wirkte. Seine Mundwinkel waren bitter verzogen und er hatte die Stirn in harte Falten gelegt. Die Finger, die um einen der Kaffeebecher lagen, drückten Dellen in den weichen Pappkarton, aus dem der Becher gemacht war.

»Hey, Jasper«, wagte ich mich freundlich vor und ging dann noch einen Schritt weiter, indem ich uneingeladen einfach den Platz ihm gegenüber einnahm. Jetzt ruhten seine Augen nicht mehr auf der kargen Wand, sondern auf mir. Er blinzelte, als wäre er mit den Gedanken weit weg gewesen und müsste meine Gesellschaft erst einmal realisieren. Ich drückte den Block in einer schützenden Geste enger an meine Brust, als wäre er ein Schild.

»Ehm«, machte ich unsicher. »Du siehst aus, als wäre jemand gestorben. Es ist doch niemand gestorben, oder?«

Toller Start für eine Runde Small Talk, Lucy!

Jasper seufzte energisch. »Dein Stolz vielleicht«, antwortete er etwas schroff. Er setzte den Kaffeebecher an die Lippen an und stellte ihn anschließend wieder ab. Dann wanderte seine Hand zum zweiten Becher. Anscheinend hatte er beide für sich gekauft. Laut schlürfend betrachtete er mich. Während mich seine Augen fixierten, kam mir der Moment endlos lange vor. Das mulmige Gefühl wurde mehr und mehr zu einer Warnung.

Jasper hatte schlechte Laune oder war traurig und vielleicht hätte ich ihn einfach in Ruhe lassen sollen.

Ich räusperte mich leise, bevor ich sprach.

»Ich wollte mich für heute Morgen bedanken. Wegen dem Auto und der Werkstatt. Meine Mom hat mich eben angerufen und gesagt, dass wir den Wagen später abholen können. Außerdem ...« Ich zögerte bedächtig, weil ich nicht wusste, ob ich wirklich auf den anderen Zwischenfall zu sprechen kommen wollte, mein Bauchgefühl riet mir aber es spontan einfach zu tun. »Außerdem sollte ich mich wohl entschuldigen. Es stand mir nicht zu, mir so schnell ein Urteil über dich zu bilden und dir an den Kopf zu werfen, dass du nichts lange durchhältst.« Und ehe ich es wollte, kamen noch ein paar andere Gedanken hinterher. Wie bei einer Lawine, die sich, einmal losgetreten, nicht mehr wirklich aufhalten ließ. »Die Wahrheit ist, ich bin furchtbar frustriert und glaube, ich würde jedem Kerl solche Dinge an den Kopf schmeißen. Du weißt schon, die ganze Ich-bin-abserviert-worden-Sache und das Ihr-Kerle-seid-alle-gleich-Ding. Wir Mädchen scheinen da einen ganz besonders dramatischen Hang zu zu haben. Vergiss einfach, was ich gesagt habe, okay?«

Überrascht riss Jasper die Augen auf. Er glotzte mich an, als habe er sich verhört. »Du hast dich bei mir entschuldigt«, fasste er perplex zusammen.

»Ja«, sagte ich und es klang wie eine Frage. »Und?«

Jasper schob den zweiten Kaffeebecher in die Mitte des Tisches und beugte sich nach vorne, um sich auf seinen Ellbogen abstützen zu können. Reflexartig lehnte ich mich zurück, um den Abstand zwischen uns beizubehalten. Fehlte nur noch, dass er über den Tisch sprang und mich wieder küssen wollte. Bei ihm konnte man nie wissen, was gerade in seinem Schädel vor sich ging.

»Es hat sich noch nie jemand bei mir entschuldigt.«

»Oh. Noch nie?«, hakte ich baff nach.

Jasper schüttelte den Kopf.

»Du könntest jetzt schadenfroh sein oder die Entschuldigung akzeptieren«, schlug ich vor. »So macht man das normalerweise. Viele Optionen gibt es nicht.«

Anstatt einen seiner frechen Sprüche rauszulassen, blieb Jasper ruhig und weiterhin misstrauisch. Er strich sich das helle Haar zurück und seufzte wieder. Mann, das war ganz schön viel Geseufze für einen oberflächlichen Macho ohne echte Gefühle. *Hör auf ihn wieder zu verurteilen,* rügte ich mich innerlich.

»Du willst irgendwas von mir, oder?«, fragte Jasper skeptisch. Sein Blick blieb an dem Block in meinen Armen hängen. *Erwartete er etwa eine Liste oder was?*

Ich legte den Block auf den Tisch und lehnte mich ihm über den Tisch entgegen. Jasper öffnete leicht den Mund. Erwartung stand ihm in die dunklen Augen geschrieben und Neugier, jede Menge Neugier. Etwas, das wir beide teilten, so viel stand fest. Ich lächelte unwillkürlich bei der Gemeinsamkeit in mich hinein.

»Du bist wirklich süß, wenn du lächelst«, schaltete Jasper in den Flirt-Modus. »Also, was willst du?«

»Wer sagt denn, dass ich etwas will? Ich dachte mir, wenn du schon hier bist, dann kann ich auch mit dir reden«, antwortete ich gekonnt lässig. »Es muss ja nicht hinter allem eine tiefere Bedeutung stehen.«

»Ist das so, Ms Pretty?«, zog er mich auf.

»Ob Sie es glauben oder nicht, Mr Handsome.«

Oooookay – jetzt hatte ich auch in den Flirt-Modus geschaltet. Bei Jasper war das aber auch verdammt einfach. Wie etwas ganz Natürliches, sobald ich ihn sah. Kates Stimme drang in mein Bewusstsein.

Jasper ist einfach das Gegenteil von Ben – und das meine ich jetzt völlig positiv. Er ist eine nette Ablenkung, die man nicht von der Bettkante schubst.

Meine Finger fuhren zu Jaspers Uhr.

»Vielleicht habe ich darüber nachgedacht dir zu helfen, deine Freundin zu spielen«, sagte ich und ließ meine Stimme sehr vage klingen, damit Jasper an meiner Aussage zweifeln musste.

»Hast du nicht«, erwiderte er prompt und klang nicht einmal eingeschnappt deshalb. »Ich hab ein ganz gutes Gefühl dafür bekommen, wo deine Grenzen liegen. Dass du nicht bestechlich bist, habe ich verstanden.«

»Wirklich?«, fragte ich verblüfft.

»Wirklich«, sagte er selbstgefällig. »Aber nehmen wir doch mal an, du hättest wirklich darüber nachgedacht meine Freundin zu spielen und mir somit zu helfen, was würde für dich dabei rausspringen?«

»Du meinst, was ich im Gegenzug will?«

»Genau – rein theoretisch, versteht sich.«

Jasper schien in meinem Gesicht nach mehr als einer Antwort zu suchen. Seine Augen hielten meinen Blick fest, dann huschten sie ganz kurz zu meinen Lippen.

Ich war mal wieder davon überwältigt, wie offensichtlich er mich abcheckte, ohne sich dafür zu schämen. Ein Teil von mir fand die plötzliche Spannung zwischen uns unglaublich aufregend und ein anderer Teil – die Stimme der Vernunft – erinnerte mich daran, dass ich nicht hier war, um mir auf meinen Gefühlen herumtrampeln zu lassen. Jasper Ransom war ein Spieler in vielerlei Hinsicht und so jemanden konnte man nur schlagen, wenn man keine Angst davor hatte, ein echtes Risiko einzugehen.

»Rache an meinem Ex«, sagte ich zuckersüß.

»Ob du der Typ Mensch bist, der sich rächt, bezweifle ich auch, Lucy«, sagte Jasper amüsiert.

»Okay, du hast mich durchschaut, aber seitdem du es im Garten der Cassels das erste Mal erwähnt hast, will ich unbedingt wissen, wieso du eine Freundin brauchst. Läuft da irgend so eine Wette mit deinen Freunden? Ich meine, man beschließt doch nicht von heute auf morgen, dass man unbedingt eine Freundin braucht.«

Jasper stieß ein kurzes Lachen aus. »Eine Wette? Du hast wohl zu viele Filme geschaut. Aber du hattest Recht, als du gesagt hast, dass ich niemanden zwingen kann meine Freundin zu spielen«, meinte er ruhig. »Jedenfalls nicht super spontan. Das muss abgesprochen werden und ich brauche jemanden, dem ich vertrauen kann. Ich hab mir das alles viel zu wenig durch den Kopf gehen lassen.«

Ich schwieg, obwohl ich eine Menge dazu zu sagen hatte, aber nicht wusste, wie ich die Wahrheit aus ihm herauskitzeln sollte. Irgendetwas an der Freundinnen-Sache war seltsam.

»Aber du hast neulich dicht gehalten und das war nicht selbstverständlich«, fuhr Jasper fort. »Außerdem würde selbst ein Blinder sehen, dass du noch immer Gefühle für deinen Ex hast. Vielleicht hat er deine Rache sogar verdient, wenn du so verletzt bist. Wir könnten uns wirklich gegenseitig helfen.«

Wieder hielt ich den Mund – was hätte ich dazu auch schon sagen können? Jasper hatte nicht ganz Unrecht. Meine Gefühle für Ben machten, dass mein Leben sich miserabel anfühlte. Ich wollte den Ballast, den ich mit ihm verband, abschütteln. Rache konnte ganz schön nach hinten losgehen – man musste sich nur eine Staffel *Revenge* reinziehen –, aber wenn ich schon ein Grab schaufelte, dann sollte Ben darin landen und nicht der Rest meines kaputten Herzens.

»Ich möchte …«, setzte ich langsam an. Mir fiel es schwer die passenden Worte zu finden. »Ihn vergessen.«

»Gefühle verschwinden aber nicht einfach so.«

»Vielleicht könnte ich auch einen neuen Freund gebrauchen. Jemanden, der mir hilft, wenn ich kurz davor bin abzusacken. Ich will auch gar nicht, dass du das verstehst, aber …«

»Ich versteh's«, sagte Jasper und klang richtig einfühlsam dabei. »Meistens können einem die Menschen aus dem eigenen Umfeld nicht helfen. Die stecken viel zu tief mit in der Sache drin und manchmal hat man das Gefühl, nicht mehr auf ihr Urteil vertrauen zu können.«

Jetzt klang er nicht mehr so, als würde er über mich reden. Sein Blick war zu einem der Fenster abgedriftet. Draußen herrschte ein richtiger Sturm, der die vielen Herbstblätter durch die Gegend wirbelte. Die schweren Wolken am Himmel sahen mächtig nach Regen aus.

»Willst du deshalb eine Freundin?«, fragte ich.

»Du lässt echt nicht locker, oder?«

»Wenn wir uns gegenseitig helfen wollen, Freunde werden«, sagte ich ernst, »dann will ich die Wahrheit wissen.«

»Okay«, sagte er. »Aber vorher will dir etwas zeigen.«

7

Jasper hatte mich nicht einmal überreden müssen. Meine Neugier hatte das schon für ihn erledigt. Ich schrieb Kate eine Nachricht, in der ich erklärte, dass mir etwas dazwischen gekommen war und ich nicht wusste, ob ich es vor dem Treffen des Veranstaltungskomitees ins Diner schaffte und dass ich sie später anrufen würde.

Wieder in Jaspers Wagen zu sitzen kam mir seltsam vertraut vor. Während der Fahrt fragte ich nicht, wo es hin ging. Als ich dachte, ich würde die Geheimniskrämerei nicht mehr aushalten, erreichten wir unser Ziel.

Jasper wollte mir ein Haus zeigen. Nicht nur irgendein Haus, ein zerfallenes Haus, das auf einem Grundstück stand, welches aus sämtlichen Märchen meiner Kindheit hätte stammen können – vorzugsweise aus Dornröschen. Fuhr man zwanzig Minuten über den Highway, erreichte man ein Gebiet, das in der Stadt nur unter dem Namen *Westwick* bekannt war – wie der Wald, der es umgab. Es war ein Stück Landschaft, das nahe der Stadtgrenze lag und fast unbebaut war. Auf Grund des dichten Naturschutzgebiets, in welches der Wald überging, gab es hier nicht viele Grundstücke, die Eigentümer hatten.

Beim Vorbeifahren sah ich ein paar Schilder mit dem Wappen der Stadt, die damit warben, dass man sich hier ein idyllisches Zuhause erbauen konnte. Ich fand es nicht verwunderlich, dass bisher niemand angebissen hatte. Trotz der kurzen Fahrt von der Stadt hierher, erschien mir die Gegend abgelegen und zu ruhig.

Außerdem waren die Grundstücke allesamt verwildert. Das Haus, das Jasper ansteuerte, wirkte wirklich wie Dornröschens Schloss, verborgen hinter einer hohen, von Efeu überwucherten Mauer – eine Miniaturausgabe von einem alten Gemäuer, das aussah, als stamme es aus dem Bürgerkrieg und müsste unter Denkmalschutz stehen. Wir hatten das Auto ein Stück weiter unten geparkt, wo der Schotterweg in einen abgetretenen Pfad überging, der auf Grund seiner schmalen Abmessung nicht wirklich für Fahrzeuge geeignet war, und gingen nun darauf zu.

Hätte ich das Haus beschreiben müssen, würde ich sagen, dass es einer sehr kleinen viktorianischen Villa am nächsten kam. Teile des Baustils erkannte ich, weil mein eigenes Zuhause Elemente dieser Zeit enthielt und meine Eltern mir nach unserem Einzug immer die Ohren mit historischen Details abgekaut hatten. Die typischen hohen Fenster, das hervorstehende Dach, das von Säulen gestützt wurde, und die riesige Veranda fielen sofort ins Auge. Das Gebäude musste einmal in einem cremigen Weiß gestrichen worden sein. Die Farbe wirkte nun – vielleicht witterungsbedingt – eher gräulich. Im starken Kontrast dazu stachen die moosgrünen Fensterläden heraus, die wie frisch lackiert in der Sonne glänzten. Bei der weiteren Inspektion fielen mir fehlende Dachziegel ins Auge – eine ganze Menge sogar.

Am schlimmsten war aber wirklich der Zustand des einstigen Gartens. Die zugewucherte Mauer war hier noch das geringste Problem. Der Rasen war so hoch, dass er mir bis zu den Knien reichte. Neben Gräsern spross überall Unkraut aus dem Boden, das trotz der Wildblumen unangenehm auffiel. Es hatte anscheinend direkt hinter dem rostigen Tor einmal einen kleinen Eingangsbereich mit Brunnen gegeben, der zur Veranda führte, aber die Steine waren aufgesprungen, unter Gewächs vergraben und der stillgelegte Brunnen beheimatete jetzt Vogelnester.

»Was ist das für ein Ort?«, fragte ich staunend. Jasper machte sich am Tor zu schaffen und zog es mit grober Gewalt zur Seite, so dass sich ein Spalt öffnete, der groß genug war, damit wir beide hindurchpassten.

»Das ganze Grundstück gehört meiner Familie«, erklärte Jasper. »Wie du dir vorstellen kannst, wird es seit Jahren nicht mehr bewohnt oder instand gesetzt. Früher hat hier meine Urgroßmutter väterlicherseits gewohnt. Nach ihrem Tod ist alles langsam verfallen. Meine Eltern haben sich nie darum geschert, was aus dem Haus wird. Ihnen lag einfach nichts daran. Dann hat die Stadt beschlossen die Grundstücke in der Umgebung zum Verkauf freizugeben. Mein Dad wollte das Haus abreißen lassen und auch unser Grundstück freigeben.«

Jasper drückte mit den Händen ein paar Zweige von Sträuchern weg, die im Weg waren, und hielt sie fest, damit ich daran vorbeigehen konnte, ohne dass mir die Dornen daran die Arme zerkratzten. Ich huschte unter seinem Arm hindurch und war jetzt vor ihm, kaum ein paar Schritte von der Eingangstür des Hauses entfernt.

»Irgendwie kam mir das falsch vor. Nur weil sich lange niemand mehr darum gekümmert hat, ein Stück unserer Familiengeschichte zerstören? Das wollte ich nicht« erklärte Jasper weiter. »Ein paar meiner besten Kindheitserinnerungen hängen an diesem Haus.«

»Hat dein Dad es sich anders überlegt?«

»Er hat mich ausgelacht.«

»Ausgelacht?«, wiederholte ich überrascht.

»Dann hat er zu mir gesagt: *Wenn du es schaffst, das Haus zu restaurieren und renovieren – aus eigener Kraft – gehört es dir.* Also haben wir einen Deal gemacht. Er hat sich nur darauf eingelassen, weil er glaubt, ich würde das alles nicht einmal in hundert Jahren schaffen. Deshalb war ich heute Morgen auch so angepisst«, erzählte Jasper wehmütig. »Ich höre ständig, dass ich niemals in meinem Leben etwas zu Ende führen werde. Angefangen bei der Highschool bis hin zu dem hier.«

»Das tut mir leid«, antwortete ich ehrlich. Jasper ging an mir vorbei und blieb auf der Veranda stehen. Er drehte sich zu mir um und deutete mit dem Finger auf mich. Seine Miene hellte sich augenblicklich auf.

»Regel Nummer eins, wenn es um Rache geht, Lucy Reagan – du solltest dich niemals entschuldigen. Von heute an keine Entschuldigungen mehr – weder mir gegenüber noch sonst jemandem. Lebe, als würdest du nichts bereuen.«

»Soll ich mir das aufschreiben?«, scherzte ich.

Jasper griff in seine Hosentasche, zog etwas heraus und kam die wenigen Stufen der Veranda wieder hinunter. Er blieb vor mir stehen und presste mir eine Münze in die Hand. Als sich unsere Hände berührten, fiel mir zum ersten Mal auf, wie rau seine Handflächen waren.

»Wirf sie in den Brunnen und wünsch dir was.«

»Ist das dein Ernst?«, fragte ich skeptisch.

»Wir könnten unseren Pakt auch mit Blut besiegeln«, schlug er amüsiert vor. »Hier liegt sicher noch irgendwo ein rostiger Nagel herum, wenn du willst.«

Jasper blickte mich erwartungsvoll an.

»Nein, danke. Außerdem haben wir noch nicht über die Details des *Pakts* gesprochen. Ich wünsche mir trotzdem etwas.«

Mit der Münze in der Hand ging ich den Weg zurück und blieb vor dem Brunnen stehen. Am Rand krabbelte gerade eine fette Spinne hinauf und ich verzog das Gesicht. Wirklich ein toller Wunschbrunnen, so voller Krabbeltiere. Ich ließ die Münze zu meinen Fingerspitzen gleiten und wartete darauf, dass mir ein Wunsch einfiel – aber es kam keiner. Ich dachte angestrengter nach, aber die Wünsche blieben aus. Es war lächerlich, das hier war nur ein Scherz, aber trotzdem hatte ich das Gefühl, dass kein Wunsch der Welt mein Leben auf magische Weise besser machen würde. Kein einzelner zumindest.

»Du weißt schon, dass du die Münze nicht ewig festhalten sollst.« Jasper trat neben mich. »Du wünschst dir was und wirfst sie hinein. Kinderleicht.«

»Nicht wirklich«, flüsterte ich tonlos. Plötzlich schlossen sich Jasper Finger über meinen und er drückte meine Hand wieder zu, so dass die Münze verschwand.

»Heb sie dir einfach auf«, sagte er sachte. »Irgendwann hast du bestimmt einen Wunsch, einen, der die Hilfe eines alten, mysteriösen Brunnens gebrauchen kann.«

»Jasper …«, sagte ich mit trockener Kehle. Ich brachte es nicht über mich zu sagen, dass Jasper immer in den falschen Momenten nett war. Ein lockerer Spruch wäre mir lieber gewesen als Verständnis für meine Lage. Er gab mir dann immer das Gefühl, mich zu leicht durchschauen zu könne. Jasper öffnete leicht die Lippen, ohne etwas zu sagen, und ich starrte ihn mit rasendem Herzen an. *Was zur Hölle, Lucy? Ich musste mich echt mal zusammennehmen!*

Jasper zog die Hand zurück und schüttelte den Kopf. »Willst du mich ernsthaft in meinem eigenen Garten verführen? Du hast mich angesehen, als würdest du mich jeden Moment überfallen«, sagte er und lachte.

»Das war – ich wollte nicht – niemals!«, protestierte ich heftig, auch wenn mein Herzschlag etwas anderes sagte. Hätte ich Jasper noch weiter angestarrt, wäre ich womöglich wirklich auf ganz andere Gedanken gekommen.

Jasper steckte die Hände in die Hosentaschen.

»Nur für den Fall der Fälle, Lucy. Rache-Regel Nummer zwei – wenn du etwas siehst, das dir gefällt, dann nimm es dir einfach. Sei mutig.«

Verschmitzt grinste er mich an und ich spürte, wie mir Wärme in die Wangen schoss und mich sprachlos machte. Jasper zwinkerte mir zu, was das Fass echt zum Überlaufen brachte und diese butterweichen Gefühle, die er eben in mir ausgelöst hatte, sofort wieder vertrieb.

»Du denkst echt, dass du unwiderstehlich bist!«

»Ich *bin* unwiderstehlich«, sagte er frech. »Vielleicht solltest du ein Foto schießen, um den Moment einzufangen, in dem du mir verfallen bist.«

»Ich und dir verfallen? In deinen Träumen!«

»Träume hab ich heute Nacht sicher eine Menge.«

»Du bist wirklich ... – spät dran.«

»Spät dran? Für was? Für wilde Rummach-Orgien im verwunschenen Garten? Dafür, dich auf die Palme zu bringen? Oder ist das eine Art Codewort für *Jasper, mein neuer Freund, du hattest Recht und bist wahnsinnig unwiderstehlich?*«

Jasper grinste noch immer dämlich vor sich hin.

Ich hob das Handgelenk mit der Uhr. »Nein, ich wollte etwas anderes sagen und habe dann gemerkt, dass *ich* spät dran bin. Ich muss zurück in die Schule.«

»Warst du heute doch beim Nachsitzen? Anscheinend gab es dort unten im Keller kein Wasser, sondern ein Gasleck und du hast ein schweres Trauma davongetragen«, witzelte er. »Man will nicht in die Schule, wenn kein Unterricht ist. Schon gar nicht freiwillig.«

»Dann warst du echt in der Schule und hast mich gemieden«, stellte ich nach seiner Aussage fest. »Sonst wüsstest du die Sache mit dem Wasserleck nicht.«

»Hast du etwa gedacht, nach unserem Streit lauf ich nach Hause und heule mir die Augen aus?«

Jaspers gute Laune schien immer mehr zu steigen. Er konnte gar nicht aufhören breit zu grinsen.

»Natürlich nicht«, sagte ich beleidigt, weil er mich für so naiv hielt. »Du stehst über so etwas Banalem wie Tränen. Verstößt sicher sowieso gegen die Bad-Boy-Bibel.«

»Du solltest aufhören so viel nachzudenken. Dir so viele Gedanken zu machen und dich zu sorgen«, meinte er in lockerem Tonfall. »Vielleicht muss ich dir ein paar Extra-Regeln beibringen, außerhalb von der Rache-Sache.« Seine Augen leuchteten unheilvoll. »Oder, weißt du was? Nein. Bleib einfach so. Genau so, wie du bist.«

»Was soll das denn wieder heißen?«, bohrte ich verwirrt nach. »Ich verstehe echt nur Bahnhof.«

Jasper nickte. »Ganz genau.« Er überbrückte den Abstand zwischen uns und legte mir freundschaftlich einen Arm um die Schulter. »Ich fahr dich zurück. Dann kannst du in Ruhe – was willst du noch mal in der Schule?«

»Ich bin im Veranstaltungskomitee«, antwortete ich und schob seinen Arm wieder von meiner Schulter weg.

»Ohhh«, machte Jasper und zog das Wort lang.

»Manchmal hab ich das Gefühl, wir sprechen zwei komplett unterschiedliche Sprachen«, meinte ich.

Jasper deutete zum Tor und ging dann voraus.

»Was plant ihr denn Wunderbares? Wieder eine exquisite Party voller Glitter oder gibt es ausnahmsweise mal einen Ball – davon hat unsere Highschool einfach viel zu wenige«, fragte Jasper ein wenig abfällig.

»Dich scheint es nicht zu interessieren, aber wenn du schon so blöd fragst – es geht um mehrere Sachen. In erster Linie das Sportfest, worüber du dich doch eigentlich freuen müsstest. Ich hab gehört, es kommen ein paar Coachs von namenswerten Colleges. Als Mitglied des Leichtathletik-Teams ist das doch eine Riesenchance.«

Jasper kratzte sich am Hinterkopf. »Das Sportfest oder die College-Leute interessieren mich nicht wirklich«, antwortete er und zuckte die Achseln.

»Denkst du nie an die Zukunft?«

Wir quetschten uns nacheinander durchs Tor. Ich sah, wie Jasper die Augen verdrehte. Er seufzte laut.

»Ich laufe, weil ich gerne laufe. Man bekommt einfach gut den Kopf frei und es fühlt sich ... *richtig* an.«

Beim Wagen angekommen, schloss Jasper die Türen auf. Ehe wir einstiegen, tauschten wir über das Dach des Autos hinweg einen langen Blick aus. Ich lächelte wissend.

»Du hast einfach eine Abneigung gegen Wettbewerbe jeglicher Art«, sagte ich. »Wenn du dir mit dem Sanieren des Hauses beweisen möchtest, dass du etwas durchziehen kannst, wie passt denn da eine offizielle Freundin in den Plan?«

Jasper brach den Blickkontakt ab und stieg ein. Ich nahm auf dem Beifahrersitz Platz und wartete weiter auf seine Antwort. Als er bemerkte, wie ich ihn ansah, gab er nach, wenn auch recht widerwillig, wie ich an seiner genervten Stimme deutlich erkannte.

»Ich will an meinen Treuhandfond«, sagte er. »Meine Grandma, die das Geld unserer Familie in Abwesenheit meiner Eltern verwaltet, hat mir und meiner Schwester sozusagen eine Auflage erteilt. Wir müssen uns an Regeln halten.«

»Ich kann dir nicht ganz folgen.«

»In einem impulsiven Anflug von Größenwahn habe ich wohl geglaubt, eine feste Freundin würde etwas Struktur in mein Leben bringen und könnte mir helfen meiner Grandma zu zeigen, wie liebenswert und verantwortungsvoll ich bin.«

»Das klingt wirklich nach einer Menge Größenwahn.«

»Es ist kompliziert«, flüsterte Jasper leise. Als er bemerkte, wie ich ihn ansah, wandte er den Blick dem Rückspiegel zu, startete den Wagen und begann auszuparken.

Der unebene Grund knirschte unter der Bewegung der Reifen. Es war noch immer sehr windig, weshalb ein leises Heulen in der Luft lag und gegen die Scheiben drückte. Wir ließen das Waldgebiet hinter uns. Stille dehnte sich im Wagen aus.

»Du sagst gar nichts mehr. Was denkst du?«, fragte Jasper.

»Ich weiß nicht wirklich, was ich von deinen Motiven halten soll«, antwortete ich ehrlich. »Das Ganze ist ziemlich absurd. Wieso brauchst du denn unbedingt das Geld?«

»Ich dachte, du musst sofort zur Schule zurück? Wir haben wirklich keine Zeit, um weiter darüber zu reden.«

»Hör auf, mir auszuweichen«, ermahnte ich ihn. »Selbst beim Speed-Dating erfährt man mehr über die andere Person als an einem Tag mit dir«, sagte ich.

»Das kann ich nicht bestätigen, ich hatte noch nie ein richtiges Date«, sagte Jasper beleidigt.

»Noch nie?«, fragte ich ihn bemitleidend. Jasper schnaubte eingeschnappt. Dann drehte er das Radio so laut auf, dass kein weiteres Gespräch mehr möglich war. Wenn es eine Sache gab, die wir beide gemeinsam hatten, dann unsere Sturheit.

8

Am Freitagnachmittag herrschte das beste Wetter seit langem. Untypisch für Anfang Herbst war die Sonne herausgekrochen und man konnte die Wärme im Garten genießen. Roxy und ich waren beide zu Kate gefahren, um seit langer Zeit mal wieder eine Runde zusammen abzuhängen.

Der Pool war abgedeckt, weil bei den unsteten Temperaturen derzeit niemand schwimmen ging, aber meine Freundinnen und ich saßen trotzdem auf den Liegestühlen davor. Kates Mom hatte die schreckliche Angewohnheit, unsere Gespräche zu belauschen, weshalb Kate immer wieder mit ihr aneinandergeriet. In dieser Hinsicht war Kates Mom wirklich ein Kontrollfreak. Aus diesem Grund war es ein ungeschriebenes Gesetz, dass wir uns entweder a) außerhalb des Hauses b) nur in Abwesenheit von Kates Mom oder c) ganz woanders über wichtige Dinge unterhielten. Bei Roxy war immer einer ihrer nervigen Brüder zu Hause, was ein ebenso großer Störfaktor war, und meine Eltern hatten heute Besuch, weshalb unser Haus auch flachfiel. Ausgehen wollte keine von uns, also blieben nur der Garten und die Liegestühle.

Kates Mom war schon dreimal zu uns herausgekommen, um uns neuen Eistee zu bringen, bis das Telefon geklingelt hatte und sie weiter von ihrer Spionage abhielt.

»Sie braucht ein Hobby«, beschwerte sich Kate. »Was denkt sie denn, wie viel Eistee ein Mädchen trinken kann? Später fließt Zucker durch meine Venen.«

Kate starrte missmutig auf den kleinen Beistelltisch am Ende der Liegen, auf dem drei Gläser mit dunkelbrauner Flüssigkeit im Sonnenlicht glitzerten.

»Irgendwann schleust sie ein Wahrheitsserum in meine Getränke, damit sie endlich ihren Frieden findet.«

Kate verdrehte genervt die Augen und stellte ihr Glas Eistee rasch ab, als wäre darin wirklich Gift.

»Meine Eltern sind momentan auch überfürsorglich«, meckerte ich, wenn wir schon dabei waren. »Entweder behandelt Mom mich, als sei ich aus Porzellan und bräuchte ständig einen Ratgeber-Spruch, oder Dad lässt seinen Frust wegen Taylors Abwesenheit an mir aus.«

»Taylor hat es schon richtig gemacht«, meinte Kate und seufzte theatralisch. »Auf und davon mit einem sexy Kerl im Gepäck. Vermutlich hat sie den lieben langen Tag nur Spaß und genießt ihre vollkommene Freiheit.«

»Ich hätte auch nichts dagegen, wenn meine Brüder ihre Sachen packen und für ein paar Wochen wegfahren würden«, kam es mürrisch von Roxy. »Mir würde auch ein Tag reichen, wirklich. Es ist so ätzend, wie sie alle versuchen mir etwas vorzuschreiben, als wären sie Mom. Nicht, dass die viel besser ist. Wegen der Theater-AG sind sie ständig am Nörgeln. Als würde ich meine Familie vernachlässigen, dabei fehlt ihnen nur jemand, der einkauft, die Wäsche macht oder aufräumt.«

Wir drei seufzten synchron. Ich ließ mich gegen die Lehne sacken und streckte meine Beine aus. Ich hatte mir extra eine schwarze Strumpfhose unter meinen Shorts angezogen, aber in diesem Moment fror ich trotzdem. Eigentlich mochte ich den Herbst und seine Farben und die damit verbundene Mode, die man ausleben konnte, aber anscheinend brauchte ich echt ein paar wärmere Sachen.

Im Gegensatz zu meiner Schwester hatte ich noch nie einen Nebenjob gehabt, weil mir mein Taschengeld immer gereicht hatte und ich zu beschäftigt mit meinen Freundinnen, der Schule und Ben gewesen war. Vielleicht wäre es keine schlechte Idee, sich einen zu suchen.

Eine Weile quatschten wir über alles Mögliche. Vom letzten Staffelfinale von *Teen Wolf* (das wir online zusammen in nächtlichen Sitzungen nachgeholt hatten), bis hin zum neuesten Schulklatsch, was laut der *Vogue* als Nächstes *in* sein würde, welches Buch eine von uns gerade beendet hatte, aber irgendwann ging die Unterhaltung doch wieder zurück zu unseren Familien.

»Meine Mom hat angefangen den Bürgermeister zu daten!«, platzte es auf einmal aus Roxy heraus.

»Wie jetzt?« Kate, die dabei war, das dritte Glas Eistee zu schlürfen (anscheinend wollte sie doch einen Zuckerrausch erleiden), hielt inne und starrte Roxy perplex an. Unsere Freundin zog eine elende Grimasse.

»Es ist schrecklich, ich weiß«, antwortete Roxy. »Schlimm genug, dass Mom nach der Trennung von Dad so schnell wieder anfängt jemanden zu treffen, aber ausgerechnet den Bürgermeister? Sie ist seine Sekretärin – wie klischeehaft ist das denn bitte?«

Roxys Eltern waren nie wirklich glücklich miteinander gewesen, dass wussten wir alle, doch ihre Scheidung war nicht mal ein halbes Jahr her. Roxy kam ganz gut mit der Trennung der beiden klar, aber ich verstand, warum es ihr schwerfiel zu akzeptieren, dass ihre Mom sich wieder in den Sattel schwang. Ich streckte die Hand aus und tätschelte ihr tröstend den Arm.

»Deine Mom hat sie nicht mehr alle.«

»Ich bin so froh, die Theater-AG zu haben«, fuhr Roxy etwas entspannter fort. »Wenigstens eine Sache in meinem Leben, die richtig gut läuft.«

»Hat der Bürgermeister nicht zwei Söhne aus seiner ersten Ehe?«, fragte Kate ungläubig. »Will deine Mom jetzt einen auf *Im Dutzend billiger* machen?«

»Oh Gott, bitte lass uns nicht von Familienzusammenführung anfangen«, würgte Roxy entsetzt hervor. »Sie sind noch nicht offiziell zusammen. Aber stellt euch mal vor, was für ein Horror das sein wird! Irgendwann sind Wiederwahlen und dann werde ich sicher versklavt, um die Werbetrommel zu rühren. Dann kommt die Traumhochzeit und ehe ich mich versehe, hab ich *fünf* Brüder und darf nie wieder Chucks tragen.«

»Das sind eh die Schuhe des Teufels«, meinte Kate und grinste. »So etwas sollte man nicht besitzen!«

»Du würdest also nie Chucks anziehen?«, fragte Roxy belustigt und blickte auf die blauen Exemplare an ihren Füßen.

»Schon schlimm genug, dass wir im Sportunterricht Turnschuhe anziehen müssen. Ich könnte auch in Stilettos Runden laufen und würde eine gute Figur dabei machen.«

Roxy und ich begannen herzhaft zu lachen.

»Ach komm, Lucy, als hättest du Chucks!« Kate streckte mir die Zunge heraus. »Du lässt dich bestimmt in deinen Lederstiefeln begraben, wenn es so weit ist.«

Kate hatte natürlich Recht. Wir beide waren nicht wirklich der sportliche, lockere Typ wie Roxy und würden für Schuhe sogar unser Erstgeborenes verkaufen.

»Wenn ihr jetzt von Schuhen anfangt, dann will ich lieber die kitschige Zukunfts-Hochzeit von Mom und dem Bürgermeister planen«, warnte uns Roxy belustigt.

»Lucy kann dir auch helfen sie wieder auseinanderzubringen«, bot Kate großzügig meine Dienste an. »Sie ist nämlich gerade bei Jasper Ransom in der Rache-Ausbildung. Wie man Beziehungen zerstört steht da sicher ganz oben auf der Liste potenziell böser Dinge.«

Kurz nach meinem Besuch mit Jasper beim alten Ransom Haus hatte ich Kate von allem berichtet. Die Sache mit der Rache an Ben war mir selber ein wenig wie ein Scherz vorgekommen, auch, wenn ich sie noch nicht ganz verworfen hatte. Irgendwie gefiel mir der Gedanke, es ihm heimzuzahlen, noch immer sehr gut. Ich nahm das kleine Kissen, das ich als Stütze für den Nacken benutzt hatte, und warf es Kate an den Kopf.

»Du kleines Plappermaul!«, motzte ich halbherzig.

Kate richtete ihre Frisur und grinste breit.

»Was hast du denn bisher so gelernt?«

Weil ich auf der Liege ganz außen saß, drehten Kate und Roxy beide die Köpfe in meine Richtung.

»Du schmiedest wirklich Rachepläne?«, vergewisserte sich Roxy neugierig. »So richtig fiese Rachepläne?«

»Natürlich«, sagte ich in meiner besten Bösewicht-Stimme, tief und schadenfroh. »Ich stecke ihm Oreo-Kekse in den Spind, die statt Milchcreme Zahnpasta als Füllung haben. Klebe nachts heimlich Wattebällchen an sein Auto. Breche in sein Haus ein und verteile Eiswürfel überall, damit sie schmelzen und er sich ein Bein bricht. Texte seinen Eltern, wohin das Pfund Kokain gehen soll, das er bestellt hat, oder –«

»Wir haben verstanden, Maleficent«, ging Kate dazwischen. »Deine Bosheit kennt absolut keine Grenzen.«

»Ich bin blutige Anfängerin, okay?« Meine Freundinnen und ich stimmten in ein herzhaftes Lachen ein. »Aber wenn ihr es genau wissen wollt, dann habe ich wirklich einen Plan. Wie eine Art 5-Schritte-Programm.«

»Du bist jetzt also Love-a-holic?«, fragte Roxy und kicherte. »Davon will ich mehr hören. Leg los.«

Ich setzte mich auf und schwang die Beine vom Liegestuhl, damit ich meine Freundinnen besser ansehen konnte. Ich machte eine todernste Miene.

»Schritt 1 – Kenntnisnahme und Verdrängung, bereits abgehakt. Mein Sommerferiendasein als Einsiedlerkrebs, wie Kate so schön betont hat, ist zu Ende. Schritt 2 – Emotionale Achterbahnfahrt, hier bin ich wahrscheinlich noch nicht ganz über den Berg«, zählte ich sachlich auf. »Schritt 3 – Akzeptanz. Schritt 4 – Rache und der letzte Schritt – Glücklich sein und weiterleben.«

»Ich hoffe, Cole macht niemals mit mir Schluss«, meinte Kate geschockt. »Das klingt nach mehr Arbeit als alle Algebra-Hausaufgaben des Halbjahrs zusammen.«

»Ich finde, es ist ein guter Plan«, meinte Roxy und hielt einen Daumen nach oben. »Bis auf die Sache mit der Rache, die könnte man durch Schmetterlingefangen ersetzen. Das klingt doch viel netter, oder?«

»Nett ist die kleine Schwester von Sch –«

»Möchtet ihr Mädchen noch etwas Eistee?«

Ich hielt mich mitten im Satz zurück, weil Kates Mom sich angeschlichen hatte und plötzlich neben dem Pool stand. Sie lächelte freundlich in unsere Runde.

Kate stöhnte laut und genervt auf. »Mom! Wir haben genug Eistee!«

»Dann vielleicht ein paar Snacks?«

Kate sprang von ihrer Liege auf. »Mom!« Sie packte ihre Mutter am Arm. »Kannst du nicht einfach ... Snacks wären wirklich *wundervoll*. Ich danke dir!«

»Wirklich?« Ihre Mom blinzelte. »Aber logo!«

Kates Mom machte murmelnd auf dem Absatz kehrt.

»Aber logo?«, wiederholte ich amüsiert.

»Halt bloß den Mund«, sagte Kate missmutig. »In zehn Minuten steht sie wieder auf der Matte, also müssen wir schnell das wichtigste Thema noch abhaken!«

»Und das wäre?«, warf Roxy neugierig ein.

»Lucy sitzt doch an der Quelle der Macht – dem Veranstaltungskomitee – also erzähl mal, haben wir Aussicht auf eine weitere rasante Casino-Nacht?«

Typisch Kate, in Gedanken plante sie sicher schon den nächsten rebellischen Akt des Widerstands, was bei ihr so viel hieß wie sich auf Schulfesten unmöglich zu benehmen, heimlich zu trinken und Cole abzuschlabbern.

»Angelina Reynolds und ich wurden gestern leider überstimmt. Die Casino-Nacht ist wahnsinnig gut angekommen, aber wegen des Zwischenfalls mit diesem ominösen Scott haben viele Eltern sich beim Schulgremium beschwert. Deshalb nichts allzu Großes mehr.«

An dem Zwischenfall war ich nicht ganz unschuldig gewesen. Meine Schwester Taylor hatte jemandem – Ethan, um genau zu sein – helfen wollen, seine Flamme Haylie zu erobern, und da diese zu dem damaligen Zeitpunkt mit Scott zusammen gewesen war, hatten Taylor und Ethan eine kleine Szene abgezogen, die Haylie so eifersüchtig gemacht hatte, dass plötzlich Schluss mit ihr und Scott gewesen war. Als dieser handgreiflich wurde, hatte ich behauptet, er hätte ein paar meiner Poker-Chips gestohlen. Später war zu allem Überfluss herausgekommen, dass Scott tatsächlich zuvor irgendwo eingebrochen war, und die Polizei hatte ihn festgenommen. Nach diesem Abend brodelte es in der Gerüchteküche. Viele Eltern redeten sich ein, dass eine Casino-Nacht kriminelles Potenzial in ihren Kindern weckte, was natürlich mega bescheuert war.

»Carrie hat das bestimmt allein entschieden«, meckerte Kate gehässig. »Die dumme Ziege will doch eh, dass alles und jeder nach ihrer Pfeife tanzt.«

»Carrie hat zumindest durchgeboxt, dass in ein paar Wochen ein Tanzmarathon stattfindet«, erklärte ich. »Anscheinend hat sie zu oft *Footloose* geschaut, aber sie war regelrecht besessen von der Idee mit dem Tanzen.«

»Das ist ja wie bei Schneewittchen«, motzte Kate verärgert weiter. Als Roxy und ich sie ansahen, als könnten wir ihr nicht ganz folgen, sprach sie weiter. »In der Originalversion muss ihre böse Stiefmutter am Ende auf dem Ball von Schneewittchen und dem Prinzen so lange in glühenden Schuhen tanzen, bis sie stirbt.«

»Carrie ist doch nicht Satan«, sagte Roxy beschwichtigend. »Wahrscheinlich ist sie gar nicht so übel.«

»Was genau hat sie dir denn getan?«, fragte ich.

»Carrie ist eben ... Carrie. Es gibt schon Gründe, warum Stephan King seinen Roman nicht Nadja, Miranda oder Charlotte genannt hat. Carries tragen das Böse einfach in sich«, erklärte Kate überzeugt.

»Hast du *Sex and the City* vergessen?«, bohrte Roxy skeptisch nach. »Diese Carrie liebt Schuhe!«

»Ausnahmen bestätigen eben die Regel.« Kate verschränkte die Arme vor der Brust. »Ich hasse sie.«

»Was du nicht sagst«, erwiderte ich tonlos. »Bisher gibt es auch keine Anwesenheitspflicht; also mach dir nicht ins Hemd, Kate. Es nötigt dich niemand.«

Kate schnaubte. »Aber *du* gehst hin. Als Mitglied vom Veranstaltungskomitee musst du hingehen und wenn du gehst, dann müssen Roxy und ich auch gehen.«

Ich hob feierlich eine Hand. »Ich entlasse euch beide hiermit aus dem Eid der Schwesternschaft.«

Kate verzog das Gesicht. »Als wäre das so leicht.«

»Dann muss ich ein Date finden«, sagte Roxy nachdenklich, als wäre sie bereits im Stillen am Planen.

»Immerhin habe ich ein Date«, meinte Kate. »Ich könnte Cole bitten einen seiner Freunde zu fragen und –«

»Nein«, protestierte Roxy sofort. »Ich finde selber jemanden. Du verkuppelst mich immer mit den merkwürdigsten Kerlen, das grenzt an sozialen Suizid.«

»Lucy geht natürlich mit ihrer neuen Zuckerperle!«

»Zuckerperle? Wenn Jasper das hören würde.«

»Ha!«, machte Kate sofort. »Du hast direkt an Jasper gedacht, was bedeutet, dass du ihn maaaaaaagst.«

»Wir sollten das Thema wechseln.«

»Sicher«, sagte Kate schwungvoll. »Dann lass uns über den Klimawandel reden, die schmelzenden Polarkappen oder wie unser Land seine Kriminalitätsrate reduzieren könnte. Ganz so wie in guten alten Zeiten.«

Ich deutete hinter sie. »Nein, deine Mom kommt gerade wieder. So wie es aussieht, hat sie einen Supermarkt überfallen. Vielleicht solltest du eure Nachbarn einladen, das ist einfach zu viel Essen.«

Kates Mom balancierte wie eine geübte Kellnerin gleich drei Platten mit Sandwiches, Keksen und Obst in den Armen und strahlte übers ganze Gesicht.

»Immerhin trainieren wir das bald wieder ab«, scherzte Kate. »In einem super tollen Tanzmarathon.«

9

Später am Abend, als ich gerade den Berg an Hausarbeiten abarbeitete, bekam ich einen Anruf von Fia. Es war kurz vor neun und ich hatte reichlich wenig Lust, als Nächstes zu Algebra überzugehen, also war ich dankbar für die Ablenkung. Ich sprang von meinem Schreibtischstuhl auf und griff mir das Handy vom Bett.

»Agentin Lucy meldet sich zum Dienst!«, begrüßte ich Fia schwungvoll, weil ich mir schon denken konnte, wieso sie anrief – ein neuer Babysitter-Job wartete.

»Es tut mir wahnsinnig leid, dich so spät noch zu stören«, entschuldigte Fia sich sofort. »Aber hättest du vielleicht Zeit vorbeizukommen? Ryan hat einen Platten und ist liegengeblieben. Er war mit seinem Vater unterwegs und die beiden brauchen jemanden, der sie abholt. Riley ist vor einer Stunde eingeschlafen und ich würde ihn ungern aufwecken. Es wäre auch nicht für lange. Es sei denn natürlich, du hast andere Pläne?«

Fia gab sich große Mühe, nicht allzu verzweifelt zu klingen, aber ich wusste, dass es ein Ding der Unmöglichkeit war, an einem Freitagabend so kurzfristig überhaupt einen Babysitter aufzutreiben. Ich warf einen Blick auf meine Bücher und Hefte und begann zu grinsen.

»Absolut kein Problem«, antwortete ich rasch.

Nach dem Treffen mit Kate und Roxy hatte meine Mom mich abgeholt und zur Werkstatt gefahren, in der man mein Auto wieder zusammengeflickt hatte. Inzwischen stand der Wagen wieder einsatzbereit in der Auffahrt.

Der Bekannte von Jasper, der in der Werkstatt arbeitete, war außerdem so nett gewesen, mir Jaspers Nummer zu geben. Gestern in der Schule hatte ich Ausschau nach Jasper gehalten, um unser Gespräch über die »Freundinnen-Sache« weiterzuführen, ihn aber nirgends entdeckt. Dabei wollte ich unbedingt wissen, was Sache war. Als ich versucht hatte ihn anzurufen, war ich immer nur auf der Mailbox gelandet.

Mir fiel ein, dass ich noch immer Fia in der Leitung hatte.

»Ich fahre sofort los«, sagte ich.

»Du bist eine Lebensretterin«, bedankte sich Fia.

***

Riley schlief noch immer tief und fest, als ich das Haus der Cassels erreichte, und Fia fuhr nach meiner Ankunft sofort los. Ich verfiel schnell in meine Babysitter-Routine, nachdem sie erst einmal weg war. Auf dem Sofa sitzen, das Babyfon hin und wieder anstarren und die meiste Zeit einfach nur vor mich hin lümmeln.

Weil der Abend fast gelaufen war, hatte ich mich doch noch dazu motiviert, ein paar meiner Hausarbeiten mitzunehmen, und beschlossen, sie abzuhaken, damit ich den Rest des Wochenendes frei hatte.

Zum ersten Mal seit langem überlegte ich, ob ich ausgehen, etwas mit Kate und Roxy unternehmen sollte. Meine Gedanken wanderten hin und wieder auch zu der Idee mit der Jobsuche und der damit verbundenen Ablenkung. Vielleicht sollte ich morgen alleine losziehen, aber zuerst waren wirklich die Schularbeiten dran.

Ich hatte mir einen alten Hitchcock-Film heruntergeladen, weil wir für eine Filmanalyse in Medienwissenschaften einen Schwarz-Weiß-Film schauen mussten. Unsere Lehrerin dachte, dass diese Art von Filmen wunderschön, mystisch und eindrucksvoller sei als alles, was das 21. Jahrhundert so zu bieten hatte. Auch wenn ich Filme lieber in Farbe sah, so war das weitaus besser, als irgendein dickes und langweiliges Buch lesen zu müssen.

Mit einem *Ben & Jerry's* Eisbecher (Fia hortete davon eine ganze Wagenladung im Eisfach) ließ ich mich in die Sofakissen sinken und heftete die Augen auf den großen Flachbild-Fernseher, den die Cassels besaßen.

Fias Eltern, die eigentlich hier lebten und ihrer Tochter, deren Verlobten und Kind Unterkunft gewährten, waren irgendwo im Urlaub in Australien, weshalb ich immer wieder vergaß, dass alles hier Mr und Mrs Cassel gehörte. Die Einrichtung war untypisch modern für so ein altes Ehepaar und nur die vielen Fotos der Familie, die überall hingen, erinnerten mich öfter, dass Fia nur provisorisch hier lebte. Erneut fragte ich mich, was ich machen würde, wenn die drei wegziehen würden.

Sie schrecklich vermissen? Mich verlassen fühlen?

Aber noch war es nicht so weit und außerdem war es kaum vorstellbar, dass Ryan seinen Bruder Hunter und ihren gemeinsamen Dad hier zurücklassen würde.

Ich schob mir einen Löffel Eis in den Mund.

Es waren gerade einmal fünfzehn Minuten verstrichen, in denen ich nach der Schönheit, Mystik und dem Eindrucksvollen des Films Ausschau hielt, als es an der Hintertür in der Küche klopfte, die zum Garten führte.

Das konnte ja nur eine Person sein.

Ich stoppte den Film, stellte den Eisbecher auf dem Tisch ab und erhob mich vom Sofa, um nachzusehen, ob ich Recht behalten würde. Kaum hatte ich das Licht in der Küche eingeschaltet, sah ich schon, wie Jasper seine Nase an der Schiebetür aus Glas platt drückte.

Als er mich kommen sah, winkte er fanatisch.

Ich schloss die Tür auf und öffnete sie.

»Was machst du denn hier?«, fragte ich.

»Das ist keine besonders nette Begrüßung«, erwiderte Jasper und zog eine Schnute. »Wo bleibt mein Kuss?«

»Soll ich mal beim internationalen Kuss-Service von Amor nachfragen? Irgendwo haben sie bestimmt deine Bestellung übersehen und du wirst heute nicht mehr von zehn verschiedenen Mädchen abgeknutscht«, meinte ich mit einer ordentlichen Portion Sarkasmus in der Stimme. »Sekunde, bei uns liegt noch ein Gutschein für einen Tritt in den Arsch herum. Magst du den haben?«

»Führst du den persönlich aus?«, fragte er.

»Dafür werde ich nicht gut genug bezahlt.«

»Kann ich reinkommen?«, wollte er wissen und grinste.

»Das hier ist aber nicht mein Haus.«

»Dann ist es ja gut, dass ich kein Vampir bin, der eine Einladung braucht«, antwortete Jasper bestimmt. Ich trat zur Seite und ließ ihn herein. Er ging an mir vorbei und steuerte auf den Durchgang zum Wohnzimmer zu.

»Tatsächlich!«, tat ich überrascht. »Du bist kein Vampir, sondern ein gewöhnlicher Junge. Überwältigend.«

»Ein Junge vielleicht, aber nicht gewöhnlich.«

Jasper zwinkerte mir zu, dann ging er weiter. Es war seltsam ihm zu folgen, als würde er sich hier auskennen und ich wäre sein Gast – nicht umgekehrt.

»Ich war eben eine Runde joggen und hab dein Auto vor dem Haus gesehen«, erzählte er mir und pflanzte sich aufs Sofa, an die Stelle, an der ich eben gesessen hatte. »Da dachte ich mir, ich leiste dir Gesellschaft.«

»Langweilst du dich etwa?«, fragte ich spitz. Ich betrachtete ihn erstaunt und setzte mich dann ans andere Ende des Sofas. Jaspers Haar hing ihm nass in die Stirn, also war er vermutlich wirklich joggen und anschließend duschen gewesen. Ganz leicht nahm ich wieder seinen Duft war und fragte mich, ob er ihn absichtlich aufgelegt hatte, um mich wieder einzunebeln.

Ich hatte mir nicht mal die Mühe gemacht, meine Frisur von heute Morgen noch einmal anzugehen, und deshalb standen dutzende wirre Strähnen von meinem Kopf ab, als hätte ich in eine Steckdose gefasst. Das hatte ich auf der Fahrt hierher im Innenspiegel gesehen und mit einem Achselzucken abgetan, fest davon überzeugt, dass mich heute Abend niemand mehr sehen würde. Aus demselben Grund war ich auch einfach in Jogginghose und weitem Top losgegangen, ohne mich umzuziehen. Und jetzt saß ich neben Jasper auf dem Sofa und musste daran denken, wie gut er aussah und dass ich dagegen dem Griesgram Oscar aus der Sesamstraße Konkurrenz machte, der in einer Mülltonne lebte. Aber Mülltonnen und ich waren doch eh super Freunde. Sie waren so vielseitig einsetzbar. Spionage-Gerätschaft, Waden-Trainer und Selbstmord-Instrument in einem. Ich schüttelte die Gedanken ab.

War mir doch egal, was Jasper von mir dachte!

»Ich langweile mich«, antwortete Jasper endlich und inspizierte die Sachen, die auf dem Tisch standen.

»Niemand, der durch deine Anwesenheit beglückt werden muss?«, fragte ich skeptisch. »Keine Party oder so?«

»Ich beglücke dich mit meiner Anwesenheit, das reicht mir völlig«, antwortete Jasper verschmitzt. »Ich erkläre auch gerne den Besitzern des Hauses, wieso ich dich mit meinen Lippen wiederbeleben musste, nachdem du vor lauter Glücksseligkeit bei meinem Anblick fast abgekratzt wärst. Falls sie früher zurückkommen.«

»Ich glaube nicht, dass das nötig sein wird«, sagte ich trocken und musterte Jasper kopfschüttelnd.

»Denkst du, wir könnten echt so schnell sein?«

»Ich würde den Job gerne behalten, danke.«

»Es würde nie jemand erfahren.«

»Du kannst aufhören, mich anzumachen«, sagte ich und verzog das Gesicht. »Die Nummer zieht nicht.«

Jasper ließ sich nicht im Mindesten entmutigen.

»Ich hab noch mehr Nummern drauf, Lucy.«

»Was bist du – ein Zirkuspferd?«

»Als ich klein war, hat mal ein Zirkuspferd versucht mir einen Finger abzubeißen. Es könnte durchaus sein, dass der Speichel meine DNA verändert hat«, begann Jasper eine wilde Geschichte zu spinnen. »Es gibt bestimmt noch keinen Marvel-Helden, der Pferde als Verbündete hat. Klingt auch ziemlich uncool, das Ganze.«

Jaspers Blick fiel auf den Eisbecher und ohne zu fragen, schnappte er sich das Ding und fing an mein inzwischen halb geschmolzenes Eis zu essen.

»Schön, dass du dich wie zu Hause fühlst«, bemerkte ich und sah ihn verärgert an. *So ein dreister Eisdieb!*

»Was schauen wir uns an?«, fragte er interessiert und schob sich den nächsten Löffel Eis in den Mund.

»Einen Schwarz-Weiß-Film.«

»Wie ist der Film denn bisher so?«

»Schwarz und weiß«, antwortete ich.

»Außergewöhnlich«, kommentierte er. Ich zog die Beine an und lehnte mich weiter zurück, um wieder in den Kissen versinken zu können, die so herrlich weich waren. Jasper schaufelte sich weiter *mein* Eis rein und störte sich nicht an meinen neidischen Blicken.

»Hab ich was im Gesicht?«, fragte er irritiert.

»Meine Faust, wenn du mir mein Eis nicht wiedergibst. Diebstahl von Eis ist in dreißig Ländern strafbar.«

Jasper steckte den Löffel wieder in den Becher und hielt ihn mir hin. »Mit Gratis-Zirkuspferd-DNA.«

»Weißt du was? Ich hab's mir anders überlegt«, sagte ich rasch. »Also, bist du hergekommen, um mir Antworten zu geben? Ich hab versucht dich anzurufen, weißt du.«

»Du hast dir meine Nummer besorgt, Lucy?«, fragte er angenehm überrascht. Jaspers Augen leuchteten auf.

»Du interpretierst auch in alles etwas hinein!«, beschwerte ich mich über sein zu großes Selbstbewusstsein. »Es geht ja nicht immer nur um dich.«

»Wenn du meine Nummer wolltest, dann schon.«

Dieses Argument war entwaffnend. Grimmig biss ich die Zähne zusammen und beschwor meine Schlagfertigkeit herauf, was nicht so gut funktionierte wie beabsichtigt.

»Ich muss für kleine Zirkuspferde.«

Hastig stand ich auf und steuerte die Treppe an, ehe Jasper sehen konnte, wie sehr mich seine gezielten Flirtattacken manchmal verunsicherten. Ich spürte jetzt schon, wie mein rasendes Herz das Blut in meinen Kopf pumpte und ich gleich aussehen würde wie eine Tomate. Eine langweilige, doofe Tomate, der immer wieder die Worte ausgingen. Nicht, dass Tomaten sprachen.

Plötzlich traf mich ein Kissen an der Schulter.

»Lucy«, quengelte Jasper. »Bleib bei mir.«

Ich erstarrte, ohne mich umzudrehen.

Lucy, bleib bei mir, flüsterte Ben mir ins Ohr. Du kannst jetzt nicht gehen. Weißt du, dass man sagt, man soll gehen, wenn es am schönsten ist? Das ist eine Lüge, die Menschen sich erzählen, die nicht in der Lage sind, das wirklich Schöne einfach weiter festzuhalten. Lass es uns einfach gemeinsam versuchen.

Ich biss mir energisch auf die Unterlippe und wischte mir eine einzelne Träne aus dem linken Auge. Mit schwerem Herzen atmete ich tief durch. Es war so unfair, so verdammt unfair, dass mich die winzigsten Dinge an Ben erinnerten. Ich wollte die Erinnerungen einfach ausradieren können, wie die Fehler, die sie waren.

So viel zum 5-Schritte-Programm. Rückfall eins.

»Lucy?«, fragte Jasper, der neben mir auftauchte. Zögernd drehte ich den Kopf in seine Richtung. Ehe seine ausgestreckte Hand mich berühren konnte, hielt ich sie auf. Klammerte mich mit meinen Fingern an seinem Handgelenk fest. Meine Starre schien auf Jasper überzugehen. Er hielt in der Bewegung inne und rührte sich nicht.

Stille füllte den Raum, bis ich das Gefühl hatte, es sei kein Platz mehr darin. Kein Platz mehr für unausgesprochene Fragen und schmerzvolle Gefühle. Jaspers Augen weiteten sich, als ich ihm endlich ins Gesicht blickte. Er musste etwas darin gesehen haben, das ihn so sehr überraschte, dass er für diesen einen kurzen Moment sprachlos blieb. Mit leicht geöffneten Lippen und einem großen Fragezeichen im Gesicht.

Ich ließ sein Handgelenk los, legte ihm eine Hand in den Nacken, brachte mein Gesicht seinem näher und küsste ihn. Ich spürte, wie er ausatmete, als ich meine Lippen auf seine legte, und schloss die Augen. Für einen Herzschlag lang driftete ich ins Nichts ab. Ein bodenloses Nichts, das mich alles um mich herum vergessen ließ. Ich war kein tollkühner Mensch. Ich küsste nicht einfach so einen Jungen, den ich kaum kannte, aber genau das hatte ich gebraucht. Etwas Unerwartetes, das an meinem Inneren zog wie ein Sprung aus einem Flugzeug. Ohne Sicherheitsgurt, ohne Plan B.

»Was tust du da?«, fragte er verwundert.

»Dich ausnutzen«, antwortete ich aufgewühlt. Mein Puls ging so schnell, dass ich unwillkürlich schneller atmete, und das Kribbeln, das über meine Haut kroch, nur noch mehr anstachelte. Mir schwirrte haltlos der Kopf.

»Mich ausnutzen?« Jasper glotzte mich noch immer an, als wartete er darauf, dass ich rief *Verarscht!*. Seine Miene entglitt ihm immer mehr, während er versuchte meine Signale zu deuten. »Sekunde mal – Du willst mich ausnutzen? Das nennst du mich ausnutzen?« Seine Mundwinkel zuckten leicht, dann begann er zu schmunzeln. »Schlechte Performance, Lucy.«

»Das war einfach … ein Impuls«, sagte ich und kam mir plötzlich total bescheuert vor. Mein Herz schlug mir bis zum Hals. Was hatte ich mir nur dabei gedacht? Wahrscheinlich würde Jasper mir das jetzt für immer vorhalten. »Jetzt sind wir quitt. Wegen dem Kuss im Auto. Du weißt schon.« Ich seufzte schwermütig. »Okay, du hast Recht, das war wirklich eine –«

Ich verstummte unter Jaspers festem Blick. Ich konnte gar nicht anders, als ihm immer weiter tief in die Augen zu blicken, bis ich mich in ihnen verlor. Er hob eine Hand und streifte mir langsam eine meiner wilden Haarsträhnen aus dem Gesicht. Seine Finger ruhten an der empfindlichen Stelle hinter meinem linken Ohr. Er musste den rasenden Puls spüren, der durch meine Venen donnerte. Seine Miene veränderte sich merklich. Der Ausdruck darin wurde weicher, als er die Kiefermuskeln entspannte und die Augenbrauen hob. Oh mein Gott. Er hatte diesen sexy Gesichtsausdruck echt drauf! Ich würde jeden Moment an einem Hitzekoller sterben.

»Du machst es einem echt schwer.«

Die Worte waren kaum ein Flüstern und ich wusste sie wirklich nicht zuzuordnen, aber mein Mund war so trocken, dass ich nicht in der Lage war, etwas zu erwidern. Jasper ließ die Hand sinken und automatisch zog ich meine eigene zurück, die ihn so besitzergreifend festgehalten hatte. Als er sich abwandte, nutzte ich die Gelegenheit, um in die angrenzende Küche zu schlüpfen. Hastig riss ich den Kühlschrank auf und griff nach einer Flasche Wasser. Am liebsten hätte ich meinen Kopf ins Eisfach gesteckt. Ich hatte das Gefühl, das war die einzige Möglichkeit, um mein Herz am Explodieren zu hindern. Es auf Eis zu legen wie eine Flasche Wodka.

»Ich könnte auch was zu trinken vertragen.«

Vor lauter Schreck über seine Worte ließ ich die Wasserflasche fallen. Zum Glück war sie nur aus Plastik und rollte davon, anstatt in Scherben zu zerbersten. Jasper lehnte mit dem Rücken an der Küchenzeile und blickte zu mir herüber. Ich griff mir eine zweite Flasche aus dem Kühlschrank und warf sie ihm zu. Problemlos fing er sie auf. »Danke«, sagte er tonlos.

Ich bückte mich, um meine eigene aufzuheben, und schraubte dann den Deckel ab. Ich war wirklich verdammt durstig, aber kein Schluck Wasser der

Welt hätte mich in diesem Moment abkühlen können. Mir war irgendeine Sicherung durchgebrannt. Ich stand auf Jasper. Klar, das hatte ich mir vorher schon einmal eingestanden und absolut kein Problem damit gehabt, aber jetzt …?

»Du denkst mehr über strategische Manöver nach als der Präsident der Vereinigten Staaten«, sagte Jasper in dem typisch amüsierten Tonfall, den er so drauf hatte. »Suchst du neue Wege, um mich zu unterhalten?«

»Das ist mein neuer Lebensinhalt«, sagte ich so ernst ich konnte und setzte eine glatte Miene auf. »Ich kann mir nichts Schöneres vorstellen. Absolut nichts.«

»Du wirst allmählich besser im Lügen.« Jasper trank seine Wasserflasche halb leer und sah mich wieder an. »Du hast mich doch eben gefragt, warum ich rübergekommen bin. Ich wollte dich auf ein Date einladen.«

Ich riss Augen und Mund gleichzeitig auf. Vermutlich sah ich aus, als würde gerade der Mörder aus Scary Movie auf mich zukommen und mich niedermetzeln wollen.

»Nicht so viel Begeisterung auf einmal.«

»Ich hab irgendetwas auf den Ohren«, sagte ich ungläubig. »Es klang wirklich so, als wolltest du –«

»Dich auf ein Date einladen«, ging Jasper dazwischen. »Mit deinen Ohren ist also alles okay. Und?«

»Und?«, fragte ich argwöhnisch.

»Willst du mit mir auf ein Date gehen?«

Ich glotzte Jasper weiter so an, als würde ich auf die Pointe von einem schrecklichen Witz warten, aber sie kam nicht. Er lächelte mich großzügig an.

»Ich war noch nie auf einem. Du brauchst eins.«

»Ich brauche ein Date?«

»Sparen wir uns doch dieses Frage-Antwort-Spiel«, schlug er nobel vor. »Du musst aus deiner Komfort-Zone heraus, damit du mal auf andere Gedanken kommst, und ich dachte, wir lernen uns etwas besser kennen und danach erzähle ich dir den Rest. Ohne Umschweife. Ich verspreche es.«

»Du meinst als Freunde?«, fragte ich irritiert.

»Wir sind Freunde«, bestätigte Jasper, der meine Frage anscheinend nicht ganz verstanden hatte. Nochmal zu fragen traute ich mich allerdings nicht. Jasper sah mich viel zu erwartungsvoll an, als dass ich es über mich gebracht hätte herauszufinden, was er mit dem Date bezwecken wollte.

»Aber du weißt nicht einmal, wie ein Date funktioniert«, warf ich das eher schwache Argument dazwischen.

»Dates sind keine Wissenschaft. Wovor hast du Angst?«

Er stellte die halbleere Wasserflasche ab und begann sich mir wieder zu nähern. Ich stand noch immer vor dem Kühlschrank und versuchte die Lage abzuwägen. Meinte er das alles ernst? Das Date und dann die Wahrheit?

»Du erzählst mir also, was wirklich los ist?«

Jasper nickte. »Du hast gesagt, du willst jemanden, der dir den Rücken stärkt, was deinen Ex angeht, und ich würde dir gerne helfen. Wir haben uns die letzten Tage so gut verstanden, Lucy … in deiner Nähe habe ich immer das Gefühl, ich selbst sein zu können. Das mag ich so an dir.«

»Du verfolgst also ganz selbstlose Motive?«

»Naja, mich würde wirklich interessieren, wie Dates so ablaufen. Du weißt schon, für den Ernstfall eines Tages.«

»Dann hast du schon etwas geplant?«, fragte ich skeptisch.

»Ich hab mir meine Gedanken gemacht.«

»Du weißt aber schon, dass es nicht ausreicht, wenn wir eine Runde in deinem Auto drehen oder du dein Shirt ausziehst? Außerdem wäre das nur Mittel zum Zweck.«

»Falls du mir jetzt mit irgendwelchen Gefühlen ankommst, kann ich dir eine Entwarnung geben. Oder hab ich Insta-Love auf der Stirn stehen? Nein. Wir hängen einfach einen Tag zusammen ab und –«

»Planen«, beendete ich den Satz für ihn.

»Planen«, bestätigte er. »Aber bist du sicher, dass ich nicht mein Shirt ausziehen soll? Ich bin ein Naturtalent darin. Ich gebe dir eine Kostprobe.«

Ehe ich etwas dazu sagen konnte, hatte Jasper den Saum seines Shirts gepackt und es sich bis auf Brusthöhe hochgezogen. *Heiliger Bimbam, diese*

Muskeln konnten doch nicht echt sein! Ich wollte stark bleiben, aber mal im Ernst – nicht mal Taylor hätte hier keine Reaktion zeigen können. Jasper war total durchtrainiert.

»Heilige Scheiße, wie oft läufst du denn? Jeden Tag, jede verdammte Sekunde?«, sprudelte es aus mir heraus. »Nein – warte – das ist unlogisch. In deiner Freizeit trägst du bestimmt liebend gern Felsbrocken mit dir herum oder machst 200 Sit-ups mit, während ein Harem auf deinem Rücken sitzt und dich anfeuert!«

»Du kannst sie gerne anfassen.«

Unbedingt! Jetzt sofort! Anfassen!

»So beeindruckend sind deine Bauchmuskeln auch nicht«, ruderte ich rückwärts. »Du bist so ein verdammter Angeber, Jasper. Wieso versuchst du nicht mal die Leute mit deiner Persönlichkeit zu beeindrucken?«

»Dich muss ich nicht beeindrucken.« Das Lächeln war von seinen Lippen gerutscht. Jasper schien einen Moment mit sich zu ringen, dann fügte er hinzu: »Das meinte ich eben. Ich muss nicht versuchen dich zu beeindrucken. Ich kann einfach ich sein, Jasper, niemand sonst.« Er klang so ehrlich, als er das sagte, dass ich wieder fühlte, wie sich dieser Druck in meiner Brust aufbaute. Wie sollte ich denn jetzt damit wieder umgehen? Ich brauchte keine Antwort darauf, denn Jaspers Handy klingelte.

Er zog es aus seiner Jeanstasche und warf einen Blick auf das leuchtende Display. »Das ist mein bester Freund Bash«, erklärte er. »Ich muss da rangehen.«

»Kein Problem«, sagte ich automatisch.

Natürlich hatte ich ein Problem damit, dass er wieder einmal das Gespräch unterbrach, als es irgendwohin führte. Aber Jasper hatte den Anruf bereits entgegengenommen und gab mir mit der Hand ein Zeichen des Abschieds. Als er das Haus der Cassels wieder durch die Hintertür verließ, hörte ich noch, wie er zu der Person am anderen Ende der Leitung sagte: »Vertrau mir, das wird schon.«

Vertrauen. Gut zu wissen, dass Jasper wusste, was Vertrauen bedeutete. Vielleicht sollte ich endlich aufhören zu zögern und wieder neues fassen. Vertrauen.

10

Beim zweiten Versuch mich auf den Schwarz-Weiß-Film zu konzentrieren, nickte ich tatsächlich auf dem Sofa weg. Ich schlief nicht besonders tief, denn eine leise Argumentation riss mich fast sofort in die Gegenwart zurück. Ich setzte mich auf und horchte. Die Stimmen kamen näher, wurden lauter und mir wurde klar, dass Fia und Ryan zurückgekommen waren. Sie standen im Flur und es klang, als würden sie streiten.

»Nein, ich verstehe das absolut nicht!«, hörte ich Fia mit schriller Stimme sagen. »Du bist ein Sturkopf, Ryan, genau wie dein Vater. Ich wollte doch nur –«

»Ich bin ein Sturkopf?«, unterbrach Ryan sie. Die beiden kamen in Sichtweite, weil Fia nicht einmal stehengeblieben war, um ihren Mantel auszuziehen und an die Garderobe zu hängen. Sie öffnete den Mund, aber dann fiel ihr Blick auf mich und sie verkniff sich ihre Erwiderung Ryan gegenüber. Wie einstudiert schaltete sie auf ein Hundert-Watt-Lächeln um.

»Alles gut gelaufen, Lucy?«, fragte sie freundlich. Ryan ging kopfschüttelnd an uns vorbei und machte sich nicht einmal die Mühe, mich zu begrüßen. Er durchquerte den Raum, rannte auf die Treppe zu und verschwand im ersten Stock. Fia verdrehte genervt die Augen. »Die ganze Fahrt lang ging das schon so«, erzählte sie mir und streifte nun doch ihren Mantel ab. Sie legte ihn über die Lehne des Sofas und setzte sich zu mir.

»Mit Riley lief alles bestens«, antwortete ich. »Er hat die ganze Zeit ruhig durchgeschlafen.«

Fia fuhr sich mit einer Hand durch das braune Haar, das sie zu einem modischen Bob geschnitten hatte. In Kombination mit dem roten Lippenstift, den sie immer trug, sah sie aus, als wäre sie aus einem Modemagazin gefallen. Sie hatte einfach diese charmante, glamouröse Aura, die sie umgab, was auch immer sie tat. Als Eventplanerin war das bestimmt eine ihrer besten Vorzüge.

»Er ist so ein Engel«, sagte Fia sanft. »Im Gegensatz zu seinem Vater, der mit dem Kopf durch die Wand will.«

Seufzend ließ sie sich in die Kissen sacken.

»Ist denn bei euch alles okay?«, fragte ich vorsichtig. »Das gerade eben war schwer zu überhören.«

Fia machte eine wegwerfende Handbewegung. »Du weißt doch, dass ich mich nicht sonderlich gut mit Ryans Vater verstehe? Seitdem Ryan und ich wieder zusammen – und verlobt – sind, versucht er Ryan immer wieder reinzureden, dass unsere Beziehung unter einem schlechten Stern steht. Es ist anstrengend dagegen anzukämpfen. Ich weiß, dass Mr Reeves Ryan nur helfen will, aber in letzter Zeit sorgt das alles für zusätzlichen Stress, neben der ganzen Grundstücks- und Haussuche.«

Ich nickte verständnisvoll. Ryan und Fia hatten eine ziemlich tragische Beziehungsgeschichte. Als sie das erste Mal zusammengekommen waren, waren beide noch recht jung gewesen, dann hatte Ryan Fia abrupt verlassen und diese hatte festgestellt, dass sie schwanger war. Bis beide wieder zusammenfanden, verging einiges an Zeit. Mr Reeves hatte Fias Familie und all ihr Geld nie sonderlich gemocht. Es gab da noch einen anderen Grund, aber der führte echt zu weit in eine Vergangenheit, von der ich kein Teil war.

»Wir haben uns eben wegen dem Wagen in die Haare gekriegt«, erzählte Fia weiter. »Er ist alt und Ryan will das einfach nicht einsehen. Heute Abend war es vielleicht nur ein poröser Reifen mit zu wenig Profil und morgen sind es dann die Bremsen. Ryan hält mich für paranoid, aber ich bin dafür, das Auto ein für allemal zu beerdigen. Ich will unbedingt ein neues kaufen.«

Und da war sie wieder, die Sache mit dem Geld.

»Ryans Stolz ist einfach im Weg.« Fia seufzte energisch. »Die Planungen für die Hochzeit zerren dann noch an meinen letzten Nerven – obwohl wir sie weiter nach hinten geschoben haben. Aber keine Sorge, das alles ist nichts, das sich nicht mit einem Glas Wein wieder hinbiegen lässt. Nicht, dass ich gerade einer Minderjährigen von meiner Neigung zu Frascati erzählen wollte.«

»Fra-was?«

»Wein, ich meinte den Wein«, sagte Fia. »Gott, was halte ich dich eigentlich mit meinem Gerede auf? Du willst bestimmt endlich nach Hause fahren. Lass mich mein Portemonnaie holen und dir eine Kleinigkeit –«

»Fia«, fuhr ich ihr gutmütig durchs Wort. »Ich habe letztes Mal schon gesagt, dass ich euer Geld nicht möchte. Ich bin gerne hier und helfe euch, okay?«

Fia schmunzelte und schüttelte dann den Kopf.

»Und ich habe dir gesagt, dass ich möchte, dass du es annimmst. Du musst deswegen kein schlechtes Gewissen haben, du weißt gar nicht, wie viel es mir bedeutet, dass du dich so gerne um Riley kümmerst. Jeden anderen würden wir doch auch bezahlen.«

»Ich bin aber seine ...« Ich überlegte kurz. Hunter war Ryans Bruder und Taylors Freund und ich Taylors Schwester – also was genau war ich? »... Familie.«

»Familie. Das hast du schön gesagt, Lucy.« Sie legte ihre Hand auf meine und drückte sie kurz. »Ich stopfe dir demnächst einfach heimlich ein bisschen Geld in deine Schuhe oder in deine Schulbücher hinein.«

»Geheime Pläne sollte man aber nicht verraten«, sagte ich und lachte, weil ich die Geste echt süß fand. Ich hatte spontan einen Einfall. »Wenn du mich bezahlen willst, wie wäre es dann mit Informationen?«

»Informationen? Muss ich Angst haben?«

»Informationen über eine Nachbarsfamilie.«

»Oh, nein«, stöhnte Fia und sah mich fast anklagend an. »Wer von den Brüdern ist es denn? Ryan hat mich gewarnt, dass das passieren würde. Die machen wirklich jedes weibliche Wesen an, das nicht bei drei auf den Bäumen ist. Glaub mir, das sind alles Idioten.«

»Es gibt mehr als einen?«, fragte ich verwirrt.

»Die Gardners sind kein Umgang für dich, Lucy. Ich will dir wirklich nichts vorschreiben, aber du solltest mir da glauben. Ein ungehobeltes Pack wie die und ein nettes Mädchen wie du – das passt einfach nicht.«

Mir ging allmählich ein Licht auf.

»Ich meinte die Ransoms«, klärte ich sie auf.

Fias Miene hellte sich sofort auf. Es war fast unheimlich, wie schnell Sorge und Ärgernis daraus verschwanden. »Informationen, mh?«, bohrte sie nach.

»Ich nehme, was ich kriegen kann.«

»Na gut. Meine Eltern wohnen in dieser Gegend und in diesem Haus, seitdem ich zurückdenken kann, dreißig, fünfunddreißig Jahre, ich bin mir nicht mehr ganz sicher. Ich war noch recht jung, als die Ransoms hergezogen sind. Es kommt mir wie eine Ewigkeit vor. Es ist kein Geheimnis, dass die Menschen, die hier wohnen, etwas mehr Geld haben als andere. Die Ransoms sind da keine Ausnahme. Da das Wohngebiet eine Privatanlage ist, gehört es zum guten Ton, seine Nachbarn zu kennen.«

Gespannt hing ich an Fias Lippen.

»Meine Mom ist ziemlich fanatisch, was die ganze Gute-Nachbarschafts-Sache angeht, und natürlich hat sie versucht sich bei den Ransoms vorzustellen, diese zu Festen einzuladen, in die Gemeinschaft zu integrieren, aber die Ransoms sind nie besonders auf die Bemühungen meiner Mom eingegangen. Das lag vor allem an Mrs Ransom Senior. In dem Haus wohnen mehrere Generationen. Einmal das alte Ehepaar Greta und Reginald Ransom, dann ihre einzige Tochter Elizabeth und deren Ehemann und später kamen noch deren drei Kinder dazu.«

Ich zog die Beine an und schlang die Arme darum, um es mir gemütlicher zu machen, als Fia weitersprach.

»Greta hat immer ein riesiges Mysterium aus ihrer Familie gemacht und kaum etwas nach außen getragen. Erst als nacheinander die Kinder von Elizabeth und ihrem Mann die Familie vergrößerten, sah man mehr von ihnen. Meine Mom hat immer zu mir gesagt, dass Reginald ein wirklich netter Kerl war, der gut mit meinen Eltern befreundet gewesen ist. Er starb vor fast zehn Jahren an einem Herzinfarkt. Kurz danach ist Greta endlich aus ihrem Schneckenhaus gekommen, nur um der Welt zu zeigen, was für eine snobistische Kuh sie ist.«

Ich runzelte die Stirn. Jaspers Großvater war also seit langer Zeit tot und seine Großmutter eine stereotypische alte Dame, der ihr Geld irgendwann zu Kopf gestiegen war. Wow, ich machte mir echt ein tolles Bild von Jaspers

Familie und wir waren noch nicht einmal beim wichtigsten Teil (Jasper selbst) angekommen.

»Im Sommer gibt Greta immer ihr berühmtes Barbecue und jedes Jahr hat sie etwas an dem Catering und der Musik auszusetzen. Es ist schon fast Tradition. Für ihre herzliche Persönlichkeit ist sie jedenfalls nicht bekannt. Elizabeth und ihr Ehemann waren sowieso kaum zugegen. Es war, als hätten sie ihre Kinder irgendwann einfach dem Hausdrachen überlassen. Ich hab kaum Erinnerungen an Mr und Mrs Ransom, als wären sie Geister. Ich weiß nur, dass ihre drei Kinder zusammen mit Greta in dem Haus leben. Natürlich schweigt sie den Verbleib von ihrer Tochter und deren Mann lieber tot, als für noch mehr Aufsehen zu sorgen. Wenn meine Mom wieder aus dem Urlaub zurück ist, kann sie dir sicher mehr sagen.«

»Was ist mit den Kindern?«, fragte ich, weil wir zum spannenden Teil übergingen. Ich hatte das Gefühl vor Neugier umzukommen. Tatsächlich kam ich mir wieder wie eine Spionin vor – dieses Mal saß ich jedoch nur auf einem Sofa, anstatt auf einer Mülltonne zu balancieren. Ein Part von mir machte mir ein schlechtes Gewissen, weil ich Jasper nicht einfach direkt nach seiner Familie fragte, aber der andere Part war der Meinung, dass ein bisschen Insider-Wissen noch keinem geschadet hatte.

Erwartungsvoll blickte ich Fia ins Gesicht.

»Der älteste Sohn – Mason – studiert wohl im Ausland. Greta wird es nie leid, zu erzählen, dass er angeblich hochbegabt ist und eine große Zukunft vor sich hat. Einer der vielen Gründe, warum ich aufgehört habe zu den Nachbarschaftstreffen zu gehen. Masons Bruder Jasper ist in deinem Alter und geht noch zur Highschool, genau wie die kleine Schwester der beiden. Das war's.«

»Nicht dein Ernst!«, beschwerte ich mich. »Gerade, wo es spannend wurde. Weißt du echt sonst nichts?«

»Tut mir leid. Ich bin zwar hier aufgewachsen, aber ich hab lange Zeit außerhalb gelebt und bin erst vor ein paar Jahren wieder in die Gegend zurückgekommen.«

Ich seufzte enttäuscht. »Mach ich mir eben ein eigenes Bild«, murmelte ich. Ganz umsonst war Fias Erzählung ja nicht gewesen. Ich wusste jetzt, dass

Jasper zwei Geschwister hatte, darunter eine jüngere Schwester, die zu hundert Prozent auch auf die Roadrige ging und die er hatte beschützen wollen. Die Sache mit dem Tonstudio und allem. Er hatte nicht gelogen.

»Sich ein eigenes Bild zu machen ist nie verkehrt«, bestätigte Fia. »Ich hoffe, ich konnte weiterhelfen.«

Im Babyfon begann es zu knacken und Riley meldete sich mit einem lauten Schrei. Es dauerte keine paar Sekunden, da hörte man deutlich, wie Ryan den Raum betrat. Mein Blick huschte zu Fia. Sie lächelte vor sich hin, als wir beide zuhörten, wie Ryan seinen Sohn beruhigte, indem er anfing ein Lied zu summen. Riley wurde wieder ruhiger und bald erfüllte nur noch Ryans Stimme in leisen Tönen den Raum. *Twinkle, twinkle, litte star. How I wonder what you are.* Ich wunderte mich auch eine ganze Menge und nichts davon passte in ein einziges Lied. Auch, wenn es wirklich schön klang.

***

Auf der Rückfahrt summte ich die Melodie von *Twinkle, twinkle, litte star* weiter vor mich hin und ließ das Radio aus. Das Lied steckte jetzt sicher noch Stunden in meinem Kopf fest. Es war kurz nach Mitternacht, als ich wieder zu Hause ankam. Die Laternen in unserer Straße warfen ein fahles Licht auf die Umgebung. Der Nachthimmel war so dunkel, das er mir schwarz erschien. Noch während ich im Wagen saß, zog ich meinen Haustürschlüssel aus meiner Tasche, weil ich keine Lust hatte, ihn gleich im Halbdunkeln suchen zu müssen. Kaum war ich ausgestiegen, ertönte irgendwo in der Nähe einen Knall und ich erschrak und ließ den Schlüssel fallen.

Mürrisch hob ich ihn vom Rasen auf. Als ich mich wieder aufgerichtet hatte, streckte sich plötzlich ein Schatten über den schmalen Weg zur Haustür. Ich erschrak erneut und wirbelte herum.

»Ich wollte dich nicht erschrecken.«

Mir klappte der Unterkiefer herunter. Anklagend zeigte ich mit dem Finger auf den unerwünschten Besucher.

»Was zur Hölle machst du hier?«, fauchte ich.

»Reg dich nicht auf. Ich wollte reden.«

Mein Blick glitt an meinem Ex-Freund Benjamin Moore vorbei und fiel auf sein Auto, das gegenüber unserem Haus vor einer Hecke geparkt war.

»Nicht aufregen? Hast du etwa die ganze Nacht in deinem Auto gesessen und auf mich gewartet?«, fragte ich fassungslos. »Kannst du nicht zu einer normalen Tageszeit vorbeikommen? Nein, warte, ich habe dir doch ausdrücklich gesagt, dass du mich *nie wieder* besuchen kommen sollst. Was willst du hier, Ben?«

Ben trug einen dunklen Hoodie und ausgewaschene Jeans, das dunkle Haar stand wild zerzaust durcheinander. Sein Blick wirkte müde, seine Miene hingegen eisern.

»Ich halte das nicht mehr aus, Lucy«, sagte er verzweifelt. »Wir können nicht miteinander reden, weil du mir andauernd die kalte Schulter zeigst und so verdammt wütend auf mich bist. Meine Anrufe ignorierst du. In der Schule schneidest du mich. Und wenn ich mit Kate rede, weigert sie sich meine Nachrichten weiterzuleiten. Was denkst du denn, was ich hier tue?«

Ben machte einen Schritt nach vorne. Meine Finger schlossen sich fester um die Schlüssel, als wären sie ein kleiner Dolch und ich müsse diesen gleich einsetzen. So fühlte ich mich wirklich – wie eine Prinzessin in Not, ohne Aussicht auf Hilfe. Verdammt aber auch!

»Das habe ich nicht verdient.«

Bestürzt starrte ich ihn an. »Du hast das nicht verdient? Weißt du, was ich nicht verdient habe?«, fragte ich verbittert und holte tief Luft. »Dass du mit mir Schluss gemacht hast, weil deine Familie umzieht – noch bevor das Schuljahr überhaupt zu Ende war. Dass du mir gesagt hast, du glaubst nicht daran, dass unsere Gefühle die baldige Entfernung überstehen würden.«

Ben öffnete den Mund, wollte etwas sagen, aber ich ließ es gar nicht erst so weit kommen. Ich war noch lange nicht fertig. Meine Miene verfinsterte sich.

»Du besitzt die Dreistigkeit nachts zu mir nach Hause zu kommen und mir zu sagen, was du nicht verdient hast?«, zischte ich. »Du willst reden? Fein. Ich rede mit dir! Du hast mich verletzt. Ich bin immer noch verletzt und das

Gefühl wird wahrscheinlich nie wieder verschwinden, weil du etwas kaputtgemacht hast, das mir wahnsinnig viel bedeutet hat: unsere Beziehung. So etwas basiert auf Vertrauen und auf dem Willen, an sich zu arbeiten, aber davon hattest du nichts für mich übrig. Dein Bruder hat offensichtlich kein Problem unter diesen Umständen eine Zukunft mit Kate zu planen. Er gibt den beiden eine Chance. Ich werde nie, niemals, in meinen Kopf bekommen, wie du mich einfach absägen konntest.«

Ich holte erneut tief Luft, um mich wieder zu beruhigen, aber inzwischen zitterten meine Hände und in meinem Bauch saß ein Haufen Wut, der brannte wie Feuer.

»Ich habe alles Recht der Welt, für immer wütend auf dich zu sein. Sag du mir nicht, du willst *reden*.«

»Ich habe einen Fehler gemacht«, begann Ben verunsichert. »Natürlich hast du Recht. Ich bin ein Arsch gewesen. Ein Riesenarsch und ich weiß, dass ich dich verletzt habe. Menschen machen Fehler, Lucy.«

»Der Spruch ist wirklich originell«, kommentierte ich eiskalt und verschränkte die Arme vor der Brust. Alles in mir schrie danach, einfach ins Haus zu rennen, aber dann würde er an einem anderen Abend hier stehen. Er würde mich nicht so einfach in Ruhe lassen. Ich war verflucht stolz auf mich, dass ich es geschafft hatte kühn zu bleiben, mutig, ihm meine Gedanken an den Kopf schleudern zu können, als wäre ich innerlich nicht total zerrissen und völlig aus der Bahn, weil er hier stand.

»Ich liebe dich, Lucy«, sagte Ben entschlossener und trat noch näher an mich heran. Bei diesem Satz bröckelte meine Entschlossenheit gehörig. Ich zwang mich stehenzubleiben und durchzuhalten. Tränen vor Wut und Enttäuschung brannten jetzt in meinen Augen. »Bitte«, fügte er hinzu.

Mein Verstand sagte mir, dass ich ihm eine Ohrfeige verpassen sollte, aber mein Herz reagierte auf den Unterton in seiner Stimme. Die vielen Gefühle darin.

Seine Finger fanden meine Hand. Die Wärme seiner Berührung schoss mir wie Nadelstiche unter die Haut. Meine Füße schienen am Boden festzukleben, weil ich mich nicht mehr bewegen konnte. Das war alles so falsch.

»Ich liebe dich«, wiederholte er. »Und wenn du noch immer dieselben Gefühle für mich hast, dann musst du mir eine Möglichkeit geben, zu erklären, wieso ich mich damals so abweisend verhalten habe, okay?«

Gefühle, Gefühle, Gefühle – ohne sie wären wir alle manchmal so viel besser dran! Ich biss mir auf die Unterlippe. Schloss kurz die Augen. Versuchte den Wirbelwind an Gedanken aus meinem Kopf zu vertreiben.

»Lass mich einfach los«, forderte ich ihn auf. Wir wussten beide, dass ich ihm meine Hand jederzeit selbst entziehen konnte, was hielt mich also davon ab?

»Triff dich morgen mit mir«, sagte er. »An unserem Lieblingsplatz. Dann können wir in Ruhe reden.«

Morgen. Ein Bild von Jasper schoss mir plötzlich durch den Kopf und auf einmal waren meine Gedanken wieder auf scharf gestellt. Ich riss meine Hand los.

»Ich kann nicht«, sagte ich bestimmt.

»Du kannst«, entgegnete Ben überzeugt.

»Ich bin mit Jasper verabredet«, sagte ich und spielte damit meine letzte Karte aus. »Wir haben ein Date.«

Ein Schritt nach hinten. Noch einer. Und noch einer.

Ben ließ sich nicht abschütteln. »Dann versetz ihn eben. Er will dich nur benutzen. Du darfst das nicht zulassen. Vergiss Jasper. Denk an uns.«

Seine Worte waren hartnäckig, aber wieder schoss mir Jaspers Gesicht durch den Kopf. Sein Lächeln. Seine dummen Sprüche. Unsere Abmachung. Der Rache-Plan.

»Verschwinde, Moore.« Beim Klang seines Nachnamens fuhr Ben zusammen. »Geh!«, schrie ich jetzt und das Wort hallte über die Straße in die Nacht hinein.

»Ich gebe nicht auf«, sagte Ben tonlos. »Noch nicht.« Dann wandte er sich endlich ab und ging über unseren Rasen zurück zu seinem Auto. Ich wartete nicht, bis er davongefahren war. Schnell machte ich, dass ich ins Haus kam. *Gerettet,* dachte ich mit wummerndem Herzen. Gerettet von einem einzigen Gedanken an Jasper Ransom.

11

Bevor ich zu Bett gegangen war, hatte ich Jasper eine Nachricht geschrieben und gefragt, wann und wo wir uns treffen würden. Er hatte mir Adresse und Uhrzeit genannt. Etwas verwundert, dass er mich nicht abholte, war ich schon, aber wir sprachen hier immerhin von Jasper. Jasper war eben seltsam. Die Gedanken an das Date lenkten mich zumindest so sehr von Bens nächtlichem Besuch ab, dass ich irgendwann doch einschlief. Es war kein besonders ruhiger Schlaf, weil ich mehrmals wach wurde und mich mein Unterbewusstsein mit Fragen quälte, aber besser, als gar nicht zu schlafen.

Hätte ich keine Wochenendpläne gehabt, dann hätte ich die Situation sicher überanalysiert, bis Qualm aus meinen Ohren gekommen wäre. So war das Erste, woran ich nach dem Aufstehen dachte: Was zieh ich an? Ich wusste nicht, was wir unternehmen würden, erinnerte mich nur an Jaspers Spruch mit dem *aus der Komfort-Zone raus gehen* und wusste nicht, was das bedeuten sollte. Also entschied ich mich für etwas Praktisches – eine schlichte Jeans und einen schwarzen Pullover, der mehrere kleine Herzen mit Perlen auf die Brust gestickt hatte. Es war ein Outfit, das ich auch in der Schule getragen hätte und zusammen mit meiner dunkelblauen Jacke und den passenden Boots cool aussah, aber auch nicht so, als habe ich mir Gedanken über das gemacht, was ich angezogen hatte. Perfekt also. Ich flocht mir die Haare zu einem langen Zopf zur linken Seite und steckte mir die kürzeren Strähnen mit ein paar Haarnadeln aus dem Gesicht. Anschließend schminkte ich mich dezent. Mein Blick blieb an Kates Erdbeerlipgloss hängen, der in dem Körbchen lag, in dem ich meinen Haarschmuck aufbewahrte. Ich trug ihn auf und stopfte ihn dann in die Hosentasche. *Sorry, Kate.*

Ein Blick aufs Handy verriet mir, dass ich viel zu früh dran war. Ich sollte Jasper erst um zehn Uhr auf irgendeinem Rastplatz nahe der Route Seven treffen. Egal, ich würde einfach schon jetzt losfahren und auf ihn warten. Außerdem musste ich sowieso noch tanken.

Auf dem Weg durch den Flur kam Dad mir aus dem Schlafzimmer meiner Eltern entgegen. Er rieb sich müde über die Augen und schaute mich verdutzt an, als er mich sah. »Du bist schon auf? Wir haben Samstag.«

»Ich wollte ... ausgehen«, antwortete ich.

»Du bist gestern auch ziemlich spät wiedergekommen«, bemerkte mein Dad und musterte mich. Weiterer Pluspunkt für mein Outfit, es sah einfach nicht nach Date aus.

»Ich war noch babysitten. Mom weiß Bescheid.«

»Ah, stimmt«, murmelte er träge. »Das hatte sie erwähnt. Triffst du dich mit deinen Freundinnen?«

»Genau«, log ich prompt. Es war einfacher so. Ich hatte echt keine Lust, dass Dad sich noch einredete, seine zweite Tochter würde auch mit einem Kerl durchbrennen. Nicht, dass Taylor das getan hatte, aber Dad stellte es immer wieder gerne so hin, weil er so frustriert und wütend wegen meiner älteren Schwester war.

»Dann viel Spaß«, wünschte er mir freundlich.

»Danke. Ich weiß nicht, wie spät es wird«, sagte ich. »Ich melde mich aber, damit ihr euch keine Sorgen machen müsst. Übrigens, Taylor wollte heute Abend via Skype anrufen. Willst du mit ihr sprechen?«

»Sprechen«, grummelte Dad mürrisch. »Lieber erwürgen. Meinst du das geht durch den Bildschirm hindurch?«

»Du brauchst echt einen Kaffee«, erwiderte ich. Dad fuhr sich übers Gesicht und stampfte an mir vorbei in Richtung des Badezimmers. Kopfschüttelnd schloss er die Tür hinter sich, aber ich hörte ihn noch leise sagen: »Töchter. Wissen immer alles besser.«

Mit einem Schmunzeln auf den Lippen verließ ich das Haus und gab die fremde Adresse in die Navigations-App meines Handys ein, damit ich den Weg auch fand. Kaum saß ich im Wagen, war die Route auch schon berechnet.

***

Die Route Seven war eine einfache Landstraße, die in nördlicher Richtung aus der Stadt führte. Gesäumt von Waldstücken kam mir die Straße ziemlich einsam vor. Irgendwann wich der karge Wald Feldern, die bereits abgeerntet waren und im Schein der Sonne wie eine braune Masse aussahen. Bei der nächsten Kreuzung fuhr ich links ab und innerhalb weniger Meilen kamen mir mehrere Schilder entgegen, welche die Raststätte auswiesen.

Sie war super leicht zu finden. Es gab ausreichend Parkplätze und ich musste nicht lange nach einem freien suchen. Nachdem ich ausgestiegen und das Auto abgeschlossen war, stand ich etwas ratlos herum. Ich sah mich um.

Toller Treffpunkt. Ich runzelte die Stirn.

Auf dem weitläufigen Parkplatz lag neben einem flachen und etwas heruntergekommenen Gebäude, das dem Schild nach ein Restaurant war, ein Autoschrottplatz. Hinter dem Restaurant erstreckte sich ein von Maschendraht eingezäuntes Grundstück voller Autowracks. Ich musste gar nicht näher herantreten, um die Berge an Autos zu sehen, die wie Spielzeuge aufeinandergestapelt waren. Der bunte Mischmasch aus Schrott war nicht gerade eine Augenweide. Im Hintergrund hörte ich verschiedene Geräusche, die von einem Schweißgerät stammen könnten. Ein sich wiederholendes scharfes Surren. Ich fragte mich, wie irgendjemand in dem alten Restaurant sitzen und irgendetwas genießen konnte, wenn man sich beim Essen wie auf einer Baustelle fühlte.

Ich überprüfte die Adresse auf meinem Handy.

»Du bist echt viel zu früh dran.« Die Tür vom Restaurant war aufgeschwungen und Jasper war herausgekommen. Er winkte mir zu, damit ich zu ihm kam und er nicht mehr weiter über den Platz schreien musste. »Morgen.«

»Seit wann bist du denn hier?«, fragte ich verwundert. Jasper hielt mir einen Kaffeebecher entgegen.

»Nicht lange, eine halbe Stunde«, antwortete er und wackelte auffordernd mit dem Kaffee vor meiner Nase herum, bis ich ihm den Becher abnahm. »Ich bin mir nicht sicher, ob wir schon anfangen können.«

»Anfangen womit?« Perplex starrte ich ihn an.

»Wirst du gleich sehen. Trink deinen Kaffee.«

Jasper warf einen Blick über seine Schulter, als würde er nach jemandem Ausschau halten. Die Wärme des Getränks drang durch die dünne Pappschicht und verbrannte mir fast die Finger. Ich wechselte die Hand, in der ich den Becher hielt, und trank einen Schluck daraus. Ich schmeckte sofort den vielen Zucker und die Milch heraus. Genau so, wie ich meinen Kaffee selber trank.

»Zu viel Zucker?«, fragte Jasper. Ich schüttelte den Kopf. »Gut zu wissen. Wir sind Zucker-kompatibel.«

»Jasper, was machen wir hier?«, fragte ich erneut.

»Komm mit, ich zeige es dir.«

Er ging voraus und ich folgte ihm. Jasper hatte sich auch nicht wirklich herausgeputzt. Er trug ebenfalls Jeans und dazu ein grün kariertes Hemd. Sein Haar war wie immer ein wildes Durcheinander an Locken. An der Hinterseite des Restaurants führte ein kleiner Trampelpfad zum Haupttor des Schrottplatzes hinüber. Direkt neben dem Eingang war eine kleine Hütte, vor der ein alter Mann auf einem billigen Plastikstuhl saß, das Gesicht durch Vollbart und Sonnenbrille fast ganz verborgen.

Direkt zwischen den Türmen zertrümmerter und halb auseinandergenommener Autowracks zu stehen war ein seltsames Gefühl. Wie einem Labyrinth aus Schrott ins Auge zu blicken.

»Sind Sie Mr Gracia?«, fragte Jasper. »Mein Name ist Jasper Ransom. Ich bin ein Freund von Bash. Er wollte sie anrufen. Wissen Sie Bescheid, Sir?«

Der Alte erhob sich. Er war ziemlich klein, fast einen ganzen Kopf kleiner als Jasper und ich, hatte aber eine stämmige Figur. Mit einer Hand ging er sich an den Bart, als wolle er sich nachdenklich das Kinn reiben. »Ransom sagst du? Da klingelt was.« Er nickte. »Gib mir eine Sekunde, Junge.« Mit diesen Worten verschwand er im Inneren seiner kleinen Hütte, deren Fenster so zugestaubt waren, dass man innen kaum etwas erkennen konnte. Vage Umrisse von Möbeln und eine Silhouette, die sich durch den Raum bewegte. »Ransom!«

Mit Jaspers Nachnamen auf den Lippen kam Mr Gracia wieder aus der Hütte heraus. In den Händen hielt er ein Klemmbrett und hakte irgendetwas darauf ab.

»Folgt einfach dem Gang hier runter«, sagte der Alte und deutete mit der Hand zur rechten Abzweigung der beiden Wege, die sich im Auto-Labyrinth auftaten. »Bezahlt ist schon. Bash hat das geregelt. Haltet nach der Nummer zwei Ausschau. Und die werdet ihr brauchen.«

Mr Gracia wies jetzt mit dem Zeigefinger auf eine Holzkiste, die unter dem Fenster der Hütte stand.

»Vielen Dank«, antwortete Jasper höflich. Weil ich wie angewurzelt stehengeblieben war, machte er sich allein an der Kiste zu schaffen. Als würde ich mich nicht gerade sowieso fragen, wo zur Hölle ich hier gelandet war, drückte mir Jasper ein Paar Arbeitshandschuhe und eine Schutzbrille in die Hände. In meinem Kopf brannte endgültig eine Sicherung durch.

»Hast du einen Mord geplant?«, platzte es aus mir heraus. »Hättest du mich vorgewarnt, dann hätte ich mein Serienmörder-Outfit aus dem Schrank geholt. Du weißt schon, inklusive Regenmantel, damit das Blut daran abperlen kann und keine Spuren hinterlässt.«

Jasper lachte mich aus. Mr Gracia zog sich die Sonnenbrille von der Nase und musterte mich eingehend.

»Ihr seid zwei ganz Verrückte, oder?«

Wir waren verrückt? Der Alte lebte doch auf einem Schrottplatz und sprach, als würde er irgendwelche Deals mit der Mafia abhandeln. Dem war wohl einmal ein Wrackteil zu viel auf den Kopf gefallen.

»Aus Ihrem Mund klingt das, als wäre es etwas Schlechtes«, antwortete Jasper gut gelaunt. »Aber keine Sorge, das Einzige, was wir heute killen, ist die Zeit.«

Jetzt lachte Mr Gracia. »Dann viel Spaß.«

Jasper nahm ein Paar Arbeitshandschuhe und eine Schutzbrille für sich selbst an sich und setzte sich dann in die Richtung in Bewegung, in die der Schrottplatz-Besitzer eben gedeutet hatte.

»Kommst du, Lucy?«

»Meine Beine sind sich da noch nicht ganz sicher.«

»Sag deinen Beinen, dass dein Gehirn der Boss ist, und schwing deinen Hintern hier rüber«, meinte Jasper und lächelte mich an. »Sonst verpasst du das Beste.«

»Was? Es wird noch besser als bisher?«, fragte ich zynisch. »Ich kann es kaum abwarten. Siehst du nicht all die Begeisterung in meinem Gesicht?«

»Komfort-Zone«, erinnerte mich Jasper. »Außerdem – hör auf so eine Memme zu sein und komm endlich.«

»Auf Dates beleidigt man keine Leute.«

»Das hier ist noch nicht das Date.«

»Ach, ist es nicht? Dabei fand ich es bisher so kuschelig und romantisch auf dem Schrottplatz«, scherzte ich, um meine Nervosität zu überspielen. »Setzen wir jetzt einen von den Transformers zusammen und verhindern, dass böse Aliens unseren Planeten einnehmen können? Würde mir besser gefallen als ein Mord.«

Wir gingen weiter und ich konnte nicht anders als die schrottigen Wracks zu beiden Seiten anzustarren. Eins sah unheimlicher aus als das andere. Mein Gehirn spann die wildesten Geschichten von schrecklichen Unfällen gleich mit dazu. Es war einfach mega unheimlich.

»So gut mir der Vorschlag auch gefällt, ich hatte etwas anderes im Sinn«, erwiderte Jasper amüsiert.

»Spannst du mich noch lange auf die Folter? Es könnte nämlich sein, dass ich sonst in den nächsten Minuten vor lauter Unbehaglichkeit einfach tot umfalle.«

»Ich belebe dich gern wieder«, bemerkte Jasper trocken. »Mit vollem Einsatz meiner Lippen und Hände.«

Mürrisch boxte ich Jasper gegen die Schulter.

»Ich hasse Überraschungen«, grummelte ich.

Der Platz öffnete sich am Ende der engen Wrackstraße wieder. Vor dem Maschendrahtzaun waren unzählige Reifen wie ein Schutzwall aufgetürmt. Davor stand ein Auto. Man sah sofort, dass es in einem schlechten Zustand war. Der Lack war abgesplittert, ein Außenspiegel sowie die Fahrertür und der Kofferraumdeckel fehlten.

Auf der Motorhaube stand eine fette Zwei.

»Zieh die Handschuhe und die Schutzbrille an«, forderte Jasper mich auf. »Und dann greif dir den Hammer da.«

Mein Blick fiel auf einen Vorschlaghammer, der an der rechten Seite des Autos lehnte, als habe er nur auf unsere Ankunft gewartete. Ich riss die Augen auf.

»Du meinst, ich soll …?«

»Das Auto zertrümmern. Genau.«

»Damit hatte ich echt nicht gerechnet«, sagte ich perplex und starrte weiter auf die Nummer zwei vor uns.

»Ich dachte mir, bevor wir irgendetwas angehen, musst du die ganze Wut aus deinem System bekommen«, erklärte Jasper bestimmt. Er streifte sich die dicken Handschuhe über und setzte die Schutzbrille auf. »Du kannst sagen, was du willst, aber du hast Angst vor deinen Gefühlen. Und eine Scheißwut gegen Ben im Bauch.« Er ging zum Wagen und hob den Vorschlaghammer an. Stumm beobachtete ich, wie er damit ausholte, der Hammerkopf voller Wucht gegen die Motorhaube prallte und eine tiefe Delle verursachte. Jasper drehte sich wieder zu mir um.

»Tritt der Angst mal richtig fett in den Arsch.«

Er kam auf mich zu und blieb vor mir stehen, die Augen fest auf mein Gesicht geheftet. Auffordernd hielt er mir den Vorschlaghammer entgegen. Zögernd streifte ich die Handschuhe über und setzte die Brille auf. Ich nahm Jasper den Hammer ab und musste mich für einen Moment erst einmal an das schwere Gewicht gewöhnen. Das Ding wog sicher mehr als zehn Pfund und ich spürte jetzt schon die Muskeln in meinen Armen arbeiten.

»Stell dir vor, das wäre sein Gesicht.«

Meine Augen bohrten sich in die Motorhaube. Als ich das erste Mal probeweise den Hammer hob, zog mich das Gewicht nach vorne und das Ding krachte gegen den Wagen, ohne irgendeinen Schaden zu hinterlassen.

»Das kannst du bestimmt besser, Lucy.« Jasper hatte die Arme vor der Brust verschränkt und betrachtete mich eingehend. »Dein Ex hat dich einfach sitzenlassen.«

»Das musst du mir nicht sagen«, zischte ich. Jaspers Worte verfehlten ihre Wirkung nicht. Ich spürte wieder diesen Stich tief in der Brust, wenn mir die Wahrheit, dass Ben mich verlassen hatte, ins Gesicht schlug.

»Er ist gestern Abend vor meinem Haus gewesen«, kamen die Worte wie von selbst aus meinem Mund. »Und wollte mit mir reden, weil ich ihn unfair behandeln würde.«

»Was für ein Arsch«, bestätigte Jasper ruhig. Ich biss mir nachdenklich auf die Unterlippe und hob den Hammer zum zweiten Versuch an. Dieses Mal fiel es mir leichter, weil meine Bewegung schneller war. Anheben, ausholen und zuschlagen. Mit einem Knall donnerte der Hammer wieder gegen Metall. Ich stieß energisch den Atem aus. Meine Hemmschwelle war einfach zu groß.

»Weniger denken«, befahl Jasper mir grob. Er trat neben mich und nahm den Vorschlaghammer an sich. Als er ausholte, trat ich einen Schritt zur Seite. »Soll ich dir sagen, was mich wütend macht?« BAM! »Meine Familie. Besonders mein Bruder.« BAM! »Er hat sich sein Leben lang für etwas Besseres gehalten und meine Großmutter und Eltern sehen das genauso. Er ist der perfekte Sohn und ich war immer das Gegenteil.« BAM! »Wenn ich nur an sein grinsendes Gesicht denke, werde ich zornig.«

Jasper schlug ein weiteres Mal zu und traf dieses Mal die Scheibe. Es knackte und knirschte und Scherben flogen durch die Luft und landeten auf dem Boden.

»Vielleicht bringen Scherben Glück.«

Ich streckte die Hände aus und sah Jasper entschlossen an. Er ließ den Hammer wieder in meine Hände gleiten. Meine Finger schlossen sich fest um den Griff.

»Du hast Recht«, sagte ich bestimmt. »Ich habe eine Scheißwut im Bauch und Ben ist ein Arsch!«

Mit so viel Kraft, wie ich aufbringen konnte, schlug ich auf das Auto ein. Ein leichtes Vibrieren kroch mir die Arme hoch, weil der Aufprall so heftig gewesen war. Ich hatte das Gefühl, durchgeschüttelt zu werden, und der Gedankenknoten voller Bedenken und Unsicherheit löste sich auf. Scheiß drauf! Scheiß auf Ben, seine Worte, seine Gefühle, seine Freundschaft – auf alles!

Es war, als würde irgendwo in meinem Kopf ein Damm brechen. Ein Schlag folgte auf den nächsten, bis ich völlig verausgabt und keuchend in die

Knie sackte und den Hammer zu Boden fallenließ. Mein Herz hämmerte schneller als nach jeder steilen Achterbahnfahrt, die ich je erlebt hatte. Ich holte tief Luft und atmete ruhig wieder aus.

Völlig fertig ließ ich mich einfach nach hinten fallen und es war mir egal, dass ich auf dem staubigen dreckigen Boden eines Schrottplatzes lag. Die Arme von mir gestreckt, starrte ich in den hellen Himmel hinauf. Für einen Moment schloss ich die Augen. Als ich sie wieder öffnete, sah ich, dass Jasper sich, ohne etwas zu sagen, neben mich gelegt hatte und lächelte.

»Fühlst du dich jetzt besser?«

»Ich fühle mich ... unbesiegbar!« Ich drehte den Kopf so, dass ich Jasper ins Gesicht blicken konnte. »Ich hab noch nie so etwas Verrücktes getan. Danke.«

»Auf dem Boden liegen ist echt verrückt.«

»Du weißt, was ich meine, Jasper.« Ich setzte mich wieder auf, das Gesicht noch immer ihm zugewandt. »Wieso bist du so wütend auf deinen Bruder?«

Jaspers Augen folgten einer Wolke. »Stand der Kerl gestern Abend echt noch vor deiner Haustür?«

»Ja«, antwortete ich seufzend.

»Hat er denn noch eine Chance bei dir?«

Jaspers Stimme klang fast so leise wie meine eigene. Als befürchtete er, wenn er zu laut sprechen würde, käme ein Windhauch und würde die Frage einfach mitnehmen.

»Die Frage ist schwer zu beantworten«, sagte ich ehrlich. »Im Moment fühlt es sich nicht so an. Ein Teil von mir wollte ihm gestern Abend sofort verzeihen und um den Hals fallen, aber ich kann einfach nicht über die Tatsache hinwegsehen, dass er mit mir Schluss gemacht hat, weil er dachte, das wäre leichter für uns beide, ehe er umzieht. Wie soll das leichter sein? Wie groß können seine Gefühle für mich schon sein, wenn er so etwas macht? Jeder bekommt mal kalte Füße, aber er hat die ganzen Ferien über kein Wort mit mir gewechselt. Und nur, weil er jetzt ankommt, soll ich ihm verzeihen? Es braucht schon mehr als Worte, damit ich ihm eine zweite Chance geben würde.«

Mein Blick wanderte zu dem kaputten Autowrack.

»*If it doesn't hurt you, it isn't love*«, flüsterte ich eine Liedzeile aus dem Song *Yet* von Switchfood. Aber wer wollte schon durchweg verletzt werden, nur um eine Beziehung aufrechtzuerhalten? Ben war kein schlechter Mensch, aber er war wirklich eine rückgratlose Schnecke, wie Kate meinte.

»Es gibt da diese Stelle aus *Alice im Wunderland*«, sagte Jasper und stemmte sich mit einer Hand hoch. »Alice kommt an eine Weggabelung und fragt die Grinsekatze, welchen Weg sie nehmen soll. Daraufhin fragt die Katze Alice, wohin sie gehen will, und sie antwortet, dass sie es nicht weiß. Weißt du, was die Katze daraufhin erwidert? Dass es keinen Unterschied macht. Wenn sie nicht weiß, wohin sie gehen will, macht es absolut keinen Unterschied für welchen Weg sie sich entscheidet.«

Jasper stand auf und schüttelte den Kopf.

»*Alice im Wunderland* ist die absolute Lieblingsgeschichte meiner Schwester Sadie«, erklärte er und bei der Erwähnung von Sadies Namen klang seine Stimme voller Zuneigung. »Und wenn ich eines aus den Textstellen, die sie mir immer wieder zitiert, gelernt habe, dann, dass es wirklich egal ist, welchen Weg man geht. Man kann nicht zurück, weil man niemals mehr die Person sein wird, die man war, als man vor der ersten Entscheidung stand. Zweite Chancen gibt es also nicht.«

Ich konnte darauf nicht antworten. Jaspers kleine Ansprache hatte mich richtig beeindruckt. Hinter all dem selbstbewusstem Gehabe war er mehr als klug. Er hatte eine faszinierende Sicht auf die Dinge und wenn es darauf ankam, machte er sich nicht über mich lustig, sondern versuchte mich zu trösten. So fühlte sich das in diesem Moment an. Als müsste ich zwischen den Zeilen seiner Worte nach deren wahrer Bedeutung suchen.

»Das ganze Gerede hat mich echt hungrig gemacht«, sagte er heiter, als die Stille Überhand zu nehmen schien. »Wenn du fertig bist mit dem Gestrandete-Meerjungfrau-spielen, können wir weiterfahren, oder?«

»Du hast das eben ernst gemeint, dass das hier nicht das Date war?«, fragte ich und riss die Augen auf.

»Du hast mir nicht geglaubt«, sagte Jasper beleidigt. Er hielt mir trotzdem eine Hand hin, um mich hochzuziehen. Ich nahm sie und mit einem kräftigen Ruck war ich wieder auf den Beinen, Jasper so nah, dass ich das Leuchten in seinen Augen erkennen konnte. Vielleicht bildete ich es mir auch nur ein, aber er sah irgendwie zufrieden aus.

»Und das macht dich glücklich?«, fragte ich.

»Das bedeutet einfach, dass ich dich bisher mördermäßig beeindruckt habe«, antwortete er selbstgefällig.

»Ich dachte, du musst mich nicht beeindrucken.«

»Spielregeln können sich jederzeit ändern.«

»Was soll das denn wieder heißen?«, fragte ich und runzelte die Stirn. »Manchmal blicke ich echt nicht durch, Jasper. Wenn du was zu sagen hast, spuck's doch einfach aus, anstatt ein Mysterium daraus zu machen.«

»Antworten gibt's erst heute Abend.«

»Stimmt, ja«, sagte ich und verdrehte die Augen. Jasper hielt mir einen Arm hin und ich hakte mich ein.

»Los geht's, Lucy.«

12

Ich war froh, dass wir nicht in dem Restaurant auf dem Parkplatz essen gingen. Die Fassade machte reichlich wenig Lust darauf, einen Blick ins Innere zu werfen, und auch wenn das oberflächlich war, konnte ich den Gedanken nicht abschütteln. Jasper überredete mich mein Auto hier stehenzulassen und in seinem mitzufahren. Wir folgten der *Route Seven* bis in die nächste Stadt, die vom Parkplatz aus keine zwanzig Minuten entfernt war. Jasper verriet nicht, wohin es ging, aber er schien sich ziemlich sicher zu sein, was den Weg betraf. Im Gegenteil zu mir benutzte er kein Navi.

Unsere Reise endete wieder auf einem Parkplatz, dieses Mal jedoch in einer ansehnlicheren Gegend. Wir waren für ein paar Minuten genau durch die Innenstadt gefahren und standen nun vor dem Eingang eines Clubs.

Inzwischen war es später Vormittag und die Sonne war ganz zwischen den dicken Wolken herausgekommen. Der Parkplatz war ziemlich belebt. Neben uns waren noch einige andere Leute – alles Paare, um genau zu sein – eingetroffen, stiegen aus ihren Wagen oder gingen bereits auf den Eingang des Clubs zu. Die Geräusche und Gespräche, die in der Luft lagen, erinnerten mich an eine Pause in der Schule, wenn alle zwischen den Unterrichtsstunden durcheinander wuselten.

Wie in einem Hollywoodstreifen lag ein samtroter Teppich vor dem Eingang des Clubs, über dem trotz der frühen Tageszeit ein Neonschild eingeschaltet war und *unsicht-Bar* verkündete – offenbar der Name des Clubs.

Ich musterte die Gesellschaft, in der wir uns befanden. Natürlich waren die Leute viel besser angezogen als wir. Unbehaglich sah ich an mir herunter. Nach dem Besuch auf dem Schrottplatz sah ich aus, als hätte ich mich eine Runde im Dreck gewälzt. Überall auf meiner Hose waren Staubschlieren und meine dunkle Jacke sah aus, als hätte ich damit Holzsplitter magnetisiert.

»Ist das irgendein Nobel-Club?«, fragte ich mit einem mulmigen Gefühl im Bauch. »Wir sind für so was doch gar nicht passend angezogen.«

»Der Name *unsicht-Bar* ist hier Programm«, erklärte Jasper. »Glaub mir, es interessiert keinen, was wir anhaben. Du wirst gleich verstehen, warum.«

Er legte mir einen Arm um die Schultern und zog mich sanft mit sich. Am Eingang hatte sich eine kleine Schlange gebildet. Ein Mann im schwarzen Frack stand an einem Stehtisch und überprüfte auf dem Tablet, das er in den Händen hielt, anscheinend Reservierungen.

»Weiß du noch, wie ich gesagt habe, dass ich Überraschungen hasse?«, erkundigte ich mich bei Jasper.

»Du hast es eben erwähnt«, antwortete er trocken.

»Ich hab das Gefühl, heute Abend bin ich traumatisiert«, neckte ich ihn scherzhaft. »Sitzen wir dann eigentlich beide im Gefängnis, weil du eine Bank ausgeraubt hast, um das heute alles zu bezahlen?«

»Du hast es erfasst. Eine Bonnie-und-Clyde-Nummer gibt's all inclusive noch dazu. Nicht ganz so aufregend wie die Sache mit dem Mord, aber es kann ja nicht jeder deine Fantasie haben, Lucy«, meinte Jasper erheitert. »Mach dich mal locker. Du bist blass wie ein Geist.«

Bevor ich etwas erwidern konnte, wandte Jasper sich bereits einem Mitarbeiter der *unsicht-Bar* zu und begann sich kurz mit diesem zu unterhalten. Dann wurden wir durchgewunken. Meine Neugier stieg mit jeder Sekunde ins Unermessliche. Es stimmte, ich mochte keine Überraschungen, aber das änderte nichts daran, dass ich wissen wollte, was auf uns wartete. Ich warf Jasper einen Blick zu und grübelte weiter. Hatte er sich echt allein die Mühe gemacht, einen Plan aufzustellen? Das alles sollte doch gar kein echtes Date werden. Trotzdem fühlte es sich so an und ich wollte das Gefühl niederkämpfen. Jasper und ich wurden gerade erst Freunde. Wenn ich anfing ihm zu vertrauen und mich fallen ließ, dann würde ich am Ende mächtig auf die Schnauze fallen. Das Ganze hier war doch nur die Überleitung zu was auch immer er mir erzählen wollte. Kein Date, sagte ich mir mehrmals hintereinander. Es gehörte zum Plan.

»Einen Gang über den roten Teppich habe ich mir immer glamouröser vorgestellt«, bemerkte Jasper und lächelte mich an. Ich hatte nicht einmal registriert, dass wir über den Teppich in den Club gegangen waren. Und wie zur

Hölle sollte ich meine Gedanken und Gefühle unter Kontrolle haben, wenn er mich wieder so anlächelte?

Kleine Grübchen bildeten sich um seinen Mund. Seine Augen ruhten bestimmt auf mir. Ich konnte wieder sein Parfum riechen und – wieso starrte er plötzlich so? Oh Gott, konnte man mir etwa ansehen, dass ich gleich anfing zu sabbern, wenn er so verführerisch lächelte? Moment! *Eine Antwort* – er wartete nur auf meine Antwort.

»Der Teppich in meinem Zimmer ist grün.«

Wow. Was? Hatte ich das gerade laut gesagt?

Jasper kratzte sich verdutzt am Hinterkopf. »Danke für diese wertvolle Information, Lucy«, sagte er und grinste so breit, dass mich eine ganze Reihe strahlend weißer Zähne blendete. »In meinem Zimmer liegt gar kein Teppich. Wenn ich genau darüber nachdenke, ist unser Haus sehr teppicharm. Vielleicht hat meine Großmutter Angst vor Teppichen. So etwas gibt es doch bestimmt? Eine Teppich-Phobie! Teppphopia!«

»Ich bin mir sicher, dass es so etwas nicht gibt, und wenn, würde es nicht Teppphopia heißen«, antwortete ich überzeugt, als ich es geschafft hatte mein Gehirn wieder einzuschalten. Wieso hatte mein Körper keinen Notfallgenerator, wenn da oben ein Totalausfall herrschte?

»Oh, ich glaube, es geht los!«, sagte Jasper. Er wandte sich ab und ich atmete tief durch. Jasper hatte Recht, irgendetwas passierte. Wir standen in einem kleinen Raum, der an den Eingangsbereich angrenzte. Viele Gäste schienen schon weitergezogen zu sein, denn wir waren bis auf zwei andere Paare allein. Soeben war ein weiterer Mitarbeiter in Anzug und Krawatte aus der Tür links von uns gekommen und machte sich nun durch eine mehr als euphorische Begrüßung bemerkbar.

»Guten Tag, alle zusammen!«, sagte der schlaksige Mann, dessen Haar so dunkel wie seine Kleidung war. »Willkommen in der *unsicht-Bar*, dem einzigen Restaurant dieser Art in der Gegend. Heute werden Sie nicht nur zu Mittag essen, Sie werden eine ganz neue Erfahrung machen. Ich bitte Sie nun, eine Menschenkette zu bilden. Schön hintereinander aufstellen und die Hände jeweils auf die Schultern Ihres Vorgängers legen.«

Hatte ich mich verhört? Menschenkette? Ich sah mich ratlos um, aber keiner der anderen – inklusive Jasper – schien diese Anweisung merkwürdig zu finden. Flink war die Gruppierung gebildet und damit ich nicht als Einzige aus der Reihe fiel, machte ich es den anderen nach. Ich zögerte jedoch, als ich meine Hände auf Jaspers Schultern legte und mein Herz zu rasen begann.

»Und findest du meine Rückseite genauso entzückend wie die Vorderseite?«, fragte Jasper leise und der erheiterte Unterton in seiner Stimme ließ mein Herz nur noch schneller schlagen. Ich spürte die Bewegungen seiner Muskeln unter meinen Fingern, wenn er einatmete, und wurde wieder von seiner Nähe abgelenkt.

Notfallknopf aktivieren, Lucy!

»Ich komm mir vor wie im Kindergarten«, sagte ich leicht schnippisch. »Gleich fangen wir an zu singen.«

Es wurde tatsächlich Musik eingespielt, als wir uns zu bewegen begannen. Ich sah noch, wie unser Kellner sich eine komische Brille aufsetzte, die aussah, als stamme sie aus einer Militärbasis – groß, abgedunkelt und das halbe Gesicht bedeckend – und dann ging es los.

Hinter der Tür wartete scheinbar endlose Dunkelheit auf uns.

Endlich begriff ich, wieso der Club *unsicht-Bar* hieß. *Dunkel-Restaurant*, so hatte der Mann das eben genannt. In diesem Club aß man in absoluter und totaler Finsternis. Ich hatte davon noch nie gehört und es wäre gelogen zu sagen, dass ich nicht irgendwie aufgeregt war. So sehr ich mich anstrengte, es war mir unmöglich durch den Schleier aus Schwarz zu blicken. Alles, worauf ich mich normalerweise verließ, all meine Sinne schienen betäubt, bis auf meine Ohren, die vieles deutlicher wahrnahmen. Oder zumindest fühlte es sich so an.

Schritte, Stimmen, Stühlerücken.

Ich erschrak fast zu Tode, als mich sanft eine Hand am Handgelenk fasste und so dazu brachte, Jasper loszulassen. Wenige Anweisungen später saß ich auf einem Stuhl, an einem Tisch – oder glaubte es, denn *sehen* fiel ja aus der Sparte der Möglichkeiten hier. Langsam tastete ich am Tischtuch entlang nach oben und berührte etwas Kaltes, vielleicht ein Messer oder eine

Gabel. Ich hatte die Hand so schnell zurückgezogen, dass ich es nicht hatte erfühlen können. Mein Herz hatte sich noch immer nicht beruhigt und der einzige Trost war, dass es dieses Mal am Adrenalin lag und nicht an Jasper. Ich blinzelte mehrmals, eher aus Gewohnheit als aus anderen Gründen. Vor meinen Augen schienen Punkte zu flackern. Dunkel. Es war so verdammt dunkel.

»Ich hab gehört, die Kellner hier arbeiten alle schwarz«, sagte Jasper. Für einen Moment hatte ich vergessen, dass er mir gegenübersaß. »Du weißt schon, wegen der Dunkelheit und der Arbeit. Bist du noch da?«

»Und ich hab immer gedacht, die Realität sei ein Gefängnis, aber das hier ... keines deiner Dates könnte jemals weglaufen, wenn sie erst einmal hier sind«, antwortete ich. »Clever, Jasper. Wirklich clever.«

»Du denkst, ich hätte dich hergebracht, um zu testen, wie gut sich mein Date im Dunkeln foltern lässt?«

Ich konnte sein Gesicht nicht sehen – hallo, Captain Obvious – aber seine Stimme klang etwas eingeschnappt.

»Was, fällt dir kein guter Spruch dazu ein?«, ärgerte ich ihn weiter. »*Deine Schönheit ist wie ein Stern, der diesen Ort erleuchten kann* oder *Bring Licht in die Dunkelheit meines Herzens* wäre doch nett.«

»Ich tappe gerade echt im Dunkeln«, sagte Jasper.

»Jasper, diese schlechten Witze bringen mich noch um«, meinte ich und unterdrückte ein Lächeln.

»Tragisch – ich könnte das nicht mal sehen!«

»Wie geht es jetzt weiter?«, fragte ich.

»Da wir beide nicht besonders gut im Small Talk sind, würde ich sagen, wir bestellen etwas zu Essen und kommunizieren dann nur noch über Schmatzgeräusche.«

»Diese Bar ist einfach total abgedreht.«

»Ich fand die Idee dahinter ziemlich cool.«

»Die ist ziemlich cool!«, antwortete ich schwungvoll. »Und du hast Recht. Es interessiert niemanden, wie wir beide angezogen sind. Hier sollten immer alle Blind-Dates dieser Welt stattfinden.«

»Worüber sprechen Leute auf Dates eigentlich?«, fragte Jasper. »Fängt man wirklich beim Wetter an, geht zu den Jobs über und spricht dann über seine Prinzipien, was das Heiraten, ein eigenes Haus und zehn Kinder angeht?«

»Man kann über alles reden«, sagte ich und erinnerte mich unwillkürlich an das erste Date von Ben und mir. Wir hatten auch über alles geredet. Wirklich alles. An diesem Abend war es mir vorgekommen, als ob wir die einzigen Menschen im Universum gewesen wären. Als bliebe uns nicht genug Zeit, uns kennenzulernen, sondern nur Augenblicke. Winzige Augenblicke unter einem unendlichen Sternenhimmel.

»Ist meine Gesellschaft wirklich so schrecklich, dass du wieder an deinen Ex denken musst?«, fragte Jasper punktgenau, aber aus seiner Tonlage war nicht herauszulesen, ob ihm der Gedanke missfiel oder nicht. Nervös wollte ich mir über mein Handgelenk reiben und meine Finger fanden Jaspers Uhr.

»Es ist wie eine Fehlfunktion in meinem Kopf«, versuchte ich zu erklären. »Ich kann nichts dafür.«

»Wie soll dein Gehirn ohne Nahrung auch richtig funktionieren?«, meinte Jasper. Ich hörte ihn leise seufzen. Es war ein Wunder, dass ich so etwas wie ein Seufzen überhaupt hörte. Es drangen immer noch eine Menge Geräusche an mein Ohr – immerhin befanden wir uns in einem Restaurant und die anderen Gäste waren hier, weil sie eine Verabredung hatten, die sie wollten. Das sollte nicht heißen, dass ich dieses Date mit Jasper nicht wollte, es war nur so ... irgendwann lenkte mich immer etwas ab, das mich zurück zur Wurzel allen Übels zog und das war Jasper gegenüber einfach unfair.

»Entschuldige«, murmelte ich frustriert. Jasper antwortete nicht, aber dann spürte ich eine leichte Berührung. Es war nicht mehr als seine Fingerspitzen, die meine berührten. Als würde Jasper sich nicht trauen, meine ganze Hand anzufassen. Ich hielt den Atem an. Die Berührung dauerte nicht lange. Nach ein paar Sekunden waren Jaspers Finger wieder verschwunden.

»Ich hab bestimmt fünf Minuten versucht deine Hand zu ertasten«, sagte Jasper belustigt. »Zuerst hab ich nur eine Serviette zu fassen bekommen, dann eine Gabel ... ich glaube eigentlich alles, was auf dem Tisch steht, wurde jetzt einmal von mir angetatscht. Wenn ich jetzt eine von diesen Nachtsichtbrillen hätte, würde ich ständig Leute begrabbeln und es dann auf die Dunkelheit schieben. Hier zu arbeiten ist sicher ein Traum.«

»Ich kann echt nicht sehen, was die Leute an dir finden.«

»Also *sehen* kann gerade niemand von uns etwas. Es sei denn, du hast eine Nachtsichtbrille in deiner Handtasche gehabt, dann berufe ich mich auf den Codex der Bruderschaft, der besagt, dass man mit seinen Freunden alles teilt.« Jasper räusperte sich und zögerte dann einen Moment, ehe er weitersprach. »Aber ... danke, Lucy.«

»Dann hätten wir freundliche Gesten, neben Small Talk, auch abgehakt«, sagte ich. »Es wird Zeit fürs Essen.«

Etwas zu bestellen war eine weitere Herausforderung. Ein Kellner las uns die Speisekarte vor. Jasper und ich konnten uns nach dem dritten Menü nicht wirklich merken, wovon der Mitarbeiter der *unsicht-Bar* erzählte, weshalb wir uns überraschen ließen. Es war ein einziges Über-den-Tisch-tasten und Herumalbern im Dunkeln zu essen, aber es machte wirklich Spaß. Spätestens nach dem dritten missglückten Versuch, mit meiner Gabel das Essen zu treffen oder das Glas abzustellen, ohne es umzuwerfen, stand fest, dass man, ohne etwas sehen zu können, wirklich aufgeschmissen war. Dass überhaupt etwas von dem Essen in unseren Mägen landete, war ein Wunder. Jasper machte noch ein paar seiner schlechten Dunkel-Witze und weil wir beide so schlecht im Small Talk waren, begannen wir irgendwelche Spiele zu spielen, die wohl jeder als Kind einmal gespielt hatte.

»Ich sehe etwas, das du nicht siehst und es ist schwarz«, sagte Jasper. »Du errätst es niemals.«

»Das ist eine Fangfrage, weil wir beide absolut nichts sehen, wie wir mehrmals festgestellt haben.« Ich lachte. »Okay, wie wäre es mit *Würdest du lieber*? Würdest du lieber den Rest deines Lebens angezogen im Dunkeln verbringen oder nackt bei ewigem Tageslicht?«

»Nackt bei ewigem Tageslicht«, antwortete Jasper. »Es wäre ein Verbrechen an der weiblichen Bevölkerung, wenn niemand meinen Astralkörper bewundern könnte.«

»Wieso wusste ich nur, dass du das sagst?«

»Weil auch du Teil der weiblichen Bevölkerung bist, der gerne meinen Astralkörper bewundert.«

Ich trat Jasper unterm Tisch gegen das Bein und war froh, ihn sofort erwischt zu haben und keines der Tischbeine. Jasper fluchte leise. Ich lachte wieder.

»Ich kann also nicht meine Finger bei mir behalten und du deine Beine. Interessant. Okay, jetzt bin ich dran. Würdest du lieber alles, was du jemals haben wolltest, für den Zeitraum von einem Jahr haben und dann sterben oder dein Leben, so wie es ist, beibehalten?«

»Ich würde mein Leben beibehalten«, antwortete ich. »Was ist schon ein Jahr gegen den Rest deines Lebens, wenn die Chance besteht, dass du dir auch so alles erarbeiten kannst, was du gerne hättest? Lahme Frage, Jasper«, ärgerte ich ihn. »Würdest du dir lieber einen Finger abschneiden oder der Person, die du am meisten hasst, jeden Cent geben, den du besitzt?«

»Ich würde mir sogar alle Finger abschneiden, wenn das bedeutet, dass die Person, die ich hasse, arm bleibt«, antwortete Jasper energisch. »Wenn ich auf jemanden wütend bin, dann ist der Hulk nichts dagegen.«

»Dann hoffen wir mal, dass du nicht grün wirst, wenn dich jemand so richtig auf die Palme bringt. Oder ist das etwa schon passiert?«, bohrte ich neugierig nach.

»Ich hasse Leute nicht«, antwortete er ruhiger. »Hassen bedeutet Energie auf andere zu verschwenden, die es nicht wert sind, überhaupt in deinem Leben zu sein.«

»Wenn das mit der Schule nichts wird, kannst du immer noch bei einer Ratgeber-Kolumne arbeiten«, sagte ich überrascht. »Am besten lässt du dich gleich für einen eigenen Kalender ablichten und jeden Monat gibt es dann ein Random-Ransom-Zitat von Mr Handsome.«

»Bietest du dich gerade als Managerin an?«

»Tut mir leid, nach der Highschool geht's für mich aufs College. So etwas Banales wie einen Manager von Jasper Ransom sieht mein Zukunftsplan nicht vor.«

Die Aussage war eher als lockerer Scherz gedacht, aber einmal ausgesprochen lag sie doch schwerer in der Luft als erwartet. Die Zukunft. Jasper hatte schon mehrmals durchblicken lassen, dass er nicht wirklich über die Zukunft nachdachte. Ich sackte in meinem Stuhl zurück und wartete auf eine Erwiderung. Die Dunkelheit hatte den Nebeneffekt, dass vieles darin verloren ging.

Jasper tat, was er am besten konnte – er spielte das Spiel einfach weiter. »Würdest du lieber alles aussprechen müssen, was du denkst, oder nie wieder ein Wort in deinem Leben sagen können?«, fragte er tonlos.

»Das ist eine harte Nuss« gab ich nachdenklich zu. »Ich glaube, ich würde mich dafür entscheiden nichts mehr zu sagen. Meine Gedanken sollten – genau wie mein Browserverlauf – lieber weiterhin geheim bleiben.«

»Ich hätte gedacht, du würdest mir lieber für immer das Ohr abkauen«, meinte Jasper. »Mich interessiert jetzt aber schon dein peinlicher Browser-Suchverlauf.«

»Den erfährst du nicht mal über meine Leiche.«

Jasper hatte keine Gelegenheit etwas zu erwidern, weil in diesem Moment unser Kellner an den Tisch trat und fragte, ob wir noch etwas bräuchten. Wir beschlossen, dass wir genug Zeit im Dunkeln verbracht hatten, und ließen uns aus dem Raum führen. Als sich die Tür zum nächsten beleuchteten Raum öffnete, fühlte ich mich wie ein Vampir, der jeden Moment in Flammen aufgehen würde. Vor meinen Augen tanzten Lichtpunkte und ich hatte Schwierigkeiten, mich wieder an die Helligkeit zu gewöhnen. Etwas unbeholfen versuchte ich stillzustehen. Seltsamerweise hatte ich das Gefühl, der Boden unter meinen Füßen würde irgendwie wackeln.

Jasper ging es genauso. Er zog eine merkwürdige Grimasse, als er die Augen wieder zusammenkniff und den Mund verzog. Etwas unsicher auf den Beinen klammerte er sich an meinem Arm fest, grinste dann aber breit.

»So müssen sich Leute fühlen, die von Aliens entführt werden und danach wieder auf ihrem Heimatplaneten ankommen«, sagte Jasper und blinzelte mehrmals.

»Ich wette, dich würde man sowieso nach fünf Minuten wieder zurückbringen«, sagte ich belustigt.

»Wo wir wieder bei der Sache mit dem Verbrechen an der weiblichen Bevölkerung wären. Du kannst doch einfach direkt zugeben, dass ich Recht habe und die Welt mit mir ein besserer Ort ist«, meinte Jasper ernst.

»Lass uns einfach die Rechnung bezahlen, okay?«

Jasper bestand darauf zu zahlen, weil es seine Idee gewesen war, herzukommen, und er mich schließlich eingeladen hatte, also bedankte ich mich bei ihm. Er beglich unser Essen und wir verließen die *unsicht-Bar.* Nach draußen zu kommen war noch mal eine andere Sache als das künstliche Licht im Inneren des Gebäudes. Ich wusste nicht genau, wie lange wir uns in dem Club aufgehalten hatten, aber die Sonne stand hoch am Himmel. Wegen des Windes, der ziemlich stark wehte, war es etwas kühler als heute Morgen. Ein paar Augenblicke standen Jasper und ich ziemlich bedäppert in der Gegend herum. Er stieß mich sanft mit dem Ellbogen an.

»Bereit für das nächste Abenteuer?«

13

Wir entfernten uns nicht noch weiter von der Stadt, sondern fuhren ihr wieder ein Stück entgegen. Jasper schlug eine Straße ein, die durch ein Waldgebiet ging. Ein paar Abzweigungen später war die Zivilisation außer Sicht und der Wagen ruckelte über unebene Waldwege.

»Das eben mit *nur über meine Leiche* war nicht ernst gemeint«, meldete ich mich besorgt zu Wort. »Du musst mir also kein Grab schaufeln, ich erzähle dir auch so, wo man die besten Videos von Hundebabys findet!«

»Du wirst es mögen.«

»Warte – soll ich mir das Grab auch noch selber schaufeln? Ich glaube, ich will wieder nach Hause.«

»Wir sind aber schon da.«

Jasper hielt den Wagen an, weil uns auf dem schmalen und hubbeligen Waldweg ein Warnschild an der Weiterfahrt hinderte. Es sagte eindeutig, dass hier eine Sperrzone war, die man nicht betreten sollte. Dahinter ging der Weg noch ein Stück weiter, aber ich konnte von meinem Platz im Auto aus deutlich den hohen Zaun sehen, der irgendwo vor uns ein Privatgelände oder dergleichen eingrenzen musste. Ich drehte den Kopf zu Jasper und warf ihm einen skeptischen Blick zu.

»Das ist einer der besten Plätze in der Gegend«, versprach er unbesorgt. »Vertrau mir einfach, Lucy.«

Wir stiegen zeitgleich aus dem Auto aus und Jasper passierte das Warnschild. Wenn Jasper sich öfter hier rumtrieb, was konnte da schon schiefgehen? Ich folgte ihm und nach wenigen Metern war der Zaun die nächste Barriere, die uns aufhielt. Jasper bedeutete mir ihm nachzugehen. Er war längst vom Weg herunter und lief entlang des Zauns nach links, wo der Wald dichter wurde. Jetzt war ich wirklich froh, mich nicht in Schale geworfen, geschweige denn hohe Schuhe angezogen zu haben. Die nächsten Minuten folgten wir dem Zaun und der Boden war die reinste Stolperfalle. Wurzeln, Steine, Gewächse nahmen immer mehr zu. Hinter der Abzäunung konnte ich von hier aus nicht viel sehen. Nur eine weite ebene Fläche mit Markierungen auf dem Boden. Hohe Hallen mit Welldächern versperrten die weitere Sicht.

Jasper blieb schließlich vor einem Loch im Zaun stehen. »Jedes Mal, wenn ich herkomme, frage ich mich, ob das Loch noch da ist«, sagte er und zwängte sich hindurch. Es war nicht besonders groß, aber es reichte, um hindurchkommen zu können. Jasper hielt den Zaun fest und reichte mir eine Hand, damit ich es leichter hatte.

»Wie oft kommst du denn her?«, fragte ich.

»Ein paar Mal im Monat«, antwortete er. »Eigentlich immer, wenn ich mal etwas Abstand brauche.«

»Was genau ist das hier?«

Jasper deutete mit einer Hand auf den Platz vor uns. »Der Ablegeplatz einer Schule für Flugscheine. Es ist kein Flughafen oder so, hier stehen jede Menge Hubschrauber und kleine Privatflugzeuge herum. Die meiste Zeit ist hier eher weniger los. Siehst du den Wasserturm da hinten? Das ist unser Ziel.«

Ich nickte stumm. Hinter den hohen Hallen lugte die Spitze eines Wasserturms heraus. Als wir über den Platz gingen, kam er immer mehr in Sicht. Wie alle Wassertürme war er recht hoch. Ein Wassersammelbecken saß wie ein Kopf auf den langen Rohren, die an Beine erinnerten. Als wäre der Wasserturm nur eine Roboterspinne.

»Gibt es hier denn keine Kameras? Wenn man uns hier erwischt, dann gibt's bestimmt mächtig Ärger.«

»Das Gelände ist zwar privat, aber es gibt keine Sicherheitsanlage, wenn du das meinst«, sagte Jasper. »Es sei denn, sie haben seit vorletzter Woche eine installiert, was ich nicht glaube.«

Wir liefen über das, was wohl eine Landebahn war, weiter auf den Wasserturm zu. Ich kam mir winzig vor, als ich über die breite freie Fläche lief. Das Gefühl verstärkte sich noch, als wir am Fuß des Wasserturms ankamen. Ein Blick die Leiter nach oben und mir wurde schwindlig.

»Ich hoffe, du hast keine Höhenangst.«

»Du willst echt da hochklettern?«

»Wir werden beide da hochklettern.«

Ich trat näher an die Leiter heran und legte meine Hände auf die erste Sprosse, die ich zu greifen bekam.

»Ich hab wirklich keine Höhenangst«, sagte ich und fühlte mich mutig, als ich anfing zu klettern. Einfach loslegen, weniger denken – das wollte Jasper doch von mir, nicht wahr? Mit jeder Sprosse, die ich nahm, fühlte ich mich ein Stück tollkühner. Der Wind blies mir um die Ohren und brachte meinen Zopf durcheinander, aber ich behielt mein Tempo bei und blickte nach oben. Als ich das Ende der Leiter erreichte, zog ich mich mit einem Ruck hoch. Mit einer Hand am Geländer richtete ich mich auf. Der Ausblick war der helle Wahnsinn! Man konnte sämtliche Städte in der Umgebung erahnen und bis zum Autoschrottplatz schauen. Adrenalin schoss durch meine Venen und mir wurde nun doch etwas schummrig. Meine Augen wanderten nach unten und ich stolperte zurück.

Woah! Das war wirklich verdammt hoch!

Jaspers Kopf tauchte am Ende der Leiter auf.

»Du machst Spiderman echt Konkurrenz«, sagte er und holte tief Atem. »Das war ein neuer Rekord. Für einen Moment dachte ich nicht, dass du es machen würdest.«

Als er ganz oben war, stützte er sich kurz am Geländer ab und kam dann zu mir herüber. Er ließ sich auf den Boden sinken und seufzte schwermütig.

»Es ist, als könnte man den Himmel greifen.«

Er hatte den Kopf in den Nacken gelegt und seine Augen verloren sich in den hellen Wolken. Ich setzte mich langsam neben ihn, damit ich gar nicht mehr auf die Idee kommen konnte, hinunterzuschauen.

»Warum bist du so gerne hier?«, fragte ich schließlich und drehte den Kopf zu ihm herum. Jasper lächelte.

»Ist das nicht offensichtlich?«, fragte er sanft. Seine Hand wanderte nach rechts und wies auf die lange Lande- und Startbahn, die geradeaus in die Unendlichkeit zu führen schien. Man konnte das Ende nur erahnen. »Ich sitze gerne hier und stelle mir vor, wie es wäre, wenn ich in einen Hubschrauber steigen und wegfliegen könnte. Alles, was ich möchte, ist aus dieser Stadt – diesem Leben herauszukommen. Ich will die Welt unter meinen Füßen sehen und mir sagen können, dass ich es geschafft habe. Frei bin. Auf und davon.«

»Du meinst … für immer?«, fragte ich überrascht.

Jasper atmete schwermütig aus, die Augen noch immer auf die vorbeiziehenden Wolken gerichtet. »Für immer.«

»Willst du mir jetzt sagen, wie das alles zusammenpasst? Deine Suche nach einer Freundin, das alte Haus deiner Großmutter, dieser Tag heute?«

Jasper senkte den Kopf und sah mich an. Ich erwiderte den Blick standhaft und ein erwartungsvolles Kribbeln breitete sich in meinem Magen aus.

»Das war die Abmachung«, antwortete er freundlich. »Aber, um es mal vorweg zu sagen, das Date hatte damit nichts zu tun. Nicht im eigentlichen Sinne.«

Erstaunt weiteten sich meine Augen. »Was?«

»Du hast eins gebraucht, um auf andere Gedanken zu kommen, auch wenn du es dir selber nicht leicht gemacht hast, Lucy. Und ich wollte nur …« Seine Miene wurde weicher, als er mich aufmerksam ansah. »Ich bin noch nie auf einem Date gewesen. Es war lustig. Vermutlich wäre es das nicht mit jedem Mädchen gewesen.«

»Normalerweise gibt es auch ein anderes Programm«, sagte ich erheitert. »Keine Auto-Schrottung und Klettertouren auf Wassertürme, kein Essen im Dunkeln.«

Jasper und ich schwiegen eine Weile. Es war friedlich hier oben, ruhig und einsam. Dem Himmel so nah zu sein weckte wirklich den Wunsch nach Freiheit. Ich stellte mir vor, wie ein Vogel zwischen den Wolken abzutauchen, und die Vorstellung vom Fliegen allein war aufregend. Es war nachvollziehbar, wie der Ausblick vom Wasserturm den Wunsch verstärkte, davonzugehen. In diesem Moment erschien mir die Welt endlos weit und mir wurde bewusst, dass ich bisher kaum etwas von ihr gesehen hatte. Das hier war eine andere Art und Weise, über Grenzen hinauszublicken.

»Ich habe einen älteren Bruder«, begann Jasper mit der längst überfälligen Antwort. »Sein Name ist Mason. Er ist ein paar Jahre älter als ich. Die meisten

Leute denken, dass er im Ausland studiert, weil er sich eine Weile für Medizin interessiert hat. Meine Eltern waren immer davon überzeugt, dass er irgendwann ein bekannter Arzt sein würde. Sie sind ziemlich selten zu Hause, weshalb meine Großmutter mich, meine Schwester Sadie und Mason praktisch allein großgezogen hat. Mason war immer ihr Liebling. Gute Noten, perfektes Auftreten, eine strahlende Zukunft vor sich.«

Während Jasper sprach, musterte ich ihn. Ich sah die Veränderung in seiner Miene, wenn er Masons Namen in den Mund nahm. Er verzog jedes einzelne Mal die Lippen, als habe er in eine saure Zitrone gebissen. Aber es steckte noch mehr dahinter. In Jaspers Stimme hörte man den Schmerz, wie Gefühle zwischen Liedzeilen, die nicht schwarz auf weiß irgendwo standen, sondern durch andere Worte ausgelöst wurden. Mein eigenes Herz zog sich zusammen, weil es mich betroffen machte, dass Jasper in diesen Augenblicken so mitgenommen und bitter wirkte.

»Ich kann mich nicht mehr genau daran erinnern, wann es angefangen hat. Mason ist kurz nach Beginn seines Studiums ausgezogen, kam aber immer regelmäßig zu Besuch. Meine Großmutter hat ihm mit meinen Eltern zusammen das Studium finanziert. Für meine Geschwister und mich gibt es jeweils einen Treuhandfond, der unser Leben absichern soll. Mit achtzehn erhalten wir alle uneingeschränkten Zugriff auf das Geld. Mason hat sich damit immer gut über Wasser halten können, die Wohnung, das Lehrmaterial, sein Studium … er musste sich nie wirklich um etwas Sorgen machen.«

Jasper seufzte und schloss kurz die Augen, als würde er eine Erinnerung heraufbeschwören oder verdrängen. Ich öffnete leicht den Mund, aber die Frage blieb unausgesprochen. Was passierte dann? Ich wollte ihn nicht löchern, also ließ ich ihm Zeit. Jasper schnaubte.

»Er hat das Geld – jeden einzelnen Dollar – verspielt, Lucy. Mason ist spielsüchtig und hat sich selber in den Ruin getrieben. Sein Treuhandfond ist praktisch in Casinos oder Online-Spielen verpufft. Er war schon immer ein Spieler und konnte einer guten Herausforderung nicht widerstehen, aber das war eine andere Liga. Bei den Kontobewegungen, die über den Account meines Dad liefen, wurde dieser irgendwann benachrichtigt, und es war, als würde sich ein großes Loch auftun. Nicht nur auf dem Bankkonto, sondern in unser aller Leben. Geld hat selten eine Rolle bei uns gespielt, aber die Schulden, die Mason angehäuft hatte, waren immens. Es ließ sich nicht mehr leugnen, dass etwas mit ihm nicht stimmte. Dass er krank war. Süchtig.«

»Das muss schwer für deine Familie gewesen sein.«

»Meine Grandma hat Mason sofort in eine private Suchtklinik abgeschoben und allen erzählt, er würde sein Studium im Ausland fortsetzen. Es gibt nur eine Handvoll Leute, die die Wahrheit kennen.«

Ich schluckte schwer. Eine Wahrheit, die Jasper mir anvertraut hatte. Jetzt verstand ich, warum er bisher nicht leichtfertig über seine Gründe hatte sprechen wollen. Sie hingen mit seinem Bruder zusammen.

»Mason ist nach einem Wochenendbesuch bei uns sofort rückfällig geworden. Er hat meiner Grandma Geld gestohlen und ist abgehauen. Es grenzt an ein Wunder, dass niemand etwas davon mitbekommen hat. Danach hieß es sofort zurück ins Exil für ihn. Ich weiß nicht einmal, wo genau er ist, weil meine Eltern und Grandma Sadie und mir verboten haben ihn zu besuchen. Sie haben Angst, dass er uns einlullen und manipulieren könnte.«

»Ich kann mir gar nicht vorstellen, wie es wäre, nicht mehr mit meiner Schwester reden zu können«, sagte ich mitfühlend und legte Jasper eine Hand auf die Schulter.

»Das ist es nicht mal«, sagte er und schüttelte den Kopf. »Mason und ich waren immer eher Konkurrenten als Brüder. Bei mir und Sadie ist das anders. Ich verbinde keine besonders schönen Erinnerungen mit meinem Bruder. Er war immer ein selbstgerechtes Arschloch. Nach seinem Auszug kam er an den Wochenenden regelmäßig vorbei, um uns zu besuchen – und sich natürlich weiter bei meiner Großmutter einzuschleimen. Sadie und mir gegenüber war er die meiste Zeit unausstehlich. Er hat sich nie besonders für seine Geschwister interessiert.«

»Klingt, als habe dein Bruder euch nicht verdient.«

Mir kam Jaspers Aussage wieder in den Sinn. Dass niemand seinen Hass verdient hatte, weil Hass ein zu starkes Wort war, ein extremes Gefühl, das niemand – vielleicht nicht einmal Mason – verdient hatte. Mich überkam eine tiefe Traurigkeit, die mich selber erstaunte.

»Meine Grandma hat danach Sadie und mir gesagt, dass wir nur an unseren Treuhandfond kommen, wenn wir ihr beweisen, dass wir uns in eine Sache richtig reinknien können. Es ist Masons Schuld, dass sie ihr Vertrauen verloren hat. Nicht nur in ihn – in uns alle.«

Jasper stand langsam auf und trat ans Geländer.

»Wenn ich auf den Abend mit Marina zurückblicke, komme ich mir so verdammt dämlich vor. Als hätte so eine Aktion irgendjemanden davon überzeugt, dass ich mich mit ganzem Herzen an etwas hängen kann.« Er drehte sich um und blickte auf mich herab. »Ich bin froh, dass wir Freunde geworden sind, Lucy. Ich habe einfach jemanden gebraucht, der mir die Wahrheit sagt. Ich werde das alte Haus wieder hinbekommen und meine Grandma davon überzeugen, dass ich nicht wie Mason bin.«

Ich kauerte noch immer am Boden. Meine Beine fühlten sich auch einfach viel zu schwach zum Aufstehen an.

»Der Gedanke ist schön«, antwortete ich. »Aber du willst deinen Treuhandfond dazu nutzen von hier fortzugehen, Jasper. Was wird sie davon halten? Und nicht nur deine Grandma. Was ist mit deiner Schwester?«

Was ist mit mir? Diesen Part sprach ich nicht laut aus, aber die Frage war genauso drängend da wie die anderen. Es war schwer zu realisieren, dass ich nicht wollte, dass Jasper fortging. Ich wollte es nicht.

»Und wohin genau willst du gehen? Du hast gesagt, das College interessiere dich nicht«, fuhr ich fort. »Glaubst du wirklich, dass dein Treuhandfond dich für den Rest deines Lebens durchbringen kann? Du sagst, es geht dir um Freiheit, aber das ist so ... kopflos.«

»Ich dachte, du würdest das verstehen, Lucy.«

Jaspers Gesichtsausdruck wich Fassungslosigkeit. Ich stemmte mich vom Boden hoch und straffte den Rücken durch, damit meine Körperhaltung meine Unsicherheit gar nicht erst ausstrahlen konnte. Ich hatte bereits das Gefühl, mit einem Fuß in der Luft zu hängen, aber ich konnte meine Gedanken einfach nicht zurückhalten. Vielleicht weil Jasper uns Freunde genannt hatte.

»Die Sache mit deinem Bruder ist schlimm«, sagte ich ehrlich. »Daran besteht kein Zweifel. Und ich verstehe dich wirklich. Meine Schwester ist irgendwo da draußen und erkundet die Welt und will nicht mehr zurückkommen. Aber ich weiß tief in meinem Herzen, dass sie mich niemals im Stich lassen würde. Mich und meine Eltern. Du möchtest also etwas aufbauen, wie zum Bespiel das Haus, aber dann willst du es sofort hinter dir lassen? Das klingt nicht klug, sondern eher so, als würdest du vor dem davonlaufen, was du schaffen kannst. Wo ist der Sinn darin, sich bei einer Sache so zu bemühen, wenn man dann nicht an ihr festhält, Jasper? Das verstehe ich nicht.«

»Ich habe keine Angst«, erwiderte er kühl.

»Wieso, weil du auf einem scheißhohen Wasserturm stehst? Dieses Gefühl hält nicht für immer an.«

Mein Herz schlug panisch in meiner Brust, aber es konnte genauso wenig aus meinem Körper springen wie ich von diesem Turm. Das hier war nicht der beste Ort für einen Streit. Ein Teil von mir war sich dessen bewusst, aber wenn Jasper von mir verlangte aus meiner Komfort-Zone zu kommen, konnte ich das auch von ihm.

»Vielleicht sollten wir von diesem scheißhohen Wasserturm wieder herunterklettern«, sagte Jasper tonlos.

Die Luft war nicht das Einzige, was hier immer dünner wurde. Jaspers Emotionen waren kurz greifbar, dann lösten sie sich langsam auf. Er hatte die alte Maske aus Ablehnung aufgesetzt, aber ich bereute meine Worte nicht. Seit meiner Trennung von Ben hatte ich auf so viele verschiedene Arten versucht mich und mein Leben zu sehen. Ich war kein Experte, aber Freiheit war absolut nichts ohne einen Ort, an den man zurückgehen konnte. Je höher man kletterte, umso tiefer fiel man auch.

Ironisch, dass ich bei diesem Gedanken auf einem hohen Turm stand, der diesem Spruch einen weitaus gewichtigeren Sinn verlieh. Jede einzelne Sprosse beim Abgang dachte ich darüber nach. Vor wenigen Minuten hatte ich noch daran geglaubt, dass Jasper mich im Notfall auffangen würde, aber nun? Ein Fehltritt und ich stürzte ins Bodenlose. Oder befand ich mich etwa bereits im freien Fall?

Wir kamen beide sicher auf dem Boden an.

Der Rückweg und auch die Fahrt verliefen nicht besonders schön. Am Parkplatz, wo mein Auto stand, trennten wir uns. Jasper schwieg eisern, aber ich konnte nicht ohne ein paar letzte Worte gehen. Ich stieg aus seinem Wagen und zögerte, bis ich wusste, was ich sagen konnte.

»Es ist sieben Uhr fünfunddreißig und acht Sekunden«, sagte ich präzise nach einem Blick auf die schwere Armbanduhr an meinem Handgelenk. Die Zahlen irritierten Jasper und er sah mich fragend an. Sein Blick war nicht mehr so vorwurfsvoll wie bei unserem Gespräch, was mich ermutigte. »Ich hoffe, du weißt, dass du zu mir kommen kannst, wenn du mehr als nur die Uhrzeit wissen möchtest, Jasper. Danke für das Date.«

Ich schloss die Wagentür mit einem erdrückenden Gefühl in der Brust und ging zu meinem eigenen Auto. Jasper fuhr nicht sofort davon. Genau genommen fuhr ich noch vor ihm vom Parkplatz. Ich fragte mich, worauf genau er wartete, aber wahrscheinlich saß er in diesem Moment nachdenklich in seinem Wagen und fragte sich das Gleiche: Worauf wartete Jasper Ransom eigentlich?

14

Kurz nachdem ich nach Hause kam, schaltete ich meinen Laptop ein und öffnete Skype. Ich wusste nicht genau, wann Taylor anrufen würde, aber ich wollte den Moment auf keinen Fall verpassen. Während ich auf ein Zeichen meiner Schwester wartete, surfte ich eine Runde durchs Internet und begann querbeet Musik auf Youtube zu hören. Irgendwann kam ich auf die Idee, die Stellenanzeigen auf der lokalen Zeitungswebseite durchzugehen und fand tatsächlich ein paar, die mich spontan ansprachen. Ich schnappte mir Stift und Papier und notierte mir die Adressen der Geschäfte.

Zwischendurch dachte ich immer wieder mal an Jasper. Wir hatten uns nicht gestritten, oder? Es hatte sich nicht wie ein Streit angefühlt, aber trotzdem war da jetzt etwas, das zwischen uns stand. Bevor ich mich weiter damit auseinandersetzen konnte, ertönte das Telefongeräusch von Skype und der Eingang eines Videoanrufs wurde angezeigt. Ich nahm ihn sofort entgegen.

Taylor saß breit grinsend auf einem Stuhl und winkte mir, sobald sie mich sah. Auf ihrem Kopf trug sie einen waschechten Cowboyhut und im Hintergrund erkannte ich eine helle Tapete, auf der lauter Kakteen abgebildet waren. Mehr konnte ich vom Raum nicht ausmachen, aber sie und Hunter mussten die Pension gewechselt haben, denn beim letzten Mal hatte es nicht ausgesehen, als wäre Taylor irgendwo in der Wüste unterwegs und würde Wildpferde einfangen. Fehlte nur noch das Lasso.

»Howdy, Lucy«, begrüßte Taylor mich schwungvoll.

»Haben Hunter und du irgendeinen seltsamen Fetisch entwickelt?«, fragte ich belustigt. »Nicht, dass ich euch verurteilen würde. Wer weiß schon, was mit mir passieren würde, wäre Hunter Reeves der Dreh- und Angelpunkt meines Lebens.«

Taylor streckte mir die Zunge heraus. »Ein besserer Spruch ist dir nicht eingefallen, was?«, zog sie mich auf und grinste breit. »Vorgestern sind wir in einen großen Sturm geraten und die Straße zur nächsten größeren Stadt ist bis auf weiteres blockiert. Uns ist nichts anderes übrig geblieben, als in dieser Pension abzusteigen. Hier in der Gegend läuft gerade so ein Kostümfestival und weil wir nichts Besseres zu tun hatten, sind wir heute dort gewesen.« Sie fasste sich an ihren Hut und neigte leicht den Kopf. »Ich werde echt zur Revolverheldin, wenn wir noch lange bleiben müssen.«

»Sag bloß, das Ambiente gefällt dir nicht?«

Taylor verdrehte die Augen. »Das Ehepaar, das neben Hunter und mir das Zimmer hat, klopft jede Stunde an, um zu fragen, ob wir etwas *brauchen*, weil sie *für uns da sind, egal was wir brauchen*. Unheimlich.«

»Vielleicht sind die beiden Swinger?«

Taylor klappte der Mund auf. »Lucy!«, sagte sie empört. Sie schüttelte den Kopf. »Pflanz mir doch nicht solche Gedanken in den Kopf, sonst mach ich heute Nacht kein Auge zu, aus Angst, dass sie uns überfallen.«

Ich zog skeptisch eine Augenbraue hoch. »Tust du das denn sonst?«, fragte ich meine Schwester zweifelnd. Ich konnte mir nicht vorstellen, dass Taylor und Hunter nur ruhige Nächte miteinander verbrachten. Nicht, dass ich mir überhaupt vorstellen wollte, dass die beiden – urg!

»Hunter und ich sind doch keine Sex-Monster. In manchen Nächten spielen wir auch Cluedo, schauen Quiz-Show-Re-Runs oder gehen Bären jagen.«

Ich rückte mit dem Gesicht näher an den Bildschirm heran und seufzte leise. »Ich vermisse dich so.«

Taylors Miene wurde sanfter. »Ich dich auch, Lu. Was gibt es Neues? Wie geht es dir? Wie geht es Mom und vor allem Dad? Ist er immer noch wütend auf mich? Ich hab mich gar nicht mehr getraut bei ihm anzurufen.«

»Uns geht es allen gut«, antwortete ich. »Mom macht sich immer noch Sorgen und Dad ... du weißt doch, wie er ist. Ich befürchte, er sperrt dich in den Keller, wenn du dich jemals wieder hier blicken lässt.« Ich zögerte kurz. »Wie sieht es denn aus, Taylor? Wann ...?«

»Hunter und ich haben noch nicht genau darüber gesprochen«, antwortete sie ruhig. »Aber, wenn du mich fragst ... Unser Budget neigt sich allmählich dem kritischen Zustand entgegen und neben meiner kleinen

Schwester vermisse ich mein eigenes Bett und warme Duschen. Die meiste Zeit sind wir auf Campingplätzen unterwegs gewesen, weil es günstiger ist, und ich könnte dir Geschichten erzählen, von denen du Albträume bekommst.«

»Ich will sie lieber nicht hören«, meinte ich. »Dann dreht ihr also wirklich bald um und kommt nach Hause?«

Taylor runzelte die Stirn. »Hunter könnte vermutlich für immer so weiterleben, aber es gibt ja noch die Sache mit der Schule. Wenn wir noch länger wegbleiben, dann müssen wir sicher das Halbjahr wiederholen. So ungern ich unsere Mitschüler auch habe, ich will nicht ein halbes Jahr dranhängen müssen, wenn sie den Abschluss machen. Und Collegebewerbungen schreiben sich auch nicht von selbst. Wir sind viel zu spät dran.«

»Wer bist du und was hast du mit Taylor gemacht?«, fragte ich und tat gespielt schockiert. Meine ältere Schwester hatte sich nie viel Gedanken über die Zukunft gemacht. In dieser Hinsicht ähnelte sie Jasper total.

»Sag doch einfach, dass du stolz auf mich bist.«

»Ich bin stolz auf dich, Taylor«, sagte ich ehrlich. Meine Schwester zog den Hut vom Kopf und fuhr sich durchs Haar. Es sah so viel länger aus als sonst. Oder bildete ich mir das ein? Konnten Menschen sich äußerlich überhaupt so schnell verändern oder fielen einem Kleinigkeiten sofort auf, wenn ein Abstand da war?

»Du siehst irgendwie glücklicher aus.« Nachdem Taylor das gesagt hatte, setzte eine lange Pause ein. »Ich wollte es vorher schon mal ansprechen, aber ...«

»Du weißt von Ben und mir, nicht wahr?«

Taylor nickte bedächtig. »Er hat es Hunter gesagt.«

Ich verdrehte die Augen. Was hatte ich auch erwartet? Nicht nur, dass Kate mit Bens Bruder ging, nein, der Freund meiner großen Schwester war mit ihm befreundet.

»Seit wann genau weißt du es, Taylor?«

»Eine ganze Weile«, sagte sie. Als sie bemerkte, wie ich mürrisch das Gesicht verzog, fügte sie hinzu: »Lucy, du bist meine Schwester. Natürlich hab ich gemerkt, dass etwas nicht stimmt. Die ganzen Ferien über warst du einfach nicht du selbst, aber ich kenne dich … wenn du nicht über etwas sprechen möchtest, dann blockst du total ab. Ich wollte dich nicht …«

Taylor schien nicht die richtigen Worte zu finden.

»Bemitleiden?«, schlug ich spontan vor.

»Ich würde dich niemals bemitleiden.«

Ich verzog das Gesicht. »Ach, wirklich?«

»Als du an deinem zwölften Geburtstag gegen den Buffettisch gelaufen bist und eine Runde in der Bowleschale geschwommen bist, vielleicht. Na gut, vorletztes Jahr im Urlaub auch, als wir am Strand waren und dir eine Kokosnuss auf den Kopf gefallen ist. Ich meine, wer hat so viel Pech, wenn er unter einer Palme steht?«

Taylor lächelte mich warmherzig an. Mir fiel es schwer ihr Lächeln nicht zu erwidern, aber meine Gefühle befanden sich im Zwiespalt. Ich hatte lange mit mir gehadert, meiner Schwester von Ben zu erzählen.

»Also …?«, fragte Taylor erwartungsvoll.

»Ich weiß nicht, was Ben Hunter erzählt hat, und vielleicht geht mich das auch nichts an, aber mir geht es tatsächlich besser. Vielleicht bin ich sogar glücklich. Es ist ja nicht so, dass ich alle paar Minuten meine Gefühle analysiere, doch das letzte Mal, als ich nachgesehen habe, war der Gute-Laune-Pegel recht hoch.«

»Nachgesehen«, murmelte Taylor belustigt. »Als könntest du irgendwo ablesen, wie es dir gerade geht.«

»Wäre jedenfalls ganz praktisch. Es sollte statt eines Wetterberichts so etwas wie Gefühlsberichte geben.«

»Du hast dich auch verändert«, sagte Taylor, aber es klang nicht nach etwas Schlechtem. Ihr Gesicht kam näher und sie machte große Augen, als könnte sie über die Internetverbindung und die Kameralinse sehen, wie sehr ich mich verändert hatte. Hatte ich das denn wirklich?

»Wo bleiben denn die Adjektive?«, fragte ich und schüttelte den Kopf. »Du kannst doch nicht so etwas sagen, ohne mir zu erzählen, wie wunderschön, atemberaubend und anbetungswürdig ich geworden bin.«

»Weil das auch die ersten Adjektive sind, die mir einfallen, wenn ich dich heute so anschaue«, sagte Taylor und schmunzelte. »Heuhaufen-Lucy würde passen.«

»Heuhaufen?«, wiederholte ich verärgert. Nach meinem Date mit Jasper hatte ich mich nicht umgezogen und sah etwas zerzaust aus, aber meine Eltern hatten auch nichts gesagt, als wir eben zusammen zu Abend gegessen hatten. »Heute waren keine Heuhaufen involviert.«

»Was oder sollte ich fragen *wer* war es denn?« Taylor grinste immer breiter. »Gibt es da ein Geheimnis?«

»Wenn es so wäre, dann wäre es geheim«, antwortete ich verschwörerisch, um sie zu ärgern. »Vielleicht erzähle ich dir davon, wenn du wieder hier bist.«

»Soll das ein Bestechungsversuch werden?«

»Willst du dich denn bestechen lassen?«

»Kate hat dich verdorben«, beschwerte sie sich. »Ich hab schon geahnt, dass sie irgendwann ihren persönlichen *Pretty Little Liars* Club aufmacht.«

»Du magst Kate«, erinnerte ich meine Schwester. »Wenn mich etwas verdorben hat, dann ein Sommer voller Einsamkeit. Ich fühle mich wie das Einzelkind, das ich nie war. Jeden Abend weine ich mich in den Schlaf.«

Taylors Lächeln wich aus ihrem Gesicht. Den letzten Satz hätte ich mir vielleicht sparen sollen. Er hatte nicht so ironisch geklungen wie beabsichtigt.

»Damit meinte ich nicht …«, versuchte ich es, aber ich kam nicht weit, denn genau so meinte ich den Satz. Ich hatte an vielen Abenden wegen Ben geheult.

»Virtuelle Umarmung!«, rief Taylor, lehnte sich zurück und streckte die Arme aus. »Los, mach mit! Wenn ich schon mal etwas Liebe verteile, dann solltest du dir das nicht entgehen lassen. Schnell, schnell!«

»Du verteilst virtuelle Liebe? Also so klein ist unser Budget noch nicht, Taylor«, mischte sich plötzlich die Stimme von Hunter ein. Im Hintergrund hörte ich, wie eine Tür geschlossen wurde. Meine Schwester hatte nicht mal den Kopf umgedreht, grinste aber. Ein paar Sekunden später sah ich Hunters Kopf am Rand des Bildschirms. »Das ist ja nur Lucy. Wie langweilig.«

»Hallo, Hunter«, begrüßte ich ihn.

»Macht es dir etwas aus, wenn ich Taylor entführe? Wir sind von unseren Nachbarn eingeladen worden, mit ihnen etwas trinken zu gehen.«

»Von den Swingern?«, fragte ich perplex.

»Hier gibt es Swinger?«, fragte Hunter irritiert.

»Du hast dich von den Nachbarn einladen lassen?«, fragte Taylor und klang von uns allem am geschocktesten. »Was ist mit unserer Vermeidungstechnik?«

Hunter zog den Kopf zurück. »Sie haben von Bier und Fastfood geredet. Mein Geist ist schwach, Taylor. Und nochmal auf Anfang. Harry und Sally sind Swinger?«

»Eure Nachbarn heißen Harry und Sally?« Hunter und Taylor sahen mich gleichermaßen unwissend an. »Leute! Es gibt diese mega bekannte Liebeskomödie mit Meg Ryan und *dieser* einen Szene. Klingelt es nicht bei euch?«

»Ich bin mit Taylor zusammen, ich hab meine eigene Liebeskomödie am Start«, sagte Hunter. »Ich muss den Fernseher nie wieder in meinem Leben einschalten.«

»Hunter, du bist eine richtige Schleimschnecke«, kommentierte Taylor. »Kein Wunder, dass die beiden dich einladen wollen. Was hast du denen bitte gesagt?«

»Dass ich Hunger habe«, antwortete Hunter nur.

»Was ist das für eine Filmszene?«, fragte Taylor jetzt wieder mich und wandte mir ihre Aufmerksamkeit zu. Hunter hatte sich wieder vom Bildschirm entfernt.

»Harry und Sally sitzen in einem Restaurant und Sally spielt Harry einen Orgasmus vor, weil er behauptet, dass er es merken würde, wenn Frauen einen faken«, erklärte ich. »Eigentlich ist es ziemlich witzig.«

»Du denkst also, unsere Nachbarn sind Swinger und wollen außerdem, dass wir … ich falle jetzt tot um.«

»Ich brauche dich aber noch, Taylor!«, rief Hunter. Seine Stimme klang gedämpft, als wäre er in einen Nebenraum oder vielleicht ins Badezimmer gegangen.

»Bevor ich in dir noch mehr verstörende Fantasien wecke, lass ich dich und Hunter lieber allein«, sagte ich. »Es sei denn, du möchtest mit Mom oder Dad sprechen? Die beiden schauen im Wohnzimmer einen Film.«

Taylor runzelte die Stirn. »Vielleicht beim nächsten Mal, wenn ich genau weiß, wann wir wiederkommen. Mit Mom habe ich vor ein paar Tagen schon mal telefoniert.«

»Ich bestell Dad liebe Grüße von dir.«

»Danke. Und Lucy? Was auch immer der Grund ist, warum es dir wieder besser geht, halt einfach daran fest.«

Meine Antwort war ein mattes Lächeln. Taylor formte mit den Fingern ein Peacezeichen und schaltete den Videochat dann aus. Ich schloss Skype und atmete tief durch. Es war schon fast halb zehn und die Dämmerung hatte längst eingesetzt. Die kleine Schreibtischlampe war als einziges Licht eingeschaltet und warf inzwischen lange Schatten gegen die Wände meines Zimmers. Durch das breite Fenster konnte ich den dunklen Himmel und sogar ein paar Sterne sehen. Die Atmosphäre machte mich gleich noch träger. Müde rieb ich mir über die Augen. Der Tag war mir unglaublich lang vorgekommen. Ich erhob mich vom Stuhl und schleppte mich ins Badezimmer.

Zehn Minuten später hatte ich mich aus meinen Klamotten geschält und war in eine gepunktete Pyjamahose und ein weites Shirt geschlüpft. Mühsam hatte ich meinen Zopf gelöst und mir die Haare gekämmt, die wirklich sehr zerzaust ausgesehen hatten. Bei langen Haaren hatte man einfach immer das Problem, dass sie sich schnell verknoteten. Nass ließen sie sich besser kämmen, aber ich war einfach viel zu faul, um noch unter die Dusche zu springen. Ich machte noch einen Abstecher in die Küche, um mir eine Flasche Wasser und ein paar Kekse zu holen.

Meine Eltern saßen noch immer auf der Couch, als ich am Wohnzimmer vorbeilief. Meine Mom war sogar eingenickt und schnarchte, während mein Dad, den Arm um sie gelegt, die Augen weiter auf dem Fernseher hatte.

»Gute Nacht«, sagte ich leise.

»Hat Taylor noch angerufen?«, fragte Dad.

Ich nickte. »Sie hatte nicht so viel Zeit, weil sie und Hunter mit ein paar neuen Freunden noch ausgehen wollten, aber ich soll liebe Grüße bestellen.«

Dad nickte, als habe er nicht mehr dazu zu sagen. Grimmig wandte er das Gesicht wieder dem Bildschirm zu.

»Sie kommt bald wieder«, sagte ich sanft. »Da bin ich mir sicher. Heute hat sie vom College gesprochen.«

Dad seufzte kaum hörbar. Die Lautstärke des Films, der gerade lief, übertönte, was er als Nächstes vor sich hin murmelte. Ich trat ein paar Schritte ins Wohnzimmer. Mom gab einen zufriedenen Laut von sich und kuschelte sich enger an meinen Dad. Ich überlegte, ob ich noch etwas sagen sollte, aber manchmal war es vielleicht besser, einfach zusammen zu schweigen.

»Gute Nacht«, wiederholte ich.

»Gute Nacht, Lucy«, antwortete Dad freundlich.

Mit Wasser und Keksen im Arm ging ich die Treppe in den ersten Stock wieder hinauf und blieb im Flur kurz vor Taylors Zimmer stehen. Vielleicht war die Bemerkung mit dem College nicht die beste gewesen. College bedeutete, dass meine Schwester bald wieder weg sein würde.

Zurück in meinem Zimmer schaltete ich das große Licht ein und legte meinen Proviant aufs Bett. Mein Laptop fiel mir ins Auge. Kurz überlegte ich, Kate noch schnell eine Nachricht per Facebook zu schreiben, damit sie wusste, wie mein Tag mit Jasper gelaufen war. Wenn Kate etwas liebte, dann war es abends ihre Timeline eine Runde nach den neusten News abzusuchen. Sie war wohl eine dieser Personen, die ohne Internet oder Smartphone keinen einzigen Tag überleben konnten. Es wunderte mich, dass sie mich noch nicht auf meinem Handy vollgebombt hatte. Das konnte nur bedeuten, dass sie selber ziemlich beschäftigt gewesen sein musste – mit Cole.

Ich loggte mich bei Facebook ein, überlegte es mir dann doch anders und wollte die Seite wieder verlassen, als eine Benachrichtigung an der oberen Leiste aufblinkte. Eine Freundschaftsanfrage. Genervt verdrehte ich die Augen. Ständig wollte mich jemand adden, weil ich meine Seite so eingestellt hatte, dass nur meine Freunde mir Nachrichten schicken konnten. Ich klickte auf die Benachrichtigung und riss die Augen auf.

Jasper C. Ransom hat Ihnen eine Freundschaftsanfrage geschickt – Jetzt beantworten.

Wer nahm denn bei Facebook seinen zweiten Namen dazu? Und überhaupt, wie hatte er mein Profil gefunden, wenn meine Privatsphäreeinstellungen mich bei einer Suche nicht anzeigten? Was, wenn das gar nicht Jasper war? Ich würde noch echt paranoid werden.

Lucy Regan – 10:15 pm
J.C. – Im Ernst? Bist du jetzt ein Rapper?

Jasper C. Ransom – 10:15 pm
Ist immer ein guter Anfang für Gespräche. Die meisten Leute lieben es zu raten, was nach Jasper kommt.

Lucy Reagan – 10:16 pm
Man könnte auch einfach im Jahrbuch nachschlagen. Da stehen immer die vollständigen Namen der Leute.

Jasper C. Ransom – 10:16 pm
Du hast mir gerade das Geheimnis zur Entschlüsselung deines Namens gegeben, Lucy! Entschuldige mich kurz.

Lucy Reagan – 10:16 pm
Du hast mich angeschrieben, um über Namen zu reden?

Lucy Reagan – 10:20 pm
Jasper? Was zur Hölle.

Lucy Reagan – 10:24 pm
Ich löse mich gleich in Luft auf. Drei, zwei ...

Jasper C. Ransom – 10:24 pm
Ich habe dich nur geaddet, nicht angeschrieben. Und wenn ich mir deinen vollen Namen so ansehe, glaube ich eher, dass du aus dem Reich der Feen kommst, nicht der Hölle. Haben deine Eltern dich wirklich Lucinda Everly genannt? Du könntest eine gute Fee sein.

Jasper C. Ransom – 10:25 pm

Okay. Ich wollte, dass du mir schreibst. Ich hatte Angst, dass du noch sauer bist. Ich bin ein Idiot.

Jasper C. Ransom – 10:32 pm
Mein zweiter Name ist Caspian. Sadie nennt mich immer Prinz von Narnia. Prinz und Fee. Ist doch eine ganz gute Kombination ... Lucy, bist du noch da?

Lucy Reagan – 10:35 pm
Da ist relativ. Ich hab mich schließlich aufgelöst.

Jasper C. Ransom – 10:35 pm
Hast du den Teil gelesen, in dem ich geschrieben habe, dass ich ein Idiot bin?

Lucy Reagan – 10:36 pm
Wenn das eine Entschuldigung sein soll, ist sie genauso nichtssagend wie dein Profilbild, Prinz.

Ich hob die Finger von der Tastatur und biss mir auf die Unterlippe. Das klang viel gemeiner, als es hatte rüberkommen sollen. Ich wollte noch etwas nachträglich tippen und abschicken, aber Jasper war schneller.

Jasper C. Ransom – 10:36 pm
Nichtssagend? Ich stehe vor dem Eiffelturm, halte ein Stück Pizza in der einen Hand und eine Dose Cola in der anderen. Das sagt sehr viel über mich aus!

Lucy Reagan – 10:36 pm
Zum Beispiel, dass du seit der Aufnahme des Bildes mindestens sechzig Kilo abgenommen und deinen Vollbart verloren hast? Paris muss toll sein!

Jasper C. Ransom – 10:36 pm
Gut. Ich gestehe. Mir gehört der äußerst attraktive Ellbogen unten links im Bild. Wer der dicke Mann mit einer Vorliebe für Pizza und Cola ist, weiß ich nicht. Es ist allerdings eine Peperoni Pizza und Kirschcola. Das könnte also genauso gut ich in, sagen wir, drei Jahren sein. Das Zeug macht süchtig. Ein Bart ist dabei sicher praktisch :-P

Der Mann auf dem Foto sah aus, als habe er sich etwas von seiner Mahlzeit aufgehoben, weil sich einiges davon in seinem Bart verfangen hatte. Nicht besonders ansehnlich, dafür aber lustig. Ich schrieb zurück.

Lucy Reagan – 10:37 pm
Dein äußerst attraktiver Ellbogen ist ja fast attraktiver als der Rest von dir. Genug Aussichten, um ein Mädchen ins Schwärmen zu bringen. Verstehe schon, was du damit sagen wolltest. Du bist ein echter Künstler! Peperoni Pizza und Kirschcola in dieser Kombination kann ich leider nur ablehnen. Damit scheidest du wohl aus dem Pool der heiratsfähigen Männer mit attraktiven Ellbogen aus ;-)

Jasper C. Ransom – 10:38 pm
Mit Menschen, die Peperoni Pizza nicht mögen, stimmt etwas nicht. Ich glaube, ich muss dich bekehren. Vielleicht auch an einen Stuhl fesseln und dich zwingen, sie so lange zu essen, bis du sie doch magst :O

Lucy Reagan – 10:38 pm
Solange der Stuhl in Paris steht, würde ich das Angebot vielleicht annehmen. Paris muss genau deine Stadt sein. Da gibt's bestimmt genug Amour für alle deine Körperteile, nicht nur den attraktiven Ellbogen.

Jasper C. Ransom – 10:39 pm

Komm morgen vorbei. Bitte.

Jasper C. Ransom – 10:42 pm
Lucy? :/

Lucy Reagan – 10:43 pm
Ich komme. Feen-Ehrenwort.

15

Sonntagmorgens gab es bei uns immer ein besonders tolles Frühstück. Bei gutem Wetter setzten wir uns nach draußen, aber jetzt im Herbst war es einfach immer viel zu stürmisch. Beim letzten Versuch waren die Servietten weggeflogen oder der Wind hatte das warme Essen abgekühlt, bevor es in unseren Mägen gelandet war. Also deckten meine Eltern und ich auch heute gemeinsam den Tisch in der Küche und witzelten nebenbei herum. Als alles auf dem Tisch stand – Waffeln, Pancakes, Speck und der Kaffee fertig war, nahmen wir gemeinsam Platz und tauschten uns über die neuesten Neuigkeiten aus.

»Und bei diesem Tanzmarathon soll also jeder Tanz gesponsert werden?«, hakte Dad interessiert nach, weil ich die Gelegenheit genutzt hatte, um meinen Eltern von der bevorstehenden Veranstaltung zu erzählen.

»Genau«, antwortete ich. »Das ist der Gedanke dahinter. Die Eltern oder andere Sponsoren können sich vorher eintragen und sagen, wie viel sie pro Tanz spenden möchten. Angefangen bei einem Dollar.«

»Dann musst du aber eine Menge tanzen, Schatz«, sagte meine Mom und runzelte die Stirn.

»Es werden schon eine Menge Leute mitmachen«, erklärte ich. »Das heißt, wenn die Veranstaltung ein paar Stunden geht und man zu jedem Lied tanzt, dann kommt schon etwas zusammen. Außerdem soll die Aktion in erster Linie Spaß machen. Diese ganze Spenden-Aktion soll der nette Nebeneffekt sein, damit die Schule gut dasteht und das Gremium behaupten kann, es würde sich sozial engagieren. Dabei macht das Veranstaltungskomitee die meiste Arbeit mit all der Planung und so.«

»Es ist schön, dass du so viel Spaß daran hast«, sagte mein Dad. »Außerdem sieht das gut auf einer Bewerbung jeder Art aus. Ich bin stolz auf dich, Lucy.«

»Übrigens, Stichwort Bewerbung«, meinte ich langsam. »Ich hatte vor, mir einen Job zu suchen. Es geht nicht mal so sehr ums Geld, sondern einfach darum, dass ich gerne etwas hätte, das mich ab und zu von der Schule ablenkt und beschäftigt, wegen ... wegen Ben.«

Mein Dad verschluckte sich an seinem Kaffee. Mom musste ihm auf den Rücken klopfen, damit er wieder durchatmen konnte. Meine Eltern sahen mich beide überrascht an. Dass ich mir einen Job suchen wollte, kam anscheinend überraschend. Ich hatte meine Freizeit bisher immer gerne mit Freunden verbracht, anstatt zu jobben.

»Bekommst du das denn zeitlich hin?«, fragte Mom besorgt und legte ihre Gabel, mit der sie gerade Rührei aufgespießt hatte, auf den Teller zurück.

»Noch steht ja nichts fest«, sagte ich. Irgendwie war ich etwas enttäuscht, dass sie mir nicht zutrauten alles unter einen Hut zu bekommen. »Ich wollte es nur ansprechen, damit ihr Bescheid wisst. Mehr nicht.«

»Es ist natürlich löblich, dass du dir Gedanken darüber gemacht hast«, sagte mein Dad freundlich. »Aber die Schule sollte weiterhin oberste Priorität haben.«

»Was, wenn ich nicht aufs College wollen würde?«

Ich warf die Frage wie eine Bombe in den Raum. Kurz befürchtete ich, dass die Atmosphäre umschlagen würde, aber meine Eltern tauschten nur einen kurzen Blick, dann nahm Mom meine Hand und lächelte mich an.

»Lucy, du hast noch etwas Zeit, um dir darüber Gedanken zu machen. Es ist schwer zu entscheiden, was man mit seinem Leben anfangen möchte, und ich verstehe es, wenn du Zweifel hast. Eine richtige Ausbildung ist aber wichtig, damit dir irgendwann alle Türen offenstehen. Wenn du einmal beschließen solltest nicht aufs College zu gehen, dann musst du einen anderen Plan haben. Und zwar einen richtig guten. Nicht zu vergessen, dass du das nicht zu laut sagen solltest, weil dein Vater sonst das Geld aus deinem Collegefund nimmt, um sich damit einen Wohnwagen zu kaufen.«

»Ein Wohnwagen wäre eine Bereicherung für unsere Familie«, sagte Dad entschlossen. »Als Kind habe ich immer gerne gecampt und ihr würdet es auch lieben.«

Meine Eltern begannen eine Unterhaltung über Wohnwagen und das Campen und welche Vor- und Nachteile so etwas hatte, wobei Mom Dad in Grund und Boden redete.

Eltern dachte ich und lächelte in mich hinein.

Nach dem Frühstück ging ihr Gespräch noch weiter, also hatte ich auch kein schlechtes Gewissen, dass ich sie wieder alleinließ. Der Spruch *Ich gehe zu Freunden* zog außerdem immer. Dieses Mal wurde ich nicht einmal gefragt, wohin genau ich ging. Vielleicht nahmen sie einfach an, dass ich zu Kate fuhr.

Jasper war zwar kein Geheimnis, fühlte sich aber wie eines an. Vielleicht weil es so schwer war, zu definieren, was genau da eigentlich zwischen uns war. Oder weil ich Angst hatte, dass ich mich, wenn ich *es* definierte, noch mehr in etwas verhedderte, was Treibsand glich. Wenn man mit einem Fuß feststeckte, kam man nicht mehr ohne Hilfe aus der Situation heraus.

Als ich das Haus verließ, nieselte es leicht. Wie so oft in den letzten Tagen zierten graue Wolken den Himmel und der Wind zerrte an meinen Kleidern. Die Luft war ungewöhnlich schwül. Vielleicht würde es gleich anfangen so richtig zu gewittern. Also wischte ich mit einer Hand die vertrockneten Blätter von der Windschutzscheibe des Wagens, stieg ein und machte mich auf den Weg zu Jasper.

***

Wegen Jaspers Einladung parkte ich das Auto nicht wie üblich bei den Cassels, sondern nahm die Seitenstraße, die direkt zum Haus der Ransoms führte. Ich parkte den Wagen auf einem der Stellplätze vor dem hohen Gartenzaun. Ehrlich gesagt hätte ich gar nicht gewusst, wie genau ich zum Vordereingang des Hauses gekommen wäre. Als habe Jasper genau das geahnt, war die Tür zum Garten nur angelehnt. Etwas unsicher, weil ich mich hier fremd fühlte, betrat ich den Garten der Ransoms.

Das Grundstück war noch viel größer als erwartet.

Vor mir lag ein weitläufiger Garten, der zum größten Teil aus Wiesenfläche bestand. Der Weg, auf dem ich stand, setzte sich aus Steinplatten zusammen, die sich bis zum Haus zogen. Vereinzelt gingen davon kleinere Pfade ab. Einer führte zu einem großen Pavillon, ein anderer zu einem Gewächshaus, das nur aus Glaswänden bestand. Dahinter erkannte ich einige Grünpflanzen, aber auch eine Schubkarre mit kleinen Kürbissen. Hinter dem Gewächshaus befand sich ein breiter Schuppen vor dem Zaun.

Blumenbeete reihten sich entlang des Weges, dem ich folgte. Der Garten schien einmal um das ganze Haus herumzugehen. Das Haus an sich sah aus wie etwas, das man auch als Schauplatz für *Downtown Abbey* hätte nehmen können. Es war ein großes eckiges Gebäude mit vielen hohen Fenstern, abgeflachten Schieferplatten und Giebeln auf dem Dach. Die Fassade erschien durch die dunklen Steine und die Stuckatur recht alt.

Ehe ich mich fragen konnte, wo genau ich eigentlich hinlaufen sollte, kam Jasper von der linken Seite aus um die Hausecke geschlendert. Wir gingen einander entgegen und blieben dann beide zeitgleich stehen.

»Du bist gekommen«, begrüßte er mich.

»Wieso klingst du so verwundert?«

»Versprechen können auch gebrochen werden.«

»Du bist doch sonst so ein Optimist, Jasper.«

Er rieb sich verlegen den Nacken und sah mich nicht an, als er antwortete. »Bei dir weiß man nie.«

»Sollen wir nicht einfach direkt darüber reden?«, fragte ich, weil ich nicht ewig im Garten stehen und dieses komische Gefühl mit mir herumschleppen wollte.

Jaspers Augen huschten zurück zu mir.

»Small Talk ist nicht das Einzige, worin ich schlecht bin«, murmelte er leise und ließ die Schultern sinken.

»Dafür gibt es sicher vieles, in dem du gut bist«, erwiderte ich gutmütig. »Die Modepolizei würde dich jedenfalls nicht verhaften. Du hast Stil.«

Jaspers Stil war wirklich ziemlich cool. Heute trug er eine dunkle Hose, die in Stiefeln steckte, ein helles Hemd und darüber eine schwarze Jacke, die mit irgendwelchen Buttons aufgemotzt worden war. Mit dem blonden Wuschelhaar und seinen harten Gesichtskonturen wirkte er ziemlich verwegen. Bad-

Boy-Bibel-Style eben. Nur, dass Jasper keiner war. Allein seine unsichere Art und Weise, sich zu entschuldigen, war irgendwie niedlich.

»Wow, das Lucy Reagan-Modesiegel zu bekommen muss eine große Ehre sein«, erwiderte er lässig, klang aber geschmeichelt. »Soll ich jetzt eine Ansprache halten wie bei den Oscars? Ich danke mir selbst für meinen außerordentlich coolen Stil und all meinen Fans!«

»Ich könnte dir einen Award aus ...«, begann ich und wühlte in meiner Handtasche herum, »... Kaugummis machen!«, beendete ich den Satz belustigt. Die Packung Kaugummis war das Erstbeste, das ich zu greifen bekam.

»Kaugummis sind langweilig«, meinte Jasper ablehnend. »Du trägst nicht zufällig *Life Savers* mit dir rum?«

»Du meinst Männer in Uniformen, die ich wie einen Regenschirm aus meiner Tasche holen kann, wenn es einen Notfall gibt?«, fragte ich und grinste dabei.

»Lucy Reagan, sag bloß du kennst nicht die absolute Geschmacksexplosion von *Life Savers*?« Jasper riss schockiert den Mund auf. »Du hast nicht gelebt, wenn du die Dinger noch nie probiert hast. Hast du deine Kindheit in einem Turm wie Rapunzel verbracht oder was?«

Ich zuckte bloß mit den Achseln.

»Warte hier«, sagte er rasch und ehe ich etwas erwidern konnte, hatte er sich abgewandt und stürmte davon. Also wartete ich. Zuerst nur ein paar Minuten, dann etwas länger und schließlich ging ich um das Haus herum, weil ich das Gefühl hatte, vergessen worden zu sein.

Auf dieser Seite des Gartens lag ein Pool, der nicht wie der bei Kate abgedeckt war, sondern offenlag. Durch den Wind kräuselte sich das Wasser auf der Oberfläche und zog immer größer werdende Kreise. Um den Pool herum war der Boden aus Mosaiken unterschiedlicher Blautöne zusammengesetzt und ging zum Zaun hin in Gras und zum Gebäude hin in den Steinboden über. An dieser Seite des Gebäudes konnte man über ein paar Stufen eine Doppeltür aus Glas erreichen, die ins Innere führte. Jasper saß auf einer der Stufen des Eingangs. Die Tür hinter ihm war halb offen. Dahinter schien eine Art Saal zu liegen, der bis auf Stühle und Tische, die gegen die Wände gestapelt waren, völlig leer und karg war. Zwei durchsichtige Vorhänge wehten im Wind und in einem kurzen Moment wirkte Jasper wie ein Geist, eine Gestalt verborgen hinter einem seidenen Schleier.

Stirnrunzelnd trat ich näher. Er saß einfach nur da und starrte auf die Wasseroberfläche des Pools hinaus.

In den letzten paar Minuten musste etwas passiert sein. Die Frage war nur, was? Ohne ein Wort zu verlieren, setzte ich mich neben Jasper auf die Stufen. Jetzt, wo ich mich direkt neben ihm befand, konnte ich auch sehen, dass er in einer Hand ein kleines Päckchen Bonbons hielt – nein, nicht Bonbons, sondern *Life Savers.*

»Du siehst aus, als könntest du einen davon vertragen«, sagte ich vorsichtig und legt meine Hand auf seine. Jasper seufzte, dann drehte er den Kopf zu mir.

»Ich hab gerade mitbekommen, wie meine Grandma mit meiner Mom telefoniert hat. Sie und Dad bleiben wohl noch ein paar Wochen weg. Nicht, dass das etwas Neues wäre. Neu ist nur, dass sie meinen Bruder anscheinend für ein Familiendinner herholen will. Ist das zu fassen? Sadie und ich wissen nicht mal genau, in welchem Sanatorium er ist, und jetzt will sie ihn wegen irgend so einem dämlichen Abendessen herholen.«

Jasper riss das Päckchen auf und ließ ein paar der Bonbons in seine Handfläche purzeln. Sie waren klein und rund und durch das Loch in der Mitte sahen sie aus wie winzige Rettungsringe, denen sie wohl ihren Namen verdankten. Er reichte mir das Päckchen und schob sich die Bonbons alle auf einmal in den Mund. Während sein Blick sich verfinsterte, hörte ich die Bonbons knacken. Mürrisch kaute Jasper darauf herum, anstatt sie zu lutschen. Als könne er dadurch etwas von seiner Wut verlieren.

Mit den Fingerspitzen zog ich ein grünes Bonbon heraus und schob es mir in den Mund. Es schmeckte nach Melone.

»Ich hab irgendwie etwas Magisches erwartet«, bemerkte ich und betrachtete die Verpackung. »Fühlt sich so an, als wäre mein Leben noch immer das gleiche.«

»Mein Dad hat uns die Dinger immer mitgebracht, als wir noch jünger waren. Wie du schon gemerkt hast, hält er nicht viel von seinen elterlichen

Pflichten. Er hat meistens irgendetwas dabeigehabt. Geschenke über Geschenke. Vielleicht weil das seine Art war zu sagen, dass wir ihm doch etwas bedeuten«, sagte Jasper schwermütig. »An einem Abend wollte er fahren, ohne sich zu verabschieden. Mitten in der Nacht, als wäre er auf der Flucht. Ich bin wachgeworden, weil ich durstig war, und bin in die Küche gegangen. Ich war vielleicht zehn oder elf und es wollte einfach nicht in meinen Kopf rein, wieso er wieder gehen musste. Da hat er eine Packung *Life Savers* aus seiner Tasche gezogen, sie mir hingehalten und gesagt *Jedes Bonbon ist wie ein Stück vom Regenbogen, das man in der Tasche tragen kann. Das sind echte Lebensretter* und ich fand das alles total bescheuert. Hörte sich für mich wie Mädchenkram an. Regenbögen und all so ein Kram.« Jasper lachte kurz auf. »Aber als er dann weg war, hab ich die Bonbons doch gegessen. Jeden Tag eins und da wusste ich, was er meint. Man braucht irgendein Stück, das einen an zu Hause erinnert, egal wohin man auch geht.«

»Ich weiß nicht, ob ich die Geschichte schön oder traurig finden soll«, sagte ich ehrlich.

»Ich weiß es bis heute auch nicht«, meinte Jasper.

»Was genau macht dein Dad eigentlich?«, fragte ich, weil es mich interessierte. »Wieso ist er ständig unterwegs und lässt dafür seine Familie zurück?«

Jasper hob überrascht eine Augenbraue. »Wegen seiner Musik, den Konzerten«, antwortete er irritiert. »Er gibt sie überall auf der Welt und – du weißt nicht, wer mein Dad ist, oder?«

»Ehm … nein?«, sagte ich zaghaft.

»Kristof Ransom, der Konzertpianist. Er ist berühmt. Eine lebende Legende«, erklärte Jasper und sah mich ungläubig an, weil ich das nicht gewusst hatte. »Ich hatte immer den Eindruck, an der Schule weiß es jeder. Eine Zeit lang war er ständig in den lokalen Nachrichten vertreten, weil ihn das *Institute of Musical Art* zu einem der weltweit erfolgreichsten Pianisten gewählt hat. Eine Weile hat er an der *Juilliard* unterrichtet, bis er als Solist durchgestartet ist. Er hat sogar eine eigene Wikipedia-Seite und ist bekannt für seinen *silbernen Klang*, was auch immer das heißen mag.«

Ich starrte Jasper entgeistert an.

»Früher haben meine Großeltern in New York gelebt, aber nachdem Dad immer mehr an Bekanntheit gewonnen hatte, war ihnen das alles zu viel Trubel. Du musst wissen, meine Eltern sind keines dieser Pärchen, das sich seit Ewigkeiten kennt. Sie haben erst nach der Geburt meines Bruders geheiratet. Kennengelernt haben sich die beiden in London, als sie im selben Hotel abgestiegen sind. Meine Grandma hat gesagt, dass die Ransoms ihre Wurzeln hier haben und das einer der Gründe dafür war, dass sie hier ein Grundstück gekauft haben.«

Jasper machte eine Pause, ehe er weitersprach.

»Meine Großeltern lebten eine Weile hier, während meine Eltern noch in New York blieben. Als Mom das erste Mal schwanger wurde, verkauften sie das Apartment und zogen zu meinen Großeltern. So wurde dieses Haus eines, das mehrere Generationen beherbergte. Vielleicht waren sie am Anfang eine idyllische Familie, wer weiß? Aber als Mason älter wurde und ich und Sadie geboren waren, begann mein Dad sich wieder verstärkt seiner Karriere zu widmen und meine Mom nahm wieder internationale Fälle an. Sie ist Anwältin. Im Grunde wurden wir von meinen Großeltern erzogen, was nicht immer schön war.«

Jasper seufzte schwermütig bei dem Gedanken.

»Meine Grandma Greta ist es nie leid gewesen zu sagen, dass sie Besseres gewohnt ist als diese Stadt, und sie kann es nicht lassen sich hin und wieder wie die Queen höchstpersönlich aufzuführen. Das *gewöhnliche Volk* hier langweilt sie eben schrecklich.«

»Das hat sie wirklich gesagt?«, fragte ich.

»Meine Grandma ist ziemlich eigen«, erklärte Jasper. »Sie liebt es hier, würde es aber niemals zugeben. Die Ruhe und Abgeschiedenheit, die sie in New York nie hatte, ist das, was sie hier so schätzt. Und die Tatsache, dass sie auffällt. Mit einem Sohn wie Kristof Ransom und einem fetten Bankkonto tut man das selbst in dieser Gegend. Ich würde gerne behaupten, dass der Tod meines Großvaters sie verändert hätte, aber ich glaube, sie ist schon immer so mürrisch und engstirnig gewesen.«

»Und was ist mit deiner anderen Großmutter?«, fragte ich. »Du weißt schon, die du letztens besucht hast.«

»Sie ist die Mutter meiner Mom und erst nach dem Tod ihres Mannes in die Gegend gezogen. Aber wie gesagt, sie versteht sich mit Grandma Greta überhaupt nicht und wollte wahrscheinlich nur in der Nähe ihrer Enkel sein.«

»Wow«, sagte ich und atmete tief durch. »Klingt nach einer komplizierten Familiengeschichte.«

»Du hast das mit meinem Dad echt nicht gewusst?«

»Hat er wirklich eine eigenen Wikipedia-Seite?«

»Du kannst dort alles nachlesen«, bestätigte Jasper. »Mal abgesehen davon, dass er seine Kinder immerzu alleinlässt und sein ältester Sohn irgendwo gegen seine Spielsucht kämpft. Ich glaube, Mom und er sind immer so viel unterwegs, damit sie sich nicht sehen und mit irgendwelchen Problemen auseinandersetzen müssen.«

»Ich verstehe, wieso dich das aufwühlt.«

Jasper zog eine ulkige Grimasse. »Bitte kein Mitleid, okay? Ich weiß überhaupt nicht, wieso ich dir das erzählt habe. Es ist so einfach mit dir zu reden.«

»Ich bin froh, dass du es mir gesagt hast.« Ich lächelte Jasper aufmunternd an. »Und wer sagt etwas von Mitleid? Mitleid würde dein Ego nicht überleben.«

»Ich brauche mein Ego wirklich«, sagte Jasper.

»Keine Sorge. Es ist so groß, wahrscheinlich würde man es mit Google Earth finden, ohne richtig danach suchen zu müssen. In 3D ist es sicher furchteinflößend.«

»Mein Ego ist sicher der einzige Grund, warum die Erde noch nicht von Aliens übernommen wurde!«, meinte Jasper fest überzeugt von der Theorie. »Man sollte zu meinen Ehren ein Denkmal errichten.«

»Wahrscheinlich hast du Recht und unser Leben ist eigentlich eine Reality-Show, die Aliens sich ansehen.«

»Glaubst du, Aliens fragen sich manchmal, ob es Menschen gibt?«, fragte Jasper grüblerisch.

»Du könntest einen Abstecher zur Milchstraße unternehmen und einmal höflich nachfragen«, schlug ich vor.

»Was ich heute eigentlich wollte, war, mich höflich zu entschuldigen«, lenkte Jasper das Thema um.

»Nicht«, hielt ich ihn bestimmt auf. Unsere Blicke trafen sich und für ein paar Herzschläge lang wusste ich nicht mehr, was ich hatte sagen wollen. Jaspers Gesicht war mir trotz der kurzen Zeit, in der wir uns kannten, vertraut und dennoch sah ich darin immer wieder neue Dinge, die mich überraschten. In diesem Augenblick lag ein tiefes Verständnis in seinen Augen. Er sah mich mit leicht geöffnetem Mund an, das Gesicht leicht verspannt, die Augenbrauen eng zusammengezogen.

»Manchmal gibt es Dinge, bei denen niemand Recht oder Unrecht hat«, brachte ich schließlich mit rasch klopfendem Herzen zu Stande. »Also keine Entschuldigung.«

»Hast du eine bessere Idee?«, flüsterte er leise.

»Habe ich wirklich.« Ich räusperte mich, damit meine Stimme wieder fester klang. »Das Haus. Eigentlich ist es deine eigene Idee. Wir machen das Haus fertig. Du kannst dir in der Zwischenzeit überlegen, was du wirklich willst. Und falls du dich entscheidest zu gehen, dann ... verkauf das Haus.«

»Das Haus verkaufen?«, fragte Jasper erstaunt.

»Ich kenne jemanden, der nach einem sucht. Eigentlich eine Familie. Menschen, denen ich vertraue und die mir etwas bedeuten. Das Haus wäre bei ihnen in guten Händen, Jasper. Also ... für den Fall, dass du ...«

Wir sahen einander noch immer an. Jasper hatte sogar aufgehört zu blinzeln. »Das ist dein Ernst, oder?«

»Dein größtes Problem ist, dass du glaubst dich entscheiden zu müssen, Pläne zu haben, aber ... man kann auch eine Weile ganz gut ohne leben«, sagte ich sanft. »Es gibt schon einen Grund dafür, warum Peter Pan niemals erwachsen werden wollte. Es hat seine Vorteile.«

Jaspers Augen begannen zu leuchten. »Es ist alles vorbei, bevor es begonnen hat, und trotzdem haben wir bereits gewonnen«, sagte er und lächelte.

»Weisheit des Tages?«, fragte ich belustigt.

»Eher *Young Vulcanoes* von Fall Out Boy.«

»Fall Out Boy sind ziemlich gut.«

»Mehr als ziemlich gut. Absolut fantastisch.«

»Man sollte immer nach irgendwelchen Songs leben«, sagte ich. »Das Leben wäre viel spannender.«

»Vielleicht«, sagte Jasper vage.

»Welchen würdest du wählen?«

»So etwas fragt man nicht. Lieblings-irgendwas – das ist super langweilig! Ich meine, du kannst doch nicht für den Rest deines Lebens nur ein Lieblingsessen, eine Lieblingsfarbe oder einen Lieblingssong haben.«

»Machbar ist das schon«, sagte ich streng.

»Und was dann?«, fragte Jasper interessiert. »Kennst du eine Person wirklich, wenn du all das weißt?«

»Du musst dich darauf verlassen sie zu kennen.«

»Erscheint mir sehr risikoreich«, meinte er.

»Wo wir beim Gegenteil von langweilig wären.«

»Du bist alles andere als langweilig.«

»Ich könnte ja deine Lieblings-Lucy werden.«

Jasper lehnte sich zurück und fuhr sich durchs Haar. »Lucy Reagan, flirtest du gerade mit mir?« Er betrachtete mich langsam und seine Mundwinkel zuckten.

»Dein Ego färbt eben auf mich ab.«

Wenn ich etwas an Jasper zurückgeben konnte, dann, dass es auch einfach war mit ihm zu sprechen. Und meine Aussage hatte wirklich sehr nach Flirt geklungen. Aber was war schon dabei? Jasper machte selber ständig diese komischen Andeutungen. Es war ein amüsantes Spiel. Sich das einzureden funktionierte allerdings nur halb so gut, wenn das eigene Herz so verräterisch schneller wurde. Ein Klumpen bildete sich in meiner Brust.

»Jasper, ich …« Ich biss mir auf die Lippe.

»Hattest du die großartige Idee, in den Pool zu springen?«, fragte er schwungvoll. »Du hast Recht. Es geht nichts über eine Abkühlung, wenn einem mal wieder die eigene Brillianz zu Kopf steigt.«

»Ach, deshalb der Pool«, sagte ich. »Und ich dachte, ihr würdet vielleicht zum Spaß darin schwimmen.«

»Wo denkst du hin!« Jasper deutete auf den Pool, dessen Wasser kristallklar glitzerte, als sei es vollkommen unberührt. »Das ist die Geheimwaffe meiner Familie. Ich muss regelmäßig eine Runde tauchen gehen, damit mein Ego auf Normalostatus abkühlt und Google Earth mich nicht orten kann. Tarnmodus und alles.«

Ich schüttelte den Kopf. »Tu dir keinen Zwang an.«

Zu meiner Überraschung verbeugte Jasper sich, dann nahm er Anlauf und sprang samt Klamotten in den Pool. Wasser spritzte so heftig über den Rand, dass es bis vor die Stufen und meine Schuhe schwappte. Erschrocken über Jaspers spontane Geste schoss ich hoch. Ich sah Luftblasen aufsteigen, aber Jasper blieb weiterhin unter der Wasseroberfläche. So viel zum Thema Tauchen. Ich wartete darauf, dass er endlich hochkam, aber die Luftblasen wurden immer weniger und dann zerplatzte die letzte, als sie den Wasserspiegel durchbrach. Natürlich konnte ich Jasper noch sehen. Seine Gestalt bestand aus verschwommenen Umrissen. Es war schwer auszumachen, was genau er da tat. An einer Stelle verharren? Gar nichts? Bewegte er sich überhaupt noch? Ein Teil von mir wusste, dass das ein blöder Scherz sein musste, um mich auch ins Wasser zu locken, aber der andere dachte sofort ans Ertrinken. Jasper würde nicht in seinem Pool ertrinken, aber er war beunruhigend lange unter Wasser.

Vielleicht waren ihm ja Kiemen gewachsen?

Jetzt schlug mein Herz vor Panik schneller. Ich konnte sie nicht unterdrücken oder zurückhalten – vermutlich eine natürliche Reaktion oder ein Instinkt.

Das durfte doch echt nicht wahr sein!

Ich warf meine Handtasche zur Seite. Dank eines rasch einsetzenden Adrenalin-Kicks gab ich dem Drang nach, ihm hinterherzuhüpfen. Ich war noch nie vollbekleidet in einen Pool gesprungen und hatte sofort das Gefühl, die Klamotten würden mich hinunterziehen. Das Wasser war nicht wie erwartet eiskalt, sondern anscheinend beheizt, weshalb ich zumindest nicht den Schock meines Lebens erlitt. Unter Wasser öffnete ich die Augen und brauchte nur wenige Sekunden, um mich an die neue Umgebung zu gewöhnen. Zielstrebig packte ich Jaspers Handgelenk und zwang ihn so, mit mir aufzutauchen. Prustend durchbrachen wir die Wasseroberfläche. Automatisch ließ ich ihn los, um mich oben zu halten.

Der Pool war nicht besonders tief, aber ich brauchte trotzdem meine Arme, um mich schwimmend an der Oberfläche zu halten. Ich schwamm an den Rand und hielt mich mit einer Hand an der Kante des Pools fest.

»Ich wusste, dass das funktioniert!«, sagte Jasper und klang triumphierend. Er schüttelte den Kopf und Wasser perlte von seinem platt gedrückten Haar ab.

»Das war nicht besonders lustig«, stellte ich klar.

»Ein klitzekleines bisschen vielleicht schon.«

Er spritzte Wasser zu mir herüber. Ich schob mein klitschnasses Haar aus meinem Gesicht, damit ich wieder richtig sehen konnte und starrte ihn finster an.

»Was? Hast du Angst, deine Frisur zu ruinieren?«

»Du kannst mich mal, Jasper«, sagte ich mürrisch.

»Gleich hier im Pool?«, fragte er und natürlich musste der Spruch anzüglich klingen, so anmaßend wie er aus Jaspers Mund kam. »Das wäre mal was Neues.«

»Witzig ist was anderes«, sagte ich. »Deine Aktion und deinen Spruch betreffend. Schwache Leistung.«

Jasper schwamm zu mir herüber. Meine Finger verkrampften sich am Rand des Pools und ich benutzte wieder meine Beine, um mich weiter oben zu halten. Ich ließ meine Augen entlang des Pools wandern, um die Leiter auszumachen, an der ich wieder hinausklettern konnte. Schwimmen war noch nie wirklich mein größtes Hobby gewesen und ich fühlte mich wegen der schweren Klamotten, die mir am Leib klebten, wie ein begossener Pudel.

»Okay, dann war das eben nicht lustig.«

Jaspers Arm versperrte mir die Bahn, die ich anvisiert hatte, um eine gerade Linie bis zur Leiter zu schwimmen, weil er sich jetzt ebenfalls am Rand abstützte. Mürrisch sah ich ihn an, aber ich konnte nicht lange sauer auf ihn sein. Er hatte dieses charmante Lächeln aufgesetzt, das ich bisher so gemocht hatte. Ich wollte mich wirklich nicht einlullen lassen, aber plötzlich schoss mir der Gedanke durch den Kopf, dass ich ganz allein mit Jasper in einem Pool steckte.

Ich konnte nicht einfach weglaufen.

Ich wollte auch gar nicht weglaufen.

Jasper legte den Kopf zur Seite. Seine dunklen Augen schienen irgendetwas in meiner Miene zu suchen, so intensiv sah er mich an. Wortlos blickte ich zurück.

Ich traute mir in diesem Moment selbst nicht über den Weg. In meiner Brust brannte ein unnachgiebiges Gefühl, das ich nicht bestimmen konnte. Aufregung? Sehnsucht?

»Hättest du mich Mund zu Mund beatmet, wenn ich nicht mehr aufgetaucht wäre?«, fragte Jasper unschlüssig.

Sein Arm glitt wieder ins Wasser. Bildete ich es mir ein oder war er gerade nähergekommen? Ich öffnete leicht die Lippen, aber mir blieb plötzlich die Luft weg, dabei gab es hier genug davon zum Einatmen. Das drückende Gefühl in meiner Brust verstärkte sich und trotz des warmen Wassers bekam ich eine Gänsehaut.

»Wahrscheinlich schon, sonst wärst du nicht ins Wasser gesprungen, um nachzusehen, ob ich nicht absaufe. Du bist wirklich ein guter Mensch, Lucy«, sagte er ruhiger als zuvor. »Viel besser als ich.«

»Warum sagst du so etwas?«, fragte ich atemlos.

»Vielleicht weil ich von dir hören will, dass es nicht so ist. Oder einfach weil ich ...« Für einen winzigen Augenblick, der schnell wie ein Blitz an uns vorbeizog, wirkte Jasper verunsichert. Doch dann war der Moment vorüber und er lächelte bestimmt. »Warum siehst du mich denn so erwartungsvoll an, Lucy? Wartest du darauf, dass ich dich einfach wieder küsse?«

Ein breites Grinsen legte sich über mein Gesicht und ich stieß ein leises Lachen aus, weil dieser Spruch mich nicht aus der Reserve lockte, sondern das genaue Gegenteil bewirkte. Jedes Mal, wenn ich dachte, mir würde das Herz in der Brust zerspringen und vor lauter Gefühlswirrwarr würde ich noch etwas sagen, das ich bereuen könnte, machte Jasper die Situation kaputt. Ich sollte ihm dankbar dafür sein und darin lag die Ironie. Weil ich genau wusste, dass Jasper überhaupt nicht der Typ Mensch war, den ich mochte. Zu impulsiv. Zu sehr von sich überzeugt. Zu engstirnig. Trotz all der guten Seiten, die ich an ihm gesehen hatte, war und blieb er jemand, der gerne Spiele spielte und sie auch gewann.

»Soweit ich mich erinnere, habe ich dich zuletzt geküsst«, sagte ich und sah ihm unbeirrt in die Augen.

»Das zählt nicht wirklich«, sagte Jasper.

»Der Kuss im Auto auch nicht«, sagte ich.

»Also würdest du dich von mir küssen lassen?«

»Glaubst du etwa, ich habe Angst vor einem Kuss?«

»Ja, das glaube ich«, antwortete Jasper überzeugt. Jetzt kam er wirklich näher, das bildete ich mir nicht ein. Das Wasser setzte sich mit ihm in Bewegung und plötzlich spürte ich seine Finger an meiner Taille. Vor Überraschung glitt meine Hand vom Poolrand und ich fand mich mit dem Rücken gegen die harte Wand wieder. Jaspers freie Hand umfasste unter Wasser meinen rechten Arm. Sein Gesicht kam Stück für Stück näher.

»Wieso solltest du das glauben?«, flüsterte ich.

Aber ich wusste schon, was er sagen würde. Die Anziehungskraft, die wie etwas Greifbares zwischen uns lag, sprach für sich. Ich konnte nur noch daran denken, wie verheißungsvoll Jaspers Blick war, wie weich seine Lippen aussahen und wie verdammt attraktiv er in diesem Augenblick auf mich wirkte. Da war es egal, dass mein Verstand mich eben noch vor ihm gewarnt hatte. Es war schließlich nicht so, als wäre ein einziger Kuss schlecht für mich. Ein einziger Kuss wäre gar nichts.

»Weil es dir dieses Mal vielleicht gefällt.«

Seine Stimme klang aufgekratzt und rau.

Es gab nur einen Weg, das herauszufinden.

Ich konnte später nicht mehr sagen, wer dem ersten Impuls nachgegeben hatte. Er oder ich, aber es interessierte in diesem Moment auch keinen von uns. Jaspers Arm schloss sich fester um meine Taille und drückte meinen Körper eng gegen seine Brust. Ich neigte den Kopf, um die wenigen Zentimeter zwischen unseren Lippen zu schließen und wir küssten uns. Als ich die Augen schloss und mich einfach dem Gefühl von Jaspers Mund auf meinem überließ, erwartete ich, dass er das Tempo des Kusses vorgeben würde, aber das tat er nicht. Es war, als würde er auf mich warten oder sich zurückhalten. Wie bei einer Ballade fing der Kuss sanft und langsam an, bis ich erkannte, dass ich das gar nicht wollte. Ich wollte keine Sicherheit und keine Ruhe. Und als würde Jasper das spüren, küsste er mich heftiger.

Mir schwirrte der Kopf und gerade, als ich begann alles um uns herum auszublenden, hörte Jasper auf. Er stieß sich vom Rand des Pools und auch mir ab und schwamm ein Stück rückwärts, um Abstand zwischen uns zu bringen. Weil er sich abgewandt hatte, konnte ich sein Gesicht nicht sehen. Mein Herz schlug gleich doppelt so schnell, weil ich die abrupte Unterbrechung nicht deuten konnte. Völlig vor den Kopf gestoßen versuchte ich meinen Atem wieder unter Kontrolle zu bekommen.

»Wir sollten uns ein paar trockene Klamotten besorgen«, hörte ich Jasper sagen. Ich blinzelte irritiert, aber er war schon an der Leiter und zog sich aus dem Pool. Was zur Hölle war gerade passiert? Etwas benommen folgte ich seinem Beispiel. Sich aus dem Pool zu hieven und wieder auf dem Trockenen zu stehen half nicht, um meine Gedanken zu ordnen. Jasper sah mich noch immer nicht an. Den Rücken zu mir gewandt begann er sein Shirt auszuwringen. An mir lief ebenfalls Wasser herunter. Es tropfte von meinen Haaren und den Klamotten zu Boden und formte eine Pfütze. Seltsamerweise stellte ich mir vor, dass es sich so anfühlen musste, wenn man sprichwörtlich im Regen stehengelassen wurde. Als würde einen etwas hinunterziehen und die kleinste kühle Brise einen zum Frösteln bringen. Wie ein echtes Unwetter, das über einen hereinbrach und einen schutzlos machte.

»Trockene Sachen, genau«, murmelte ich tonlos.

Jasper schien nicht erwartet zu haben, dass ich etwas sagte, denn meine Stimme brachte ihn dazu, sich zu mir umzudrehen. Er hörte auf an seinem Shirt herumzuzerren, ließ die Hände sinken und starrte mich mit geweiteten Augen an. Sein Atem ging so schnell, dass ich ihn hören konnte. Und dann war es, als könnte ich meinen eigenen Gedanken wie in einem Spiegel der Erkenntnis in seinem Gesicht ablesen: Dieser Kuss hatte etwas verändert.

16

Jasper strich sich mit beiden Händen das nasse Haar zurück und fuhr sich übers Gesicht. Er machte ein paar Schritte Richtung Doppeltür und Saal, dann drehte er sich sofort auf dem Absatz um, als wäre er hin- und hergerissen zwischen Gehen und Bleiben. Als er mich wieder ansah, wirkte er fast verzweifelt, die Miene verzogen, ein Seufzen folgte auf das andere.

»Ich hab's mal wieder versaut«, stieß er aus. »Natürlich. Wie immer. Weil ich mich nicht zusammenreißen konnte. Wieso kann ich mich nicht zusammenreißen?«

Ich war mir sicher, dass seine Worte nicht direkt an mich gerichtet waren, antwortete aber trotzdem.

»Es war nur ein Kuss«, sagte ich hohl.

»Vielleicht wäre es das bei jemand anderem gewesen, aber … ich kann nicht glauben, dass ich dich einfach geküsst habe«, sagte er aufgebracht. Ach, wirklich? War es so schrecklich mich zu küssen, oder wie? Ich atmete tief durch, um nicht sofort etwas Falsches zu sagen. Ausgerechnet Jasper war derjenige von uns beiden, der den Kuss bereute? Wo er doch ständig irgendwelche Mädchen geküsst haben musste, bevor wir uns kannten? Jedes Wochenende eine andere bei sich zu Hause hatte? War es nicht *mein* Recht, mich zu beschweren, was für ein Mistkerl *er* war?

»Es war nur ein Kuss«, wiederholte ich überzeugter.

»Du kannst niemanden so küssen und dann –«, er unterbrach sich selber und blickte wieder zu mir herüber. »Weißt du was, du hast Recht. Es war nur ein Kuss.«

»Jasper, ist alles in Ordnung?«, fragte ich beklommen. Jetzt machte er mir wirklich Angst. Dieses unruhige Verhalten war ziemlich das Gegenteil von Jaspers selbstbewusster Ader, die er sonst so an den Tag legte.

»Für einen Moment dachte ich …«

»Dachtest du …?«

»JASPER!«, brüllte eine fremde Stimme durch den Garten und trieb uns beide noch weiter auseinander, als wir ohnehin schon waren, nicht nur körperlich. Ein Junge in unserem Alter kam um die Ecke und blieb verdutzt stehen, als er uns beide sah. Kurz sagte er nichts.

»Ich wusste nicht, dass du Besuch hast, Jasper.«

Jasper reagierte schneller als erwartet und schaltete wieder in seinen normalen Modus zurück. Er setzte ein Lächeln auf und deutete lässig zu mir herüber.

»Das ist Lucy. Lucy, mein bester Freund Constantin Bash. Ich glaube, ihr beide kennt euch noch nicht.«

Mein Blick wanderte von Jasper zu Constantin. Von Jaspers bestem Freund hatte ich etwas anderes erwartet. Vielleicht einen dieser muskulösen Footballspieler, die High-School-Klischees auf Dauer am Leben erhielten. Constantin sah etwas schrullig aus und hatte so gar nicht die athletische Figur eines Sportlers, vielmehr war er groß und schlaksig. Die dunklen Haare waren ein Mopp aus ungekämmten Locken. Das Gestell seiner dunkelblauen Brille wirkte zu groß für seine Augen (weshalb ich ihn am liebsten sofort einen Nerd genannt hätte) und er schien absolut keinen Sinn für ordentliche Klamotten zu haben. Ihm war nicht nur sein Pullover zwei Nummern zu groß, das Ding sah auch aus, als habe er eine Woche darin geschlafen, so zerknittert war es. Er trug zwei unterschiedlich farbige Turnschuhe.

»Wart ihr beide eine Runde schwimmen?«

Constantin beäugte Jasper skeptisch. Als er mich musterte, verschränkte ich die Arme vor der Brust.

»Ich wollte sowieso gerade gehen«, sagte ich. Ohne auf Jasper zu achten, ging ich an ihm vorbei, schnappte mir meine Tasche vom Boden und blieb neben Constantin stehen. »War nett dich kennengelernt zu haben.«

»Gleichfalls«, antwortete er perplex.

»Lucy, deine Klamotten«, meldete sich Jasper. Ich warf einen Blick über meine Schulter und zögerte.

»Ich bin nicht aus Zucker«, erwiderte ich und hörte selber heraus, dass mein Ton unfreundlich klang. »Danke für diesen aufschlussreichen Nachmittag.«

Hastig lief ich über den Rasen und war heilfroh, als ich um die Ecke biegen konnte, um aus dem Sichtfeld der Jungs zu verschwinden. Plötzlich fühlte ich mich richtig elend. Mit wummerndem Herzen stürmte ich über den Steinweg zurück zum Gartentor. Es war mir scheißegal, dass ich noch immer klitschnass war und wegen des Herbstwindes anfing zu frieren. Sobald ich im Wagen saß, startete ich den Motor und lenkte das Auto auf die Straße. Es war ziemlich fies in diesem ungemütlichen Zustand zu fahren, aber je eher ich mich zusammenriss, umso schneller kam ich nach Hause. Plötzlich begann es, wie aus Kübeln zu schütten, und ein Grollen rollte über den Himmel. Ich schaltete die Scheibenwischer ein, aber diese kamen kaum gegen den heftigen Regenschwall an.

Ich ließ meine Gedanken gar nicht erst zu der Szene im Pool zurückgleiten, sondern konzentrierte mich stur auf die Straße und den Verkehr. Jede Sekunde fühlte sich wie eine Stunde an und es fiel mir immer schwerer mich nicht meinen Gefühlen hinzugeben. Aber was fühlte ich eigentlich? Enttäuschung wegen Jaspers Reaktion? Reue wegen meiner eigenen Dummheit mich auf einen Kuss einzulassen? Verbitterung darüber, dass mir der Kuss so sehr gefallen hatte? Hoffnung wegen dem, was Jasper angedeutet, aber nicht wirklich ausgesprochen hatte? Wieso konnte ich nicht ein Stein ohne irgendwelche Gefühle sein? Das wäre wirklich so viel leichter.

Fast hätte ich die rote Ampel übersehen und trat gerade noch rechtzeitig heftig auf die Bremse. Ich wurde in meinem Sitz nach vorne gedrückt, aber der Gurt hielt mich fest. Erschrocken stieß ich den Atem aus. Es fehlte wirklich noch, dass ich einen Unfall baute. Ich setzte den Blinker, bog an der Ampel ab, als sie umsprang und hielt in der Seitengasse an. Ich nahm die zitternden Finger vom Lenkrad und lehnte mich zurück.

Verdammter, verfluchter Bockmist aber auch!

Ich verlor etwas die Zeit aus den Augen, während ich einfach nur dasaß und nach draußen starrte. Die Scheiben begannen nach einer Weile zu beschlagen und ich schaltete das Gebläse an. Gerade als ich mich zusammennehmen und weiterfahren wollte, klopfte es gegen das Fenster auf der Fahrerseite. Vermutlich würde mir jetzt auch noch irgendein Cop einen Strafzettel wegen Falschparkens verpassen. Ich ließ das Fenster heruntersurren.

»Ethan?«, fragte ich überrascht, als ich ihn sah.

»Ich hab deinen Wagen eben hier stehen gesehen und als ich die Straße wieder hochgekommen bin, standest du noch immer hier. Da habe ich mich gefragt, ob alles in Ordnung ist. Ist irgendetwas mit deinem Wagen?«

Der Regen hatte wohl etwas nachgelassen, aber Ethan sah trotzdem ziemlich mitgenommen aus. Das Haar klebte ihm nass in der Stirn und seine Jacke war völlig durchweicht. Trotzdem lächelte er. In einer Hand hielt er einen Regenschirm, in der anderen eine Tüte.

»Mit dem Wagen ist alles in Ordnung, danke«, antwortete ich verblüfft. »Mir war nur irgendwie ... schlecht.«

»Soll ich dich nach Hause bringen?« Ich zog eine Augenbraue hoch und sah ihn ungläubig an. »Ja, ja, du bist diejenige mit einem Auto, schon verstanden.«

»Wohnst du hier in der Gegend?«, fragte ich.

»Ich war auf dem Weg zu Hailey, meiner Freundin, bis mir eingefallen ist, dass ich die Snacks vergessen habe«, erklärte er und hielt die Tüte hoch.

»Wie wäre es, wenn ich dich mitnehme?«, schlug ich vor. »Mir geht es wieder besser, also wäre das kein Problem. Wo du mir schon deine Hilfe angeboten hast.«

»Wenn es dir nichts ausmacht?«, fragte er höflich.

Ich deutete mit einer Kopfbewegung auf den Beifahrersitz. Ethan ging um den Wagen herum und ich schloss das Fenster wieder. Sobald er neben mir saß, bedankte er sich, stockte dann aber, als er sah, wie nass ich war.

»Und ich dachte schon, mich hätte es erwischt.«

»Das war nicht der Regen, sondern ein Pool.«

»Du gehst bei Unwetter im Pool schwimmen?«

»Ja, sicher«, meinte ich. »Ich hoffe immer darauf, vom Blitz getroffen zu werden und neben *The Flash* die Welt zu retten. Hast du etwa keine besonderen Träume?«

Ethan lachte. »Du bist echt verrückt.«

»Wo genau wohnt Hailey denn?«

»Du musst hier drehen, dann die Straße zurück und am Ende zweimal links abbiegen. Ist nicht sonderlich weit«, erklärte er. »Und nochmals vielen Dank.«

»Kein Problem«, antwortete ich und startete den Wagen. Ich fuhr ein paar Meter, bis die Haltebucht eines Busses in Sicht kam und ich darin wenden konnte. Ein paar Sekunden später stand ich wieder an der roten Ampel der großen Kreuzung. »Übrigens ist es schön zu wissen, dass das mit Hailey und dir geklappt hat, nachdem ...«

»Jaaaa«, sagte Ethan gedehnt. »Finde ich auch.«

Die Ampel wurde grün und ich fuhr weiter.

»Wie lief das Vorstellungsgespräch?«, fragte ich.

»Ich habe den Job sofort bekommen«, antwortete Ethan glücklich. »Und seitdem helfe ich immer wieder aus.«

»Das ist wirklich toll.«

Unangenehme Stille trat ein. Ethan räusperte sich.

»Also, hast du etwas von Taylor gehört?«

»Gestern Abend erst«, sagte ich. »Sie kommt bald wieder, damit sie nicht noch mehr Wochen Unterricht verpasst. Sie fängt an sich Gedanken wegen dem Abschluss zu machen, was total un-taylor-haft ist.«

»Senior Year verleitet wirklich dazu sich Gedanken über die Zukunft zu machen«, sagte Ethan grüblerisch. »Es gibt einfach zu viele Entscheidungen, die auf einen zukommen, und die Sache mit dem College ist nicht ohne.«

»Klingt so, als könntest du ein Lied davon singen.«

»Erwachsenwerden ist nicht so lustig, wie man sich das als Kind immer vorstellt«, meinte Ethan. »Nicht zu vergessen SATs. Immer wieder ein Riesenspaß.«

Ich verzog das Gesicht. Die SATs waren die Leistungstests, denen sich jeder irgendwann stellen musste. Die Punktzahl, die man erreichte, wurde von Colleges als Maßstab für Bewerber genommen. Sie waren unheimlich wichtig. Man konnte sich ab dem Sophomore Year dafür anmelden und den Test auch wiederholen, wenn man eine höhere Punktzahl wollte. Allein die Vorstellung machte mir Angst. Ethan warf mir einen vielsagenden Blick zu.

»Denk lieber an den Senior Prom«, schlug er vor. »Alle Mädchen freuen sich doch immer riesig drauf.«

»Das tue ich tatsächlich!«, sagte ich. »Aber Taylor ist vor mir dran und das ist absolut nicht ihr Ding. Hunter muss sie sicher überreden hinzugehen.«

»Das glaube ich auch«, sagte Ethan amüsiert. Er deutete auf ein schneeweißes Haus zu unserer Linken. »Da vorne ist es. Du kannst hier halten.«

Der Wagen kam zum Stillstand. Ethan griff nach der Tür, dann drehte er den Kopf wieder zu mir um.

»Willst du vielleicht mit reinkommen?«

Die Frage überraschte mich jetzt wirklich.

»Zu Hailey? Wenn ihr ein Date habt? Ich möchte wirklich nicht stören und außerdem ... bist du als Angestellter der Schule nicht so was wie ein Lehrer?«

»Betrachtungssache«, winkte Ethan ab. »Außerdem siehst du aus, als könntest du eine Aufwärmung gebrauchen und ein paar trockene Sachen. Wir sind auch nicht allein, eigentlich wollten wir mit ein paar Leuten einen Filmeabend machen. Hast du Lust?«

»Ist das so eine Mitleidsnummer?«, fragte ich.

»Dir und Taylor hat man echt die Skepsis in die Wiege gelegt, oder?«, meinte Ethan belustigt über mein Misstrauen. »Es wird dich schon niemand beißen.«

Ich könnte wirklich etwas Aufmunterung vertragen.

»Es sind keine Liebesfilme, oder?«

»Doch, die schaue ich am liebsten«, sagte er zynisch. »Besonders, wenn Ryan Gosling sich auszieht.«

»Du bist ja der absolute Traumfreund!«

»Das sagt Haylie auch immer wieder, wenn ich ihr die Haare flechte oder wir Pyjamapartys schmeißen.«

»Okay, ich bin überzeugt.«

Ethan deutete durch die Windschutzscheibe.

»Ein Stück weiter unten, zwischen den Bäumen, sind Parkplätze am Straßenrand. Stell den Wagen dort ab.«

Nickend suchte ich einen freien Platz, wir stiegen aus und ich schloss den Wagen ab. Meine Handtasche und somit mein Handy ließ ich zurück. Wenn – oder falls – Jasper versuchen würde mich zu erreichen, konnte er gerne eine Runde schmoren. Außerdem musste ich mir erst mal über einiges klar werden. Über eine ganze Menge.

Ethan behielt seine freundliche Miene bei, als wir beide die Auffahrt zu Haylies Haus hinaufgingen. Er klingelte und fast sofort wurde die Tür geöffnet. Ein Mädchen sprang Ethan sofort in die Arme und lachte dabei. Er erwiderte das Lachen, dann küssten sie sich.

Weil ich nicht auffällig zuschauen wollte, ließ ich den Blick ins Haus wandern. Ein gewöhnlicher Flur mit schwarzem Marmorboden und weißer Garderobe. Aus dem Hintergrund drangen Musik und ein paar Stimmen.

»Haylie, dass ist Lucy. Eine Freundin.«

Ich wandte den beiden wieder meine Aufmerksamkeit zu. Es war nett von Ethan, mich als Freundin und nicht als Taylors Schwester vorzustellen, wie eine eigenständige Person. Haylie strahlte noch immer übers ganze Gesicht. Sie breitete die Arme aus und drückte mich an sich.

»Freut mich sehr dich kennenzulernen!«

»Ich bin total nass«, erwiderte ich, aber ihr schien es egal zu sein. Die Umarmung dauerte mir persönlich ein paar Sekunden zu lange, ehe Haylie mich losließ.

»Je mehr wir sind, desto besser«, sagte sie euphorisch. »Aber ihr solltet euch beide erst mal umziehen.«

Wow, sie war echt übertrieben nett. Als ich sie vor ein paar Wochen bei der Pokernacht an unserer Schule gesehen hatte, war sie gar nicht so quirlig rübergekommen. Eher wie jemand, der zurückhaltend war. In meiner Erinnerung waren ihre Haare allerdings auch etwas länger gewesen. Heute reichten ihr die blonden Strähnen nur noch bis zur Schulter und waren durchgestuft. Die Frisur stand ihr aber wirklich gut und betonte ihre weichen Gesichtszüge. Sie war ohnehin wirklich hübsch und zusammen mit Ethan bildete sie ein süßes Paar.

Haylie fasste mich an der Hand. »Komm mit, ich besorg dir ein paar Sachen. Ethan kann sich welche bei meinem Bruder besorgen, der kennt sich hier ja aus.«

»Danke«, meinte ich und ließ mich mitziehen.

***

Zwanzig Minuten später steckte ich in einer Jogginghose und einem Flauschpullover von Hailey und hatte meine Haare geföhnt. Es war nicht das ideale Outfit, um ein paar neue Freunde zu machen, und neben Haylie und ihrem

Blümchenkleid fühlte ich mich super underdressed, aber etwas anderes hatte mir nicht gepasst, weil sie so viel kleiner und zierlicher als ich war. Ich hätte sie wirklich gerne gehasst, aber dafür war sie viel zu nett.

Ethan sah auch aus, als würde er zum Yoga wollen.

»Ihr könntet echt im Partnerlook gehen«, meinte Haylie amüsiert und drückte Ethan einen Kuss auf die Wange.

»Und ich dachte, ich wäre der Traumfreund schlechthin und schon willst du mich mit wem anderen verkuppeln«, beschwerte Ethan sich gespielt empört und schlang einen Arm um Haylies Schultern. Wir befanden uns wieder im Erdgeschoss, nachdem wir uns im ersten Stock umgezogen hatten. Ethan war gerade in Begleitung eines Jungen, den ich auf mein Alter schätzte, die Treppe heruntergekommen und hatte einen ziemlich uneleganten Auftritt hingelegt, weil er über die letzte Stufe gestolpert war und sich fast hingelegt hätte.

»Für den Catwalk muss er noch mehr trainieren«, sagte der Junge schnippisch, der sich mir als Haylies Bruder Kurt vorstellte. Genau wie Haylie war er blond, dafür aber etwas größer und muskulöser gebaut. Wegen seiner offenen und humorvollen Art war er mir trotz seines ziemlich alternativen Stils sofort sympathisch. Dieser ganze Grunge-Rocker-Look war nicht wirklich meins, aber man sollte Leute nie nach dem Aussehen beurteilen, nicht wahr? Auf den ersten Blick wirkte Kurt echt nett.

Haylie und Kurt waren gleich alt und daher auch zusammen in der Abschlussklasse der Roadrige. Unweigerlich fragte ich mich, ob die beiden Carrie kannten, wo sie doch in eine Stufe gingen. Mich würde wirklich interessieren, ob Carrie allgemein unausstehlich war oder nur Schüler so behandelte, die etwas jünger waren.

Unsere kleine Gruppe ging ins Wohnzimmer, wo bereits ein paar andere Leute warteten. Insgesamt waren es zwei Jungen und zwei Mädchen, darunter auch ein Gesicht, das ich kannte – Roxy. Als Roxy mich sah, machte sie große Augen, stand aber auf, um mich fest an sich zu drücken.

»Lucy, was machst du denn hier?«

»Zufall«, antwortete ich. »Und du?«

»Haylie ist in der Theater-AG und hat mich eingeladen«, erklärte Roxy freundlich. »Wenn man es genau nimmt, dann treffen wir uns ab und zu mal außerhalb der Schule, um etwas Spaß zu haben. Wir alle. Es kann ja nicht alles aus Kostümen, Bühnenbild, Scripten und Stücken bestehen. Elaine und Tobias sind mit uns in der AG und Erin ist nur ein Freund von Ethan.«

Roxy deutete der Reihe nach auf die anderen. Elaines Gesicht verschwand fast hinter der zu großen Rundbrille und ihrem Pony. Sie nickte mir schüchtern zu. Tobias studierte gerade die Rückseite einiger DVDs, die er in den Händen hielt, und interessierte sich gar nicht für uns. Wegen der ordentlich sitzenden Frisur und der spießigen Kleidung könnte man meinen, er wäre bei einem Job-Interview eingeladen, nicht zum Filmeabend.

»Was heißt hier *nur ein Freund von Ethan*?« Das war Erin. Er streifte sich das schwarze Haar zurück und seufzte frustriert, während er sich tiefer in die Kissen des Sofas sacken ließ. »Ich bin besser als Captain America, Iron Man und Thor zusammen.«

»Nicht mal in deinen Träumen«, mischte sich Haylies Bruder Kurt ein. »Habt ihr jetzt alle genug Freundschaften geschlossen? Super. Weil ich nämlich gerade die beste Idee überhaupt hatte.«

»Wenn *beste Idee überhaupt* aus deinem Mund kommt, muss man echt Angst haben«, meinte Haylie trocken. »Hast du keine eigenen Freunde zum Quälen?«

»Das sind auch meine Freunde, Schwesterchen.«

Kurt blickte in die Runde, um Bestätigung zu suchen, aber Elaine fand ihre Schuhe interessanter und Tobias hatte angefangen unverständliches Zeug vor sich hin zu murmeln. Erin verzog beleidigt wegen der Bemerkung von Roxy das Gesicht und sagte gar nichts. Haylie warf Ethan einen warnenden Blick zu, der ihm wohl telepathisch mitteilen sollte, dass er als Freund-Freund auf ihrer Seite zu stehen hatte. Also blieben nur noch Roxy und ich. Kurt starrte uns an.

»Ideen zu haben ist immer gut«, sagte Roxy spontan.

»Nicht sehr hilfreich«, beschwerte sich Kurt. »Mensch, Leute, ich helfe euch seit einer Woche aus.«

»Weil dir nichts anderes übrig bleibt«, sagte Haylie. »Er wurde nämlich beim Spicken erwischt und dann dazu verdammt hinter der Bühne auszuhelfen«, erklärte sie mir jetzt, weil ich anscheinend so ausgesehen hatte, als verstünde ich nur Bahnhof – was auch der Fall war.

Toll! Ich hätte auch lieber der Theater-AG geholfen, anstatt im Keller Akten zu ordnen. So viel zum Thema Gleichberechtigung unter Schülern, Frau Direktorin!

»Was hattest du denn für eine Idee?«, fragte ich.

»Danke! Endlich fragt jemand«, sagte Kurt begeistert und klatschte in die Hände. Bevor wir unsere faulen Hintern für den Rest des Abends nicht mehr bewegen, schlage ich vor, wir entscheiden, welche Filme wir schauen, auf altmodische Weise: durch ein Spiel.«

»Bitte nicht«, stöhnte Haylie genervt.

»Wie sollen wir denn sonst entscheiden?«

»Wie wäre einfaches Auslosen?«, schlug sie vor.

»Langweilig!«, rief Kurt.

»Lass uns das Spiel einfach spielen«, sagte Ethan über den kleinen Streit zwischen den Geschwistern amüsiert. »An was für ein tolles Spiel hast du gedacht?«

Als habe Kurt geahnt, dass er das gefragt werden würde, verließ er kurz den Raum und kam mit einem ganzen Paket Toilettenpapier wieder. »Das Mumien-Spiel.«

Roxy und ich tauschten einen belustigten Blick.

»Mumien-Spiel?«, fragte Roxy neugierig.

Kurt warf ihr einen schockierten Blick zu. »Sie kennt das Mumien-Spiel nicht! Ruft Ellen DeGeneres an, vielleicht schafft Roxy es noch in die nächste Show.«

»Niemand hier kennt dieses Spiel«, kam Haylie zu Roxys Verteidigung. »Und wenn jemand für etwas Verrücktes in eine Talkshow sollte, dann du, weil du zu Hause immer ohne Hose herumläufst. Kaum bist du zu Hause, verschwinden die immer auf magische Weise. Wahrscheinlich ist das eine unheilbar schlimme Krankheit.«

Kurt deutete auf seine vorhandene Hose. »Und was klebt dann gerade an meinen Beinen? Ein exotisches Tier, das mich jeden Moment auffrisst?«

»Ich kenne das Spiel«, meldete ich mich, um das Thema umzulenken. »Es ist eigentlich ziemlich lustig. Man bildet zwei Teams und beide versuchen so schnell es geht eine Person in Klopapier zu wickeln, um sie zur Mumie zu machen. Das schnellere Team gewinnt. Eigentlich spielt man es eher auf Kindergeburtstagen …«

»… aber wir spielen es jetzt«, meinte Kurt.

»Solange wir nicht in einem Team sind«, sagte Haylie, was wohl ihre Art war, einen Kompromiss einzugehen. Meine Augen wanderten über die abwechslungsreiche Runde. Schien ganz so, als hätte ich den perfekten Ort gefunden, um für eine Weile wirklich zu vergessen, von welchem Desaster ich gerade gekommen war. Hallelujah.

17

Der Montag fing damit an, dass ich wegen der Bio-Exkursion in einem Tümpel herumwaten durfte. Der Tümpel war genau wie meine Stimmung trüb und undurchsichtig. Vor der ersten Stunde war mein Kurs in einen Bus gestiegen und zum Naturreservat gefahren, das außerhalb der Stadt lag. Ausgestattet mit Gummistiefeln und kleinen Netzen hatten wir uns in Gruppen aufteilen und durch den Wald streifen müssen. Die wundervolle Aufgabe, mit dem Netz im Wasser herumzustochern und kleine Proben Schlammwasser zu sammeln, die wir dann später untersuchen durften, lenkte nicht wirklich ab. Ich konnte einfach nicht aufhören an den Kuss zwischen Jasper und mir zu denken, seitdem ich heute Morgen aufgestanden war. Der Filmabend mit Ethan und den anderen hatte mich gut unterhalten, aber sobald ich wieder allein mit meinen Gedanken gewesen war, ging es los.

Jasper. Jasper. Jasper. Immerzu.

Es war wirklich nicht so, dass ich total verknallt in ihn war – ich wusste, wie sich so etwas anfühlte, aber mein Herz wurde bei dem Gedanken an ihn schwer. Furchtbar schwer und ich fühlte mich einfach mies. Dieser Kuss hatte mir einmal mehr gezeigt, dass ich ihn irgendwie mochte und Gefahr lief, in dieser Emotion zu versinken. Und dann gab es da schließlich noch Ben. Ich hatte meine Gefühle für ihn noch immer nicht abgehakt. Allmählich begann ich mich wie eine dieser blöden Romanheldinnen in einem klassischen Liebesdreieck zu fühlen. Hin- und hergerissen zwischen ewig verzehrender Liebe und – Froschlaich! Hilfe, ich hatte gerade potenzielle Kaulquappen aus dem Tümpel gezogen. Langsam ließ ich das Netz wieder abtauchen und hoffte, dass ich nicht gerade eine ganze Froschgeneration umgebracht hatte. Es reichte schon, dass wir die Dinger irgendwann sezieren mussten. Kate hatte mir erzählt, wie grausig diese Erfahrung gewesen war. Sie hatte im letzten Halbjahr totales Pech gehabt und wegen des dauerhaften Ausfalls eines Lehrers einen übergreifenden Kurs gehabt, in dem sie zusammen mit Taylor Frösche malträtieren musste. Okay, genau genommen waren sie tot und spürten nichts mehr – trotzdem fies! Da stocherte ich lieber für den Rest meines Lebens in diesem Tümpel herum.

»Lucy, wir sollen einpacken und zurückkommen.«

Ich warf einen Blick über meine Schulter und nickte einem Mädchen aus meinem Kurs zu. *Erlösung*! Erleichtert watete ich aus dem Tümpel heraus. Mit einer Hand fischte ich den Matsch und die Gräser aus meinem Netz und steckte sie in eines der Gläser, die ich aufgehalst bekommen hatte. Bevor ich alle Sachen einsammelte, wusch ich das Netz und meine Hand provisorisch im Tümpelwasser ab. So einen Blödsinn hatte ich zuletzt in der Middle School gemacht. Ich hatte immer gedacht, in der Highschool würde man etwas Vernünftiges lernen.

Ich würde diesen feuchten Muffgeruch den Rest des Tages sicher nicht mehr loswerden. Mürrisch schloss ich mich meinen Mitschülern an und wir gingen über einen Waldweg zurück zur Auffangstation des Reservates.

***

Zurück in der Schule nutzte ich die fünf Minuten zwischen der dritten und vierten Stunde (die ersten drei waren für die Exkursion draufgegangen), um in einer Toilette zu verschwinden. Ich wusch mir ordentlich die matschigen Überreste vom Ausflug ab und kämmte mir die Haare durch. Nach dem Einsatz meines Lipglosses (eigentlich war es immer noch der von Kate) fühlte ich mich wie ein neuer Mensch und war bereit den Rest des Tages zu überstehen. Bevor ich zur nächsten Stunde ging, warf ich einen Blick auf mein Handy. Nur eine Whatsapp-Nachricht von Kate, die besagte, dass sie es später nicht zum Lunch schaffen würde, weil sie an einer Übersetzung für Spanisch saß. Kein Zeichen von Jasper.

***

Kurz bevor ich zum Lunch gehen wollte, lief mein Mathelehrer im Gang an mir vorbei und mit einem Schlag fiel mir wieder ein, dass ich die Algebra

Hausaufgaben eigentlich gestern Abend hatte erledigen wollen, aber es dann wegen meinem Selbstmitleidsanfall total vergessen hatte. Mir blieb nichts anderes übrig, als sie während der großen Lunchpause nachzumachen. Und damit nicht jeder sah, dass ich völlig verzweifelt über den Aufgaben brütete, hatte ich mich auf eine der Bänke im Foyer der großen Aula zurückgezogen. In den Pausen war es hier relativ ruhig. Die Fensterfront mit dem Ausblick auf einen der Innenhöfe voller Leute förderte nicht gerade meine Konzentration, aber in die Bibliothek hatte ich nicht gehen wollen. Dort war Essen verboten und ich musste mir nebenbei schließlich das Mittagessen in den Mund schieben, damit ich nicht verhungerte. Also saß ich auf der unbequemen Bank und gab mein Bestes, was meine Multitasking-Fähigkeiten betraf.

Mathe sah für mich wie Hieroglyphen aus. Mein Gehirn war nicht dazu gemacht sie zu entschlüsseln oder sträubte sich einfach nur konsequent dagegen.

Mürrisch biss ich in mein Sandwich und widmete mich Aufgabe Nummer drei, als ich unterbrochen wurde.

»Ich hab dich überall gesucht.«

Ich blickte auf. Es war Jasper. Mein Blick glitt zurück zu den Aufgaben. Irgendwie musste ich doch diese Gleichung lösen können. *Moment. Was? Jasper!* Ich riss den Kopf wieder hoch, als mein Gehirn seine Anwesenheit richtig registriert hatte und starrte ihn an.

»Hallo«, sagte er etwas verunsichert.

»Hallo«, echote ich ebenso unsicher.

»Ich hab dich überall gesucht.«

»Das hast du gerade schon mal gesagt.«

»Bist du wirklich sauer auf mich, Lucy?«

Die Frage war durchaus berechtigt. Es war schließlich nicht so gewesen, dass er mich geküsst hatte und ich mit aller Macht versucht hatte ihn davon abzuhalten. Aber uns war beiden wohl nach wie vor klar, dass es da etwas gab, über das wir besser reden sollten. Ich musste gestehen, dass ich schon ein wenig Angst hatte. Vor dem, was dabei herumkommen würde. Vor einer Art Ablehnung. Ich wollte Jasper nicht als Freund verlieren.

»Träumst du gerade vor dich hin?«

»Entschuldige«, murmelte ich. »Ich hänge nur mit meinen Matheaufgaben hinterher und muss sie nach der Lunchpause haben. Ich bin etwas genervt davon.«

Ich zog meine Sachen mehr zu mir herüber und stellte meine Tasche auf den Boden, damit Jasper sich neben mich auf die Bank setzen konnte. Er folgte der offensichtlichen Einladung und nahm Platz.

»Mathe ist also nicht dein Ding?«, fragte er.

»Ich versuche wirklich die Gleichungen zu lösen«, sagte ich frustriert wegen der Aufgaben, nicht wegen Jasper. »Aber jedes Mal rutsche ich in diese Traumnische ab. Das ist bestimmt ein Sicherheitsreflex! Zahlen sind eine Bedrohung für meine geistige Gesundheit, also fange ich an vor mich hin zu träumen. Gerade eben ist mir ein sprechender Kürbis begegnet.«

»Und da denkst du, Zahlen sind ein Risiko für deine geistige Gesundheit?«, fragte Jasper und lächelte matt. »Halt Ausschau nach Mäusen, vielleicht passiert dann noch etwas richtig Spannendes, Cinderella.«

Mit einem Mal war die Stimmung zwischen uns nicht mehr ganz so seltsam und angespannt. Jasper blickte mich mit großen Augen an, als wüsste er nicht, was er als Nächstes sagen sollte. Ich nahm einen tiefen Atemzug und sprach das aus, von dem ich vermutete, dass er es sagen wollte.

»Du hast also nach mir gesucht, weil du mit mir reden wolltest. Wegen Sonntag. Und dem Kuss. Oder?«

Da! Ich hatte es ausgesprochen und fühlte mich ziemlich erwachsen dabei. Kein unnötiges Drama.

Jasper nickte bedächtig. »Wegen Sonntag.«

»Ich will ja nicht sagen, dass die Uhr tickt, aber die Uhr tickt, Jasper. Essen, Matheaufgaben, pünktlich zum Unterricht kommen und über Gefühle sprechen, irgendwo muss ein Mädchen Prioritäten setzen.«

»Wieso wollen Mädchen immer über ihre Gefühle reden?«

»Das ist es nun einmal, was wir tun«, antwortete ich spontan, ohne nachzudenken. »Immer und überall. Es gibt einfach zu viele komplizierte Gefühle und irgendwo muss man anfangen, wenn man nicht darin untergehen will.«

»Also hast du komplizierte Gefühle?«

Jasper hatte die Frage so leise ausgesprochen, dass ich einen Moment zögerte, weil ich mir nicht sicher war, ob er wirklich gesagt hatte, was er gesagt hatte. Sein Gesichtsausdruck verriet, dass ihn mein Zögern nervös machte. Seine Brust hob und senkte sich viel zu schnell und er presste die Augenbrauen in einer harten Linie zusammen, weil er zu energisch nachdachte.

»Hast du komplizierte Gefühle?«, fragte ich ihn.

Er öffnete den Mund und sog scharf die Luft ein, als hätte er seinen Gedanken verschluckt, ehe er ihn hatte aussprechen können. Meine Gegenfrage hatte ihn vor den Kopf gestoßen. Vermutlich hatte er gedacht, er musste nur ansatzweise nachhaken und ich würde ihm wie einem Tagebuch all meine Emotionen anvertrauen. Es war klar, dass er noch nie in einer Situation gewesen war, in der er mit einem Mädchen über Gefühle jeglicher Art gesprochen hatte. Ein klitzekleines bisschen tat er mir leid.

»Ich bereue es nicht dich geküsst zu haben«, sagte er und klang dabei so energisch, wie seine Miene aussah. »Ich werde nur das Gefühl – da hast du deine komplizierten Gefühle – nicht los, dass ich dir einen falschen Eindruck vermittelt habe, Lucy.«

»Und was für ein Eindruck wäre das?«

Jasper seufzte gequält. Ich gab mir große Mühe, mir nicht anmerken zu lassen, dass ich auch liebend gerne an jedem anderen Ort gewesen wäre, als in meiner Lunchpause mit Jasper Ransom über unsere Gefühle zu sprechen. Natürlich wollte ich wissen, was in seinem Kopf vor sich ging, aber mich beschlich eine Ahnung, dass ich es von Anfang an sowieso gewusst hatte. Die Bestätigung dessen hätte mich also nicht so hart treffen sollen, wie sie es tat, als er sie direkt aussprach.

»Ganz am Anfang, bevor wir uns kannten, hatte ich diese irrsinnige Idee mit einer festen Freundin, aber wie du weißt, hat sich diese Idee danach schnell wieder in Luft aufgelöst. Wir haben ziemlich viel Zeit miteinander verbracht und das am Sonntag ... das war ... ich wollte nur klarstellen, dass wir auf derselben Seite stehen. Denn, wenn nicht, dann ...«

Das waren echt verdammt viele Lücken in seinen Sätzen. Jasper machte es sich wirklich leicht. Klarstellen? Was genau wollte er klarstellen? Welche Seite? Hatte er testen wollen, ob ich Gefühle für ihn hatte oder er für mich? So ein Schwachsinn! Das war nicht geplant gewesen. Der Pool und der Kuss. Was wollte Jasper eigentlich von mir? Sofort darauf antworten konnte ich trotzdem nicht. Mein Verstand brauchte einen Moment, um mich innerlich dafür anzuschreien, dass mich seine Worte irgendwie verletzten, auch wenn ich damit gerechnet hatte. Damit, dass er keine feste Freundin wollte. Damit, dass dieser Pakt oder wie auch immer er es nennen wollte, nie genau definiert oder geschlossen worden war. Wieder trat die Frage in den Vordergrund, was zur Hölle ich eigentlich dachte. Hatte ich erwartet, dass Jasper mein Freund hatte sein wollen? Dass er seine Einstellung für etwas änderte, das gar nichts war und überhaupt. Ich. War. Nicht. In. Ihn. Verknallt. Was gab es da noch groß nachzudenken? Der Kuss war mehr gewesen als ein bloßer Kuss, aber das hieß nicht, dass wir deshalb keine Freunde mehr sein konnten, richtig?

»Ich weiß das«, sagte ich mit so viel Überzeugung, wie ich aufbringen konnte. »Das wusste ich von Anfang an und ich weiß es zu schätzen, dass du dir die Mühe gemacht hast, mir das zu sagen, Jasper. Allerdings besteht nun wirklich ernsthaft die Gefahr, dass dein Ego sich irgendwann von dir löst und zu deinem bösen Doppelgänger wird. Du küsst jetzt auch nicht so fantastisch, dass ich dir direkt zu Füßen liege, okay?«

Jasper runzelte irritiert die Stirn.

»Wir sind Freunde.« Ich hielt ihm eine Hand hin.

Er schüttelte sie, wie bei einer Abmachung. »Freunde«, wiederholte er langsam und mit einem Unterton, den ich nicht einordnen konnte. Eingehend betrachtete er mich, als erwarte er, ich würde jede Sekunde einknicken und meine Worte zurücknehmen, aber ich blieb stark. Ich wusste, dass das die richtige Entscheidung war. Mir war unsere Freundschaft mehr wert als irgendwelche komplizierten Gefühle, von denen ich nicht einmal wusste, ob sie wirklich etwas bedeuteten.

»Freunde teilen auch gerne ihr Essen«, sagte ich und zog meine Hand zurück. Ich ignorierte das Kribbeln darin, nahm die zweite Hälfte von meinem Sandwich und reichte sie Jasper. »Du warst nicht beim Lunch.«

»Ich bin echt die halbe Schule abgelaufen.«

»Heldenhaft wie immer«, scherzte ich.

Jasper nahm das Sandwich, biss hinein und nuschelte dann mit halbvollem Mund: »Ich wollte dir etwas geben.«

Oh Gott, was kam als Nächstes bitte?

Ich warf ihm einen kurzen Blick zu, dann lenkte ich meine Augen wieder auf das Papier und tat so, als würde ich etwas schreiben. Eigentlich kritzelte ich irgendetwas an den Rand meines Blocks, ohne darauf zu achten, was genau es war. Jasper sollte einfach nur den Eindruck haben, dass ich gerade schwer beschäftigt war und gar nicht darauf brannte zu sehen, was er mir geben wollte. Schön cool bleiben. Er räusperte sich laut.

»Die Matheaufgaben«, sagte ich leichthin.

»Es geht auch ganz schnell. Ende des Jahres wird es eine Exkursion nach Paris geben. Neulich bei Facebook da ... es hat so geklungen, als würdest du gerne einmal hinfahren und als ich den Aushang gesehen habe, musste ich an dich denken.«

Aus den Augenwinkeln sah ich, wie er in seinen Rucksack griff und einen zerknitterten Flyer herauszog.

Mein Gehirn hing immer noch bei dem *Musste-ich-an-dich-denken*-Part und ich starrte ein paar Löcher in die Luft, bis meine Augen zum Flyer glitten.

»Die Plätze werden bestimmt sehr schnell weg sein, also dachte ich, dass es dich vielleicht interessiert. Die Anmeldefrist geht nur noch ein paar Tage und nächste Woche wird entschieden, wer mitfahren darf.«

Ich legte meinen Stift wieder auf dem Block ab und nahm Jasper den Flyer aus der Hand. »Das ist wirklich nett von dir. Ich werde es mir überlegen, danke.«

»Was heißt überlegen? Du brauchst nur drei Begriffe, um in Paris zu überleben: *Bonjour, Croissant* und *Au revoir.* Der Rest ist wirklich unwichtig.«

»Du bist so ein Kulturbanause«, erwiderte ich. »Als würde man in Paris nur Croissants essen, Jasper.«

»Als ich dort war, habe ich das getan.«

Ich senkte den Blick wieder aufs Papier. Erstens war die Uhr noch immer am Ticken und zweitens war mein Bedarf an Jasper fürs Erste gedeckt. Ich hatte reichlich wenig Lust auf Small Talk und wollte endlich mit den Aufgaben durch sein. Ich war mir sicher, dass mein Heft gleich anfangen würde zu brennen, wenn ich es noch konzentrierter anstarren würde als ohnehin schon.

»Das ist eine Fangfrage«, bemerkte Jasper, der mir offenbar aufmerksamer zugesehen hatte als gedacht. »Dazu gibt es keine Lösung. Mr Melone stellt die jedes Jahr gegen Mitte des Schuljahres. Unseren Kurs hat er damit vorletzte Woche gequält. Niemand hat herausgefunden, dass Mr Melone sich einen Scherz erlaubt hat.«

»Gott, wie ich Mr Malone hasse«, grummelte ich.

»Ich biete dir gerne meine Hilfe an.« Jasper und ich tauschten einen langen Blick, bis er den Blickkontakt als Erster abbrach. »Wenn du willst.«

»Da sage ich nicht nein«, antwortete ich und zwang mich zu einem gutgelaunten Lächeln. Wie Thomas Jefferson einmal gesagt hatte: *Wer einmal log, dem fiel es beim zweiten Mal sehr viel leichter als zuvor.*

18

Der Rest der Woche verging wie im Flug und ehe ich mich versah, stand das Wochenende schon wieder vor der Tür. Die meiste Zeit hatte ich damit zugebracht, mich etwas mehr in den Unterricht zu hängen, zu Treffen des Veranstaltungskomitees zu gehen, in dessen Namen Einkäufe zu erledigen und mich an Vorbereitungen für die Tanzveranstaltung zu beteiligen. Jede freie Stunde verbrachte ich mit Jasper beim alten Ransom Haus und half ihm dabei, das Grundstück und das Haus wieder in Ordnung zu bringen. Seit unserem Gespräch am Montag hatte ich mich langsam mit dem Gedanken anfreunden können, dass wir beide normal weitermachten, ohne zu viel in Küsse und Unterhaltungen zu interpretieren.

Das lag vielleicht auch daran, dass ich nie wirklich mit Jasper allein war. An einem Tag stellte er mir seinen besten Freund Bash offiziell vor, an einem anderen lernte Jasper Kate und Roxy kennen. Gegen Mitte der Woche fragte ich Ethan und Haylie, ob sie nicht Lust hatten, uns zu helfen, und als gäbe es die beiden nur im Sonderangebot mit Kurt, Elaine, Tobias und Erin, wurde die Gruppe an Menschen, die Jasper und mir halfen das Ransom Haus zu renovieren, immer größer und größer.

Zuerst hatte Jasper sich bei der Vorstellung gesträubt so viel Hilfe anzunehmen, aber selbst er konnte nicht leugnen, dass durch die Unterstützung der anderen die ersten Fortschritte zu sehen waren. Der Garten war nicht länger verwildert, sondern sah mit gemähtem Rasen, getrimmten Sträuchern und weniger Unkraut richtig schön aus. Die Fassade des Hauses war zwar noch immer die gleiche, aber wir hatten uns langsam durch die Räume gearbeitet und angefangen gegen Staub und Dreck zu kämpfen und neu zu streichen.

In manchen Momenten wusste ich gar nicht, wo wir alle unsere Energie hernahmen, um durchzuhalten. Neben dem Spaß an der Sache war die

Arbeit an dem Haus und dem Grundstück nämlich die meiste Zeit genau das – Arbeit.

Und trotz all der Anstrengung und den gelegentlichen Unstimmigkeiten zwischen uns war es ein tolles Gefühl, mit einer Gruppe von Freunden einem Ziel entgegenzuarbeiten. Jasper hatte den anderen nicht alle seine Beweggründe offengelegt, aber das war auch gar nicht nötig gewesen. Unsere neu gewonnenen Freunde hatten, ohne groß nachzufragen, geholfen. Vielleicht würde Jasper nach und nach einsehen, dass genau so etwas Freundschaft ausmachte. Nicht nur Nehmen und Geben, sondern der hilfsbereite Gedanke, der dahintersteckte.

In dieser Woche fühlte es sich wirklich so an, als wäre alles möglich. Es lief schon fast zu gut. Am Freitagnachmittag warf mich dann ein unerwarteter Brief aus der Bahn. Ich hatte einfach zu viel zu tun gehabt, um auch nur annähernd an Ben zu denken und dann fand er trotzdem einen Weg, um sich wieder in mein Leben zu schleichen. Vielleicht hätte ich damit rechnen müssen, nachdem er mir so lange meinen Frieden gelassen hatte.

Kurz vor Unterrichtsschluss war ich dabei, meine überflüssigen Bücher und Ordner in meinen Spind zu packen. Darin herrschte das totale Chaos, weil ich es vor den Sommerferien versäumt hatte aufzuräumen. Normalerweise nutzte ich Schulpausen immer dazu, um etwas Struktur in meine Sachen zu bringen, aber vor den letzten Ferien hatte ich einfach keine Lust gehabt. Weil mir noch etwas Zeit blieb, bevor es zur letzten Stunde klingelte, beförderte ich ein paar alte Notizen in den Müll. Dazu kamen auch noch eine abgelaufene Getränkedose, kaputte Kugelschreiber (mein Spind war ein echter Stifte-Friedhof) und anderes Zeugs wie defekte Kopfhörer und sogar ein altes Foto. Das war der Moment, in dem ich stutzte.

Es war nicht nur das Foto, sondern auch der rote Briefumschlag, auf dem es wie ein Siegel klebte. Auf dem Bild sah man mich und Ben zusammen auf einer Kirmes. Es war damals ein absoluter Schnappschuss gewesen, auf dem wir beide das typische Selfie Duckface machten. Ich hatte das Bild wegschmeißen wollen, aber Ben hatte es behalten. Und irgendwie war es zusammen mit dem Briefumschlag in meinen Spind gekommen.

Panisch blickte ich mich um, als würde ich erwarten, dass Ben irgendwo mit einem Fernglas stand und mich beobachtete. Wer wusste schon, wie lange beides in meinem Spind lag? Ich versuchte mich zu erinnern, wann ich das letzte Mal an meinem Spind gewesen war, aber meistens lief ich in den Pausen her, um Bücher auszutauschen. Das Bild hätte mir früher auffallen müssen.

Warum also jetzt? Warum also heute?

Ich hielt Bild und Umschlag von mir weg und ließ die Hand über dem Mülleimer schweben, der praktischerweise in Armlänge war, da mein Spind einer der letzten in der Reihe war und der Mülleimer in der Nische zwischen dieser und der nächsten Spindreihe stand. Ich konnte es nicht einfach so wegschmeißen. Das brachte ich nicht über mich. Langsam zog ich die Hand zurück und betrachtete das Bild erneut. Ich riss es vom Umschlag herunter, auf dem es leicht festgeklebt war und steckte das Foto in die Potasche meiner Jeans. Den Brief zu öffnen und zu lesen war nochmal eine ganz andere Sache.

Ich zögerte zu lange. Es klingelte und mit diesem Klingeln stürzten auch alle anderen Geräusche, die ich ausgeblendet hatte, wieder auf mich ein. Stimmen, Schritte und Türen, die geöffnet und geschlossen wurden. Ich sah, wie sich die Leute um mich herum in Bewegung setzten. Jemand tippte mich an. Es war Kate.

»Hey, wir müssen zur letzten Stunde, Lucy.« Ich hatte sie gar nicht kommen sehen. »Was ist das für ein Brief? Ist alles in Ordnung bei dir?«, fragte sie besorgt.

»Der Brief ist von Ben«, antwortete ich mechanisch.

»Was steht drin?« Kate sah mich erwartungsvoll an.

»Ich weiß es nicht«, murmelte ich abwesend.

»Hast du ihn denn nicht geöffnet? Okay, vergiss die Frage wieder. Du hast ihn nicht geöffnet. Vielleicht ist das auch besser so. Wir müssen jetzt zu Geschichte, aber danach können wir uns dem ominösen Brief widmen. Du weißt wie Mrs Mayer ist. Sie tötet uns, wenn wir zu spät kommen, und Tote können keine Briefe lesen.« Kate packte mich am Arm und zerrte an mir. »Komm schon.«

»Ja, du hast Recht«, antwortete ich schwach.

***

Kate und ich kamen allerdings nicht dazu, direkt nach der letzten Stunde über Bens ungeöffneten Brief zu sprechen. Noch während des Unterrichts klopfte es an der Tür und die Direktorin trat in den Klassenraum.

»Entschuldigen Sie die Störung, Mrs Mayer, aber ich müsste mir Ms Reagan für den Rest Ihrer Stunde ausleihen. Ihre Anwesenheit wird andernorts gebraucht.«

Vor Schreck rutschte ich fast vom Stuhl. Kate warf mir einen fragenden Blick zu, aber ich schüttelte kaum merklich den Kopf und flüsterte »Keine Ahnung«.

»Ms Reagan.«

Meine Augen glitten zur Direktorin. Ihr Blick lag wie ein Lasso auf mir, als könnte sie mich damit fesseln und wie ein Magnet anziehen. Daran war wieder diese unheimlich autoritäre Aura schuld, die mich einschüchterte. In diesem Augenblick war ich die interessanteste Person im ganzen Raum. Jeder Einzelne schien mich anzugaffen.

Was hat Lucy Reagan wohl verbrochen?

Wie eine Kriminelle unter den Augen ihrer Richter packte ich meine Sachen zusammen und verließ den Geschichtskurs. Auf dem Gang folgte ich der Direktorin ein Stück. Ihre absolut hässlichen gelben Pumps schienen sich in den Boden bohren zu wollen, so energisch ging sie. Bam! Schritt! Klacker! Schritt! Das Geräusch wirkte zermürbend auf mich. Als würde sie mich in den Boden stampfen und nicht ihre armen Schuhe.

»Sie fragen sich sicher, wieso ich Sie vom Unterricht entfernt habe, Ms Reagan«, begann Mrs Armstrong direkt.

Entfernt – als wäre ich ein ekliger Kaugummi!

»Habe ich irgendetwas falsch gemacht?«

Am blöden Nachsitzen konnte es nicht liegen. Das hatte ich zusammen mit Jasper vor einer Weile abgehakt.

»Es geht um das Veranstaltungskomitee«, erklärte Mrs Armstrong. Ich versuchte mit ihr Schritt zu halten, aber sie hatte einen ganz schönen Zahn drauf. Das Geräusch ihrer Schuhe bohrte sich weiter in meine Ohren und machte mich von Sekunde zu Sekunde unausgeglichener. Die Direktorin ließ sich mit ihrer Erklärung Zeit, als ahnte sie, dass ich vor Neugier platzte. »Der Tanzmarathon steht bald bevor und ausgerechnet jetzt sind uns ein paar helfende Kräfte abgesprungen. Ich habe ein paar Schüler aus ihren Kursen geholt, damit sie sich dieses Problems annehmen können, neu planen.«

Ehe ich etwas dazu sagen konnte, sprach sie weiter.

»Das ist aber leider noch nicht die schlimmste Nachricht. Letzte Nacht haben sich ein paar Schüler offenbar einen Scherz erlaubt und ein paar Feuerwerkskörper in die Turnhalle geworfen. Darunter war einer, der durch eines der Fenster der Lagerhalle geflogen ist. Das Fenster ging zu Bruch und ein paar Dekorationen wurden beschädigt, als der Feuerwerkskörper losging.«

»Von wie viel Schaden genau reden wir?«, fragte ich und musste erst einmal schlucken. Die meiste Dekoration hatte ich zusammen mit den anderen Mädchen aus dem Veranstaltungskomitee gebastelt und beschriftet. Vieles davon war handgemacht und nicht so leicht zu ersetzen. Mir legte sich eine eiskalte Faust ums Herz.

»Wir haben den Schaden leider erst heute Mittag bemerkt, als einer der Sportlehrer ein Gerät aus der Lagerhalle holen wollte und es dem Hausmeister gemeldet hat«, sagte Mrs Armstrong bedächtig. »Daraufhin habe ich Ms Blunt informiert, aber diese hat heute einen wichtigen persönlichen Termin und wurde nach der vierten Stunde entlassen. Ms Blunt versicherte mir jedoch, dass Sie, Ms Reagan, im Notfall übernehmen würden.«

Mit Ms Blunt war Carrie, die Vorsitzende, gemeint, der wir auch das tolle Motto *Footlose – Tanze, aber verliere nicht deinen Kopf* – verdankten. Im Original hieß der Beititel des Films eigentlich *There comes a time to cut loose*, aber sicher, Carries Idee machte Sinn.

»Ich soll die Verantwortung übernehmen?«

Ungläubig verzog ich das Gesicht. Mrs Armstrong warf mir einen knapp bemessenen Blick zu.

»Haben Sie damit ein Problem, Ms Reagan?«

»Nein, natürlich nicht«, log ich. Und wie ich das hatte! Carrie konnte mir doch nicht die ganze Arbeit aufhalsen, nur weil sie einen wichtigen persönlichen Termin hatte. Wahrscheinlich saß sie bloß bei der Pediküre. Kate hatte Recht. Carrie war in Wahrheit Satan! »Es ist nur ungewöhnlich, weil jemand anderer Carries Vertretung ist und ich nicht weiß, ob ich –«

»Sie sind ja nicht allein«, unterbrach Mrs Armstrong mich sofort. »Diese Veranstaltung ist wichtig für unsere Schule. Die Schüler freuen sich darauf, die Presse wird wieder da-rüber berichten, wir müssen dafür sorgen, dass die beschädigte Dekoration kein Hindernis ist.«

Ein Wir gab es ohnehin schon mal nicht, dachte ich und konnte nicht verhindern, dass mich der Umstand wütend machte. Ich fand es einfach unfair, so ins kalte Wasser geworfen zu werden. Am besten war es, sich erst einmal einen Überblick zu verschaffen, was los war.

Wir erreichten die Turnhalle über einen Flur und einen Seiteneingang. Mrs Armstrong blieb vor einer verschlossenen Tür stehen und zückte einen Schlüssel. Sie sperrte die Tür zwar auf, trat aber nicht ein. Stattdessen hielt sie mir den Schlüsselbund entgegen.

»Ich habe angefragt, dass die Schüler, die zum Nachsitzen müssen, Ihnen gleich zu Hilfe kommen, Ms Reagan. Verschaffen Sie sich einen Überblick, retten Sie, was Sie können, und geben Sie Ihr Bestes. Ich hoffe, dass Sie es schaffen den Schaden heute zu beheben. Wir haben noch einige Materialien im Kunstraum ... wenn Sie etwas Spezielles brauchen, wenden Sie sich an den Hausmeister und vergessen Sie nicht mir den Schlüssel später wieder vorbeizubringen – und hier wieder abzuschließen.«

»Danke«, sagte ich, es klang aber mehr wie eine Frage. Mrs Armstrong hob skeptisch eine Augenbraue und ihre eisigen Augen wollten mich nicht mehr loslassen.

Sie gab ein Seufzen von sich und verabschiedete sich dann. Die Direktorin war nicht die Einzige, die sich fragte, was Carrie sich dabei gedacht hatte mir die Verantwortung zu überlassen. Ich half gerne aus und organisierte und tat alles, was in meiner Macht stand, wenn es um das Veranstaltungskomitee ging, aber ich hatte die blasse Ahnung, dass das nicht reichen würde.

Fünf Minuten später war mir klar, warum Carrie das Problem nicht selber in Ordnung bringen wollte. Zumindest nahm ich an, dass Satan sich erst alles angesehen hatte und dann zu ihrem wichtigen Termin hatte gehen müssen. Fast die Hälfte der Girlanden, die aus Musiknoten aus Pappe bestanden, und auch viele der Schilder waren angekokelt und nicht mehr zu retten. Am schlimmsten hatte es den Kronleuchter getroffen, dessen hauchdünne Krepppapierverzierung kaum mehr als bunte Fetzen war. Die kleinen Sterne aus Glitzerpapier, an denen ich persönlich drei Stunden gesessen hatte, um sie alle auszuschneiden, waren zerknickt und voller Ruß. Es sah eher aus, als wäre eine Bombe hochgegangen und nicht ein winziger Feuerwerkskörper explodiert.

Wer machte denn so etwas nur?

Ich zog mein Handy aus der Tasche meiner Bluse und wählte Carries Nummer. Die blöde Ziege besaß echt die Frechheit, meinen Anruf wegzudrücken. Zähneknirschend schickte ich einen Hilferuf in die Whatsapp-Gruppe unserer überschaubaren Runde ab. Sekunden später trudelten die ersten Antworten ein – oder sollte ich besser sagen Ausreden? Es war, als hätten sich alle abgesprochen, weil jeder irgendetwas nach der Schule zu tun hatte. Allmählich fragte ich mich, ob ich ein Memo verpasst hatte. Die Einzige, die letzten Endes vorbeikam, war Angelina Reynolds, meine ewige Verbündete. Angelina und ich hatten außerhalb des Veranstaltungskomitees nicht viel gemeinsam, aber sie fand Carrie genauso schrecklich wie ich, also hielten wir immer zusammen.

Als die ersten Leute vom Nachsitzen eintrudelten, hätte ich fast sofort die Hoffnung aufgegeben. Lauter Volltrottel, ohne ein Fünkchen Kreativität. Zusammenhalt war vermutlich das Wichtigste, was mich durch diesen Nachmittag bringen konnte. Sicherheitshalber schickte ich Kate und Roxy noch eine Nachricht.

19

Gegen halb acht gab ich den Schlüsselbund wieder bei der Direktorin ab. Sie hatte zwischendurch nach der aktuellen Lage gesehen und mir mitgeteilt, dass sie bis acht im Büro sitzen würde, weshalb ich länger als die anderen geblieben war. Ich hatte es einfach nicht über mich gebracht die Leute länger einzuspannen und deshalb gegen sechs Uhr gesagt, sie sollten Schluss machen. Bei den letzten Details konnte mir sowieso keiner wirklich helfen und ich war diesbezüglich ein kleiner Sturkopf.

Die Dekoration war zwar nicht ganz die alte geworden, sah dafür aber mehr als passabel aus. Niemand würde den Unterschied merken und das war ein Resultat, mit dem ich leben konnte. Dank meiner Freundinnen hatten wir es tatsächlich noch an diesem Tag geschafft fertigzuwerden. Carrie würde niemals damit rechnen und ich freute mich schon darauf, es ihr morgen persönlich unter die Nase zu reiben. Ich war noch immer wütend auf sie. Nach vier weiteren Versuchen, sie anzurufen, hatte ich ihr schließlich auf die Mailbox gequasselt.

Grummelnd schleppte ich mich zum Haupteingang.

Meine Finger waren wund, in meinem Haar klebte Farbe und irgendwo hatte ich mir das rechte Knie ziemlich hart angestoßen, weshalb es mich gerne bei jedem Schritt an meine Tollpatschigkeit erinnerte.

Ich wollte nur noch raus aus der Schule, in mein Bett und das ganze Wochenende ohne Unterbrechung durchschlafen. Vielleicht würde meine Mom das sogar erlauben, wenn sie erst mal sah, was für ein Wrack ich war.

Als ich die Treppen ins Erdgeschoss hinunterlief, kam mir Jasper entgegen. Wir blieben zeitgleich stehen, als uns nur noch eine einzige Stufe trennte.

»Jasper?«, fragte ich überrascht.

»Eine Fata Morgana bin ich jedenfalls nicht.«

»Ich bin zu schwach für blöde Witze.«

»Zu schwach für Witze? Dann steht es wirklich schlecht um dich, Lucy«, sagte er belustigt.

»Was machst du denn hier?«, fragte ich.

»Ich hab versucht dich anzurufen«, meinte er und lächelte. »Die ganze Woche war so vollgepackt und anstrengend und wir hatten nicht wirklich viel Zeit zum Reden, da wollte ich einfach hören, ob du – warum schaust du mich mit diesem komischen Ausdruck an?«

»Du? Und reden?« Ich schmunzelte vor mich hin.

»Vielleicht bin ich ja auf den Geschmack gekommen. Komplizierte Gefühle und alles«, witzelte Jasper herum. »Außerdem wollte ich einfach ... danke sagen.«

»Kannst du deine Dankbarkeit ausdrücken, indem du mich bis zu meinem Auto trägst? Ich sterbe sonst.«

Wie zur Bestätigung knurrte mein Magen laut.

»Das höre ich«, sagte Jasper munter.

»Woher wusstest du, dass ich noch in der Schule bin?«

»Ich konnte es mir denken, nachdem Kate gesagt hat, dass ihr heute Mittag alle zusammen an der Dekoration für diese komische Tanzsache gearbeitet habt. Warum hast du mir nicht Bescheid gesagt? Ich wäre gekommen und hätte dir geholfen, weißt du.«

Weil ich das nicht gewollt habe, dachte ich. Wenn ich ehrlich war, hatte ich etwas Abstand gebraucht. Jasper und ich verbrachten jeden Tag so viel Zeit zusammen, dass es unweigerlich diese kleinen Momente gab, in denen ich mich fragte, was da zwischen uns war. Oder eben, was genau ein Teil von mir für ihn fühlte. Er hatte ziemlich deutlich gesagt, was er dachte.

»Weil du neben dem Reden jetzt auch noch gerne bastelst?«, fragte ich zynisch. »Alles klar, Jasper.«

»Mit leerem Magen wäre ich auch nicht besonders gut drauf«, tat er meine Bemerkung ab. »Meine Großmutter ist heute Abend aus, was bedeutet, dass Sadie und ich nicht gezwungen sind, mit ihr an einem Tisch zu sitzen und *Foie Gras* zu essen. Willst du vorbeikommen?«

»Ich komm nicht mehr mit. Reden. Freundlichkeit. Und eine Einladung zum Essen. Ich muss halluzinieren.« Langsam setzte ich mich in Bewegung und nahm die letzten Stufen. »Und was bitte ist *Froi Gas*?«

»Es heißt *Foie Gras*, ist französisch und Gänseleber.«

»Es gibt doch nicht echt Menschen, die das essen?«

»Meine Großmutter würde am liebsten darin baden.«

»Deine Großmutter will in Gänseleber baden?«

»Du bist wirklich schrecklich, wenn du Hunger hast.«

Jasper und ich erreichten das Ende des Flurs und kamen endlich zum Haupteingang. Er hielt die Tür auf.

»Freiheit!«, rief ich und hastete die Treppen zum Parkplatz hinunter, ehe ich hier noch festwuchs.

Jasper kam mir nach und schüttelte den Kopf.

»Du bist doch nicht zur Schule gekommen, um mich zum Essen einzuladen, oder?«, fragte ich und wollte mich ganz zu ihm umdrehen. Mein Schuh stolperte über eine Unebenheit am Boden und ich wäre fast gestürzt. Mir rutschte die Tasche von der Schulter und klatschte auf den Boden. »Oh, Mist«, fluchte ich. Eine Schnalle hatte sich gelöst und meine Sachen verteilten sich über den Parkplatz. Da es auch noch windig war, flogen einige der losen Blätter, die ich immer zwischen meine Blöcke klemmte, weil ich zu faul war, um sie ordentlich abzuheften, davon. Automatisch jagte ich ihnen nach. Nach ein paar Minuten wildem Hin und Her bekam ich sie glücklicherweise zu greifen. Jasper war so nett gewesen meine anderen Sachen aufzuheben und zurück in die Tasche zu stopfen. Ich ging zu ihm zurück.

»Danke«, sagte ich und griff nach der Tasche. Jasper ließ sie nicht sofort los, weshalb ich ihn irritiert ansah. Ihm schien irgendetwas auf der Zunge zu brennen. »Was ist los? Hast du was vergessen oder so?«

Er sah mich noch immer mit dieser undurchschaubaren Miene und den zusammengezogenen Augenbrauen energisch an.

»Jasper?«, versuchte ich es ein weiteres Mal.

»Was ist mit …«

»Was ist mit *was*? Hallo, Erde an Jasper?«

Er schüttelte den Kopf. »Schon gut.«

»Okay. Du bist seltsam«, meinte ich skeptisch.

»Nicht so seltsam wie du, Lucy.«

»Was soll das denn jetzt wieder heißen?«

Ich setzte eine empörte Miene auf, aber er lachte über meine Unsicherheit. Jasper streckte die Finger aus und schien etwas aus meinen Haaren angeln zu wollen, bis er bemerkte, dass es kein Blatt war, sondern braune Farbe. Trotzdem zog er die Hand nicht gleich zurück.

Oh Gott, es ist wieder einer dieser Starr-Momente! Panisch wandte ich die Augen ab, bevor mein Magen noch einen Purzelbaum schlagen konnte und ich etwas Dummes tat oder sagte. Blicke konnten nicht nur töten, so viel stand fest. Aber wie zur Hölle sollte ich es bitte deuten, wenn er mich ansah, als stünde er kurz davor, mit einem Geheimnis herauszuplatzen? Mit diesem glasigem Ausdruck in den Augen und dem leicht geöffneten Mund?

Nicht an Jaspers Lippen denken, Lucy!

Mit einer langsamen Handbewegung streifte ich mir das Haar zurück und Jasper nahm wieder Abstand von mir.

»Nur Farbe«, sagte ich, als wäre das nicht sowieso schon offensichtlich genug. »Vielleicht sollte ich meine Haare einfach schneiden, dann hätte ich das Problem erst gar nicht. Der Wind macht es auch nicht besser.«

Ich steuerte mein Auto an. Es standen nicht mehr viele Wagen auf dem Parkplatz und ehrlich gesagt wunderte es mich, dass überhaupt noch welche hier parkten. Jasper ließ mich nicht besonders weit kommen. Er umfasste mein Handgelenk und hielt mich fest.

»Also, was ist mit Essen?«

Wieder blieb ich stehen und wieder kämpfte ich ein paar meiner Gefühle nieder, die seine Berührung in mir auslösten. Seine Finger waren so schön warm und – lang! Wer hatte schon so lange Finger? Edward mit den Scherenhänden vielleicht. Genau. Jasper war ein Monster!

»Ich würde wirklich gerne nach Hause fahren.«

»Wo ist denn der Unterschied?«, fragte Jasper.

Ich biss mir auf die Lippe und dachte nach. Sonst war ich immer total gut im Erfinden von Ausreden, aber die Ausreden-Funktion in meinem Kopf schien defekt zu sein.

»Du könntest Sadie wegen den Filmrollen ausquetschen. Die Geschichte kennst du noch immer nicht. Außerdem, bist du denn gar nicht neugierig, wie unser Haus von innen aussieht?«, versuchte Jasper mich zu überreden.

Das Problem damit, sich nicht auffällig verhalten zu wollen, war, dass man sich in solchen Situationen immer besonders auffällig verhielt. Ich schluckte schwer.

»Du hast Recht«, sagte ich mit meiner besten Gute-Laune-Stimme. »Ich hab echt einen Mordshunger und mich interessiert wirklich Sadies Geschichte und das Haus.«

Jasper lächelte. »Sollen wir mit beiden Autos fahren?« Er deutete hinüber zu einem schwarzem Range Rover, der am Ende des Parkplatzes stand. »Ich bin mit meinem eigenen gekommen, aber ich kann dich auch mitnehmen und später wieder zurückbringen.«

»Schon gut«, antwortete ich mit einem halbherzigen Lächeln. »Ich muss vorher noch meine Mom anrufen und ihr Bescheid sagen. Vielleicht will sie auch, dass ich sofort nach Hause komme. Es ist schon spät.«

»Es ist Freitagabend. Wochenende«, meinte Jasper.

»Ja, du hast Recht«, erwiderte ich und nickte.

»Oder musst du irgendwo hin?«

Die Frage klang irgendwie seltsam vorwurfsvoll. Hatte er gemerkt, dass ich versucht hatte ihn unauffällig abzuwimmeln? Das Letzte, was ich wollte, war Jasper ein komisches Gefühl zu vermitteln. Er schob die Hände in die Hosentaschen und sah mich erwartungsvoll an.

»Nein. Ich komme gerne mit. Gib mir fünf Minuten.«

Kaum saß ich im Auto, atmete ich mehrmals tief ein und aus. Ich machte es mir aber auch selbst unnötig schwer.

Mit rasendem Herzen rief ich meine Mom an.

20

In der Eingangshalle der Ransoms stand ein Klavier. Es kam mir riesig vor und glänzte im Licht des Kronleuchters wie eine schwarze Perle. Ich hatte nie etwas für Instrumente übriggehabt, weil ich selber nicht musikalisch war, aber es sah beeindruckend aus.

»Kannst du spielen?«, fragte ich.

»Für gewöhnlich wollen die Leute wissen, warum es ausgerechnet hier steht.« Mit einer weiteren Frage im Gesicht sah ich Jasper lange an. »Mein Dad hat da so ein Ritual. Jedes Mal, wenn er von einer Reise nach Hause kommt, setzt er sich an den Flügel und spielt. Die Noten werden bis in jeden Winkel des Gebäudes getragen und wir wissen, dass er zurück ist. Wenn die Musik erklingt, wissen wir, dass alles in Ordnung ist. Das Klavier wurde schon ewig nicht mehr benutzt.«

»Das ist wirklich … traurig«, sagte ich leise.

»Du hast Recht. Vielleicht sollten wir einen Eimer neben das Klavier stellen, damit wir unsere Tränen darin sammeln können, bis Dad wiederkommt. Und nein, ich kann nicht spielen. Ich bin der Sportler der Familie, klassische Musik ist nicht wirklich mein Ding.«

»Nicht mal ein winziges Stück, wenn dein Vater doch Konzertpianist ist?«, fragte ich neugierig.

»Jasper hat nicht sonderlich viele Talente!«

Ich riss den Kopf herum, als sich jemand in unser Gespräch einmischte. Constantin Bash war soeben auf das Geländer gesprungen und surfte wie ein Profi zu uns herunter. Er machte eine ziemlich gute Figur dabei. Ich hatte das nicht mal als Kind gekonnt. Außerdem hätte meine Mom mir den Hals umgedreht, wenn ich es auch nur gewagt hätte etwas so Gefährliches auszuprobieren.

»Hallo, Jasper. Hallo, Lucy.« Er verneigte sich elegant vor mir. »Ihr habt nicht zufällig etwas zu Essen mitgebracht? Ich bin echt am Verhungern.«

»Ich wusste nicht, dass du hier bist.«

»Der Ersatzschlüssel ...«

Abrupt ging zwischen den beiden Jungs ein einverständlicher Blick hin und her. Kurz herrschte eine Stille, die ich nicht einordnen konnte. Dann trat Jasper nach vorne und klopfte Bash auf die Schulter.

»Du bist hier jederzeit willkommen, Bash.«

Wieder folgte ein langer vielsagender Blickwechsel.

»Lucy und ich sind auch am Verhungern«, sagte Jasper schließlich. »Wir können alle zusammen was bestellen. Weißt du zufällig, wo meine Schwester steckt?«

»Sadie hat mich bestens unterhalten.«

Bei Bash klang das irgendwie recht zweideutig. War Sadie nicht noch mal eine Ecke jünger als wir gewesen?

»Lass dich nicht von ihm verarschen«, meinte Jasper kopfschüttelnd zu mir. »Die einzige Liebe, die Bash und Sadie teilen, sind Comics und Videospiele.«

»Alles andere wäre auch illegal«, meinte Constantin und zwinkerte mir selbstbewusst zu. »Bei dir läge der Fall natürlich anders, falls du mal Lust hast...«

»Du machst Lucy noch ganz irre, Bash. Es wird anscheinend Zeit, dein Schandmaul mit etwas anderem zu beschäftigen, damit du die Klappe hältst«, sagte Jasper belustigt und erklärte mir: »Du darfst ihn nicht ernst nehmen. Was Humor betrifft ist er noch weit von dem Level entfernt, auf dem wir uns bewegen.«

Constantin verdrehte genervt die Augen. »Also, was sollen wir bestellen? Wenn du noch länger versuchst dich auf meine Kosten besser dastehen zu lassen, dann verhungere ich auf der Stelle. Lucy, bist du schon beeindruckt genug oder muss Jasper sich noch mehr anstrengen? Und jetzt gib bitte die richtige Antwort.«

»Wie soll sie denn da die richtige Antwort geben!«, mischte sich eine neue Stimme ein. Ein Mädchen stand am oberen Ende der breiten Marmortreppe, die nahtlos mit dem hellen Boden verschmolz und in den ersten Stock führte, und hatte den Satz zu uns heruntergebrüllt. »Jasper ist ein Volltrottel und von beeindruckend noch weit entfernt! Allerdings würde es mich vielleicht beeindrucken, wenn du was zu essen organisierst!«

»Danke, Sadie!«, brüllte Jasper zurück. »Gebt euch bloß keine Mühe, einen positiven Eindruck zu hinterlassen, wenn ich Besuch mit nach Hause bringe.«

»Das erwartest du doch sonst auch nicht von uns«, sagte Constantin und zuckte mit den Achseln. Super, genauso etwas hatte ich natürlich hören wollen.

»Wo wir schon bei Besuch sind!«, schrie Jaspers Schwester wieder. Anstatt die Stufen herunterzukommen, lehnte sie sich extrem weit über das Geländer. »Ich glaube, du hast ziemlich unerwarteten –«

»Ich ignoriere dich jetzt«, warnte Jasper sie genervt. »Dieses Rumgebrülle ist zu anstrengend.«

»Schön!«, gab Sadie laut zurück. Sie setzte sich langsam in Bewegung und kam in die Eingangshalle.

»Wenn es in der Eingangshalle eures Hauses schon so lebhaft zugeht, dann muss ich ja richtig Angst haben, eines der anderen Zimmer zu betreten«, scherzte ich.

»Unter Sadies Bett wohnen alle Monster, also keine Panik«, sagte Jasper amüsiert. »Ich dressiere sie noch, damit sie meine Schwester endlich fressen, aber bisher hat das noch nicht so gut geklappt.«

»Das Einzige, was unter meinem Bett wohnt, ist meine Comicsammlung«, bemerkte Sadie und verschränkte die Arme, als sie endlich vor uns stand. »Sparen wir uns die Vorstellung einfach und gehen zum Essen über?«

»Dieses fünfzehnjährige Bündel schlechter Laune und Respektlosigkeit ist meine kleine Schwester Sadie«, stellte Jasper Sadie vor. »Sie liebt ausgedehnte Spaziergänge vom Sofa zum Kühlschrank, Bücher, die dicker sind als ihre schwachen Ärmchen, und badet einmal die Woche im Blut unschuldiger Katzenbabys.«

»Du hast vergessen zu erwähnen, dass ich das beste Geschenk bin, was Mom und Dad dir jemals gemacht haben«, meinte Sadie und zog eine ulkige Grimasse.

Sadie Ransom war genau wie Jasper blond, hatte aber ein paar bunte Strähnen in den Haaren, die ihr bis zur Schulter reichten. Sie war wirklich klein und reichte mir gerade einmal bis zur Brust. Ich hätte sie auf Grund ihres Aussehens wirklich älter geschätzt und das lag nicht nur an dem hautengen Top, das sie anhatte. Ihre Röhrenjeans war ausgefranst und durchlöchert. Ihre Ohren waren mehrfach gepierct, genau wie ihre Lippe, und ihr Make-up war ziemlich dick aufgetragen. Eindeutig zu viel Kajal und roter Lippenstift für ihr zierliches Gesicht.

Die Kleine war Kurt, was diesen Grunge-Look anging, meilenweit voraus und ich konnte nicht verhindern, dass ich sie anstarrte. Ich war fast siebzehn und meine Mom hätte mir niemals erlaubt so herumzulaufen. Sadie schien keine Mom zu haben, die ihr sagte, dass Rot nicht unbedingt ihre Farbe und weniger mehr war.

Und wie um das alles noch zu toppen, saß ein Hamster auf ihrer rechten Schulter und glotzte mich an.

»Ist das eine *Freundin*, eine *Freundin Freundin* oder eine von den Freundinnen, die gerne *Freundin Freundinnen* wären?«, fragte sie Jasper. »Nur, damit ich weiß, was jetzt die richtige Begrüßung für sie ist.«

»Ich kann dir nicht ganz folgen«, sagte Jasper.

»Ich auch nicht«, sagte ich. »Ich bin Lucy.«

»Hallo, Lucy, die mir nicht ganz folgen kann und meinen Bruder so in Verlegenheit bringt.«

Jasper und verlegen? Ich spähte zu ihm hinüber, aber er sah tatsächlich etwas verunsichert aus. Als sich unsere Blicke trafen, blickte er sofort wieder zu Sadie.

»Da sitzt ein Hamster auf deiner Schulter«, sagte ich, weil mir einfach nichts Besseres einfiel.

»Das ist Mo«, antwortete Sadie tonlos.

Dann sagte für einige Zeit niemand mehr etwas.

»Okay, Leute«, murmelte Jasper und verdrehte die Augen. »Wir losen aus, was wir essen, und danach könnt ihr beide machen, was ihr wollt. Jetzt hört auf zu nerven.«

Sadie und Bash nickten eifrig. Ich schaute weiter dumm aus der Wäsche. Jasper erklärte mir, dass die drei in solch einem Fall normalerweise Stein, Schere, Papier spielten, um zu entscheiden, was gegessen wurde. Also spielten wir wenige Sekunden später eine Runde, während wir einen Kreis in der Eingangshalle bildeten. Innerhalb eines Atemzugs stand Sadie als Gewinnerin fest.

»Taco-Time!«, sagte sie triumphierend und reckte die Faust empor. »Ich bestelle Tacos für alle. Mist, mein Handy liegt noch oben im Zimmer.«

Mit diesen Worten stürmte sie wieder in den ersten Stock. Constantin setzte sich zeitgleich mit ihr in Bewegung. Er hastete Jaspers Schwester die Stufen hinterher. »Mit scharfer Salsa!«, rief Bash. »Vergiss die Salsa nicht. Und was ist eigentlich mit dem Spiel von neulich? Du schuldest mir noch eine Revanche!«

Als ich das nächste Mal blinzelte, waren die beiden außer Sicht– und Hörweite. Hier war vielleicht was los. Jetzt vermisste ich Taylor noch viel mehr.

»Sind Tacos okay?«, fragte Jasper freundlich. »Sadie ist verrückt nach Tacos. Sie liebt die Dinger.«

»Sicher«, antwortete ich. »Mich beschäftigt immer noch die Frage nach dem Hamster auf ihrer Schulter.«

»Was soll man denn sonst mit einem Hamster machen?«

»Ihn in einen Käfig sperren. In einem Rad laufen lassen«, schlug ich vor. »Es ist immerhin ein Hamster.«

Jasper lachte über meinen Vorschlag. »Du hast ja wilde Phantasien. Soll ich dich und Mo mal alleinlassen?«

Lachend schüttelte ich den Kopf. »Bloß nicht. Ich könnte sonst anfangen Hamster-Mo zu mögen.«

»Du meinst, so wie mich.«

»Jasper, –«

»Du magst mich doch, oder?«

»Ist das eine Trickfrage?«

Jasper sah nicht so aus, als würde er einen Witz machen. Mein Herz begann sofort schneller zu schlagen.

»Natürlich mag ich dich«, antwortete ich sanft. »Du machst es einem zwar nicht immer leicht, aber wir sind ziemlich gute Freunde geworden, nicht wahr?«

»Freunde, genau.«

»Ach, dann hast du mich also hergelockt, um mir doch eine Liebeserklärung zu machen?«, überspielte ich meine Nervosität mit einer Portion Sarkasmus. »Sollten wir dann nicht gleich in dein Zimmer gehen und den Bund besiegeln? Das scheinst du ja sonst immer zu machen.«

Den letzten Satz hatte ich nicht so fies klingen lassen wollen, aber er war mir einfach herausgerutscht. Jasper hatte meinen spöttischen Unterton auch herausgehört. Er sah verletzt aus und sagte kein Wort.

»Das habe ich nicht so gemeint«, entschuldigte ich mich vorsichtig. »Macht der Gewohnheit. Sorry.«

»Dann hattest du nicht vor in meinen Sex-Dungeon einzuziehen, Lucy?«, meinte er locker. »Dabei hatte ich fest damit gerechnet, dass unsere Reise dort endet.«

»Ich kann ihn mir ja einmal ansehen.«

»Bist du dir sicher, dass du so mutig bist?«

»Ein Zimmer sagt viel über einen Menschen aus.«

»Dann nach mir«, meinte Jasper und ging voraus. Wir liefen die Marmortreppe hinauf und folgten einem schweren Teppich, der sich durch einen langen Flur zog.

So viel zum Thema Teppphopia, dachte ich amüsiert.

Es gab nicht besonders viele Türen, obwohl der Flur kein Ende zu nehmen schien, was wohl bedeutete, dass die Räume dahinter recht groß sein mussten. Jasper blieb schließlich vor der letzten Tür auf der linken Seite stehen und griff nach dem Knauf. Bevor er sie öffnete, drehte er sich mit einem frechen Grinsen im Gesicht zu mir um. »Bist du bereit für Großes, Reagan?«

»Du bist so ein Angeber, Jasper.«

Er öffnete die Tür und schaltete das Licht ein. Jasper holte gerade Atem, um etwas zu erwidern, doch dann blieben ihm die Worte im Hals stecken. Mir wäre es in seiner Situation nicht anders ergangen. Wir waren nämlich nicht die einzigen Anwesenden im Raum. Und wenn Jasper schon völlig überrascht aus der Wäsche schaute, dann musste meine Miene puren Schock widerspiegeln.

Dort auf dem großen Bett, das in der Mitte des Raumes stand, lag Carrie Blunt. In Unterwäsche. In einer Position, die wohl verrucht aussehen sollte. Ich konnte im ersten Moment gar nicht verarbeiten, was ich sah.

Carrie. Halbnackt. Auf Jaspers Bett.

Was zur verdammten Hölle ging hier vor? In meinem Gehirn gab es einen richtigen Kurzschluss, weil ich den Zusammenhang nicht verstand. Dass Carrie nicht rein zufällig in Jaspers Bett lag, lag irgendwie auf der Hand. Aber sie hatte doch nicht die letzten Stunden hier gelegen, während ich hart an der Wiederherstellung der Deko gearbeitet hatte, oder etwa doch? Und wieso kannten sie und Jasper sich? War das etwa, was ich dachte?

»Woah«, machte Jasper schließlich und warf einen Blick zurück zu mir. Ich konnte beim besten Willen nicht verhindern, dass ich ihn verstört angaffte. Seine Augen glitten zu Carrie hinüber. Er räusperte sich. »Ich glaube, ich verstehe nicht ganz, was los ist.«

Carrie rutschte hastig auf die Bettkante und griff sich einen Mantel, der auf dem Boden lag. Sie drückte ihn an ihre Brust und starrte uns mit offenem Mund an.

»Was machst du denn hier?«, kreischte Carrie hysterisch und schlüpfte hastig in ihren Mantel hinein.

»Ich wohne hier«, sagte Jasper perplex.

Carrie deutete mit dem Finger anklagend auf mich.

»Ich meine Lucy. Du kannst mir doch nicht ernsthaft erzählen, dass du sie jetzt auch noch abschleppst!«

Jasper hob abwehrend die Hände. »Sekunde mal, du bist in mein Haus eingebrochen und legst dich halbnackt in mein Bett und wirfst mit Anschuldigungen um dich?«

Carrie verzog wutentbrannt den Mund. »Deine Schwester hat mich hereingelassen. Es ist ja nicht so, als wäre ich noch nie hier gewesen, Jasper. Und Lucy ...« Ihre Augen bohrten sich zornig in mich hinein. »Ich dachte, du würdest an der Deko für den Tanzmarathon arbeiten.«

Mir klappte der Unterkiefer herunter. »Bitte?«

»Du hast mich schon richtig verstanden!«

»Carrie – was machst du hier?«, fragte Jasper und klang jetzt nicht mehr überrascht, sondern außer sich.

»Ich wollte dich überraschen«, sagte sie energisch. »Als ich mitbekommen habe, dass du so viel Zeit mit *ihr* verbringst, dachte ich mir, du könntest eine kleine Erinnerung an das gebrauchen, was du wirklich willst.«

Jetzt wurde mir wirklich schlecht. Jasper und Carrie? Es war etwas völlig anderes, sich irgendetwas vorzustellen, als zu wissen, mit wem er etwas gehabt hatte. Und dann ausgerechnet Carrie? War das ein scheiß Witz des Universums? Und eine andere Frage: Hatte Carrie mir mit Absicht die Arbeit aufgehalst, weil sie eifersüchtig war? Dachte sie etwa, ich und Jasper würden …? Mir lief ein eiskalter Schauer den Rücken hinunter.

»Du hast seit drei Monaten nicht mehr mit mir gesprochen«, sagte Jasper kühl. »Mich ignoriert. Du kannst mir echt nicht sagen, dass du nach all den Wochen kein anderes Bett gefunden hast, in das du springen kannst.«

Jasper klang so abfällig, dass sich mir das Herz zusammenkrampfte. Ich hatte ihn noch nie so spöttisch mit jemandem umgehen gesehen und es gefiel mir nicht. Automatisch trat ich einen Schritt zurück, aus dem Raum.

Carrie schien es die Sprache verschlagen zu haben. Sie stieß einen zornigen Schrei aus und stürmte an Jasper vorbei, ohne sich den Mantel richtig zuzuknöpfen. Jasper wirbelte herum und folgte ihr, ohne zu zögern. Ich war an die Wand im Flur zurückgewichen und blieb wie festgefroren eine halbe Ewigkeit einfach stehen.

»War das ein nacktes Mädchen?«

Sadie kam den Flur herunter. Offenbar lag ihr Zimmer am anderen Ende und sie hatte alles mitgehört und einen Teil davon auch gesehen. Ihr Blick ruhte interessiert auf mir. Ich war völlig durcheinander und wusste gar nicht mehr, was ich denken sollte. Ich nickte.

»Creepy. Und die hab ich hereingelassen.«

»Kann ja niemand ahnen, dass sie –«

»Komische Vorlieben hat?«, half Sadie mir aus. Sie klang nicht im Mindesten geschockt. »Echt irre.«

»So kann man das auch bezeichnen.«

Ich löste mich langsam von der Wand, auch wenn ich das Gefühl hatte, meinen Beinen nicht ganz trauen zu können. Die Sache war einfach die – ich kannte Carrie gut genug, um zu wissen, wie sie reagieren würde. Sie war die Vorsitzende des Veranstaltungskomitees und ich liebte das Veranstaltungskomitee. Und jetzt hasste sie mich. Hatte es vielleicht schon eine Weile getan. Nichtsahnend wie ich war, hatte ich natürlich nichts gerafft. Wie auch? Und Jasper. Es sollte sich nicht so beschissen anfühlen, aber mein Herz schmerzte richtig bei dem Gedanken an ihn und Carrie und tausend andere Mädchen. Was war ich nur für ein blinder und dummer, dummer Mensch?

»Eigentlich wollte ich nur sagen, dass die Tacos gleich kommen«, meinte Sadie unbekümmert. »Und außerdem noch danke sagen. Mir ist eben erst klar geworden, dass du diejenige bist, die dicht gehalten hat. Wegen den Filmrollen. Jasper hat es mir erzählt. Danke, Lucy.«

»Gern geschehen«, murmelte ich, weil es mir echt schwerfiel, mich auf das neue Thema zu konzentrieren.

»Willst du sie denn gar nicht hören?«

»Was denn?«

»Die Geschichte. Das Wieso und Warum.«

»Willst du sie denn erzählen, Sadie?«, fragte ich. Ich schaffte es endlich tief durchzuatmen und meine Aufmerksamkeit Jaspers Schwester zu widmen.

Sadie zögerte. »Vielleicht. Eigentlich schon. Irgendwie hab ich das Gefühl, ich schulde dir zumindest die Wahrheit, weil du mich gedeckt hast und dafür das Nachsitzen in Kauf genommen hast. Die Wahrheit ist allerdings nicht besonders schön. Es geht um einen Jungen.«

»Es geht immer um einen Jungen«, murmelte ich betrübt, weil ich damit nicht Sadies Geschichte meinte.

Sadie nickte zustimmend. »Immer. Meistens. Jungs sind echt die Pest. Sein Name ist Jeffrey Schwarz. Er hat mich auf ein Date eingeladen. Eigentlich waren es mehrere. Und kein einziges Mal ist er gekommen. Später habe ich herausgefunden, dass er sich nur mit seinen Freunden über mich lustig machen wollte. Schauen, wie lange ich das Spiel mitspiele, bis ich aufgebe.«

»So ein mieser Arsch«, sagte ich mitfühlend.

»Um es ihm heimzuzahlen, habe ich die Filmrollen kaputtgemacht. Er hat immer wieder davon gesprochen, wie viel sie ihm bedeuten und dass er einen Zusammenschnitt davon für die Jubiläumsfolge der Schulnachrichten machen wollte, um sich dann mit dem Auftritt bei irgendeinem TV-Preis für Highschools zu bewerben«, erzählte Sadie die Geschichte mürrisch weiter. »Ich wollte es ihm einfach heimzahlen und habe im ersten Moment nicht darüber nachgedacht, dass die Zerstörung der Filmrollen auch andere Konsequenzen haben könnte.«

»Du hättest ihn den Zusammenschnitt machen lassen sollen. Er hätte so richtig intensiv daran arbeiten und sich bemühen sollen und dann, am Tag der Sendung, hättest du das Video vorher ausgetauscht und ihn stattdessen dabei gezeigt, wie er in der Nase bohrt oder andere peinliche Sachen macht. Das wäre eine Blamage geworden. Da hätte es echt dutzende Möglichkeiten gegeben.«

Sadie musterte mich prüfend, dann nickte sie zustimmend. »Mir gefällt, wie du denkst, Lucy.«

Jaspers Schwester und ich standen einen Moment schweigend nebeneinander, bis die Stille wirklich zu merkwürdig zwischen uns wurde. Ich öffnete den Mund, um etwas zu sagen, aber Sadie hatte den gleichen Gedanken.

»Kann ich deine Tacos mitessen?«, fragte sie. »Irgendetwas sagt mir, dass du gleich nicht mehr hier sein wirst.« Sadie schenkte mir ein mitfühlendes Lächeln.

»Jungs«, sagte ich ernst.

»Jungs«, bestätigte sie und grinste.

Seit Carries Auftritt zog mich die Haustür wirklich wie magisch an. Mir war das alles zu viel geworden. Carries skurriler Plan, Jaspers Reaktion darauf. Zu Hause war ich wirklich besser aufgehoben und ich bereute überhaupt hergekommen zu sein. Jaspers Gefühle nicht verletzen, dass ich nicht lachte! Ihm machte es anscheinend nichts aus mich einfach stehenzulassen. Wahrscheinlich kam ihm nicht einmal in den Sinn, dass mich sein Verhalten irgendwie vor den Kopf stieß.

»Vielleicht sehen wir uns noch, Sadie.«

Jaspers Schwester schenkte mir ein Lächeln. Ich ging ins Erdgeschoss und visierte die Haustür an. Ich wäre auch ohne irgendein Abschiedswort gegangen, aber wie der Zufall es so wollte, öffnete sich die Haustür just in dem Moment, als ich nach der Klinke greifen wollte. Offenbar war Jasper Carrie bis zum Gartentor gefolgt. Jetzt, wo ich darüber nachdachte ... wie war sie eigentlich hergekommen? Ein fremdes Auto hatte ich nirgends gesehen. Wahrscheinlich hatte sie nicht damit gerechnet, heute Nacht wieder nach Hause kommen zu müssen.

»Du willst gehen«, sagte Jasper tonlos.

»Ich denke, das ist das Beste«, sagte ich leise.

»Lucy, ich hab Carrie seit Monaten nicht gesehen. Ich wusste nicht, dass sie hier gewartet hat. Ich werde deshalb mit Sadie noch ein Hühnchen rupfen, weil sie Carrie einfach hereingelassen hat. Ich weiß nicht, was diese bescheuerte Aktion sollte. Du musst dich deshalb nicht schlecht fühlen. Carrie ist einfach irre.«

Ich seufzte schwermütig. »Du denkst, Carrie ist das Problem? Das ist sie nicht, nicht wirklich.«

Ich machte einen Schritt nach vorne, aber Jasper umfasste sanft mein Handgelenk und hinderte mich daran, an ihm vorbeizugehen. Irgendetwas an seinem Blick bohrte sich tief in mein Herz hinein. Mit diesem Ausdruck hatte er mich in letzter Zeit öfter angesehen und ich konnte einfach nicht deuten, was hinter seinen dunklen Augen verborgen lag. Das machte mich irre.

Jasper sagte nichts. Vielleicht durchschaute er meine Gedanken, vielleicht hatte er Angst etwas zu fragen, auf das er die Antwort nicht hören wollte, ich wusste es nicht. In dieser Sekunde fühlte ich mich nur noch erschöpft und ausgelaugt und wollte endlich weg.

»Okay, Carrie ist das Problem«, sagte ich, weil es nur halb gelogen war. »Wir sind beide im Veranstaltungskomitee und sie wird mir das Leben zur

Hölle machen. Ich hatte mir eigentlich gewünscht mir mein persönliches Highschool Drama bis zum Senior Year aufsparen zu können. Mit tragischer Musicalnummer und allem.«

Jaspers Finger drückten sich fester gegen mein Handgelenk, als ich mich bewegte. Er musste spüren, wie rasend schnell mein Puls ging, während sein Blick noch immer auf meinem Gesicht lag. Undeutbar und starr.

»Wieso hab ich das Gefühl, dass du nicht wiederkommst, wenn du gehst?«, fragte er ernst.

»Weil du das chronische Problem hast, anderen Menschen nicht vertrauen zu können«, sagte ich behutsam. »Weil du denkst, du wärst nicht gut genug. Weil du Angst hast. Nicht nur vor der Zukunft, sondern vor jedem Morgen.«

Jasper ließ langsam mein Handgelenk los.

»Meine Schwester Taylor war mal genauso wie du. Sie hat es sich immer sehr schwer gemacht. Am liebsten hat sie gesagt, dass mit ihr alles in Ordnung ist und nur mit der Welt etwas nicht stimmt. Manchmal glaube ich das auch, aber die meiste Zeit denke ich, Probleme lösen sich nicht mit der gleichen Art von Denken, durch das ein Problem überhaupt entstanden ist.« Ich schüttelte den Kopf und lachte leise über mich selbst. Mich und meine Gedanken. »Ich denke immer zu viel nach.«

Jasper schien noch immer nicht zu wissen, was er sagen sollte. Er rang mit sich, sog scharf die Luft ein, sprach aber kein einziges Wort aus.

»Bye, Jasper«, sagte ich und ging.

21

Bevor ich es nach Hause schaffte, setzte ein heftiges Gewitter ein und fegte mich mit der Windstärke eines Orkans fast von der Straße. Als ich meine Eltern suchte, um ihnen Bescheid zu geben, dass ich endlich daheim war, fand ich sie beide in der Küche, wo sie am Tisch saßen und eine Runde Monopoly spielten. Es schien keinen der beiden zu stören, dass der Regen so hart gegen die Fenster klatschte, als wollte er sie zertrümmern. Der erste Blitz zuckte über den schwarzen Himmel.

»Es stehen ein paar Reste im Kühlschrank, falls du Hunger hast«, begrüßte Mom mich. »Dein Vater und ich haben uns eben Pizza kommen lassen und nicht alles geschafft. Oder hast du bei deinem Freund gegessen?«

»Nein«, antwortete ich und mir wurde wieder bewusst, wie schrecklich hungrig ich doch war. »Ich war dann doch zu müde und hab es mir anders überlegt.«

»Das gibt es doch nicht, ich muss schon wieder ins Gefängnis! Diese verdammten Aktionsfelder. Jedes Mal muss ich eine Karte ziehen und dann so was«, beschwerte mein Dad sich und sah Mom mürrisch an, als würde sie sein Glück irgendwie beeinflussen können. Meine Mom lachte über seinen Wutanfall und machte ihren Zug.

»Du kannst gerne noch einsteigen«, bot sie mir an. »Auch wenn dein Dad heute wirklich ein schreckliches Temperament hat, was das Spiel angeht.«

Mein Dad verdrehte die Augen. »Stephanie, du hast gut reden. Du gewinnst ja auch die ganze Zeit.«

Ich ging zum Kühlschrank und inspizierte die restlichen Pizzastücke. Vier-Käse-Pizza, besser ging's nicht. Ich schob die Pizza auf einen Teller und den Teller in die Mikrowelle. Während das Essen warm wurde, hängte ich meine Jacke an die Garderobe und lief flink nach oben, um mich in meinen Pyjama zu schmeißen. Als ich aus dem Bad kam, sah ich Mom mit dem Teller die Treppe hochkommen. »Room-Service!«, rief sie fröhlich.

Mom folgte mir in mein Zimmer. Sie stellte den Teller auf meinem Schreibtisch ab und setzte sich neben mich aufs Bett. »Was hast du denn da in den Haaren, Lucy?«

»Farbe, glaube ich«, gab ich zur Antwort.

»Ist das jetzt in Mode?«, fragte Mom scherzhaft.

»Von der Dekoration«, erklärte ich. »Ich war doch den ganzen Tag im Sklavenlager des Veranstaltungskomitees.«

»Wie ist es denn gelaufen?«

»Der Tanzmarathon kann wieder steigen.«

»Und sonst? Ich hatte eben den Eindruck, dass du etwas bedrückt wirkst. Ich weiß ja, dass du und Taylor nicht gerne vor eurem Vater über Jungs redet.« Mom strich mir das Haar hinter die Ohren. »Alles okay?«

»Ich war wirklich nur müde, Mom.«

Sie lächelte. »Na gut, Lucy. Taylor hat übrigens heute angerufen. Sie und Hunter befinden sich auf dem Weg zum Flughafen. Anscheinend ist das Auto nach den vielen Meilen und Pannen nun endgültig hinüber, also haben sie vor, es an einen Schrotthändler zu verkaufen und von dem Geld die Flugtickets zu buchen. Ich muss gestehen, dass ich wirklich froh bin, dass sie zurückkommen.«

»Ich auch, Mom«, sagte ich ehrlich. »Ich dachte nur, das solltest du wissen.« Mom drückte mich fest an ihre Brust. »Gute Nacht, Lucy.«

»Nacht«, rief ich ihr nach, als sie das Zimmer verließ. Ich griff mir das erste Stück Pizza und biss ein großes Stück ab. Eigentlich sollte ich versuchen Carrie anzurufen und die Wogen ein wenig zu glätten, damit sie mich am Montag nicht killte, aber nach diesem anstrengenden Tag wollte ich einfach nur meiner besten Freundin erzählen, was sie verpasst hatte, und darüber jammern, in was für einer misslichen Lage ich mich befand.

***

Am Sonntagmorgen stellte ich als Erstes mein Zimmer auf den Kopf, wühlte mich zum gefühlt hundertsten Mal durch meine Schultasche und suchte anschließend das Auto ab. Während meiner Suche hatte ich die ganze Zeit das Handy am Ohr und Kate in der Leitung.

»Denk nach, Lucy. Wo hast du ihn zuletzt gesehen?« Kate war gerade dabei sich die Zähne zu putzen, weshalb sich ihre Stimme etwas verzogen und dumpf anhörte. Ein Wasserhahn wurde aufgedreht und dann sagte sie deutlicher: »Der Brief kann nicht einfach weg sein!«

»Wenn ich es dir doch sage«, erwiderte ich. Frustriert schloss ich das Auto wieder ab und ging zurück ins Haus und in mein Zimmer. Bens Brief, den ich seit gestern Nachmittag völlig vergessen hatte, war spurlos verschwunden. Kate und ich hatten bei unserer nächtlichen Telefon-Session ebenfalls nicht mehr daran gedacht. Hätte Kate mir heute Morgen nicht *Was stand in Bens Brief?* gesimst, wäre mir glatt entfallen, dass wir ihn hatten lesen wollen. Dabei war ich zuerst fest entschlossen gewesen, den Brief gar nicht zu lesen, aber jetzt, wo ich wusste, dass ich es nicht konnte, machte mich die Tatsache immer verrückter und unruhiger.

»Tief durchatmen, Lucy. Du findest ihn.«

»Ich hab überall gesucht. Er ist weg.«

Kate sagte nichts mehr. Wahrscheinlich dachten wir in diesem Augenblick dasselbe: Ich konnte Ben danach fragen, wenn ich es wirklich wissen wollen würde.

»Wie wäre es, wenn ich dich abhole und wir in die Mall gehen und uns einen Film anschauen?«, schlug Kate freundlich vor. »Das bringt dich auf andere Gedanken. Außerdem haben sie sonntags immer Karamellpopcorn und Smoothies zum halben Preis. Verlockend, oder?«

»Ja, bitte rette mich aus meiner Misere«, jammerte ich in einem weinerlichen Tonfall. »Bitte, bitte.«

»Ein Zuckerrausch hat einen noch jedes Problem vergessen lassen«, sagte Kate schwungvoll und ich lachte.

***

Die Unternehmung mit Kate lenkte mich tatsächlich sehr gut ab. Nach dem Film gingen wir etwas essen und unterhielten uns für mehrere Stunden. Shoppen fiel flach, weil Sonntag war, aber in der Mall hatten genug Frozen-Yogurt- und Eis-Shops offen, weshalb die Sache mit dem Zuckerrausch auch nach dem Kino weitergehen konnte. Als wir beide so viel Süßes intus hatten, dass ich meinte mich nie wieder bewegen zu können, steuerten wir im Parkhaus Kates Wagen an und fuhren zu ihr.

Kates Eltern waren zum Fondue-Essen bei den Nachbarn eingeladen, weshalb wir das Haus für uns hatten. Träge lagen wir auf Kates großem Bett herum und schauten eine Folge *The Vampire Diaries* nach der anderen. Kate besaß die meisten Staffeln auf DVD und hatte mich überredet dem TV-Serien-Marathon zuzustimmen. Zwischendurch musste ich auf einmal an Fia denken und wusste selbst gar nicht, warum. Es war schon eine Weile her, dass ich mit ihr gesprochen hatte. Also nahm ich mein Handy und schrieb ihr eine SMS, um zu hören, wie es ihr ging. In letzter Zeit hatte sie meine Hilfe nicht in Anspruch nehmen müssen, weil ihre Eltern aus dem Urlaub zurückgekommen waren und sich um Riley kümmerten. Wir schrieben uns hin und wieder Nachrichten, um up to date zu bleiben, aber dieses Mal antwortete Fia nicht sofort.

Gerade, als ich das Handy wieder weglegen wollte, begann es zu klingeln. *Puttin' my defences up – 'cause I don't wanna fall in love if I ever did that I think I'd have a heart attack* sang Demi Lovato in voller Lautstärke und ich fiel fast vom Bett vor Schreck. Ich hatte den Klingelton vor einer Weile gewechselt, weil er besser zu meiner Stimmung gepasst hatte, aber in diesem Augenblick brachte er mich aus dem Konzept.

»Ist es Jasper?«, fragte Kate aufmerksam.

Ich verzog das Gesicht, als ich den Namen auf dem Display sah. »Nein, nicht Jasper«, antwortete ich beklommen. »Es ist Carrie. Oh Gott, was mach ich jetzt?«

»Du kannst ihr nicht für immer ausweichen«, sagte Kate und begann ebenfalls aufs Display zu starren. »Andererseits war der Zwischenfall mit Jasper gestern. Sie wird dich wahrscheinlich immer noch ziemlich hassen.«

»Danke, Kate«, murmelte ich ironisch.

»Das ist wie bei Geschichte. Augen zu und durch.«

Ich setzte mich aufrecht hin und holte tief Luft. Als ich auf den grünen Hörer gedrückt hatte, rückte Kate näher und ich hielt das Handy so, dass sie mit einem Ohr mithören konnte. Erwartungsvoll hielt ich die Luft an, bis mir klar wurde, dass ich etwas sagen musste.

»Ehm … hallo?«, fragte ich vorsichtig.

»Lucy, endlich nimmst du ab.«

»Ich war …«

»Ist ja auch egal«, sagte Carrie. Sie klang irgendwie so normal und seltsam aufgedreht. »Ich schmeiß heute Abend ganz spontan eine Party. Die Mädels vom Veranstaltungskomitee sind eingeladen und ein paar andere. Deshalb musst du auch kommen. So gegen acht bei mir.«

»Du willst, dass ich zu deiner Party komme?«

Hilfesuchend blickte ich zu Kate. Diese schüttelte neben mir wild den Kopf und formte mit beiden Zeigefingern ein Kreuz, als wollte sie irgendwelche Dämonen austreiben oder sagen *Weiche von uns, Carrie!*.

»Ich hab doch gesagt, alle vom Veranstaltungskomitee sind da. Du kannst von mir aus auch wen mitbringen.«

»Hältst du das für eine gute Idee?«, fragte ich vorsichtig. »Du schienst gestern sehr … aufgebracht.«

»Gestern war gestern«, antwortete sie fröhlich und ich hätte ihr die Nummer fast abgekauft. »Wir machen doch alle mal den einen oder anderen Fehler, Lucy.«

»Ehm …«, machte ich verunsichert.

»Gut, dann hätten wir das geklärt. Gegen acht bei mir. Und bring ein paar Snacks und Getränke mit.«

Klick. Carrie hatte einfach aufgelegt.

»Dir ist doch klar, dass das eine Falle ist«, meinte Kate aufbrausend. »Wie dreist ist Carrie bitte?«

Perplex starrte ich das Handy an. »Ehm …«

»Lucy, du überlegst doch nicht ernsthaft hinzugehen, oder? Acht … das ist in nicht mal einer Stunde und außerdem … das schreit doch nach Unheil!«

»Ich weiß nicht, ob das so leicht ist«, sagte ich und seufzte gedehnt. »Carrie war gestern wirklich scheißwütend und vielleicht hilft es, wenn ich nochmal mit ihr spreche, bevor die Schule losgeht? Ich meine, sollte ich nicht versuchen die Wogen zu glätten.«

»Du hast doch gar nichts falsch gemacht, Lucy.«

»Sag das mal Carrie«, erwiderte ich frustriert.

»Wer schmeißt schon sonntags eine Party?«, fragte Kate und schien selber darüber nachzugrübeln.

»Hör auf mir Angst zu machen, okay?«

Kate sprang vom Bett auf und ging zum Kleiderschrank. »Na schön! Aber wenn wir schon in das Höllenloch Satans auf eine spontane Party gehen, dann mit Würde.«

Ein Lächeln huschte über mein Gesicht.

***

Weil Kate der Meinung war, dass wir alle Unterstützung mitnehmen sollten, die wir kriegen konnten, schickten wir Roxy ein SOS und holten sie gegen halb acht zu Hause ab. Roxy hatte im Gegensatz zu Kate und mir kein eigenes Auto und weder Kate noch ich hätten gewollt, dass Roxy den ganzen Weg zu Kates Haus radeln musste. Ich musste am Wochenende immer spätestens um dreiundzwanzig Uhr brav in meinem Bett liegen und hatte absolut keine Ahnung, ob ich das Zeitlimit einhalten konnte. Kates Eltern waren noch aus, als wir losfuhren, weshalb meine beste Freundin meinte, sie würde sich später mit dem Zeit-Problem auseinandersetzen. Roxy schlich sich einfach aus der Wohnung, weil ihre Brüder es sowieso nicht merkten, wenn sie fort war, und ihre Mom anscheinend auf einem Date außer Haus war.

Also saßen wir drei in Kates Wagen und näherten uns langsam der Straße, in der Carrie wohnte. Alle Parkplätze, die nicht irgendwelchen Anwohnern gehörten, waren bereits besetzt, also wendeten wir und parkten in einer Sackgasse, die parallel zum Haus lag. Wenige Meter vor Carries Haus konnte man die Musik hören.

»Vielleicht haben wir auch Glück und irgendjemand ruft die Polizei, wenn es nach zehn ist«, meinte Roxy zuversichtlich. »Dann war's das mit der tollen Party.«

»Wenn wir Glück haben«, murmelte Kate mürrisch.

»Ihr seid wirklich die Besten, wisst ihr das?«, sagte ich und sah meine Freundinnen dankbar an. »Die Besten!«

Wie abgesprochen blieben wir vor Carries Vorgarten stehen. Das Gartentor war offen und von hier hörte man noch deutlicher den Bass des laufenden Songs.

»Vielleicht haben wir sogar Spaß«, sagte ich. »Was? Irgendjemand von uns muss doch positiv denken!« Kate hatte mich mit einem vielsagenden Blick taxiert und Roxy gleichzeitig den Kopf geschüttelt. »Wie ihr wollt. Es wird furchtbar, grauenhaft, unerträglich! Aber schon mal was von selbsterfüllender Prophezeiung gehört?«

»Niemand braucht heute Abend eine Prophezeiung, um zu sehen, dass Carrie irgendetwas im Schilde führt«, sagte Roxy und machte als Erste einen Schritt auf das Grundstück der Blunts. »Deshalb müssen wir aufmerksam sein. Stellt euch einfach vor, ihr wärt *Charlies Engel.*«

»Ich wäre lieber ein *Victoria Secret Engel* als eine Spionin«, meinte Kate. »Von mir aus auch ein *Powerpuff Girl*, aber nichts davon würde die Tatsache verbessern, dass wir auf Carrie Blunts Party gehen.«

»Genug geredet«, ging ich bestimmt dazwischen. Ich durchkreuzte den Garten und klingelte an der Haustür. Innerlich wappnete ich mich für Carries Auftritt. Statt ihr riss jemand, den ich nicht kannte, die Tür auf. Das dunkelhaarige Mädchen glotzte mich für einige Sekunden verwundert an, dann zuckte sie mit den Achseln und ging weiter, als wäre sie nur durch Zufall vorbeigekommen.

Ich spähte in den Flur. Die Party schien eindeutig draußen stattzufinden, im Garten hinterm Haus. Meine Freundinnen und ich folgten der lauten Musik. Die Gäste hatten sich auf der Terrasse versammelt oder standen im Garten verteilt. Dass die Party spontan entstanden war, sah man an einigen Indizien. Zum Beispiel an einem notdürftig aufgebauten Klapptisch, auf dem ein iPod an kleine Boxen angeschlossen war und einige Snacks in Schalen standen. Ein Fass Bier war auf dem Boden platziert, eine Armee roter Plastikbecher aufgestapelt daneben. Ein paar Softdrinks lagen in Bottichen mit Eiswürfeln unter dem Klapptisch. Die Szenerie wurde nur schwach durch ein paar eingeschaltete Gartenlampions beleuchtet.

Carrie hatte nicht gelogen, was die Gästeliste betraf. Ich sah eine Menge Mädchen aus dem Veranstaltungskomitee. Unter die bekannten Leute mischten sich einige andere, die ich noch nie gesehen hatte. Insgesamt war die Menge an Gästen überschaubar.

Eine Weile mischten wir uns unter die Leute, aber es dauerte nicht lange, bis ich Carrie ins Auge fasste. Sie trug ein rotes Kleid und hatte die wilden Locken offengelassen. Anscheinend hatte sie sich im Inneren des Hauses aufgehalten, ehe sie herausgekommen war. Ihr Gesichtsausdruck verriet nicht ihre Gefühlslage, aber ich war mir sicher, dass sie mich jeden Moment killen würde.

»Können wir reden?«, fragte sie tonlos.

Für meine Freundinnen war das ein Zeichen, sich neben mich zu stellen, um zu verdeutlichen, dass ich nicht allein war, fast wie zwei Wachhunde.

»Allein«, setzte Carrie nach.

Ich tauschte einen Blick mit Kate, dann mit Roxy. Dann nickte ich kaum merklich. Carrie drehte sich um, um wieder ins Haus zu gehen, aber ich sah noch, wie sie genervt die Augen rollte. Fing ja super an.

Wir blieben im Wohnzimmer stehen.

Carrie stemmte eine Hand in ihre Hüfte und blickte zu mir auf. Manchmal war es vorteilhaft, größer als der Durchschnitt zu sein. Stärkte irgendwie das Selbstbewusstsein. Wenn sie mir blöd kam, konnte ich ihr zur Not einfach auf den Kopf spucken. Etwas kindisch, aber der Gedanke brachte mich zum Schmunzeln.

»Schläfst du mit Jasper?«

Wow, das war ziemlich direkt.

»Nein, tue ich nicht, Carrie.«

»Und das soll ich dir glauben?«

»Es ist die Wahrheit«, entgegnete ich. »Mal abgesehen davon, dass ich nicht wusste, dass du etwas mit Jasper hattest ...« Mein Herz zog sich schmerzhaft zusammen, als ich die Worte laut aussprach, »... war es nicht meine Absicht, dich in irgendeiner Weise zu verärgern.«

»Du bist süß, Lucy, weißt du das?«, fragte Carrie mit samtweicher und freundlicher Stimme. »Mehr wollte ich gar nicht wissen. Ich hätte auch nicht gedacht, dass du Jaspers Typ bist. Eure Freunde hängen nur zusammen ab.«

Der letzte Satz klang recht abfällig.

»Die Aktion gestern war ziemlich unüberlegt«, gab Carrie bedauernd zu. Ihre Offenheit verblüffte mich nun aber wirklich. »Ich hatte einen schlechten Tag und wollte eine alte Beziehung aufleben lassen, aber wie du hautnah miterlebt hast, ging das nach hinten los.«

Himmel? Eine Beziehung? War das ihr Ernst?

Carrie musterte mich eingehend, als wartete sie nur auf meine Reaktion, wie ein Hai auf der Suche nach seiner schwachen Beute, nachdem er Blut gewittert hatte. Ich hielt meine Miene ausdruckslos und bemühte mich, ihr nicht das zu geben, was sie wollte. Und es war tatsächlich so, dass mich ihre Worte eher abstumpften, anstatt etwas in mir auszulösen. Vielleicht wurde man irgendwann einfach immun gegen Bull-shit.

»Was willst du von mir, Carrie?«, fragte ich ruhig.

Sie nagelte mich weiter mit ihrem Blick fest. »Du musst noch einen Zettel ziehen«, sagte Carrie und deutete auf eine gläserne Vase, die vor uns auf dem Couchtisch stand und mit Papierdreiecken gefüllt war. »Das ist eine besondere Party. Jeder Gast muss am Ende eine kleine Wette eingehen. Das ist die Bedingung, wenn man bleiben will. Eine Art Mutprobe, wenn du willst.«

Vollkommen egal, was für ein Spiel das werden sollte, ich würde nicht den Schwanz einziehen und ihr die Genugtuung verschaffen, die sie noch immer in meinem Gesicht suchte und bisher nicht gefunden hatte. Wenn ein Spiel alles war, womit sie mir eins auswischen wollte, dann konnte ich das einfach so hinnehmen.

»Eine Mutprobe, wie originell«, sagte ich.

»Glaub mir, das sind sie alle.« Carrie zwinkerte mir verschwörerisch zu. »Du darfst mit niemandem über die Wette reden. Jeder hat bis Mitternacht Zeit, seine persönliche Herausforderung zu meistern. Jeder Verlierer muss anschließend in Unterwäsche durch den Garten von Direktorin Armstrong laufen. Das sind die Regeln.«

»Das ist wirklich originell«, murmelte ich.

»Ich wusste, es würde dir gefallen, Lucy.«

Jetzt war ich diejenige, die Carries Miene nach einem Zeichen dafür absuchte, dass sie mich reinlegen wollte. Sie verschränkte unter meinem forschenden Blick abwehrend die Arme vor der Brust und biss sich auf die Lippe.

»Warum Jasper?«, fragte ich argwöhnisch. »Wenn du ihn drei Monate lang ignoriert hast, warum gestern?«

»Ich hatte den Eindruck, dass er etwas interessanter geworden ist. Aus Spaß also. Warum sonst?«, meinte Carrie leichthin. »Gibt es sonst einen Grund, warum man mit Jasper abhängen will, außer Spaß an der Sache? Er ist nicht das hellste Köpfchen, hat keine Ambitionen und dann all diese Komplexe. Er kann von Glück reden, dass Gott ihn mit diesem Gesicht gesegnet hat.«

Carrie lachte ein ekelhaftes hohes Lachen.

»Oder willst du mir das Gegenteil beweisen?«

»Ich verstehe schon.«

»Was verstehst du?«

»Du benutzt die Leute, wie es dir passt. So ein Mensch bist du. Falsch und hinterhältig«, sagte ich ruhig. »Aber weißt du was? Ich bin anders als du.« Ich zog wahllos eines der Papierdreiecke aus der gläsernen Vase und erwiderte Carries irritierten Blick. »Ja, richtig gehört. Ich spiele das Spiel mit, Carrie. Und verlasse das Komitee. Alles klar?«

»Du willst also alles hinschmeißen?« Spöttisch blickte sie mir ins Gesicht. »Bist du dir da sicher?«

»Wenn du denkst, mich so herablassend behandeln zu müssen, dann ist das deine Sache«, erwiderte ich. »Aber es ist meine, etwas dagegen zu unternehmen oder nicht. Und die Sachen, die du über Jasper gesagt hast, sind fürchterlich gewesen und kein Wort davon ist wahr. Tief in deinem Inneren weißt du das vielleicht. Vielleicht auch nicht. Ist mir echt egal. Aber ich werde nicht mehr mit dir reden oder dem Veranstaltungskomitee helfen, wenn du so über meine Freunde sprichst.«

Ich faltete den Zettel auseinander und las. Ein paar Sekunden später blickte ich Carrie wieder ins Gesicht.

»Entschuldige mich«, sagte ich tonlos. »Eine letzte Aufgabe wartet auf mich und wie du weißt, haben wir eines gemeinsam: Wir lieben Herausforderungen.«

22

Verbringe den Rest der Party im Weinkeller. Du darfst ihn erst verlassen, wenn dich jemand durch einen Kuss von deiner Aufgabe erlöst. Mach ein Beweisfoto und schicke es an folgende Nummer.

Ich las die Aufgabe von meinem Zettel aus Langeweile gerade ein fünftes Mal. Die Nummer, die unten in der Ecke des Papiers stand, war eindeutig Carries.

Der Clou an der Sache: Man hatte hier unten absolut keinen Empfang. In der letzten Stunde war ich alle Ecken des Weinkellers abgelaufen und hatte sogar versucht auf eines der Regale zu klettern, um meinen Arm aus dem winzigen Fenster zu halten, das zur Straße hinaus führte. Ein einziger Balken hatte sich kurz gezeigt, aber dann war ich mit dem Fuß abgerutscht und hatte eine Weinflasche heruntergerissen. Kurz hatte ich darüber nachgedacht, einfach alle Flaschen, die Carries Familie so besaß, voller Wucht auf den Boden zu schmeißen, aber die Idee hatte ich schnell verworfen.

Ich saß schließlich freiwillig hier unten.

Bis Mitternacht war es noch eine halbe Ewigkeit, aber vermutlich hätte es mich schlechter treffen können. Es war eben eine verdammt langweilige Aufgabe. Entgegen meinen Befürchtungen war der Keller relativ sauber und bestand nur aus Regalen, in denen Wein lagerte. Ein paar alte Holzkisten waren an eine Wand gestapelt und irgendwann hatte ich mich einfach daraufgesetzt und begonnen die Wand anzustarren. Ich wollte den Akku meines Handys nicht weiter mit irgendwelchen Spielen beanspruchen und begann deshalb wahllos Lieder zu summen, um mich selber ein wenig zu unterhalten. Zeit allein, ohne Ablenkung zu verbringen bedeutete immer, dass man unweigerlich eine Menge Zeit für Gedanken hatte.

Der innere Monolog, den ich mit mir führte, war alles andere als amüsant. Ich ließ Carries Worte Revue passieren, dachte an Jasper, dann an die Nachricht, dass Taylor bald zurück sein würde und dann wieder ein bisschen mehr an Jasper. Ich schloss die Augen und seufzte. Irgendwann musste ich in der Stille weggenickt sein.

Als jemand die Tür öffnete, riss mich das Geräusch jedoch sofort aus dem leichten Schlaf und ich schreckte hoch. Mein Handy klatschte auf den Boden. Hastig hob ich es auf und schob es mir in die Potasche meiner Jeans. Erwartungsvoll wanderten meine Augen zur Treppe. Carrie kam die Stufen herunter.

»Hältst du noch die Stellung?«, fragte sie spöttisch. »Ich hab mir schon gedacht, dass niemand auf die Idee kommen würde, einfach so in den Weinkeller zu gehen.«

»Und jetzt willst du eine Runde über mich lachen?«

»Ich bewundere eher dein Durchhaltevermögen«, meinte Carrie großzügig. »Außerdem solltest du wirklich netter sein, ich hab jemanden mitgebracht, der dich rettet.«

Das konnte ja heiter werden, dachte ich mürrisch.

»Meine Eltern hätten sicher etwas dagegen, wenn du für immer hier unten bleiben würdest«, meinte Carrie.

Sie tat fast so, als wäre es die Realität, dass ich hier unten bleiben müsste, wenn mich niemand küsste. Mal abgesehen davon, dass es sich um ein dummes Party-Spiel handelte, das ich nur gewinnen wollte, um hinter meinen Worten zu stehen, wäre ich um Punkt Mitternacht einfach nach Hause gegangen. Als wäre es nicht schon schlimm genug, dass ich deshalb nicht zur Ausgehfrist meiner Eltern wieder zu Hause sein würde, hatte ich Kate und Roxy zuvor auf Grund des Spiels nicht einmal Bescheid geben können, wo ich steckte. Wenn ich Pech hatte, waren sie sauer und würden ohne mich fahren und ich hatte keine Mitfahrgelegenheit mehr.

»Wer ist denn mein auserwählter Held?«, fragte ich, weil ich schon neugierig war, wen sie ausgesucht hatte.

Ehe Carrie antworten konnte, kam ein Junge die Treppe herunter, schob sich an ihr vorbei und blieb vor mir stehen. Dunkles wirres Haar und mondhelle Augen.

»Hallo, Lucy«, sagte Ben vorsichtig.

Der Schock, ihn hier zu sehen, hätte mich härter treffen müssen, aber es fühlte sich nicht an wie in der Nacht, als er auf meinem Rasen gestanden hatte. Damals hatte mich sein Anblick umgehauen, jetzt stimmte er mich irgendwie nur noch traurig. Das Gefühl war trotzdem kein gutes und zerrte an meinem Inneren.

»Ein Kuss und du bist frei«, sagte Carrie höhnisch. Sie zückte ihr Smartphone, die Kamera bereit, um das Ganze festzuhalten. »Das wird eine epische Wiedervereinigung. Du freust dich bestimmt riesig!«

Mein Blick wanderte zu Carrie, die noch immer in der Mitte der Treppe stand. Auf einmal tat sie mir wirklich leid. Dachte sie wirklich diese Situation würde mein Leben zerstören? Schmerz und Verzweiflung waren eine flüchtige Sache, aber Carrie würde ihre miesen Charakterzüge immer beibehalten. Sie wollte mich blamieren und bloßstellen? Ich würde ihr wie bei einem Duell auch noch die andere Wange hinhalten.

»Ich werde Ben nicht küssen«, sagte ich mit fester Stimme. »Das bedeutet dann wohl, dass ich verliere.«

Carrie verzog das Gesicht. »Du wirst Ben nicht küssen?«, fragte sie ein wenig aus der Fassung gebracht. »Denkst du wirklich, Jasper würde es scheren, wenn du deinen Ex küsst und ich das Ganze ablichte?«

»Lucy«, sagte Ben zögernd. »Ich weiß, du bist immer noch sauer auf mich, aber es ist nur ein Kuss.«

Nur ein Kuss. Wann hatte ich das zuletzt gehört? Richtig! Als ich Jasper geküsst und angefangen hatte Gefühle für ihn zu sehen, die offenbar eine ganze Weile schon da gewesen waren. So etwas wie *nur einen Kuss* gab es bei mir einfach nicht. Das war die Wahrheit.

»Es geht mir nicht um Carrie oder Jasper«, antwortete ich Ben sanft. »Es geht um mich und meine Emotionen. Ich möchte dich nicht küssen, weil das nicht fair wäre. Das würde die Sache nur verkomplizieren.«

»Hast du meinen Brief gelesen?«, fragte er.

Ich schüttelte den Kopf. »Ich habe den Brief nicht mehr«, sagte ich ehrlich. »Ich habe ihn verloren, ohne dass ich ihn öffnen konnte, aber ... es würde nichts ändern, Ben. Was ich neulich zu dir gesagt habe, stimmt. Ich bin an diesem Abend ziemlich hart zu dir gewesen, das sehe ich inzwischen ein, aber das zwischen uns ist vorbei. Du hattest die ganzen Ferien über Zeit, um mit mir zu reden. Nach unserer Trennung wurde ich völlig abrupt ins kalte Wasser geschmissen und musste lernen eigenständig weiterzumachen. Es hat eine Weile gedauert, das zu akzeptieren, und jetzt musst du akzeptieren, dass ich nicht mehr zurück zu dem Punkt möchte, an dem wir zusammen waren. Das kann ich nicht.«

Ben kam näher und griff nach meiner Hand. Dieses Mal zog ich sie nicht weg und stieß ihn auch nicht von mir. Ich wollte ihm zeigen, dass es mir nichts ausmachte, wenn er mich berührte. Ich stand inzwischen über diesem Gefühl.

»Hast du Angst, dass, wenn du mich küsst, du merkst, dass du mich noch immer liebst, Lucy?«, fragte er und blickte mir forschend ins Gesicht. Er suchte nach einem winzigen Zweifel, etwas zur Bestärkung, aber ich wusste, dass er nichts in meinen Augen finden würde.

»Ich habe Angst, dass ich dann weiß, dass es wirklich vorbei ist«, sagte ich ruhig. »Wir waren lange zusammen und du warst ein Teil meines Lebens, Ben. Zu realisieren, dass es anders ist und immer anders sein wird, hat mich unglaublich verletzt. Aber jetzt bin ich ...«

»Du bist drüber hinweg. Über mich.«

Ben zog seine Hand zurück. Ich nickte langsam.

»Das ist doch nicht euer Ernst!«, fauchte Carrie und machte ein würgendes Geräusch. »Wie in einem schlechten Liebesfilm. Ihr beide seid echt abstoßend.«

»Das einzige Abstoßende hier ist deine Einstellung«, erwiderte ich und warf Carrie einen kühlen Blick zu.

»Letzte Chance, Lucy. Ich werde dafür sorgen, dass alle deinen Lauf aufzeichnen und das Video auf Youtube landet, wenn du Ben nicht sofort küsst.«

Ben drehte sich zu Carrie um. »Du hast nichts von einer Wette gesagt«, fuhr er sie an. »Du bist echt ein falsches Miststück ohne Selbstwertgefühl.«

»Oh, glaub mir, Selbstwertgefühl hat sie genug«, sagte ich bitter. »Das, was ihr fehlt, ist alles andere.«

Ben legte mir eine Hand auf die Schulter. »Du musst wirklich nicht machen, was sie verlangt, Lucy.«

»Danke«, sagte ich. »Aber das ist eine Sache zwischen Carrie und mir, Ben. Es wäre wohl besser, wenn du gehst. Wir sollten ein anderes Mal weiterreden.«

Ben sah mich für einen Moment, der ewig anzudauern schien, an. Seine Miene wurde immer betrübter. Ich meinte fast etwas in seinen Augen glitzern zu sehen, ehe er den Kopf schüttelte und sich abwandte.

»Vielleicht«, sagte er leise. »Aber ich glaube, ich habe endlich begriffen, was du gemeint hast.« Er fuhr sich über das Gesicht und hastete abrupt die Treppe hinauf. Ich hatte ihn wirklich in die Flucht geschlagen, aber es fühlte sich nicht wie ein Triumph an.

»Wie du willst«, zischte Carrie. »Dann werde ich mal schauen, wer dir noch Gesellschaft leisten darf.«

Sie stampfte die Treppe wieder hoch und ließ mich stehen. Ich ließ meine Mauer fallen und hibbelte panisch von einem Bein auf das andere. Langsam vergrub ich das Gesicht in meinen Händen und atmete tief durch. Ich hatte das Gefühl, jede Sekunde hyperventilieren zu müssen, so heftig klopfte das Herz in meiner Brust. Ich würde in Unterwäsche über den Rasen der Direktorin laufen müssen! Und wenn Carrie ihr Versprechen hielt, dann war ich morgen ein Youtube-Hit. Verdammte Scheiße!

Ein paar Minuten später war ich wieder bereit zu den anderen Gästen der Party zu stoßen. Ich war heilfroh, als ich Kate und Roxy unter einem Baum stehen sah und rannte ihnen entgegen. Atemlos stützte ich mich mit einer Hand am Baumstamm ab und rang nach Luft.

»Ich hatte solche Panik, dass ihr schon weg seid!«

»Du hattest Panik?«, fragte Kate. »Ich dachte, Carrie hätte dich um die Ecke gebracht und deine Leiche auf der anderen Seite des Hauses verscharrt. Wo bist du gewesen, Lucy? Wir haben dir tausend Nachrichten geschickt und es ging nur die Mailbox bei dir ran.«

»Ich brauch erst eine Umarmung«, murmelte ich. »Vielleicht auch ein Bier. Oder gleich zehn davon.«

Roxy musterte mich besorgt. »Ist es dieses komische Spiel, das Carrie sich ausgedacht hat?«

»Du hast deine Wette verloren«, sagte Kate hohl.

Ich straffte die Schultern und nickte. Dann nahm ich mir ein paar Minuten Zeit, um ihnen alles zu erzählen.

»Ich fasse das nicht!«, schimpfte Kate wütend. »Was denkt sie eigentlich, wer sie ist? Ich gehe auf der Stelle hin und werde ihr mal gehörig –«

»Kate«, unterbrach ich sie. »Du solltest dich nicht auf Carries Niveau begeben. Ich weiß es zu schätzen, dass du vollen Körpereinsatz zeigen würdest, um Carrie hier und jetzt zu erwürgen, aber das bringt nichts.«

Kate schnaubte zornig. »Das Wort *Niveau* kennt Carrie ohnehin nicht. So eine dumme verzogene Pute!«

»Das tut mir so leid, Lucy«, sagte Roxy.

»Musstet ihr auch eine Wette eingehen?«

Ich sah zwischen meinen Freundinnen hin und her. Roxy wurde augenblicklich knallrot. Ich runzelte die Stirn.

»Ichmussteeinemkerleinenknutschfleckverpassen«, nuschelte Roxy unheimlich schnell und ich konnte kaum ausmachen, was sie eigentlich hatte sagen wollen. Sie starrte betreten auf ihre Schuhe hinunter.

»Sie musste jemandem einen Knutschfleck verpassen«, klärte Kate mich auf. »Während der Kerl ein Zitat aus der Bibel laut vorlesen musste.«

»Es war so peinlich!«, sagte Roxy betreten.

»Aber getan hast du es trotzdem«, meinte Kate.

»Weil alles besser ist, als in Unterwäsche über den Rasen von Mrs Armstrong laufen zu müssen. Nicht, dass ich dich damit angreifen wollte, Lucy«, sagte Roxy.

»Ich fühle mich nicht angegriffen. Und Kate?«

Kate verdrehte die Augen und machte eine wegwerfende Handbewegung. »Ich sollte jemanden, der mir nahesteht, anrufen und sagen, dass ich Chlamydien habe. Zuerst dachte ich an meine Schwester Daisy, die kennt solche Scherze vom College zur Genüge, aber dann habe ich meine Grandma angerufen, weil ich wusste, dass sie schlecht hört. Am Ende des Telefonats dachte sie, ich hätte irgendeine Story über eine Klapsmühle erzählt, über die ich in der Zeitung gelesen habe.«

»Aber Chlamydien und Klapsmühle reimt sich nicht einmal«, sagte ich belustigt über Kates Aussage.

»Grandma ist etwas gaga im Kopf«, meinte Kate. »Sie hat sich nicht mal gewundert, warum ich so spät anrufe. Sie lebt irgendwie in ihrer ganz eigenen Welt.«

»Vielleicht darf ich bei ihr einziehen«, murmelte ich, weil die Nervosität wiederkam. »Wenn ich gleich halbnackt durch die Gegend rennen muss.«

»Wir könnten einfach abhauen«, schlug Roxy vor.

»Ich glaube, beides wäre sozialer Selbstmord«, sagte ich und seufzte. »Ob sich die Leute jetzt das Maul zerreißen, weil ich ein Feigling bin oder eine Verrückte, macht doch keinen Unterschied mehr.«

»Wahrscheinlich hast du Recht«, sprach Kate mir Mut zu. »Außerdem hast du eine tolle Figur und du kannst dir einfach vorstellen, dass du im Bikini am Strand entlangläufst. Im Grunde ist das dasselbe.«

Ich begann gerade in Kates Worten ein wenig Positives zu sehen und mich besser zu fühlen, als Carrie die Musik ausdrehte, um eine Ansage zu machen. Alle, bis auf eine Person hatten ihre Aufgabe erfüllt: mich. Ich hatte alle Mühe, meine Miene nicht entgleiten zu lassen. Es war an der Zeit, die Wettschulden einzulösen. Die Nacht konnte nicht noch schlimmer werden. Oder?

23

Du hast immerhin deine Lieblingsunterwäsche an, redete ich mir ein. Ein Leuchtfeuer aus roter Spitze mitten in der Nacht. Hurra! Ich war echt nicht mehr in der Lage, positiv zu denken. Direktorin Armstrong lebte direkt neben dem Campus, weshalb ich förmlich über das riesige Footballfeld der Schule rennen musste, um ihren Garten durchqueren zu können. Ein Glück, dass es keinen Weg gab, um die Scheinwerfer einzuschalten.

Die gesamte Partymeute hatte sich auf den unteren Reihen der Tribünen niedergelassen und wartete nur noch auf mich. Ich stand hinter Kates Wagen und war gerade dabei, die Hüllen fallenzulassen. Es war arschkalt geworden, aber das war die geringste meiner Sorgen. Ich drückte Roxy meine Jacke in die Hände. Kate lehnte auf der anderen Seite des Autos und versuchte etwas Aufmunterndes von sich zu geben, während sie die Umgebung beobachtete und nach Carrie Ausschau hielt.

»Ich glaube, niemand hat ein Problem damit, Lucy in Unterwäsche zu sehen. Ganz neutral betrachtet würde ich sogar sagen, dass du danach bestimmt so richtig beliebt sein wirst«, murmelte Kate. »Beliebter als Carrie. Wahrscheinlich ist sie deshalb noch wütender.«

»Kate!«, wies Roxy sie zurecht. »Halt einfach die Klappe.« Roxy gab einen genervten Laut von sich.

»Dass mein Leben ab morgen um einiges spannender wird, kann ich mir lebhaft vorstellen«, sagte ich abschätzig. Wind streifte meine nackten Arme und Beine und fuhr mir durchs offene Haar. Ich fror wirklich erbärmlich.

»Ich sage es nur noch einmal: Du musst das nicht tun«, meinte Roxy und sah mich beklommen an.

»Strand, Strand, Strand«, beschwor ich das sonnige und warme Bild vor meinem inneren Auge herauf.

»Ach, Lucy«, sagte Roxy und drückte mich an sich. Die Berührung mit ihren kalten Kleidern brachte mich erst richtig zum Zittern. »Nimm besser dein Handy mit.«

»Oh, genau«, sagte ich, nahm es ihr ab, überlegte kurz und steckte es in meinen BH. Wohin auch sonst?

»Wir fahren um den Block und holen dich sofort ab. Du springst dann einfach ins Auto und wir hauen endlich ab«, kam es von Kate. Sie drehte sich zu uns um. »Einmal über das Footballfeld, links über den Schleichweg durch den Garten der Direktorin und auf und davon.«

»Okay«, flüsterte ich zittrig. Ich lugte seitlich am Auto vorbei. Es waren viel mehr Leute hier, als es noch bei Carrie zu Hause gewesen waren. Sie hatte hundert pro alles Mögliche getan, um ein paar mehr unserer Mitschüler herzulocken. Bei etwas Verbotenem waren sowieso immer gleich alle dabei. Allein das Betreten des Fotoballfeldes außerhalb der Schulzeiten war verboten.

»Komm schon, Reagan! Worauf wartest du?«, rief Carrie. Sie stand doch tatsächlich auf den Tribünen und benutzte ihre Hände wie ein Megafon. »Reagan! Reagan!«

»Bereit, Lucy?«, fragte Roxy besorgt.

»Überhaupt nicht«, nuschelte ich.

Das Auto von Kate stand verbotenerweise auf einem der Behindertenparkplätze, die direkt an das Footballfeld angrenzten, weshalb ich nur hinter dem Wagen hervorkommen musste und mich sofort alle sehen konnten. Das Footballfeld war eine große Rasenfläche mit den üblichen Markierungen und einer Art äußerem Ring aus schwarzen Gummimatten und weißen Abgrenzungen, die für Läufe waren. Die Tribünen lagen links von mir, nach rechts ging das Feld ohne Abgrenzung in ein Waldstück mit mehreren kleinen Häusern über. Einmal quer durch die Mitte war nicht unbedingt eine kurze Strecke.

»Reagan! Reagan! Reagan!«

Plötzlich begannen ein paar Leute meinen Nachnamen laut zu rufen. Auf der bewohnten Straße neben dem Feld wurde in einem der Häuser bereits ein Licht eingeschaltet. Es brachte nichts mehr. Ich musste loslaufen.

Ein letzter tiefer Atemzug und ich rannte los. Zuvor hatte ich gefroren, aber die Temperatur, die mir beim Laufen entgegenschlug, ließ meine Haut taub werden. Den Blick geradeaus gerichtet, blendete ich Geräusche einfach aus. Es war leichter als gedacht. Wenn ich mich nur stark genug auf mein Ziel fokussierte, konnte mich nichts ablenken. An diesen Gedanken klammerte ich mich fest. Er wurde jedoch von einem schrillen Ton innerhalb weniger Sekunden unterbrochen. Ich warf einen Blick über die Schulter. Erkannte flüchtig, dass Carrie eine Druckluftfanfare ausgepackt hatte. Mehrmals ließ sie das Teil aufheulen und das Geräusch schrillte durch die Nacht. Ich rannte noch schneller. Carrie wollte wirklich unbedingt, dass unsere Gruppe auffiel. Vielleicht hoffte sie sogar darauf, dass jemand die Polizei rief, wenn sie es nicht selbst getan hatte, und mich schnappte. Atemlos erreichte ich das Ende des Footballfelds und stürmte zwischen vereinzelten Bäumen hindurch, um in den Garten der Direktorin zu gelangen.

Ich hielt nicht an, sondern lief eine Runde im Kreis. Irgendjemand würde schon sehen, dass ich mein Soll erfüllt hatte. Ich blieb stehen und hielt mir die stechende Seite. Meine Füße spürte ich schon gar nicht mehr, so kalt waren sie geworden. Ich spähte hinüber zu den Tribünen. Auch wenn ich nicht alle Details erkennen konnte, vor allem wegen der paar Bäume, die mir größtenteils die Sicht versperrten, sah ich genug.

Die Leute waren aufgestanden und jubelten. Und dann ertönte die Sirene, mit der ich bereits gerechnet hatte. Im fast gleichen Moment ging das Licht im Haus von Mrs Armstrong an und jemand öffnete die Haustür.

So schnell ich konnte, wandte ich mich ab und lief ein paar Meter die Straße hinunter. Scheinwerfer warfen lange Schatten meiner Gestalt nach vorne und ich drehte mich um. Ein Auto! Kate und Roxy kamen endlich! Dann erkannte ich, dass es nicht Kates Wagen war. Die Beifahrertür schlug auf. Über den Beifahrersitz gelehnt hängte Jasper. »Lucy, steig schnell ein!«

Unsicher warf ich einen Blick zurück. Mrs Armstrong war inzwischen auf die Straße getreten und fluchte. Mir stellten sich die Nackenhaare auf. Ohne weiter zu zögern, setzte ich mich in Jaspers Wagen und schloss die Tür. Die Wärme, die im Innenraum herrschte, hüllte mich augenblicklich wie ein

Mantel ein. Mein Atem ging noch immer rasend schnell und das Adrenalin in meinem Körper wollte nicht stillstehen. Für ein paar Sekunden erholte ich mich von der Aufregung und sagte nichts.

»Danke«, brachte ich keuchend hervor.

»Weißt du eigentlich, was für ein Glück du hast, dass ich in der Gegend war?«, fragte Jasper aufgewühlt. »Bash wohnt hier in der Nähe und als Kate mir geschrieben hat, dachte ich zuerst, das Ganze wäre ein Scherz.«

»Kate hat dir geschrieben?«, fragte ich leise.

»Ein SOS ist wirklich nicht falsch zu verstehen, aber ich hätte nicht gedacht, dass ich dich in Unterwäsche aufgabeln muss. Wo sind deine Klamotten?«

»Bei Kate und Roxy.«

»Und wo sind Kate und Roxy?«

»Das ist eine gute Frage.«

Wir waren ein ganzes Stück gefahren, als Jasper anhielt und den Motor ausstellte. Er zog den Reißverschluss seines Hoodies auf, zog diesen aus und reichte ihn mir. Dankbar zog ich ihn schnell über. Ich zupfte am Rand des Pullovers herum, aber der war nicht lang genug, um meine Beine zu verdecken. Ich streifte mir mit beiden Händen das wilde Haar aus dem Gesicht.

»Vielleicht fängst du bei der Geschichte mal von vorne an?«, bat Jasper und sah mich verständnislos an.

»Ach, kommt es etwa nicht alle paar Tage vor, dass ein Mädchen in Unterwäsche in deinem Wagen sitzt?«, meinte ich zynisch und starrte mürrisch zurück.

»Nein, kommt es nicht, Lucy«, antwortete Jasper ernst. »Das denkst du vielleicht, mehr nicht.«

»In diesem Moment denke ich gar nichts.« Mein ganzer Körper fühlte sich wie ein Eisklotz an. *Kalt, kalt, kalt.* Ich schüttelte mich vor Kälte und drückte die Hände gegen das warme Luftgebläse vor meinem Sitz.

»Ich will mich nicht wieder mit dir streiten.«

»Ich dachte, wir streiten uns nicht«, sagte ich. »Kannst du mich bitte zu Kate zurückfahren?«

»Erst wenn wir geredet haben«, meinte Jasper streng, die Augen noch immer auf mir ruhend. »Ich weiß, dass ich dich gestern nicht einfach so hätte gehen lassen sollen, okay? Du hast mich vor den Kopf gestoßen, als du plötzlich so komisch warst und einfach abgehauen bist.«

»Ich dich?«, fragte ich und lachte bitter. »Du bist derjenige, der mir immer zweideutige Signale sendet.«

»Ich wusste, dass du Gefühle für mich hast«, sagte er mit einer unheimlich ruhigen und kalten Note in der Stimme. »Du hättest mir die Wahrheit sagen müssen.«

Ich drehte mich im Sitz zu ihm herum. »Hätte ich das? Und was hätte ich sagen sollen, wo du es doch mehr als deutlich gemacht hast, dass du mich nicht auf diese Weise magst? *Oh, entschuldige Jasper, aber nach dem Kuss und all der Zeit, die wir zusammen verbracht haben, bedeutest du mir etwas?*«, sagte ich aufgebracht und verunsichert zur gleichen Zeit. »Ich war mir bis eben nicht einmal zu hundert Prozent im Klaren darüber, dass meine Gefühle dir gegenüber die für Ben abgelöst haben! Wenn Ben nicht da gewesen wäre und –«

»Genau da liegt das Problem«, unterbrach Jasper mich und stieß energisch den Atem aus. »In deinem Kopf ist nur Ben. Ben hier und Ben da. Du willst unbedingt von ihm loskommen und siehst mich als Ersatz für ihn.«

»Du bist so ein verdammter Trottel! Hast du nicht gehört, was ich gerade gesagt habe?«, schrie ich lauter, aber mir brach die Stimme weg. Ich spürte, wie sich Tränen in meinen Augen sammelten, weil mir die Aufregung noch in den Knochen steckte und ich an diesem Abend genug emotionale Achterbahn gefahren war. In Jaspers Nähe zu sein und dass er mich ansah, als würde er mir kein Wort glauben, tat einfach richtig weh. Eine einzelne Träne lief mir über die Wange und ich wischte sie rasch mit dem Ärmel des Hoodies weg. »Carrie wollte, dass ich ihn küsse. Ben. Aber ich habe es nicht getan. Und weißt du, warum? Weil nicht Ben in meinem Kopf ist, sondern du. Und ich kann es nicht ändern.«

»Diese Sache zwischen uns –«

»Es gibt keine Sachen zwischen uns«, fuhr ich ihm über den Mund. »Das ist es, was ich mir immer wieder sage.«

»Lucy, lass mich doch etwas dazu sagen.«

»Du weißt nicht einmal, was du dazu sagen sollst.«

»Das weiß ich wirklich nicht«, gestand er sanft. »Dieses Kapitel gibt es in der Bad-Boy-Bibel nicht.«

»Das ist eine echt schwache Ausrede, Jasper.«

»Vielleicht bin ich ein schwacher Mensch.«

Wir hörten beide auf zu sprechen und sahen einander an. Seine Augen hatten wieder diese Sogwirkung auf mich, als würden sie mich mit einem Versprechen locken. Aber Worte mussten ausgesprochen werden, um zu einem Bund werden zu können. Vielleicht waren Blicke und Schweigen alles, was ich jemals von Jasper bekommen würde. Vielleicht war das hier meine letzte Chance, um Jasper nahe zu sein. Vielleicht würden wir danach nie wieder ein Wort miteinander wechseln.

Vielleicht. Vielleicht. Vielleicht.

Fühlte es sich so an, in einer Sackgasse zu stecken? Und was taten Menschen, wenn sie nicht mehr weiter nach vorne blicken konnten? Meine Gedanken wurden weiß und stumm wie Schneegestöber. Ich streckte die Finger nach der Kette aus, die Jasper um den Hals trug, irgendein Anhänger mit Kreuz, und zog daran. Und dann war es nicht mehr nur die Kette, sondern sein Arm, sein Shirt.

Als ich ihn küsste, ließ ich mich einfach fallen und es war mir egal, ob er mich auffangen wollte. Ein *Vielleicht* war manchmal besser als jede andere Antwort. Lippen auf Lippen und ein prickelndes Gefühl im Magen. Langsam zog ich den Kopf wieder zurück.

»Ich muss dir etwas sagen, Lucy«, begann Jasper etwas atemlos, dabei war der Kuss wirklich kurz gewesen. »Greif in die linke Tasche des Hoodies.«

Etwas irritiert über diese Reaktion tat ich, was er sagte, und bekam etwas zu greifen. Als ich die Hand aus der Tasche zog, kam ein roter Briefumschlag zum Vorschein. Es war Bens Brief. Jasper hatte ihn die ganze Zeit gehabt und – er hatte ihn geöffnet.

Sprachlos sah ich Jasper an.

»Als dir deine Tasche heruntergefallen ist, habe ich ihn gesehen und eingesteckt. Es war irgendwie eine Kurzschlussreaktion«, erklärte er entschuldigend.

»War ihn zu öffnen auch eine Kurzschlussreaktion?«, fragte ich enttäuscht von Jasper.

»Nachdem du gestern so abrupt gegangen bist, konnte ich nicht anders. Ich musste wissen, was drin steht.«

»Ich habe den Brief gestern überall gesucht.«

»Ich denke, du solltest ihn lesen.«

»Du willst wirklich unbedingt, dass ich meine Meinung ändere, oder?«, fragte ich scharf. »Weißt du was, lass uns nicht länger darüber reden. Fahr mich zu Kate.«

Die nächsten zehn Minuten zählten zu den längsten meines Lebens und fühlten sich jetzt schon wie ein schwerer, schmerzvoller Abschied an. Bereits als wir in Kates Straße einbogen, löste ich den Sicherheitsgurt und griff nach der Tür. Jasper hielt vor der Auffahrt.

»Du solltest den Brief wirklich lesen.«

Ich warf ihm einen letzten Blick zu. »Danke, dass du mich gerettet hast, aber in Zukunft entscheide ich für mich selbst, was gut für mich ist und was nicht.«

24

Der Rest der Nacht war eine einzige Katastrophe. Kaum bei Kate angekommen, blieb mir nicht genug Zeit, um irgendetwas anderes zu tun, als in meine Klamotten zu schlüpfen und mich von Kate nach Hause fahren zu lassen. Ihre Eltern waren längst wieder da und genauso wütend über unseren späten Party-Ausflug wie meine, als ich bei mir zu Hause eintraf und nicht wirklich eine gute Ausrede fürs Zuspätkommen hatte. Es war ein Wunder, dass Kates Dad mich nicht persönlich nach Hause fuhr und meinen Eltern dann noch haarklein erzählte, dass ich nur mit Hoodie bekleidet den Weg zu meiner besten Freundin gefunden hatte. Kate bekam Hausarrest, ich bekam Hausarrest und der Tanzmarathon war für uns beide gestorben.

Roxy kam glimpflicher davon, weil ihre Brüder sie gedeckt hatten und ihre Mom nichts von der Sache mit der Party mitbekommen hatte. Kate war nur froh gewesen, dass ich in Ordnung war. Der Tanzmarathon hatte ihr sowieso von Anfang an missfallen und sie meinte, ihre Eltern wären ihr nie lange böse. Und ich für meinen Teil war ganz froh nicht mehr zum Tanzmarathon gehen zu müssen. Ich hatte mich zwar anfänglich mega darauf gefreut, aber da mein erstes Vorhaben war, noch vor der ersten Stunde mein Amt beim Veranstaltungskomitee niederzulegen, war mir das inzwischen auch egal.

In dieser Nacht steckte mir die Kälte so tief in den Knochen, dass ich die Decke bis zum Kinn hochziehen konnte und trotzdem noch fror. Ich schaffte es kaum ein Auge zuzumachen. Je länger ich wach dalag, umso mehr drängte sich der Gedanke an Bens Brief wieder in mein Bewusstsein. Schließlich schlug ich die Bettdecke zur Seite, stand auf und knipste das Licht an. Nachdem ich den Brief aus der Tasche des Hoodies geholt hatte, setzte ich mich aufs Bett und betrachtete den Umschlag ein paar Sekunden. Dann zog ich das Papier heraus. Dass Jasper den Brief noch vor mir gelesen hatte, machte mich in diesem Moment dann doch wütend. Er hatte mein Vertrauen missbraucht. Ich sollte den Brief lesen? Fein, dann würde ich das eben tun. Ich bezweifelte, dass dieser Brief die Macht hatte, meine Gefühle zu ändern.

Liebe Lucy,
ich habe diesen Brief schon unzählige Male begonnen, ohne die richtigen Worte zu finden. Irgendwann ist mir klar geworden, dass es die richtigen Worte einfach nicht gibt. Ich habe dich verletzt und im Stich gelassen, als ich mit dir Schluss gemacht habe, und ich bereue es. Es gibt nichts, das ich mehr bereue. Zuerst dachte ich noch, es wäre besser so. Dass es für uns leichter wäre, den Rest des Schuljahres getrennt zu verbringen, bevor meine Familie umzieht, aber dann habe ich erkannt, dass das falsch war. Es war falsch von mir, den leichten Weg zu gehen, und ich habe nicht das getan, was für uns das Beste war, sondern für mich. Ich vermisse dich und ich wünschte, du würdest mit mir reden, damit ich dir all das ins Gesicht sagen kann. Ich liebe dich, Lucy, und ich glaube, das werde ich immer tun. Hast du einmal gehört, wie die Leute sagen »Seine erste große Liebe vergisst man nie«? Ich glaube, man vergisst sie nie, weil sie immer ein Teil von einem bleibt. Als wäre der Moment, wenn du dich das erste Mal verliebst, der Grundstein für alles, was danach jemals folgen wird. Deshalb ist es gut, daran festzuhalten, oder? Und wenn irgendein Teil von dir noch immer an mir festhält, bitte ich dich inständig mir zu verzeihen. Ich weiß nicht, was bis zum Ende des Schuljahres passiert oder nach meinem Umzug, aber ich weiß, dass ich einen Fehler gemacht habe und dich zurück möchte.

In Liebe,
Ben

Ich schluckte schwer, als ich den Brief zu Ende gelesen hatte. Kurz drifteten meine Gedanken ins Nichts ab. Ich blinzelte mehrmals und meine Augen fixierten wieder Bens Worte. Mein Herz füllte sich mit solcher Wehmut, dass es schmerzte. Ich dachte an all die Momente, die wir zusammen verbracht hatten, all die Witze, die schönen Zeiten und konnte gar nicht anders, als mich plötzlich elend zu fühlen. Das Schlimme an der Sache war, dass mir Bens Worte umso mehr das Gespräch auf Carries Party in Erinnerung riefen. Ich war ins kalte Wasser geschmissen worden, als er mich verlassen hatte. Und es stimmte, ich hatte hart an mir arbeiten müssen, um weitermachen zu können ... und ... ich war nicht mehr die Lucy, die Ben liebte. Die zu ihm passte. Natürlich veränderten Menschen sich nie grundlegend, aber die Zeit, in der wir zusammen gewesen waren, kam mir so unendlich weit weg vor. Ich sah nicht mehr Ben an meiner Seite, sondern Jasper. Der Brief kam zu spät. Ben war zu spät dran, um etwas reparieren zu können. Unsere Beziehung war ein Scherbenhaufen, dessen Stücke über die vielen Wochen verloren gegangen waren. Irreparabel, weil ich mich davon entfernt hatte und etwas Neues begonnen hatte.

Traurig ließ ich mich zurück ins Bett sacken, knipste das Licht aus und starrte die Decke an, während meine Finger noch immer Bens Brief umschlossen. Es war zu spät. Als ich irgendwann vor lauter Müdigkeit einschlief, träumte ich von dem Hasen aus *Alice im Wunderland*, der ununterbrochen sagt: »Zu spät, ich komme zu spät.«

Mom rüttelte mich an diesem Morgen wach, weil ich vergessen hatte meinen Wecker zu stellen.

»Das kommt davon, wenn man am Wochenende zu lange ausgeht«, tadelte Mom mich. »Du gehst zur Schule und kommst dann ohne Umwege zurück, verstanden?«

»Ja, ja«, murmelte ich und verdrehte die Augen.

Hastig rollte ich aus dem Bett und inspizierte meinen Kleiderschrank. Mehrere Kombinationen fielen mir ins Auge, aber ich konnte mich nicht entscheiden, was ich tragen sollte. Das kostete noch mehr Zeit. Mom kam ein zweites Mal in mein Zimmer und verschränkte die Arme vor der Brust.

»Wenn du dich nicht beeilst, Lucinda, dann suche ich etwas für dich aus und fahre dich höchstpersönlich bis zur Schule«, warnte Mom mich. Musste sie denn ausgerechnet heute später auf der Arbeit anfangen? Damit war der Start in den Tag doch schon längst verdammt gewesen. Meine Finger schnappten sich eine schwarze Leggins und eine Tunikabluse. Hastig schminkte ich mich und kämmte mir die Haare, während ich gleichzeitig versuchte in meine Stiefel zu schlüpfen. Das klappte nicht so gut wie erwartet, aber ich schaffte es gerade fertigzuwerden, bevor Mom mir einen dritten Besuch abstattete.

Auf dem Weg zur Schule begann mein Handy immer wieder neue Nachrichten zu melden. Normalerweise fand ich es super, dass mein Smartphone mit Facebook, Twitter, Tumblr & Co verbunden war, aber heute Morgen war jedes weitere Vibrieren nur ein neues Zeichen für das kommende Unglück, welches mich in der Schule erwarten würde.

Als ich auf dem Parkplatz ausstieg, stopfte ich das Handy unachtsam in meine Tasche und ignorierte jegliche Nachrichten. Das würde nicht den ganzen Tag funktionieren, aber fünf Minuten weitere Ruhe wären sicher nicht verkehrt. Im Alter von zehn Jahren hatte ich mir immer vorgestellt eine berühmte Schauspielerin zu werden, die über den roten Teppich stolzierte und die Aufmerksamkeit anderer Leute genoss. Ihre bewundernden Blicke. Erst heute realisierte ich, dass diese Wunschvorstellung sich auch zum Albtraum entwickeln konnte. Ich musste mehrmals überprüfen, ob ich wirklich nicht vergessen hatte etwas anzuziehen, so nackt fühlte ich mich unter all den Augenpaaren, die mich anstarrten. Ich hatte einen richtigen Teenie-Film-Moment, in dem alle murmelten, ihre Handys zückten, um sich vermeintliche Videos von mir anzusehen und dann über mich redeten. Es war, als würde man von einem Schwarm Geier verfolgt, die nur auf den Tod ihres Opfers warteten, damit sie endlich etwas zu fressen bekamen. Meine Mitschüler umkreisten mich, warteten auf einen Augenblick der Schwäche.

»Hey, Lucy.« Ich hatte damit gerechnet, dass das passieren würde. Erhobenen Hauptes drehte ich mich um und blieb mitten im Gang stehen. »Ich bin Greg Simons«, stellte sich der Fremde vor und lächelte mich dümmlich an. »Wir haben zusammen englische Literatur.«

»Was kann ich für dich tun, Greg?«, fragte ich äußerst freundlich und beherrscht.

»Ich hab nächste Woche Geburtstag und hab mich gefragt, ob du vielleicht Lust hättest, mir eine Privatvorstellung abzuliefern. Du könntest wieder deine rote Unterwäsche –«

»Nein, danke«, unterbrach ich ihn.

»Ich bezahle dich auch.«

»Ich sag dir was«, meinte ich und lächelte ihn an. »Wenn du eine richtig abgefahrene Party schmeißt, dann lasse ich mich da vielleicht blicken. Mit Klamotten.«

Greg blinzelte. »Im Ernst?«

Ich zuckte mit den Achseln und ließ ihn stehen. Unauffällig bewegte ich mich in Richtung der Toilette und musste dabei eine Menge ähnliche Sprüche wegstecken. Je öfter ich etwas erwiderte, desto mehr Sarkasmus kam zum Einsatz und irgendwann glich das ganze einem Spiel, das ich bestehen musste, indem ich die Leute in einem Wortduell besiegte. Anscheinend hatte ich wirklich von der Besten – Taylor – gelernt.

Im Klo hatte sich eine ganze Bande an Freshman-Schülerinnen versammelt. Mein Eintreten brachte ihre Dynamik ganz schön durcheinander, denn sie hörten auf zu diskutieren und sahen mich an. Ich hatte das Gefühl, irgendeine von ihnen würde mich jede Sekunde anspringen. Dann wanderte meine Aufmerksamkeit zu dem Mädchen in ihrer Mitte. Die dunkle Schminke war unter ihren Augen verlaufen. Ihre Haare und ihr Shirt waren mit etwas verklebt, das nach rohen Eiern aussah. Es war Sadie.

»Oh, wow, du bist das«, meinte eines der Mädchen. »Du hast so eine tolle Figur, weißt du das eigentlich? Diese Aktion mit dem Video war so cool. Ich wette, jeder Kerl in der Schule will jetzt mit dir ausgehen.«

»Ausgehen? Die ist doch total durchgeknallt«, sagte eine ihrer Freundinnen und musterte mich spöttisch.

»Ich fand das alles sehr mutig! Es bis zum Ende durchzuziehen«, mischte sich ein drittes Mädchen ein und auf einmal wurde ich das neue Zentrum ihres Gesprächs und Sadie geriet in Vergessenheit.

»Für Freshmen seid ihr alle ganz schön frech«, sagte ich kühl. »Hat euch noch niemand gesagt, dass ihr ganz unten in der Hackordnung des Highschool-Universums steht?« Ich wusste, dass ich abweisend und unfreundlich klang, und normalerweise würde ich so etwas gar nicht sagen, aber heute war eben nicht der beste Tag, um meinen Weg zu kreuzen. Ich versuchte die Lage einzuschätzen. Entweder hatten die Mädchen Sadie getröstet oder auf ihr rumgehackt. »Was ist hier eigentlich los?«, fragte ich energisch. »Raus mit der Sprache!«

Als habe sich ein Zauber über den Raum gelegt, verstummten alle Anwesenden. Selbst die mutige Anführerin der Bande sah mich nur mit großen Augen an.

»Sie hatte nur einen kleinen Unfall«, sagte ein Mädchen zögerlich. »Wir waren das nicht. Stimmt's, Leute?«

Wie auf Kommando nickten die anderen. Jaspers Schwester brachte kein Wort heraus und sah zu Boden. Die Lage schien jetzt eindeutig. Ich straffte den Rücken und streifte mir gespielt nachdenklich das Haar zurück. »Gut zu wissen«, erwiderte ich, »denn wenn ich herausfinden würde, dass es Leute an dieser Schule gibt, die ihre Mitschüler ohne ersichtlichen Grund schikanieren, kämen sie auf die schwarze Liste des Veranstaltungskomitees. Das würde für diese Leute bedeuten, dass sie an keinen Veranstaltungen mehr teilnehmen könnten. Keine Bälle, Partys und vielleicht am Ende des Jahres kein Prom.«

Beim Wort *Prom* zogen mehrere der Mädchen geräuschvoll und äußerst schockiert die Luft ein.

»Und ich vergesse nie ein Gesicht.« Ich starrte sie alle in Grund und Boden und lächelte unbeirrt. Wie aufgescheuchte Küken verließen die Mädchen fluchtartig den Raum. Ich seufzte. »Himmel, ich fühle mich wie die böse Fee aus einem Märchen. Aber ich war überzeugend, oder? Freshmen und ihre große Klappe. Sadie?«

Sadie brach in Tränen aus und stürmte in eine der Klokabinen. Ehe ich etwas sagen konnte, war sie verschwunden. Ich hörte sie bitter schniefen. Ratlos stand ich vor der verschlossenen Tür. Ich hatte sie bei unserer Begegnung im Ransom Haus so ganz anders eingeschätzt. Im Angesicht einer ganzen Bande Mitschülerinnen hätte aber wohl jedes fünfzehnjährige Mädchen den Mut verloren. Ich klopfte gegen die Klokabinentür.

»Sadie«, sagte ich sanft. »Komm wieder raus.«

»Mein Leben ist ruiniert!«, rief sie.

»Nicht dein Leben, nur dieser Tag.«

»Sie hassen mich alle. Besonders Rochelle.«

»Was ist denn passiert?«, fragte ich.

»Rochelle ist die Freundin von Jeffrey. Sie hackt schon eine Weile auf mir herum«, schniefte Sadie.

»Rochelle ist eine blöde Zimtziege«, sagte ich heftig. »Und jeder hat eine Rochelle in seinem Leben, Sadie. Dagegen muss man ankämpfen, Kleine.«

»Sie haben mich alle ausgelacht.« Sadies Stimme klang noch immer verheult, aber sie schniefte nicht mehr.

»Morgen interessiert das schon niemanden mehr.«

»Woher willst du das wissen?«

»Weil sie alle die nächsten Wochen über mich reden werden.« Ich holte tief Luft. »Ich bin gestern Nacht in Unterwäsche über den Rasen von Direktorin Armstrong gelaufen. Das Ganze wurde gefilmt. Ich bin berühmt.«

Sadie schwieg. Nach einer Weile ging die Klokabine wieder auf und Jaspers Schwester kam heraus. Sie wischte sich übers Gesicht und verschmierte ihr Make-up dadurch noch mehr. Ein kleiner verlorener Pandabär.

»Das ist mein Ernst«, sagte ich. »Wenn hier jemand die Queen der Peinlichkeiten ist, dann ja wohl ich.«

»Du bist in Unterwäsche durch den Garten der Direktorin gelaufen?«, fragte Sadie perplex. Ich nickte. »Meinst du, ich kann den Rest des Tages neben dir stehen? Dann interessiert sich keiner mehr für mich.«

Ich stieß ein knappes, aber herzhaftes Lachen aus.

»Was hältst du davon, wenn wir dir zuerst das Zeug aus dem Gesicht wischen?«, schlug ich vor und griff in meine Tasche, um nach meinem Kulturbeutel zu greifen. Sadie ließ die Schultern sinken und trat neben mich ans Waschbecken. Ich reichte ihr ein Abschminktuch. »Du brauchst das alles gar nicht«, meinte ich sanft.

»Was? Würde? Stolz? Oder Freundinnen?«

»Das ganze Make-up«, sagte ich und grinste belustigt. »Was hältst du davon, wenn ich dich schminke?«

»Du meinst hier? Jetzt sofort?«

»Uns bleiben noch fünf Minuten, bis die erste Stunde beginnt«, antwortete ich. »Weißt du, was für Wunder man in fünf Minuten vollbringen kann?«

Sadie schüttelte den Kopf.

»Dann lass es mich dir zeigen.«

***

Trotz des Zwischenfalls wollte Jaspers Schwester nicht den Unterricht schwänzen, sondern sich tapfer dem Rest des Tages stellen. Ich musste ihr fest versprechen Jasper nichts von dem Zwischenfall zu erzählen. Dieses Versprechen zu halten würde nicht schwer sein. Ich war mir ziemlich sicher, dass Jasper und ich eine ganze Weile kein Wort miteinander wechseln würden. Die Sache mit Bens Brief lag mir schwer im Magen. Ich wusste an diesem Morgen nicht, was ich tun würde. In den nächsten Stunden war ich ohnehin damit beschäftigt, den vielen Leuten aus dem Weg zu gehen, die es sich einfach nicht verkneifen konnten, irgendwelche dämlichen Bemerkungen zu machen oder mit ihrem Handy vor meiner Nase herumwedeln mussten, um mir eines der Videos zu zeigen, die meinen Unterwäsche-Lauf verewigt hatten. Einmal war ich tatsächlich stehengeblieben und hatte es mir angeschaut. Es war gar nicht so schrecklich wie erwartet, die ständigen Sprüche zogen mehr an den Nerven.

Gestern Nacht war es einfach viel zu dunkel gewesen, um viel aufnehmen zu können. Man erkannte zwar eindeutig mein Gesicht und sah mich auch ein paar Sekunden in Unterwäsche, aber während des Laufs übers Feld wurde meine Silhouette immer kleiner und später sah man nur noch, wie irgendeine Figur durch den Garten rannte.

Leider wurde man gegen blöde Bemerkungen nicht völlig immun und so zogen die ersten Schulstunden, und besonders die Lunch-Pause, wie in Zeitlupe an mir vorbei.

Als ich am Vormittag Sport hatte, ließ ich mich entschuldigen und steuerte das Sekretariat und das dahinterliegende Büro der Direktorin an. Ich hatte mir vorgenommen, noch vor der ersten Stunde zu Mrs Armstrong zu gehen, war aber in den ersten Stunden auf Grund der Situation so frustriert gewesen, dass ich bei einem Gespräch sicher kein vernünftiges Wort herausgebracht hätte.

Als ich ins Sekretariat trat, unterhielt sich die Direktorin gerade mit der Sekretärin. Meine Finger schlossen sich fester um den Hallen-Pass in meiner Hand. Etwas nervös war ich schon, aber meine Entscheidung stand fest. Ich räusperte mich, damit die beiden Frauen sahen, dass sie nicht mehr allein waren.

»Entschuldigen Sie bitte die Störung, aber ich würde gerne mit Ihnen sprechen, Mrs Armstrong.«

Die Direktorin nickte bedächtig, als habe sie damit schon gerechnet. Wahrscheinlich war heute niemandem entgangen, dass etwas im Busch war – und mit Lucy Reagan zu tun hatte. Mrs Armstrong winkte mich heran.

»Ich habe gerade etwas Zeit, kommen Sie.«

Wieder im Büro der Direktorin auf demselben Stuhl mit demselben miesen Ausblick zu sein, bescherte mir ein seltsam vertrautes Gefühl. Immerhin hatte ich nichts zu befürchten. Ich war freiwillig hier. Mrs Armstrong sah mich erwartungsvoll an.

»Was kann ich für Sie tun, Ms Reagan?«

»Ich würde gern mein Amt beim Veranstaltungskomitee niederlegen«, sagte ich fest entschlossen. »Ich sehe mich nicht mehr in der Lage, meinen Aufgaben im Club nachzukommen.«

Das klang doch diplomatisch. Ganz ohne jemand anderen in die Pfanne zu hauen. Erwachsen und entschlossen.

»Ich kann Ihnen nicht ganz folgen«, sagte Mrs Armstrong irritiert. »Sie haben so viel Arbeit in die Wiederherstellung der Dekoration gesteckt und ich hatte bisher den Eindruck, dass sie Ihre Arbeit beim Veranstaltungskomitee sehr gerne machen.«

»Das stimmt«, gab ich zu. »Aber ich glaube, es wäre für alle Beteiligten besser, wenn ich aufhöre.«

»Sprechen Sie von Ms Blunt?«, fragte die Direktorin gerade heraus. »Ich habe keine schlechte Beobachtungsgabe und ich weiß, dass Ms Blunt eigenwillige Methoden hat. Vielleicht hat es auch etwas mit dem ominösen Video zu tun, das heute alle Schüler in seinen Bann zieht, als würde jemand gratis iPhones verteilen.«

Jetzt starrte ich sie verdutzt an.

»Wissen Sie, Ms Reagan, ich nehme mir nicht heraus das Verhalten meiner Schüler zu beurteilen, wenn es nicht direkt das Regelwerk der Roadrige betrifft, aber ... wenn Sie erlauben, dass ich so frei bin: Was auch immer zwischen Ihnen und Ms Blunt vorgefallen ist, egal ob es mit diesem Video zu tun hat oder nicht, schmeißen Sie nicht alles hin, wofür Sie gearbeitet haben«, sagte Mrs Armstrong freundlich. »Manchmal mag einem die Welt unfair erscheinen und das Leben ist es oftmals auch, aber aufgeben hat noch nie jemandem etwas gebracht. Und unter uns, Ms Blunt ist im Senior Year, wie viel Schaden kann sie Ihrer Meinung nach in ihrer verbleibenden Zeit noch anrichten? Sie sind noch eine Weile länger auf dieser Schule, Ms Reagan, und wenn Sie im Komitee bleiben, haben Sie die Chance, später etwas zu ändern, wenn Carrie nicht mehr die Vorsitzende ist. Es hilft auch, wenn man sich daran erinnert, warum man mit einer Sache begonnen hat. Ich wünsche mir, dass meine Schüler und Schülerinnen die Courage haben nicht aufzugeben.«

»Das war eine ziemlich beeindruckende Ansprache«, gab ich zu. In vielerlei Hinsicht musste ich Mrs Armstrong Recht geben. Ich dachte an mein 5-Schritte-Programm bezüglich Ben und der Rache-Sache, etwas, das ich schnell verworfen hatte, nachdem es nicht sofort geklappt hatte. Ich dachte an Jasper und seine Unentschlossenheit, mit der er sich das Leben ständig so schwer machte. Aufgeben hatte viele Gesichter und vielleicht war es an der Zeit, sich wirklich in Erinnerung zu rufen ... warum:

Wollte ich Carrie wirklich das Feld überlassen?

Wollte ich das Veranstaltungskomitee verlassen?

Wollte ich mich selber ausgrenzen?

»Wie ich sehe, setzt sich bei Ihnen etwas in Bewegung«, bemerkte Mrs Armstrong erheitert. »Das Gute an Meinungen ist, dass sie sich so schnell ändern können wie das Wetter. Erst gestern war ich fest entschlossen vor dem Zubettgehen nie wieder einen Mystery-Film zu schauen, weil ich mir die seltsamsten Dinge in meinem Garten eingebildet habe ... aber heute Abend läuft ein Miss-Maple-Marathon und wie könnte ich da widerstehen? Sie sehen, Ms Reagan, Veränderung ist überall.«

Unsicher blickte ich Mrs Armstrong ins Gesicht. Ihrer Bemerkung nach wusste sie ganz genau, wer da gestern Nacht durch ihren Garten gelaufen war. Ich lächelte.

»Haben Sie vielen Dank, Mrs Armstrong.«

Die Direktorin schenkte mir ein schmales Lächeln. »Am besten gehen Sie jetzt in den Unterricht zurück.«

Bis zum Ende der nächsten Stunde blieben mir noch fast dreißig Minuten und ich entschied mich, nicht zum Unterricht zurückzugehen. Stattdessen zerbrach ich mir den Kopf über Bens Stundenplan. Früher hatte ich ihn in- und auswendig gekannt. Wir waren uns immer wieder in den Gängen begegnet und zusammen zum Lunch gegangen, aber seit dem neuen Schuljahr hatte ich kaum eine Ahnung, wo er sich aufhielt. Es würde nie einen idealen Zeitpunkt für ein Gespräch geben, wieso also nicht jetzt, nachdem Mrs Armstrong mir Mut zugesprochen hatte? Also tat ich, was ich seit Wochen nicht getan hatte. Ich schrieb Ben eine SMS und wartete.

***

Ben hatte gerade Kunst, als er mir antwortete. Ich wusste, wo der Raum lag, und machte mich auf den Weg in den zweiten Stock. Er ließ sich einen Hallen-Pass geben und kam fast sofort aus dem Unterricht heraus. Damit uns niemand sah, gingen wir in eine naheliegende Toilette. Und dann herrschte erst einmal absolute Stille.

»Du bist sicher total verwundert«, sagte ich.

»Mehr als verwundert«, antwortete Ben irritiert. »Lucy, wegen gestern ... ich wusste wirklich nicht, was genau Carrie vorhatte, dass sie dich bloßstellen wollte. Bei so etwas würde ich niemals mitmachen. Ich hatte gehofft, dass du da bist, mehr aber nicht. Du glaubst mir doch, oder? Ich hatte nichts damit zu tun.«

Ben sah mich mit einem so gequälten Blick an, als hätte ihn die Sache seit Sonntag wirklich beschäftigt. Es war seltsam mit ihm allein auf so engem

Raum zusammenzustehen, aber genau wie auf der Party waren meine Gefühle ihm gegenüber kein haltloser Sturm mehr. Er war noch immer der Ben, den ich immer so süß und witzig gefunden hatte, aber er war nicht mehr mein Ben, mein Freund.

»Ich glaube dir«, sagte ich, ohne zu zögern. »Carrie ist einfach kein guter Mensch. Aber deshalb wollte ich nicht mit dir sprechen. Es geht um den hier.« Ich zog den Briefumschlag aus meiner Tasche, samt dem Foto, das er daran festgeklebt hatte. »Ich möchte dir den Brief zurückgeben, Ben.« Langsam streckte ich die Hand mit dem Brief in seine Richtung.

»Du hast ihn wiedergefunden?«, fragte Ben unsicher.

»Ja. Zuerst wollte ich ihn nicht lesen, aber ich habe es dann doch getan. Das war ich dir schuldig«, antwortete ich sanft. »Der Brief war wirklich schön, Ben. Aber als ich ihn gelesen habe, ist mir nur noch einmal deutlicher geworden, dass er an eine Lucy adressiert ist, die du gekannt und geliebt hast, und ich nicht mehr diese Person bin.«

Ben schluckte schwer und öffnete dann den Mund. Ihm kam kein einziges Wort über die Lippen. Zögerlich nahm er mir den Brief und das Foto aus der Hand. Das war nicht leicht für ihn, wie ich deutlich sehen konnte. Er ließ die Schultern sinken, verzog den Mund und sein Blick trug etwas sehr, sehr Wehmütiges in sich.

»Ich verstehe nicht ganz ... ist es wegen Jasper?«, fragte Ben tonlos. »Hat er sich wirklich zwischen uns beide gedrängt?«

»Das kann man so nicht direkt sagen«, versuchte ich zu erklären. »Ich habe Jasper zu einem Zeitpunkt getroffen, als ich selber nicht wusste, was ich wollte. Eine Weile hatte ich sogar vor, mich mit seiner Hilfe an dir zu rächen. Wenn ich ehrlich sein soll: Ich weiß nicht, ob das mit Jasper und mir etwas wird, aber ich mag ihn, Ben, und ich möchte nicht mehr zurück, sondern weiter nach vorne gehen. Deshalb begreife ich ein wenig, warum du mit mir Schluss gemacht hast. Du hast dich damals sicher genauso gefühlt, mit dem Blick nach vorne und dieser Angst nicht zu wissen, was sein wird oder kann. Unsere gemeinsame Zeit war wundervoll, aber in diesem Moment kann ich mir nicht vorstellen, dass wir beide wieder zusammenkommen könnten – Jasper hin oder her.«

»Ich sollte mich jetzt wohl für deine Ehrlichkeit bedanken, was?«, sagte Ben und sein Gesichtsausdruck wurde immer elender. »Aber es tut einfach viel zu sehr weh.«

»Ich hoffe, –«, setzte ich an und suchte ein paar Sekunden nach der richtigen Formulierung, »- dass du wieder glücklich sein kannst. Nach dem Umzug, nach einem neuen Anfang. Ich verzeihe dir, Ben. Ich bin immer noch verletzt und bedauere einiges, aber ich will, dass du das weißt, okay? Du kannst loslassen und gehen.«

»Das ist nicht so leicht«, antwortete er beklommen. »Überhaupt nichts ist leicht, aber ... danke.«

Mit dem Brief und dem Foto in der Hand und einem glasigen Blick verließ Ben vor mir die Toilette. Ich folgte ihm, ehe es klingelte und sich die Gänge füllten.

Es wäre gelogen zu sagen, dass ich mich jetzt besser fühlte, aber ich wusste, dass ich das Richtige getan hatte und das war an diesem Tag eine Menge wert.

25

»Und wie ist es gelaufen?«, fragte Kate, als ich in ihren Wagen stieg und mich anschnallte. Die Neugier stand ihr förmlich ins Gesicht geschrieben. Vor einer halben Stunde hatte sie mich beim *Haines Diner* abgesetzt, weil ich mich dort für einen Aushilfsjob beworben hatte. Die letzte Woche hatte sie zusammen mit mir einige Geschäfte abgeklappert, deren Adressen ich aus der Zeitung oder dem Internet hatte, aber aus den Vorstellungsgesprächen war nichts geworden. Entweder hatten mich die Leute für zu jung befunden oder die Sache mit der Flexibilität hatte sie abgeschreckt. Ich hatte meinen Eltern versprochen, dass die Schule an erster Stelle stehen würde und dieses Versprechen hatte ich vor zu halten. Als ich vorgestern die neue Anzeige des Diners gesehen hatte, in der stand, sie würden jemanden für zwei Wochenendschichten im Monat suchen, hatte ich das als Zeichen gedeutet. Deshalb hatte ich keine Zeit verloren und mich am nächsten Tag direkt vorgestellt.

»Sie rufen mich nächste Woche an«, sagte ich.

»Ich drücke dir wirklich die Daumen!«

»Danke, Kate.«

»Dann kann unser Shopping-Trip also starten«, fuhr Kate euphorisch fort. »Wir waren schon Ewigkeiten nicht mehr richtig shoppen. Tanzmarathon sei dank!«

»Du meinst wohl eher *Ein Glück, dass unsere Eltern nicht nachtragend sind und wir keinen Hausarrest mehr aussitzen müssen sei dank, liebe Kate,* verbesserte ich sie mit einem breiten Grinsen im Gesicht.

»Nicht jeder ist wegen dem Tanzmarathon so aus dem Häuschen«, murmelte Roxy vom Rücksitz. »Also schraub die Lautstärke etwas runter, Kate.«

Roxy war so still gewesen, dass ich sie fast vergessen hatte. Kate und ich drehten die Köpfe nach hinten.

»Du hast gar keinen Grund rumzunörgeln«, sagte Kate und streckte ihr die Zunge heraus. »Immerhin haben wir beschlossen als Freundinnen zum Tanzmarathon zu gehen und ich habe Cole deshalb extra vertröstet. Er war total traurig.«

»Ich glaube, erleichtert trifft es eher«, erwiderte Roxy und grinste unheilvoll.

Kates Augen durchbohrten sie energisch.

»Cole wird trotzdem hingehen und mit dir tanzen können«, sagte ich zu Kate, im Versuch zu schlichten.

»Wie Recht du hast«, murmelte Kate. »In einem Anzug sieht er sicher richtig gut aus. Ich hab mir noch gar keine Gedanken um mein Kleid gemacht. Du?«

Ich schüttelte den Kopf. »Nicht wirklich.«

»Zum Glück ist die Mall der Himmel auf Erden«, sagte Kate schwungvoll. Sie drehte den Schlüssel in der Zündung und der Wagen sprang an. Sekunden später sausten wir die Straße hinunter und trällerten Laut das aktuelle Lied von Taylor Swift mit, das im Radio lief.

Unser Shopping-Marathon zog sich über den Rest des Nachmittags. Roxy war die Erste, die ein Kleid fand. Sie war, was das betraf, eben einfach und unkompliziert. Das zweite Kleid – ein grünes ohne Träger mit silbernem Taillengürtel – das ihr in die Hände fiel, fand direkt ihre und unsere Zustimmung und wurde gekauft. Kate probierte mehr als zwanzig Kleider an, hatte aber bei allen etwas zu nörgeln. Ich hatte auch nicht viel mehr Glück. Jedes Kleid, das mir ins Auge fiel, war entweder zu teuer oder nicht mehr in meiner Größe zu haben, was mich wirklich, wirklich frustrierte.

Gegen sechs machten wir einen Zwischenstopp bei Starbucks und kurz darauf wurde Roxy von ihrer Mom abgeholt. Ihre Familie war heute Abend von der des Bürgermeisters zum Essen eingeladen worden – allmählich wurde die Sache zwischen ihrer Mom und dem Bürgermeister richtig ernst – und deshalb musste sie uns frühzeitig verlassen.

Kate und ich steuerten als letzte Hoffnung das dreistöckige Macy's an und liefen in den Gängen Amok.

»Wie lief es gestern beim Treffen des Komitees?«, fragte Kate beiläufig, während sie vor einer Kleiderstange stand und die Preisschilder begutachtete.

»Carrie ist nach wie vor die Pest«, sagte ich. Ich zog ein Kleid von der Stange. »Das würde gut zu dir passen.« Kate nickte, nahm es mir ab und warf es sich über den Arm. »Es wundert mich wirklich, dass sie noch keine Wege gesucht hat, mich weiter zu vergraulen. Ich hab aber das Gefühl, seit ihrer Party ist sie nicht mehr ganz so beliebt. Angelina hat mir erzählt, dass viele der anderen Mädchen Carrie auch nicht mögen.«

»Du solltest eine Rebellion anzetteln!«, riet Kate mir und grinste verschwörerisch. »Carrie von ihrem Thron stoßen. Vielleicht sogar am Tag des Tanzmarathons. Sie würde wohl kaum vor allen den Schwanz einziehen. Ich finde, das wäre wirklich eine Idee!«

Kate ging zum nächsten Ständer und schnappte sich zwei weitere Kleider. Dann überlegte sie es sich anders und hängte das gelbe wieder zurück. »Ich will doch nicht aussehen wie eine tanzende Sonnenblume«, murmelte sie. Ich konnte mir ein Lachen nicht verkneifen. Kate blickte auf. »Also, was meinst du? Möchtest du Carrie herausfordern?«

»Ich finde die Idee eigentlich nicht schlecht«, gab ich nachdenklich zu. »Wenn jemand anderes das Veranstaltungskomitee leiten würde, sähe die Welt schon viel besser aus. Eine Überlegung ist es wirklich wert.«

»Wir könnten uns vorher *Step Up* ansehen.«

»Kate, niemand kann sich so verbiegen.«

»Dann *Dancing with the Stars*?« Ehe ich etwas antworten konnte, riss Kate die Augen auf und warnte mich: »Lucy, dreh dich nicht um!«

»Steht Carrie etwa hinter mir oder was?«

»Dann hätte ich gesagt, hol das Weihwasser.«

»Wer steht denn nun hinter uns?«, fragte ich und musste mich zusammenreißen, um mich nicht umzudrehen. Kate packte meinen Arm und zog mich hinter den Ständer, aber es war schon zu spät. Ich hörte meinen Namen.

»Hey, Lucy!«

Zuerst wusste ich nicht, wieso Kate so einen Aufstand geschoben hatte. Sadie stand ein paar Meter weiter bei dem Tisch, auf dem Tops gestapelt waren und winkte. Dann kam mir der Gedanke, dass Jasper auch in der Nähe sein könnte und mein Herz schlug schneller. Hastig spähte ich durch die Etage, aber er war nirgends.

»Okay, falscher Alarm«, murmelte Kate entschuldigend. »Ich dachte nur, wo Sadie ist, kann Jasper nicht weit sein, aber anscheinend ist sie allein hier. Ich werde die Kleider mal eben anprobieren gehen.«

Ich seufzte erleichtert und nickte. Die Sache mit Jasper und mir war mal wieder nicht an Seltsamkeit zu übertreffen. Es war, als hätten wir eine stille Übereinkunft getroffen, nicht mehr miteinander zu sprechen. In der Schule hatte es ganze drei dieser Wir-gehen-aneinander-vorbei-und-werfen-uns-sehnsüchtige-Blicke-zu-Momente gegeben. Mit richtigem Die-Zeit-bleibt-stehen-Gefühl. Viel Herzklopfen und quälenden Fragen im Kopf.

Ich war gefangen zwischen diesen Schrecklich-auf-etwas-warten-und-sich-nicht-entscheiden-können-Emotionen, die mir verboten, irgendetwas zu tun außer weiterzumachen, während sich das Leben falsch anfühlte. Hatte ich Jasper nicht genug Hinweise gegeben? Hatte ich ihm nicht gesagt, dass ich ihn mochte? Mein Stolz war immer noch ein ganzes Stück größer als der Schmerz, der mir jedes Mal auf die Atemwege drückte, wenn ich an sein abweisendes Verhalten dachte. Idiot, er war ein Idiot!

»Suchst du ein Kleid für dieses Tanzding?«

Sadie war zu mir herübergekommen und lächelte. Seitdem ich ihr in der Schultoilette ein paar Tipps gegeben hatte, war ihr Make-up dezenter geworden und sie sah nicht mehr wie ein kleiner hilfloser Panda aus. Ihren rockigen Stil hatte sie aber nicht abgelegt und inzwischen fand ich, dass er zu ihrer Persönlichkeit passte. Wenn wir uns beim Lunch sahen, setzte sie sich hin und wieder mit ein paar ihrer Freundinnen zu mir. Seitdem ihre zickigen Mitschülerinnen wussten, dass Sadie ein paar Leute aus dem Junior Year kannte, hatte es auch keine weiteren Zwischenfälle gegeben.

»Genau«, antwortete ich. »Aber ich finde einfach keins. Es ist wie verflucht. Und auch hallo, Sadie.«

»Vielleicht war es Schicksal, dass ich auch hier bin«, meinte Sadie keck. »Ich helfe dir suchen.«

»Oh, okay. Danke«, meinte ich überrascht. Sadie musterte mich vom Haar bis zu den Zehenspitzen, als müsste sie für irgendetwas Maß nehmen. Dann nickte sie.

»Das da hinten in der Ecke.« Sie deutete mit dem Finger durch den Raum in eine Ecke, in der normalerweise Ständer mit Restwaren standen. Ich hatte dort noch nie etwas Gutes gefunden und mied die Ecke daher meistens. Als Sadie jedoch zielstrebig darauf zuging, folgte ich ihr. Ich hatte nichts zu verlieren, oder? Ohne lange zu überlegen, zog sie ein Kleid vom Ständer und hielt es mir hin. »Das ist perfekt, Lucy.«

Ich machte große Augen.

»Nun nimm schon. Ist deine Größe, oder?«

»Nicht nur meine Größe, sondern auch Preisklasse«, sagte ich erstaunt und fuhr mit den Fingern über den weichen Stoff. »Es ist wunderschön. Danke, Sadie.«

»Anprobieren?«, fragte sie.

»Anprobieren!«, erwiderte ich glücklich.

In der Umkleide betrachtete ich mich im Spiegel. Das Kleid war wirklich wunderschön. Im oberen Bereich war es sehr figurbetont und hatte eine A-Linie. Ab der Taille ging das Kleid in einen weichen luftigen Stoff über. Es war ärmellos, hatte aber zwei Träger, die hinter dem Nacken zusammenliefen. Auf dem schwarzen Stoff saßen unheimlich viele kleine Pailletten in verschiedenen Goldtönen verstreut wie in einem Sternenmeer.

»Ich liebe es!«, sagte ich, drückte die Tür der Umkleidekabine auf und dann – erstarrte ich zu Eis.

Sadie war wirklich nicht allein gekommen. Neben ihr stand Jasper und drehte in exakt dem Moment, als ich aus der Kabine trat, den Kopf in meine Richtung.

»Ich hoffe, wenn ich euch kurz alleinlasse, hört ihr auf euch anzustarren und redet auch miteinander«, bemerkte Sadie und warf mir einen vielsagenden Blick zu. Mit einem Lächeln auf den Lippen machte sie die Fliege.

Jasper starrte. Ich starrte. Keiner sagte etwas. Dann überkam mich ein Moment der Schwäche und ich konnte seinem eindringlichen Blick nicht mehr standhalten. Hastig griff ich nach der Schwingtür der Kabine und verschanzte mich darin. Mit wummerndem Herzen versuchte ich tief Luft zu holen, aber es brachte nichts.

»Lucy?«

Ich schloss die Augen und lehnte mich gegen die Wand der Umkleidekabine. Vielleicht würde Jasper verschwinden, wenn ich ganz ruhig blieb. Langsam begann ich von zehn rückwärts zu zählen, als würde ein Countdown dabei helfen, meine Nervosität oder Unsicherheit einfach verpuffen zu lassen. In meinem Kopf waren einfach zu viele Zuckerwatte-Gedanken. Zu süß und klebrig und ungesund.

Ich hörte, wie die Kabinentür quietschte, und als ich die Augen wieder aufschlug, stand Jasper genau vor mir.

»Ich hab dich nicht hereingebeten«, sagte ich.

»Ich wollte auch gar nicht hereingebeten werden.«

»Weißt du«, begann ich überzeugt, »ich bin froh, dass wir nicht mehr miteinander reden. Mit jemandem, der nicht weiß, was er will, kann man nicht reden.«

»Ich glaube, wir haben genug geredet.«

»Wir haben nicht mal annähernd genug geredet!«, widersprach ich heftig und senkte dann die Stimme, weil ich nicht wollte, dass jemand auf uns aufmerksam wurde. Die Kabine war eng und es war kaum genug Platz für Jasper, geschweige denn uns beide zusammen. Uns trennten Zentimeter und mir war, als würde sich der Raum mit dem Geruch von Moos und Apfel und unausgesprochenen Gedanken füllen und mich ersticken. Ich schloss den Mund.

Jasper kam einfach näher, legte eine Hand in meinen Nacken und küsste mich. Mein Herz schlug im Takt der wenigen Sekunden, die der Kuss anhielt, ehe ich Jasper von mir wegdrückte. Er rückte nur wenige Zentimeter ab, die Wand der Kabine im Rücken, unfähig, sich auch nur ein winziges Stück mehr zu bewegen.

»Du kannst mich nicht einfach küssen!«, sagte ich aufgebracht und mein Atem ging schneller.

»Aber du kannst es?«, fragte er mit Nachdruck. »Mich mit Gequassel und Gefühlen und Küssen überfallen?«

»Wenn du mir nichts zu sagen hast, dann geh einfach«, erwiderte ich. Meine Lippen prickelten noch immer von dem Kuss. Es war, als könnte ich Jaspers Wärme auf ihnen schmecken. Ich wollte, dass er mich wieder küsste. Wieder und wieder und mir endlich sagte, was zur Hölle in seinem verdammtem Sturkopf vorging. »Da ist die Tür.«

»Ich weiß, wo die Tür ist«, knurrte er.

Und plötzlich waren seine Hände wieder in meinem Haar und er küsste mich erneut. Ich erwiderte den Kuss, mitgerissen von der Welle aus Adrenalin und Sehnsucht. Aber so sehr ich Jasper auch küssen wollte, so sehr wusste mein Verstand auch, dass es mir gegenüber unfair war, wenn er mich küsste, weil er es wollte, ohne Rücksicht auf meine Gefühle. Ich zog den Kopf zurück und drückte Jasper meine Hände gegen die Brust. Keuchend starrten wir einander an.

»Du kannst nicht immer nur ankommen, wenn *du* etwas willst«, sagte ich mit wackeliger Stimme. »Oder mir schreiben, wann *du* willst, oder mit mir reden, wann *du* willst. So funktioniert das nicht – weder eine Freundschaft, noch ... etwas anderes.«

»Es tut mir leid, Lucy«, flüsterte er.

»Das glaube ich dir nicht«, antwortete ich aufgewühlt. »Du sagst eine Sache und machst eine andere. Und immer wartest du darauf, was ich als Nächstes tue, als müsstest du auf Nummer sicher gehen, dass ich das alles auch wirklich ernst meine, während ich selber in der Luft hänge. Das ist so verflucht unfair!«

»Das weiß ich!«, fuhr er mich an. »Ich weiß das, okay? Ich weiß, dass ich dich damit verrückt mache und es nicht fair ist und ich mich wie ein Arsch benehme, aber ich hatte nie einen Plan in meinem Leben. Ich wusste nie, was ich wollte, bis du mir gezeigt hast, wie man an einem festhält und ihn versucht umzusetzen, Lucy.«

»Und an was hältst du fest?«, flüsterte ich mit belegter Stimme. Ich hatte das Gefühl, alle meine Nervenenden würden in Flammen stehen, so sehr spannte sich mein Körper an. Jaspers Blick wurde weicher.

»Ich halte daran fest, dass ich nicht mehr versuche dich nicht zu mögen.« Er atmete schwermütig aus. »Und daran, dass ich aufhöre, nicht nachzudenken.«

»Das klingt ganz gut für den Anfang«, murmelte ich.

»Willst du mit mir zum Tanz gehen?« Jasper sah mich fragend an und öffnete dabei leicht die Lippen.

»Ich bin immer noch wütend auf dich«, stellte ich klar. »Weil du einfach Bens Brief gelesen hast. Weil du mich mehrmals hast stehenlassen. Ignoriert hast.«

Jasper schluckte schwer.

»Ich habe Kate und Roxy gesagt, dass ich mit ihnen hingehe«, sagte ich tonlos. »Aber, wenn du Glück hast, dann ... halte ich dir einen Tanz frei.«

»JASPER!«, brüllte Sadie durch den Laden. »Gott, wo zur Hölle steckst du? Grandma hat angerufen.« Jasper und ich rührten uns nicht. »Hey, Lucy, bist du noch da drin? Weißt du, wo Jasper hin ist?«

»Jaaaa«, antwortete ich gedehnt. Langsam rückte ich von Jasper ab und drückte die Kabinentür wieder auf. »Und dein Bruder ist ... ehm ... bei mir.«

Sadie riss die Augen weit auf und glotzte erst mich, dann Jasper an. Anschließend gingen ihre Blicke wie ein Tischtennisball hin und her. Sie verzog das Gesicht.

»Eww«, machte sie. »Ich kann nie wieder bei Macy's shoppen gehen, ohne dieses Bild im Kopf zu haben.«

»Du meinst, weil das Kleid so toll ist?«, sagte ich und setzte dabei ein strahlendes Lächeln auf. Sadie verdrehte die Augen und seufzte theatralisch.

»Wir müssen noch ein Geschenk besorgen, Jasper«, meckerte sie ihren Bruder mürrisch an. »Kannst du nicht irgendwann anders mit deiner Freundin rummachen?«

»Wegen Mason«, erklärte Jasper hinter mir und ich blickte über meine Schulter. »Er kommt nächstes Wochenende und meine Grandma dreht völlig durch.«

»Verstehe«, sagte ich knapp.

»Wow, hab ich eine Gruppentherapiestunde verpasst?«, mischte sich Kate ein, die wie aus dem Nichts neben den Kabinen auftauchte. »Ich bin schon ein Stockwerk hochgefahren, weil ich dich nicht mehr gefunden habe, Lucy. Oh Gott, Jasper. Da steht Jasper, Lucy!«

»Das wäre mir jetzt gar nicht aufgefallen«, scherzte ich. »Die beiden kaufen ein Geschenk für ihren Bruder.«

»Bei Macy's?«, fragte Kate skeptisch.

»Mason kann nichts für seine Schwäche für Handtaschen und Polkadotröcke«, sagte Sadie ernst. »Deshalb lassen wir ihn auch nicht auf die Öffentlichkeit los.«

»Ich glaube, wir gehen dann mal«, sagte Jasper, klang aber nicht wirklich sehr bestimmt dabei. »Also ...«

Wir tauschten einen langen Blick aus.

»Okay«, sagte ich betreten.

Unsere Gruppe spaltete sich wieder. Kate zog mich am Arm zur Rolltreppe, um in den zweiten Stock zu fahren, während Sadie Jasper für sein *Verschwinden* anpflaumte. Ich konnte nicht anders, als zurückzublicken. Als ich mich kurz umdrehte, sah ich, dass Jasper den gleichen Gedanken gehabt hatte. Er lächelte mir zu.

»Lucy, du siehst vollkommen weggetreten aus«, bemerkte Kate etwas besorgt. »Jasper war also doch da! Ich hab es geahnt, als ich die kleine Avril Lavigne da habe stehen sehen. Was aus dem Beste-Freundinnen-Notfall-Koffer brauchst du? Eine Umarmung? Ein passendes Schimpfwort? Einen besonders klugen Rat?«

»Für den Anfang wären meine Klamotten nicht schlecht«, sagte ich und begann zu lachen. Kate und ich blieben stehen. Sie musterte mein Outfit.

»Oh«, machte sie.

»Aber ein gutes Oh«, meinte ich.

»Ein sehr gutes Oh!« stimmte Kate zu.

Dann drehten wir um. Ich schlüpfte in der Umkleidekabine in meine eigenen Sachen, packte meine Tasche und mein neues Kleid. Irgendwie hatte ich im Gefühl, dass dieses Kleid von nun an mein Glücksbringer sein würde. Lächelnd drückte ich es an meine Brust.

26

Am Mittwoch bekam ich nach der Schule den Anruf vom Diner, in dem mir gesagt wurde, dass ich am Freitag zum Einarbeiten vorbeikommen sollte. Ich hatte den Job bekommen und sollte am kommenden Samstag das erste Mal in der Morgenschicht richtig arbeiten. Meine erste Reaktion war auszuflippen vor Freude. Dieser Job war der perfekte Job für mich, das hatte ich sofort gespürt.

Nachdem ich meine Hausaufgaben an diesem Nachmittag erledigt hatte, fuhr ich beim Diner vorbei, um meinen Vertrag auszufüllen und ein Formular abzuholen, das meine Eltern unterschreiben mussten, weil ich noch nicht volljährig war. Als ich das Diner wieder verlassen und nach Hause fahren wollte, stieß ich auf dem Parkplatz ausgerechnet auf Carrie. Sie war allein unterwegs und schwang gerade ihre langen Beinen aus ihrem knallroten Cabrio, dessen Dach sie trotz des stürmischen Wetters offen gelassen hatte. Kurz widerstand ich dem Drang, einfach an ihr vorbeizugehen.

»Hallo, Carrie«, grüßte ich sie neutral.

Seitdem ich zuerst beschlossen hatte das Veranstaltungskomitee zu verlassen und es mir dank Mrs Armstrong anders überlegt hatte, war die Stimmung zwischen Carrie und mir recht abgekühlt. Bei den letzten Treffen des Komitees hatte ich mich normal verhalten, meine Meinung geäußert und mich nicht mehr von ihren Bemerkungen in den Boden stampfen lassen. Carrie hatte sich wie immer benommen, wollte ihren Kopf durchsetzen und bestimmen. Wegen meiner Einwendungen gegen manche ihrer Vorschläge oder Vorgehensweisen sahen sich ein paar der anderen ermutigt, sich nicht mehr ausschließlich auf Carries Seite zu stellen. Irgendwann würde ihre Diktatur ein Ende haben und hoffentlich spürte sie das bereits.

»Ich habe keine Zeit«, sagte sie und fixierte mit den Augen den Eingang des Diners. »Ich bin verabredet.«

»Viel Spaß«, meinte ich trocken.

»Danke«, sagte sie irritiert. Wir wandten uns voneinander ab und ich ging auf meinen Wagen zu, als Carrie meinen Namen rief und mich dazu brachte mich wieder umzudrehen. »Am Samstag ist das letzte Treffen vor dem Tanzmarathon. Direkt nach dem Ende des Sportfests.«

Ungläubig starrte ich sie an. War das etwa eine nett gemeinte Erinnerung, damit ich nicht vergaß zu kommen? Tatsächlich hatte ich darüber nachgedacht, das Treffen ausfallen zu lassen und stattdessen etwas mit Jasper zu unternehmen. Wir hatten bisher keine Zeit gehabt, um uns vernünftig zu unterhalten. Carrie starrte zurück.

»Denk an die Teilnahme – und die Spendenlisten«, sagte Carrie deutlich ablehnender. »Die sind wichtig.«

Hastig drehte sie sich um und stöckelte in ihren hohen Schuhen auf *Haines Diner* zu. Perplex sah ich ihr nach. Hatte ich mir das gerade eingebildet oder versuchte Carrie normal mit mir zu reden? Vielleicht hatte sie ja gerafft, dass die Aktion mit der Party und den Videos nicht nur peinlich für mich gewesen war. Inzwischen hatte ich aus einigen Ecken gehört, dass die Leute wussten, dass Carrie hinter den Videos steckte. Nicht jeder an der Roadrige fand es amüsant, dass sie sich gezielt eine Person herausgepickt hatte – nämlich mich – und somit mobbte. Gestern hatte sogar eines dieser Aktivisten-Mädels aus meinem Fremde-Kulturen-Kurs gemeint, ich sollte eine Petition starten, damit Carrie von der Schule flog und sie die geballte Power der Feministinnen traf. Natürlich.

***

Die nächsten Tage verliefen relativ ruhig. Einige Tests standen vor der Tür und die meiste Zeit verbrachte ich mit Kate und Roxy in der Bibliothek, um den Stoff zu pauken. Weil wir nicht alle Kurse zusammen hatten, stellte sich das manchmal als etwas schwierig heraus, da wir an unterschiedlichen Themen hingen. Wenn ich ehrlich war, lenkten mich die meiste Zeit sowieso Jaspers Nachrichten ab. Wir hatten begonnen uns zu schreiben, weil der momentane Stress nicht zuließ, dass wir uns oft sahen. Mehr als ein paar flüchtige Flirtereien und Blicke in den Gängen waren kaum drin und ich begann ihn schrecklich zu vermissen. Wegen des Familiendinners und der Ankunft seines Bruders machte Jaspers Grandma ihn und Sadie vollkommen bekloppt und spannte beide für die unmöglichsten Aufgaben ein.

Am späten Freitagnachmittag saß ich seit langer Zeit mal wieder bei den Cassels zu Hause und babysittete Riley. Fia, ihre Eltern und ihr Verlobter Ryan waren zum Essen ausgegangen, um die weiteren Schritte für die Hochzeit durchzusprechen. Wenn ich teilweise mitbekam, wie viel Arbeit eine Hochzeit war, verging mir wirklich die Lust, jemals selber zu heiraten. Eine Verlobung war noch der wirklich einfache Teil des Ganzen.

Ich saß mit Riley im Garten und baute zusammen mit ihm eine Burg aus Bauklötzen, als mein Handy klingelte.

»Hast du gerade an mich gedacht?«, fragte Jasper.

»Wieso sollte ich jemals an dich denken?«

»Weil ich gleich nebenan bin und in einem total sexy Aufzug die Regenrinne von Blättern befreie.«

»Ist das dein Ernst?«, fragte ich belustigt.

»Kannst dich ja auf eine Mülltonne stellen und ein wenig herumspionieren, wenn du mir nicht glaubst.«

»Soll das eine Einladung sein?«

»Bring von mir aus deinen anderen Freund mit.«

»Gib mir fünf Minuten«, antwortete ich. Ich schob mein Handy in die Tasche meiner Jeans. »Riley, hast du vielleicht Lust, den Nachbarn einen Besuch abzustatten?« Riley sah mich mit großen Augen an. »Du siehst mich jetzt schon so an, als sei ich verrückt, dabei kennst du Jasper nicht einmal. Du bist ein kluger Junge.«

Ich stand von der Decke auf und nahm Riley auf den Arm. Wie sonst auch klammerte er sich sofort an meinen Haaren fest. Die schien er immer besonders zu mögen. Ich steuerte das Gartentor an, überquerte die Straße und ging zusammen mit Riley in den Garten der Ransoms.

Jasper kam mir schon entgegen.

»So viel zum Thema sexy Aufzug«, sagte ich. Er trug einen blauen Pullover, schwarze Jeans und darüber einen Regenmantel, der genauso dunkel war wie seine Augen.

»Das Argument hat dich immerhin hergelockt.«

»Darf ich vorstellen, Riley. Riley, Jasper.«

Jasper griff nach Rileys kleiner Hand und schüttelte sie vorsichtig. »Freut mich dich kennenzulernen. Ich sag dir, du hast es jetzt schon besser als ich, Kumpel. Darfst dich an Lucy hängen wie ein Äffchen.«

»Äffchen!«, brüllte Riley laut und lachte.

»Musstest du wirklich die Regenrinne sauber machen?«, fragte ich skeptisch. »Deine Grandma ist irre.«

»Vielleicht wünscht sie sich heimlich, dass ich von der Leiter falle«, meinte Jasper, aber es klang nicht nach einem Scherz. »Seitdem sie weiß, dass Mason wirklich übernächstes Wochenende entlassen wird, spricht sie von nichts anderem mehr als von ihrem *Goldjungen*. Normalerweise übernimmt unser Gärtner die Aufgabe, aber vielleicht denkt Grandma Greta, dass Mason sieht, mit wie viel Liebe die Regenrinnen sauber gemacht wurden, wenn sein jüngerer Bruder das macht.«

»Das ist absolut bescheuert«, sagte ich. »Deine Großmutter kann doch nicht von dir verlangen, dass du dir fast den Hals brichst. Und ohnehin – die Regenrinne? Wen zur Hölle interessiert bitte die Regenrinne?«

»Äffchen!«, wiederholte Riley wieder.

»Äffchen würden die Regenrinne wirklich interessieren«, sagte Jasper erheitert. »Vielleicht würden sie die Blätter sogar einfach aufessen. Das wäre praktisch. Ob ich mal im Zoo nachfragen soll, ob ein paar Äffchen Lust auf den Job haben. Oh Gott – Job! Wie ist es heute morgen beim Einarbeiten gelaufen, Lucy?«

»Katastrophal«, gestand ich frustriert. »Aber Ollie, der Manager, meinte, das wäre normal. Er hat gesagt, alle hatten am Anfang keinen Plan von nichts.«

»Samstag wird besser«, sagte Jasper sanft. Weil ich Riley auf dem Arm hatte, war eine Begrüßung, die mehr als Worte erforderte, flachgefallen, aber jetzt breitete sich wieder einer dieser Momente zwischen uns aus, in denen ich nicht wusste, ob Jasper mich so intensiv ansah, weil er jede Sekunde über mich herfallen wollte oder einfach nur über seine nächsten Worte nachdachte.

»Ich bin nur für ein paar Stunden da«, sagte ich. »Wenn das Leichtathletik-Team läuft, dann ...«

»Stehst du am Rand und schwingst eine Runde Pom Poms für mich? Reimst mit den Cheerleadern Ransom auf Handsome?«, zog Jasper mich lächelnd auf. »Das würde mir nämlich wirklich, *wirklich* sehr gut gefallen.«

»Vielleicht können wir danach ...«, setzte ich an, aber ich wollte nichts Falsches sagen und selber zu einem Klammeräffchen werden, das wieder drängelte.

»Genau, nach dem Sportfest ...«, murmelte Jasper.

»Nach dem Sportfest und dem Treffen des Veranstaltungskomitee könnten wir wirklich endlich ...«, sagte ich und ließ das Satzende wieder offen. Jasper räusperte sich und fuhr sich mit einer Hand unruhig durchs Haar. Ich drückte Riley enger an mich und seufzte leise.

»Ihr zwei seid echt mega peinlich«, bemerkte Sadie und verdrehte die Augen. Sie war auf einmal hinter mir aufgetaucht und schob ein Fahrrad neben sich her. Anscheinend war sie vor wenigen Sekunden angekommen.

»Ich finde es eher *mega peinlich* mit einem Rad durch die Gegend zu fahren, das aussieht, als habe Hello Kitty es auf die Straße gekotzt«, bemerkte Jasper zynisch.

Sadies Fahrrad war knallpink und wirklich auffällig.

»Nicht so mega peinlich, wie deine Angewohnheit –«

Jasper machte einen Schritt nach vorne und drückte Sadie eine Hand auf den Mund, ehe sie seine schlechte Angewohnheit ausplaudern konnte. Die beiden begannen miteinander herumzukabbeln, bis Riley abrupt anfing zu weinen und die Aufmerksamkeit auf sich lenkte. Ich begann ihn in meinen Armen hin- und herzuwiegen.

»Ich glaube, er hat Hunger«, sagte ich.

»Jasper muss sowieso weiter Sklavenarbeit ableisten«, murrte Sadie. »Genau wie ich. Der Tag hat nicht genug Stunden, um den Drachen zufriedenzustellen.«

»Da hat Sadie leider Recht«, sagte Jasper genervt. Er und Sadie tauschten einen mitleidigen Blick. Seine Schwester schob ihr Rad weiter und ließ uns allein. Riley war immer noch am Weinen und sah mich dabei wieder mit seinen großen blauen Augen erwartungsvoll an.

Jasper begleitete mich das kurze Stück zurück zum Gartentor. Riley hatte angefangen meine Haare anzusabbern und plärrte nicht mehr ganz so laut herum. Das Schaukeln hatte ein wenig geholfen. Er gluckerte nur noch.

»Wir sehen uns morgen, oder?«

»Äffchen-Ehrenwort«, erwiderte ich.

27

Als ich ein paar Stunden später nach Hause kam, wartete eine Riesenüberraschung auf mich. Ich hatte gerade einmal Zeit, meine Jacke an der Garderobe aufzuhängen, als mir jemand von hinten so heftig um den Hals fiel und mich an sich drückte, dass mir echt die Luft wegblieb.

»Oh mein Gott! Taylor!«, kreischte ich aufgeregt.

Meine Schwester war wieder da! Hier! Zu Hause! Sie stand direkt vor mir, das Gesicht zu dem breitesten Lächeln verzogen, das ich je bei ihr gesehen hatte. Jetzt schlang ich die Arme um sie und drückte sie an mich.

»Lucy, du bringst mich noch um«, murmelte sie.

»Ich wusste nicht, dass du heute kommst«, sagte ich, ohne Atem zu holen. »Wieso wusste ich nicht, dass du heute kommst! Ich wäre viel früher nach Hause gefahren. Wieso – weshalb – warum? Taylor, ich freue mich so!«

Taylor strahlte mich weiter an. »Ich freue mich auch wahnsinnig, wieder hier zu sein«, sagte sie sanft. »Auf einmal ging alles ganz schnell. Wir haben den Wagen verkauft bekommen, die Tickets waren gebucht und dann sind wir vor ein paar Stunden erst gelandet und ich bin mit einem Taxi nach Hause gefahren. Überraschung!«

»Die ist dir wirklich gelungen«, sagte ich glücklich. »Wissen Mom und Dad schon, dass du wieder da bist?«

»Dad hatte einen halben Herzinfarkt, als ich eben vor der Haustür stand und geklingelt habe, und Mom ist erst einmal in Tränen ausgebrochen«, erklärte Taylor erheitert. »Sie sind in der Küche und kochen was.«

Ich machte einen Schritt nach vorne und sah um die Ecke in unsere Küche hinein. Mein Dad drehte gerade das Radio auf und summte die Melodie des Lieds mit, das lief. Meine Mom saß am Küchentisch und schnippelte Gemüse klein. Als Dad mich sah, tanzte er schwungvoll durch den Raum, packte meine Hände und zog mich mit sich. »Unsere andere Tochter ist auch zu Hause!«

»Wunderbar!«, meinte Mom und lachte. »Die Familie ist endlich wieder zusammen. Jetzt wird gefeiert.«

Dad wollte mich noch immer dazu bringen, mit ihm zu tanzen, aber ich schaffte es mich zu lösen und ging zurück in den Flur. Taylor lachte herzhaft über mich.

»Hast du irgendeinen Virus von deinen Abenteuern mitgebracht und die beiden drehen nun völlig durch?«

»Keinen Virus, aber ein paar andere Sachen«, antwortete sie. »Willst du mir auspacken helfen?«

»Gerne«, jubelte ich.

***

Der erste Abend, den wir seit langem gemeinsam als Familie verbrachten, hob bei jedem die Stimmung ins Unermessliche. Dad war besonders froh, Taylor wieder zu Hause zu haben, und löcherte sie mit unzähligen Fragen. Meine Schwester ließ es sich so oder so nicht nehmen uns alles von ihrer spannenden Reise zu erzählen. Während wir aßen, erzählte Taylor eine Geschichte nach der anderen. Irgendwann gab sie auch die Story mit den angeblichen Swinger-Nachbarn wieder und es war um uns geschehen. Meine Familie begann haltlos zu lachen und für den Rest des Abens herrschte nur noch gute Laune vor.

***

Taylor ließ es sich nicht nehmen am Samstagmorgen zum Sportfest der Roadrige zu fahren. Sie war der Meinung, dass das die perfekte Gelegenheit für sie und Hunter war, wieder den Anschluss zu ihren Mitschülern zu finden und in Erfahrung zu bringen, was die beiden in den ersten Wochen Unterricht verpasst hatten. Deshalb rief sie, kaum dass ich ihr davon erzählt hatte, Hunter noch am Freitagabend an und befahl ihm auf ihre typisch liebenswerte Art sie abzuholen.

Keine Ahnung, wo sie die Energie hernahm, nach der Rückreise und dem Flug noch Bedingungen zu stellen, geschweige denn, wie sie morgens aus den

Federn kommen wollte. Ich war jedenfalls hundemüde, als ich aufstand, um zu meiner Schicht im *Haines Diner* anzutreten. Taylor und ich hatten die halbe Nacht in ihrem Zimmer gesessen und über Gott und die Welt gequatscht. Um sechs Uhr musste ich schon bei meinem neuen Job antanzen und gab mein Bestes, damit man mir die Müdigkeit nicht ansah. Das Sportfest startete erst gegen zehn und um zwölf wurde ich entlassen. Nach meiner Schicht ließ ich es mir nicht nehmen eine Wagenladung an Kaffee mitzunehmen – den bekam ich als Mitarbeiterin im Diner sogar umsonst. Während der Fahrt zur Schule trank ich das Zeug weg wie nichts und fühlte mich wirklich wacher.

Das Sportfest war eine Veranstaltung, an der die vielen Sportteams der Roadrige Highschool und zweier anderer Schulen in der Umgebung teilnahmen. Da unsere Schule den meisten Platz besaß, um ein solches Fest auszurichten, kamen heute hier alle zusammen, um sich im Wettstreit verschiedener Disziplinen zu messen.

Über das Gelände verteilt gab es mehrere Stände, an denen man Essen und Trinken kaufen konnte, oder Infostände der Sportteams selbst, an denen versucht wurde neue Leute anzuwerben. Es war ein buntes Treiben. Auf Grund der vielen Besucher des Sportfests, war es schwer einen Parkplatz zu finden. Als ich es endlich geschafft hatte, war ich verdammt spät dran und erreichte gerade noch rechtzeitig das Rennen des Leichtathletik-Teams. Ich stand am Rand der Tribünen, nachdem ich es geschafft hatte mich durchzuboxen, und sah noch, wie Jasper startete.

Meine Augen folgten ihm wie hypnotisiert. Er war unglaublich schnell. Die anderen Teilnehmer hatten nicht den Hauch einer Chance. Er schoss nach vorne und lief ihnen davon. Sein Vorsprung war der helle Wahnsinn.

Die Menge begann zu jubeln und zu kreischen. Eine Fanfare ertönte, als Jasper die Ziellinie durchlief, nachdem er die halbe Strecke gesprintet war. Ein Mann im Trainingsanzug schüttelte ihm die Hand, während er atemlos nickte und dem Mann zuhörte. Wahrscheinlich war das der Coach, der ihm auf die Schulter klopfte und ihn entließ. Die anderen Läufer trudelten hinter Jasper ein, während er vom Feld ging und sich von jemandem eine Wasserflasche in die Hand drücken ließ.

»Ich wette, alle Colleges wollen ihn anwerben.«

Ein Mann war neben mir stehengeblieben. Er war hochgewachsen, trug eine Baseballkappe und eine Sonnenbrille, weshalb ich kaum etwas von seinem Gesicht sah. Seine Kleidung war leger, eine dunkle Hose, ein dunkles Hemd, aber trotzdem wirkte er irgendwie fehl am Platz. Er schlürfte lässig einen Softdrink an einem Strohhalm.

»Das denke ich auch«, antwortete ich unschlüssig. Meine Augen wanderten zurück zu Jasper, der in diesem Moment sein Sporttrikot hochzog, um sich damit übers Gesicht zu wischen, was ein paar Mädchen hinter mir dazu brachte wild loszukreischen. *Magic Mike,* hörte ich Kates Stimme in meinem Kopf sagen und lachte leise.

»Kennst du ihn genauer?«, fragte der Mann.

»Das ist Jasper Ransom«, sagte ich zögernd. War der Mann vielleicht von einem College Board und wollte deshalb etwas über Jasper wissen? Ich hatte plötzlich Angst, etwas Falsches zu sagen, auch wenn das Schwachsinn war. Wenn er sich für Jasper interessierte, dann änderte meine Meinung gar nichts daran. »Wenn man den Gerüchten glauben kann, dann ist er der Beste des Leichtathletik-Teams der Roadrige.«

»Wenn ich meinen Augen Glauben schenke, dann würde ich sagen, die Gerüchte sind wahr. Beeindruckend.« Der Mann drehte sich kurz zu mir um. »Nette Uhr.«

Mein Blick schnellte zu meinem Handgelenk. Seit dem Tag, als Jasper mir seine Uhr gegeben hatte, trug ich sie jede Sekunde. Selbst den Sprung in den Pool hatte sie überlebt. *Nette Uhr.* Wer war dieser Mann? Ich sah wieder auf, aber er war spurlos verschwunden.

»Du hast es geschafft!« Atemlos tauchte Jasper an meiner Seite auf. Er musste mir angesehen haben, dass ich etwas durch den Wind war. »Hey, alles okay?«

»Da war so ein komischer ... ach, nicht so wichtig«, murmelte ich und setzte ein Lächeln auf. »Du bist unglaublich schnell gewesen. Glückwunsch, Jasper!«

»Du weißt doch, es geht mir nicht ums –«

»Ich weiß«, schnitt ich ihm das Wort ab. »Aber du bist hier. Du hast mitgemacht. Das ist gut.«

»Ich laufe noch in ein paar anderen Disziplinen mit«, sagte er. »Aber bis dahin ist noch etwas Zeit. Sollen wir uns einen Platz suchen und gleich darüber lästern, wie schlecht Bash im Lacrosse ist? Sein Team ist als Nächstes dran, das will ich nicht verpassen.«

Jasper hielt mir eine Hand hin. Ich nahm sie.

»Wenn er wirklich so schlecht ist.«

»Letztes Mal hat er sich mit seinem eigenen Schläger ausgeknockt«, meinte Jasper ernst, lachte dann aber doch. »Es ist jedes Mal ein richtiges Event.«

»Worauf warten wir dann noch?«

***

Später an diesem Abend, nachdem das Sportfest beendet war, das Treffen des Komitees hinter mir lag und die Sonne am Horizont verschwand, blieben Jasper und ich allein auf den Tribünen zurück. Wir saßen auf der obersten Reihe unter freiem Himmel und unterhielten uns seit Stunden, so erschien es mir, über all die Dinge, die an diesem Tag geschehen waren.

»Kate wollte wirklich, dass du dich mit Carrie beim Tanzmarathon duellierst?«, fragte Jasper und schob sich ein paar der Pommes in den Mund, die wir eben gekauft hatten. »Das Mädchen hat eine blühende Fantasie.«

»Vielleicht ist Carrie im Grunde ihres Wesen doch nicht so schlecht, wie wir denken«, sagte ich. »Ich glaube, manchmal versucht sie sogar nett zu sein.«

»Sie ist kein schlechter Mensch«, sagte Jasper und sah mir dabei nicht in die Augen. »Wahrscheinlich ist das einfach ihre Art sich selbst zu schützen. Es ist keine gute Methode, aber manchmal können Leute nicht anders. Immerhin lässt sie uns jetzt in Ruhe.«

»Uns, so so«, sagte ich und grinste. Jasper nahm eine Pommes und warf sie nach mir. »Hey, was soll das!«

»Du bist unverbesserlich, Lucy.«

»Ich will doch nur eine unwiderruflich poetische und herzzerreißende Liebeserklärung von dir bekommen«, scherzte ich übertrieben sarkastisch. »Meine Ansprüche sind wirklich unterirdisch niedrig.«

Jasper streckte die Hand aus und ich dachte, er wollte sich wieder etwas zu essen greifen, aber seine Finger schlossen sich fest um meine, als er mir wieder in die Augen sah. Bestimmter als jemals zuvor.

»Du weißt, dass mir das mit Bens Brief wirklich leid tut, oder?«, fragte er ruhig. »Dass ich so lange gebraucht habe, um ihn dir zu geben und auch, um aus mir herauszukommen.«

»Nachtragend zu sein war noch nie meine Stärke.«

»Lucy, ich mein's ernst«, sagte Jasper.

»Was meinst du ernst?«, fragte ich herausfordernd. Er neigte den Kopf und betrachtete mich. Mit einem lauten Knacken erloschen plötzlich die Laternen um uns herum. Anscheinend hatte die Zeitschaltuhr den Strom ausgestellt. Es war auf eine friedvolle Weise sehr schön im Halbdunkel neben Jasper zu sitzen und unseren Atemzügen zu lauschen. Ich hörte, wie er den Atem ausstieß. Sah, wie ein Lichtfleck über sein Gesicht tanzte, weil die Sonne gänzlich abgetaucht war und das letzte Licht mit sich nahm. Spürte seine Finger an meinem Bein. Roch sein vertrautes Parfum und die Kälte in der Luft.

»Ich meine das ernst.« Er küsste mich sachte an die Stelle unterhalb meines linken Ohrs. »Und das hier.« Seine Lippen berührten meine Wange. »Was ich aber besonders ernst meine, ist das hier.« Sein Mund fand meinen und er küsste mich richtig. Küsste mich, bis wir beide atemlos Abstand nahmen und ich dachte, dass flüssiges Glück durch meine Venen floss. Genauso warm und klebrig wie meine Zuckerwatte-Gedanken sonst immer.

Jasper schloss die Arme um mich und ich vergrub das Gesicht an seiner Brust. Seine Jacke fühlte sich kalt gegen meine Wange an, aber das war mir egal. Mir war an genau den richtigen Stellen wohlig warm und das reichte noch für einige lange Stunden in der Dunkelheit aus.

»Alles nur, weil ich auf die geniale Idee gekommen bin, mir eine Freundin zu suchen«, sagte er erheitert.

»Eine Idee, die ich dir ausgeredet habe«, meinte ich empört. »Weil das totaler Blödsinn war.«

Jasper drückte mich enger an sich. »Blödsinn fühlt sich wirklich fantastisch an, Lucy.«

28

»Denkst du, sie mögen es?«, fragte Jasper.

Anfang der Woche waren wir gemeinsam mit Ryan und Fia zum Ransom Haus im Westwick Viertel gefahren. Das Haus hatte unglaubliche Fortschritte gemacht, wenn es auch noch einiges an Restaurierungsbedarf gab. Für einen ersten Einblick reichte es aber allemal. Als ich Fia am Sonntag angerufen und ihr von dem Haus erzählt hatte, hatte sie nicht gezögert einem Besichtigungstermin zuzustimmen. Fast eine Stunde war sie zusammen mit Ryan durch das Gebäude gegangen, hatte sich jeden Winkel angeschaut und das Grundstück inspiziert. Seit ein paar Minuten standen sie abseits von Jasper und mir und unterhielten sich. Ich konnte nicht wirklich deuten, wie die Stimmung zwischen den beiden war, weil sie uns den Rücken zugewandt hatten und ich nichts verstand.

Jasper und ich saßen auf den Stufen der Veranda und sahen zu den beiden hinüber, völlig ahnungslos, ob Fia und Ryan das Haus nun mochten oder doch nicht.

»Bist du dir denn sicher, dass du dir das alles gründlich überlegt hast?«, fragte ich ihn sanft. »Du hast so viel Arbeit in das Haus gesteckt und danach kannst du keinen Rückzieher mehr machen. Verkauft ist verkauft, Jasper, das weißt du, oder?«

Jasper lächelte matt. »Erstaunlicherweise bin ich mir wirklich sicher. Du hattest mit allem Recht. Es fällt mir zwar nicht leicht das zuzugeben, aber ein Haus wird nichts an der Meinung meines Dads oder meiner Grandma ändern«, sagte er und klang dabei trotz fester Stimme unheimlich traurig. »Vielleicht liegt es daran, dass Greta nur noch über Mason spricht oder meine Eltern tatsächlich gesagt haben, dass sie seinetwegen auch zum Familiendinner kommen werden, aber ... der Gedanke, dass ich mir immer so viel Mühe gegeben habe, es ihnen Recht zu machen, etwas zu beweisen ... inzwischen macht mich das echt krank.« Er neigte den Kopf in meine Richtung. »Du hast nie von mir gewollt, dass ich mich verbiege, also sollte meine Familie das auch nicht tun. Außerdem hat mich ein College Coach angerufen.«

Das war mir neu. Überrascht starrte ich ihn an.

»Das sagst du mir erst jetzt?«

»Mir kommt das auch etwas surreal vor«, murmelte Jasper. »Vor ein paar Wochen war ich noch fest davon überzeugt, dass ich meiner Grandma etwas beweise, wenn ich achtzehn werde, meinen Treuhandfond abstaube und dann einfach die Stadt verlasse. Ich war so fest davon überzeugt, dass mein Leben dann besser sein würde.« Er griff nach meiner Hand und schob seine Finger zwischen meine. »Dabei brauchte ich nur eine Perspektive.«

»Du klingst wirklich mega altklug«, sagte ich und versetzte ihm einen leichten Stoß gegen die Schulter.

»Ich weiß immer noch nicht, was in Zukunft sein wird«, sagte er und sein Blick schweifte zum Himmel. »Aber für den Moment ist das auch okay so.«

»Was hat der Coach denn gesagt?«, fragte ich.

»Er hat mich zur Besichtigung des Campus eingeladen«, antwortete Jasper nachdenklich. »Ich denke, ich werde die Einladung annehmen. Es kann nicht schaden sich das Ganze anzusehen, bevor das Senior Year startet.«

»Du könntest mich mitnehmen.«

»Könnte ich ...«

Jasper lächelte mich an und ich drückte ihm einen Kuss auf die Lippen. Langsam ließ ich meinen Kopf auf seine Schulter gleiten und seufzte gedehnt.

»Ich weiß auch noch nicht, was ich nach der Highschool mache. Nicht genau jedenfalls«, sagte ich. »Aber diese Schulzeit hat man nur einmal in seinem Leben und ich glaube, bevor es in die große weite Welt geht, sollte man einfach das Beste daraus machen.«

»Die beiden kommen zurück«, bemerkte Jasper. Ich richtete mich wieder auf und erhob mich automatisch von den Verandastufen. Jasper, der bei meiner Bewegung meine Hand losgelassen hatte, stand ebenfalls wieder auf. Ryan und Fia blieben vorm Eingang des Hauses stehen.

»Wir lieben es«, sagte Fia euphorisch. »Und wenn auch nur der Hauch einer Chance besteht, das Haus zu kaufen, dann wollen wir es unbedingt haben, oder, Ryan?«

Ryan nickte bedächtig. »Es gibt zwar noch einiges zu tun, aber es ist genau das, was wir gesucht haben. Noch immer in der Nähe, trotzdem etwas abseits der Stadt. Es gibt einen großen Garten und es ist schön ruhig.«

»Nicht zu vergessen die großen Fenster!«, meinte Fia schwungvoll. »Und die weitläufigen Zimmer im ersten Stock. Ich könnte dort wundervoll ein Büro einrichten.«

Jasper sah zufrieden aus. »Ich werde meinem Dad erzählen, dass wir Abnehmer für das Haus gefunden haben, und mich dann sofort bei euch melden. Versprechen kann ich nichts, aber er wollte das Haus schon vor Ewigkeiten verkaufen und ich glaube nicht, dass ich mich großartig bemühen muss, um ihn zu überzeugen.«

Ryan hielt Jasper eine Hand hin. »Danke, Jasper.«

***

Der Rest der Woche verging wie im Flug und der Tanzmarathon rückte immer näher. Unter der Leitung von Carrie dekorierte ich zusammen mit den anderen Mädels vom Veranstaltungskomitee jeden Nachmittag die Turnhalle ein Stück weiter. Taylor und Hunter waren zurück an der Schule und lebten sich trotz des verpassten Stoffs unheimlich schnell ein. Wegen der Theater-AG hingen sie ziemlich häufig mit Haylie, Ethan, Kurt und den anderen ab und Roxy zog die Verbindung weiter zu mir und Kate. Unsere Gruppe schien immer größer zu werden. Natürlich blieb ich auch nicht davor verschont Jasper vorzustellen, aber Taylor und er verstanden sich auf Anhieb bestens, auch wenn er und Hunter noch immer nicht ganz miteinander warm geworden waren.

Als das Wochenende wieder in greifbare Nähe rückte, machten wir alle Pläne für den Tanzmarathon, um dort gemeinsam eine tolle Zeit haben zu können. Für Jasper stand noch immer das Familiendinner vor dem Tanzmarathon auf dem Plan. Er hatte mir versichert, dass er mich liebend gerne eingeladen hätte, aber Familiendinner bedeutete eben Dinner mit der Familie. Außerdem meinte er, dass er befürchte, ich würde nie wieder ein Wort mit ihm wechseln, wenn seine Familie mich erst einmal von allen möglichen Seiten auseinandergenommen hatte.

Also machten wir aus, dass Jasper mich abends nach dem Dinner bei mir abholen sollte und wir uns mit den anderen bei der Veranstaltung in der Schule treffen würden. Am Samstagvormittag wurde ich immer nervöser, als ich im Diner das Ende meiner Schicht herbeisehnte, damit ich nach Hause fahren und mich umziehen konnte.

Heute Abend hätte ich mein erstes echtes Date mit Jasper und jeder würde sehen können, dass wir offiziell zusammen waren. Ein wenig fürchtete ich mich vor Carries Reaktion und vielleicht auch vor Bens, aber ich hatte mein Bestes getan, um für mich einzustehen und die Wogen zu glätten, und es war an der Zeit, von alten Dingen loszulassen und einfach Spaß zu haben.

Taylor wurde vor mir von Hunter abgeholt und meine Schwester fragte mich, ob es wirklich okay sei, wenn die beiden schon fahren würden. Sie hätten auch mit mir gewartet, aber ich wollte sie nicht aufhalten.

Als es immer später wurde, begann ich mich doch ein wenig zu sorgen, dass Jasper mich vergessen hatte. Er war zwar noch nicht wirklich zu spät, hatte sich aber seit heute Morgen nicht mehr gemeldet. Ich saß im schwarzen Kleid auf der Treppe im Flur, starrte die Haustür an und versuchte meine flatternden Nerven zu beruhigen. Immer wieder strich ich über den Stoff meines Kleides oder zupfte an meinen Haarsträhnen, die ich für den heutigen Anlass sorgsam zu Locken gedreht hatte.

Dann klingelte mein Telefon.

»Verspätest du dich?«, fragte ich statt einer Begrüßung, als Jaspers Nummer auf dem Display aufleuchtete. Ein paar Sekunden hörte ich nur ein dumpfes Rauschen, dann erklang eine Stimme, Sadies Stimme.

»Lucy, du musst unbedingt herkommen.«

»Sadie, ist alles okay bei dir?«

»Kannst du bitte herkommen, Lucy?« Sie klang fast so, als würde sie jeden Moment in Tränen ausbrechen. Sofort begann mein Herz wilder zu schlagen.

»Jasper und Mason sind am Streiten und ich ... ich weiß nicht, was ich tun soll. Meine Grandma ist –« Ihre Stimme stockte und im Hintergrund ging etwas zu Bruch. »Bitte.«

»Ich bin unterwegs«, antwortete ich sofort.

Ich war verdammt froh, dass Hunter Taylor mit dem Wagen seines Dads abgeholt hatte und unser Auto noch in der Einfahrt stand. Schnell verabschiedete ich mich von meinen Eltern und machte mich auf den Weg zu den Ransoms. Wie bei all den Malen zuvor, die ich die schmale Seitengasse entlanggefahren war, überkam mich ein vertrautes Gefühl, als ich vor dem Gartentor der Ransoms hielt und meinen Wagen parkte. Ich beeilte mich, durch den Garten zu hasten und um das Haus herum, auf der Suche nach dem Vordereingang. In dem Moment, als ich den Pool sah, hörte ich auch schon die lauten Stimmen. Sie kamen aus dem großen Saal, der bei meinem letzten Besuch bis auf Tische und Stühle an den Wänden leer gestanden hatte. Anscheinend war er heute Abend Schauplatz des Familiendinners der Ransoms. Ich wollte gerade näher an die große gläserne Doppeltür treten, um einen Blick hineinwerfen zu können, als ein Klirren die Luft durchschnitt und das Glas der Tür zerbarst. Ich konnte mich gerade noch rechtzeitig in Sicherheit bringen und erstarrte dann vor Schreck. Irgendjemand hatte einen Stuhl durch die Glastür geworfen, der hart gegen die Mosaikfliesen geklatscht und daran zersplittert war. Zersplittert war auch ein Großteil der Scheibe, deren Scherben überall verteilt lagen. Mein Herz hämmerte mir bis zum Hals. *Oh Gott.* Das war wie in einem schlechten Film. Als Nächstes würde noch jemand vom Balkon stürzen oder eine Leiche im Pool schwimmen, während ich ohnmächtig zu Boden sackte.

»Ich hab gesagt, du sollst das zurücknehmen!«, brüllte eine männliche Stimme völlig außer sich.

»Es ist die Wahrheit!«, hörte ich Jasper zurückschreien. »Jedes Wort davon. Du hättest nicht herkommen sollen, wenn du die Wahrheit nicht verkraftest.«

»Du bist eifersüchtig«, erwiderte die mir unbekannte Stimme. »Das warst du schon immer. Wo ich so viel für dich getan habe. Ich dachte, du wärst besser als das, Jasper!«

»Ich bin besser als du!«, schrie Jasper laut. »Es ist mir egal, ob es keiner in dieser Familie weiß, aber ich bin besser als du. Ich lüge und betrüge nicht und verspiele nicht haufenweise Geld, das mir nicht gehört!«

So schnell mich meine Füße trugen, rannte ich weiter um die nächste Ecke des Hauses und klingelte an der Vordertür Sturm. Innerhalb von Sekunden wurde die Tür aufgerissen und Sadie fiel mir prompt in die Arme.

»Ich wusste nicht, was ich tun sollte.«

Sie begann zu heulen und ich drückte sie kurz an mich, dann zwang ich sie, mir ins Gesicht zu sehen.

»Sadie, was ist hier los?«

»Mom und Dads Flug hat Verspätung«, begann sie und versuchte tief durchzuatmen. »Sie sind immer noch nicht da und als wir eben angefangen haben zu essen, war noch alles in Ordnung und dann hat Grandma ...« Sadie wischte sich übers Gesicht. »Mason und Jasper haben angefangen sich zu streiten und sie hören nicht mehr auf.«

Ich sah an Sadie vorbei den Flur entlang. Die Streiterei war noch immer in vollem Gang und erneut drang das Geräusch eines Gegenstands, der zu Bruch ging, an meine Ohren. Die Gedanken rauschten nur so durch meinen Kopf. Ich fasste Sadie fest am Arm.

»Hör mir zu, Sadie. Du bleibst hier und wenn ich in ein paar Minuten nicht zurück bin, rufst du die Polizei, hast du verstanden?«, trug ich ihr eindringlich auf. »Wenn die beiden sich nicht von allein beruhigen wollen, dann bleibt uns nichts anderes übrig, okay?«

Sie nickte langsam. Ich warf ihr einen letzten ermutigenden Blick zu und ließ sie dann allein zurück.

Es war keine Kunst, den Weg zum Saal zu finden, weil Jaspers und Masons Beschimpfungen so verdammt laut waren. Der Anblick, der sich mir bot, war kein schöner. Anscheinend hatten die Ransoms den Saal hergerichtet, damit er für das Familiendinner schick aussah. In der Mitte stand eine lange Tafel, die mit allerhand Geschirr, Essen und sogar Kerzenleuchtern und Blumenvasen gedeckt war und einen festlichen Eindruck machte. An einer Stelle war das Tischtuch heruntergezogen worden und eine Menge Deko lag auf dem

Boden verteilt. Wegen der zerbrochenen Glastür zog ein scharfer Wind in den Saal und ließ die Vorhänge unheilvoll flattern.

Eine ältere Dame stand nahe dem Eingang und hatte mir den Rücken zugewandt. Mit zitternden Schultern und verkrampfter Körperhaltung schien sie wie erstarrt zu sein. Jasper rangelte mit einem jungen Mann, der ihm kaum ähnlich sah. Zwischen Jasper und Sadie hatte ich immer eine Menge Gemeinsamkeiten gesehen, aber Mason wirkte einfach anders. Wenn Jasper das Licht war, war er ein Schatten. Von den dunklen Haaren bis hin zu dem schwarzen Anzug und diesem bitteren Blick, nichts an ihm wirkte auch nur im Entferntesten zugänglich.

Für ein paar Sekunden sprachlos musste ich mit ansehen, wie Mason Jasper seine Faust ins Gesicht rammte, dieser zurücktaumelte und dabei einen Kerzenständer umriss. Hastig ging ich an Mrs Ransom Senior vorbei, die mir einen überraschten Blick zuwarf, als sie meine Anwesenheit bemerkte. Weil ich mich schlecht als nächsten Gegner für Mason in den Ring werfen konnte, tat ich das, was man uns immer wieder im Selbstverteidigungskurs gesagt hatte: Laut und deutlich sagen, was man nicht wollte, um ein festes Standbein zu haben.

»Hört sofort auf euch zu prügeln!«

Meine Stimme klang hart und präzise. Mason, der Jasper wieder gefährlich nahegekommen war, hielt inne. Er drehte sich um und der geballte Zorn in seinem Blick traf mich mit solcher Wucht, dass mir das Herz in den Magen rutschte. Mason gab so etwas wie ein Knurren von sich.

»Misch dich nicht in Dinge ein, die dich nichts angehen«, blaffte er mich an. »Wer bist du überhaupt?«

Jasper hatte sich wieder aufgerappelt und wischte sich das Blut vom Kinn. Er sah ziemlich übel zugerichtet aus. An der Stirn hatte er eine kleine Platzwunde, die Nase blutete und von seinem Hemd fehlten die oberen Knöpfe. Besorgnis schnürte mir plötzlich die Kehle zu.

»Ach, das ist also deine Freundin.« Mason grinste verächtlich. »Wahrscheinlich erzählst du ihr all deine kleinen Geheimnisse, oder Jasper? Hast du ihr auch von mir erzählt und für was für einen miesen Bruder du mich hältst? Obwohl du der Versager der Familie bist.«

»Es reicht jetzt«, herrschte Mrs Ransom ihre Enkel an. »Mason, was ist nur in dich gefahren?«

»In mich?«, fauchte er. »Jasper ist derjenige, der angefangen hat mir Vorwürfe zu machen! Ich bin nicht den weiten Weg hergekommen, um mir so etwas anhören zu müssen. Er hat bekommen, was er verdient hat.«

»Er ist dein Bruder«, sagte ich, ohne groß darüber nachzudenken. »Siehst du nicht, wie irre das ist? Eine Glastür zertrümmern, sich mit ihm prügeln ... so schafft man keine Konflikte aus der Welt, Mason.«

»Du kennst also meinen Namen«, sagte Mason und seine Augen huschten zu mir. »Und bist genauso ein Klugscheißer wie mein kleiner Bruder, aber ich gebe dir einen gut gemeinten Rat: Verschwinde von hier. Das ist eine Familiensache und du hast hier nichts verloren.«

»Hör auf so mit ihr zu sprechen«, sagte Jasper aufgebracht. »Sie hat vollkommen Recht. Auf so eine Art löst man keine Konflikte. Willst du, dass Mom und Dad uns in so einem Chaos vorfinden? Willst du, dass sie dich sofort zurück ins Sanatorium abschieben, Mason?«

Mason wirkte zum ersten Mal etwas gefasster, als er sprach. »Sie können mich nicht abschieben, Jasper«, sagte er frostig. »Ich war freiwillig dort, weil ich nicht wusste, wohin ich gehen sollte. Ich hab damals alles verloren und das war die einzige Chance ...«

»Die einzige Chance, um – was?«, bohrte Jasper nach und dann schien ihm ein Licht aufzugehen. »Du wolltest, dass sie denken, dass es dir wieder besser geht. Du wieder gesund bist, damit sie dir weiter Geld geben, oder? Ist das dein verfluchter Ernst, Mason?«

Die Brüder starrten einander wütend an. Jasper ballte die Hände zu Fäusten und trat einen Schritt nach vorne. Mason spiegelte Jaspers harte Abwehrhaltung. Immerhin waren sie nicht wieder sofort aufeinander losgegangen.

Ich hatte plötzlich riesige Angst, weil ich nicht wusste, was als Nächstes passieren würde. Die Atmosphäre war so angespannt und düster und kalt, dass ich das Gefühl hatte, jeder weitere Atemzug würde in den Lungen schmerzen. Jaspers und mein Blick trafen sich kurz. Mason öffnete gerade den Mund, um etwas zu sagen, als Mrs Ransom voller Panik schrie: »Feuer! Es brennt!«

Kurz waren alle Anwesenden irritiert. Dann sah ich das Feuer, das Jaspers Grandma gemeint hatte. Der Kerzenleuchter, der eben vom Tisch gefallen war, hatte ein paar der Stoff-servietten in Brand gesteckt und einer der Vorhänge ging gerade lichterloh in Flammen auf. Vermutlich war das dünne Seidenmaterial der perfekte Zündstoff für die kleinen Flammen gewesen, die keiner von uns zuvor bemerkt hatte. Innerhalb von Sekunden stob das Feuer entlang des Vorhangs zur Decke hoch und schlug um sich. Ein schwerer verkohlter Geruch breitete sich im Saal aus. Ehe irgendjemand entscheiden konnte, was zu tun war, stand schon der zweite Vorhang in Flammen und das Feuer wurde größer.

Mason fluchte und rannte fluchtartig aus dem Saal. Er rempelte dabei seine Grandma so heftig an, dass die alte Dame den Halt verlor und stürzte. Einen Augenblick später hatten auch Jasper und ich uns aus der Schockstarre gerissen. Er hastet auf seine Grandma zu. Gemeinsam halfen wir ihr wieder auf die Beine und zerrten sie aus dem Saal. Sadie stand völlig neben der Spur vor der offenen Haustür und starrte Mason hinterher.

»Sadie, hast du mein Handy?«, fragte Jasper. »Sadie!«

Seine Schwester rührte sich nicht. Ich ließ den Arm seiner Grandma los und ging auf Sadie zu. Als ich in ihr Blickfeld kam, schien sie zu realisieren, dass sich etwas in Bewegung gesetzt hatte.

»Sadie, gib mir das Handy.«

Mechanisch streckte sie den Arm aus und ich nahm es ihr ab. Während ich sie zur Haustür hinausschob, wählte ich die 911 und begann das ausgebrochene Feuer zu melden. Mrs Ransom schwieg wie ein Grab, als Jasper sie praktisch in den Garten schubste, damit sie nicht stehenblieb. Die Miene seiner Grandma blieb undeutbar.

»Das wird einen Skandal geben«, murmelte sie.

»Weißt du, was ein Skandal ist?«, fragte Jasper ironisch. »Dass wir es nicht mal bis zum Nachtisch geschafft haben, ohne dass wir das Haus abbrennen.«

»Es ist definitiv zu früh für Witze«, sagte ich. Von dem flauen Gefühl im Magen wurde mir allmählich wirklich schwindelig. Ich drehte mich zu Sadie um, aber ohne, dass ich es bemerkt hatte, war sie losgelaufen. Jasper packte sie am Arm, bevor sie ins Haus rennen konnte. Inzwischen war der ganze Flur voller Rauch.

»Mo! Jasper, Mo ist noch da drin!«

»Die Feuerwehr ist gleich da«, antwortete Jasper. Tatsächlich war in der Ferne schon die Sirene zu hören. Sadie begann wieder zu schluchzen. Jasper nahm sie in den Arm. »Noch ein paar Minuten. Alles wird gut.«

Er wiederholte den Satz wie ein Mantra.

29

Nachdem die Feuerwehr eingetroffen war, dämmte sie den Brand innerhalb von Minuten ein. Es dauerte eine Weile, bis man uns erlaubte, das Haus auf Grund der giftigen Rauchschwaden wieder zu betreten, aber einer der Feuerwehrmänner erklärte sich bereit Sadies Hamster aus ihrem Zimmer zu holen. Das kleine Tier war im ersten Stock völlig sicher gewesen, weil sich das Feuer auf den Saal beschränkt hatte und einzig und allein der Ruß der Flammen ein paar Spuren im Flur und in der Eingangshalle hinterlassen hatte. Um die ganze Situation abzurunden, tauchten eine halbe Stunde später Mr und Mrs Ransom auf. Und das Chaos ging weiter. Jaspers Eltern wollten natürlich sofort wissen, was vorgefallen war. Besonders seine Mom wurde echt hysterisch, als es an die Erklärungen und den Streit mit Mason ging. Kurz darauf tauchte die Polizei auf, um unsere Aussagen zu dem Vorfall aufzunehmen, weil dies später für die Versicherung wichtig sein würde. Jasper hatte alle Hände voll damit zu tun, seinen Eltern immer und immer wieder zu erklären, was vorgefallen war. Irgendwann kam ihm seine Grandma zur Hilfe. Ich würde nie Jaspers perplexen Gesichtsausdruck vergessen, als er sah, wie seine Grandma sich, vielleicht zum ersten Mal in seinem Leben, auf seine Seite schlug. Es folgten Gespräche über Gespräche und Gespräche, bis mir der Kopf vom Antworten und Zuhören schwirrte. Von Mason fehlte jede Spur.

Der Abend zog sich bis ins Unendliche und als sich alles wieder beruhigt hatte, war meine Schwester schon halb irre vor Sorge geworden, weil sie so oft versucht hatte mich zu erreichen. Als ich ihr erzählte, was passiert war, kam sie sofort mit Hunter vorbei.

***

Es war drei Uhr morgens, als Jasper mich anrief und erzählte, was geschehen war, nachdem Taylor und Hunter mich überredet hatten, den Ransoms etwas

Zeit für sich zu geben. Es wäre übertrieben zu sagen, dass seinen Eltern plötzlich bewusst wurde, wie sehr sie ihre Kinder vernachlässigt hatten, aber immerhin machten sie niemandem wirklich einen Vorwurf. Statt dem Tanzmarathon stellten Jasper und ich womöglich einen Rekord im Telefonieren auf. Irgendwann nickte ich während unseres Gesprächs einfach weg, weil es so spät wurde.

***

Am nächsten Morgen erwähnten die Zeitungen den Zwischenfall nicht. Auch nicht am Montag oder in der Woche darauf, wie Jaspers Grandma so dramatisch prophezeit hatte. Einigen Nachbarn, darunter auch den Cassels, war natürlich nicht entgangen, dass in der Nachbarschaft ein Feuer ausgebrochen war. Der Schaden hielt sich aber in so geringen Grenzen, dass es kein großes Aufsehen erregte. Das Leben ging normal weiter.

In der Realität sah eben vieles so ganz anders aus als in Filmen. Ich konnte in Zukunft trotzdem wunderbar auf solche Zwischenfälle verzichten, das stand fest. Um das zu wissen, brauchte ich kein 5-Schritte-Programm.

EPILOG

Zwei Monate später

»Du bist mir schon wieder auf den Fuß getreten, Jasper«, beschwerte ich mich, lachte aber trotzdem.

»Ich habe dir gesagt, dass ich nicht tanzen kann.«

»Aber das macht man auf Partys eben.«

»Ich dachte, es würde reichen, wenn ich mich neben das Buffet stelle und einfach gut aussehe«, sagte er. Obwohl der aktuelle Song noch gespielt wurde, ließ ich mich von ihm von der Terrasse führen, die uns beiden als Tanzfläche gedient hatte. Wir waren sowieso die Einzigen gewesen, die zur Musik getanzt hatten. Seitdem wir vor einigen Wochen den Tanzmarathon unserer Schule verpasst hatten, nutzte ich jede Gelegenheit, um Jasper damit aufzuziehen, dass er mir unendlich viele Tänze schuldete. Er ließ sich jedes einzelne Mal überreden.

»Sollen wir zu den anderen zurückgehen?«, fragte er und spähte durch den Garten zu den vielen Gästen, die sich um Fia und Ryan versammelt hatten. Ich seufzte und sah zu, wie mein Atem weiße Wölkchen bildete. Eigentlich war es viel zu kühl, um im Garten herumzulungern.

»Ich kenne die Ansprache schon«, sagte ich erheitert. »Fia hat sie bestimmt fünf Mal geprobt, seitdem ich heute Morgen vorbeigekommen bin, um bei den Vorbereitungen zu helfen. Sie ist eben eine Perfektionistin.«

»Ich kann nicht glauben, was sie und Ryan aus dem Haus herausgeholt haben«, meinte Jasper beeindruckt. Ich nickte und ließ den Blick an der Fassade des ehemaligen Ransom Hauses hinaufgleiten. Inzwischen war es zum Zuhause von Fia, Ryan und Riley geworden. Manchmal schweiften meine Gedanken zu dem Tag zurück, als ich dieses Grundstück das erste Mal betreten hatte. In diesen Augenblicken kam es mir vor, als hätte ich nur blinzeln müssen und ein neuer Lebensabschnitt wäre angebrochen.

Fia hatte mit ihrer Ansprache begonnen. Der Wind trug ein paar Wortfetzen ihrer Rede zu uns herüber. Ich warf einen kurzen Blick auf unsere Familien und Freunde, die alle zur heutigen Einweihungsparty eingeladen worden waren. Sie alle so beisammen zu sehen entlockte meinen Lippen ein glückliches Lächeln. Es war ein schöner Anblick.

»Komm mit«, flüsterte ich und zog Jasper an der Hand. Wir betraten das Haus, durchschritten das weitläufige Wohnzimmer und verließen es auf der anderen Seite durch den Haupteingang. Der Garten wirkte auf Grund der Jahreszeit ziemlich karg und trist, aber ich war mir sicher, dass er im nächsten Frühling schöner sein würde als jemals zuvor. Neben dem Brunnen blieb ich stehen.

Jasper runzelte die Stirn. »Der Wunschbrunnen.«

»Erinnerst du dich noch, wie du gesagt hast, ich soll mir meinen Wunsch aufheben, weil ich irgendwann sicher die Hilfe eines alten mysteriösen Brunnens gebrauchen könnte?«, fragte ich und griff in meine Jackentasche. Ich zog eine Münze heraus und zeigte sie Jasper. »Wenn nicht heute, wann dann? Was meinst du?«

»Glaubst du, ein alter Wunschbrunnen könnte meinen Eltern Mason zurückbringen?«, fragte Jasper skeptisch. Seit dem Streit und dem Feuer war der älteste Sohn der Ransoms abgetaucht und hatte sich nicht mehr gemeldet. Jasper war sich sicher, dass Mason nicht ewig verschwunden bleiben würde, aber wir waren beide der Meinung, dass es angesichts von Masons Verhalten besser wäre, wenn er sich für eine Weile nicht blicken ließ. »Ich denke nicht.«

»Ich gebe meinen Wunsch von damals an dich weiter. Ich finde, du solltest dir etwas wünschen«, sagte ich ernst. »Etwas, das von Herzen kommt, Jasper.«

Er nahm mir die Münze nicht sofort ab. Seine Finger schlossen sich um meine Hand und er zog mich zu sich heran, um mich zu küssen. Mir lief ein warmes Kribbeln über die Haut, das nach dem Kuss noch bei mir blieb.

»Ich wünsche mir …«, begann er und holte tief Atem. Jasper ließ die Münze durch seine Finger gleiten. Langsam rollte sie zu seinen Fingerspitzen und stürzte dann in den dunklen Schacht. Mit einem Platscher durchbrach sie die

Wasseroberfläche und war verschwunden. Natürlich verriet Jasper mir nicht, was er sich gewünscht hatte. Die besten Wünsche gingen schließlich dann in Erfüllung, wenn man sie für sich selbst festhielt. Oder aber, wenn man anstatt sich etwas zu wünschen oder zu erträumen, ein paar Schritte aus seiner eigenen Komfort-Zone machte.

DANKSAGUNG

Zuerst möchte ich allen danken, die eines meiner bisherigen Bücher und insbesondere *Sommerflüstern* gekauft, gelesen und rezensiert haben. Während des Schreibprozesses von *Herbstflüstern* war ich oft im Internet unterwegs und die vielen positiven Stimmen und kleinen Erfolge waren die beste Motivation, die man sich vorstellen kann! Es ist einfach ein tolles Gefühl, zu wissen, dass es Menschen da draußen gibt, die mich unterstützen und sich auf jedes neue Buch von mir freuen. Damit meine ich nicht nur Blogger und Youtuber, sondern jeden einzelnen Leser, der mit einem Klick meinen Büchern ein Zuhause gegeben hat.

Ein großer Dank gilt wieder dem gesamten Team von Impress, insbesondere den beiden Pias! Pia Trzcinska, die *Herbstflüstern* ohne Zögern sofort unter ihre Fittiche genommen hat, und Pia Praska, die als Lektorin eine Menge Arbeit mit mir zusammen in das Manuskript gesteckt hat.

Ich möchte mich ganz herzlich bei meiner Blogger- und Autorenkollegin Lisa Rosenbecker bedanken, die als Allererste das fertige Manuskript kritisch unter die Lupe genommen hat. Deine Sprachnachrichten waren nicht nur hilfreich, sondern auch sehr amüsant, und ich freue mich, dass wir auch darüber hinaus eine ganze Menge zum Plaudern gefunden haben. Wenn ich mit jemandem ein spannendes Abenteuer in einer Welt voller Schurken erleben möchte, dann mit dir – und nicht vergessen, zum Abschluss gibt es eine ganz besondere Tasse Tee!

Ein großes Danke geht an Amelie und Fabian. Auf euch beide ist einfach immer Verlass. Egal, ob ich einen Rat brauchte, eine neue Perspektive oder einfach einen der besten Witze aller Zeiten, mit euch beiden ist das Leben einfach ein Stück besser und manchmal eben nicht von dieser Welt. Besonders Amelie ist eine der besten Freundinnen, die ich jemals hatte, und ich werde mich hoffentlich noch viele Jahre glücklich schätzen können, diesen Satz immer wieder in Danksagungen von mir geben zu dürfen. Irgendwann pflanzen wir auch einen Baum und setzen ein Zeichen dafür, dass Freundschaft genauso für die Ewigkeit bestimmt sein kann wie die große Liebe. Jeder, der *Wanderer – Hüter der Zeit* gelesen hat, wird an dieser Stelle wissen, was ich damit meine. Alle anderen müssen wohl oder übel zum Buch greifen ;)

Anne ist in vielen Lebenslagen ein echter Life Saver und hat mir bei *Herbstflüstern* in einigen Situationen immer wieder Mut gemacht. Mut sollte es – genau wie als Rettungsring getarnte Bonbons – in jedem Geschäft zu kaufen geben. Ich danke dir.

Ein besonderer Dank geht auch an Martina Riemer und Carina Mueller, die wann immer ihre eigenen Ideen es zuließen, mir zur Seite gestanden haben. Wie Carina sagen würde, ist es ein Muss, ganz viele BAFFS (Best Author Friends Forever) zu haben.

Ein besonders großes Dankeschön geht an meine Mutter, die mich seit vielen Jahren auf ihre ganz eigene Weise unterstützt. Und an meine Schwester, die als Nachteule das ein oder andere Mal mit mir zusammen *mondwirr* wurde, als ich dringend jemanden zum Reden gebraucht habe. Mein Bruder wird das hier zwar niemals lesen, aber ein kleines Danke geht auch an ihn. Familie ist und bleibt nun einmal Familie.

© Stefanie Voosen

Tanja Voosen, wurde 1989 in Köln geboren und lebt heute in der Nähe der Eifel. Während ihres Abiturs begann sie sich zum ersten mal mit dem Schreiben von Geschichten zu befassen und kurze Zeit später auch zu publizieren. Wenn sie nicht gerade damit beschäftigt ist, den Weg nach Hogwarts zu suchen, weil die Realität so schlecht ohne echte Magie auskommt, steckt sie ihre Nase in gute Bücher und treibt sich in der Welt der Blogger herum.

Tauch ein in
romantische Geschichten.
HOL DIR
BITTERSÜSSE
STIMMUNG
AUF DEINEN
E-READER!
E-BOOKS VON IMPRESS HIER:
CARLSEN.DE/IMPRESS
im.
press
impress IST DAS DIGITALE LABEL DES CARLSEN VERLAGS FÜR GEFÜHLVOLLE
UND MITREISSENDE GESCHICHTEN AUS DER GEHEIMNISVOLLEN WELT DER FANTASY.

Verliebt und verloren

Veronika Mauel
Kai & Annabell, Band 1:
Von dir verzaubert
224 Seiten
Softcover
ISBN 978-3-551-30069-0

Sie gehen auf dieselbe Schule und haben noch nie miteinander gesprochen: Annabell, die behütete Arzttochter, und Kai, der jede Nacht mit seiner Gang um die Häuser zieht. Während Annabell ihre wahre Familiengeschichte hinter einer Sonnenbrille versteckt, verbirgt Kai sein Leben hinter einem abgewetzten Punk-Look. Dass ihn gerade die blonde Schulschönheit um Hilfe bitten würde, hätte er sich nie träumen lassen. So wenig wie Annabell geglaubt hätte, dass sie gerade beim Bad Boy der Stadt Zuflucht finden würde. Wie sehr sie einander brauchen, merken sie jedoch erst, als sich die ganze Welt gegen sie stellt …

im.press

www.impress-books.de

Entdecke die Welt, die im Verborgenen liegt …

Johanna Danninger
Secret Elements, Band 1:
Im Dunkel der See
232 Seiten
Softcover
ISBN 978-3-551-30073-7

Die 17-jährige Jay hält sich nur an ihre eigenen Regeln. Sie gilt als aufmüpfig und unkontrollierbar, versteckt ihr feuerrotes Haar und ihre blasse Haut unter schwarzen Klamotten und schlägt sich als Barkeeperin heimlich die Nächte um die Ohren. Bis ihr eine fremde Frau ein antikes Amulett überreicht. Fatalerweise kann sie es, einmal angelegt, nicht mehr ablegen und befindet sich plötzlich in einem Geflecht aus übermenschlichen Agenten und magischen Bestimmungen. Dabei soll sie ausgerechnet der arrogante Lee, der Menschen grundsätzlich für schwach hält, beschützen. Wenn er nur nicht so unglaublich gut aussehen würde …

im.
pre
ss

www.impress-books.de